HEYNE
BÜCHER

Das Buch

Der Diakon Aitulf hat die junge Agnes, die Tochter verstorbener Freunde, an Kindes Statt angenommen. Mit einer Gruppe von Händlern reisen die beiden von Treveris (Trier) nach Antonaco (Andernach), wo die 15-jährige Agnes in ein Kloster eintreten will. Doch in der Nacht wird die Reisegesellschaft überfallen, Agnes verschwindet spurlos und mit ihr ein junger Mann, der ihr zu Hilfe kommen wollte. Aitulf vermutet, dass die beiden von den Sachsen entführt wurden. Da er zunächst nicht weiß, wo er nach den Mädchen suchen soll, befragt er heimlich eine Nonne, die die Gabe der Weissagung hat. Doch der Spruch der eigenwilligen Frau bleibt ihm unverständlich. Während Aitulf noch rätselt, was es damit auf sich hat, wird die verletzte und fiebernde Agnes im Sachsenlager von dem Mädchen Gna gesund gepflegt. Doch dann erfährt Agnes, dass ihr eine große Ehre zuteil werden soll: Sie ist als Opfer für Gott Wodan vorgesehen.

Der Autor

Albrecht Gralle studierte evangelische Theologie und verbrachte fünf Jahre im Entwicklungsdienst in Westafrika. Seit 1976 schreibt er Kurzgeschichten, es folgten Romane und Kinderbücher. Heute lebt er als freier Schriftsteller mit seiner Familie in Northeim bei Göttingen.

ALBRECHT GRALLE

# DIE WEISSAGERIN

*Roman*

WILHELM HEYNE VERLAG
MÜNCHEN

HEYNE ALLGEMEINE REIHE
Band-Nr. 01/13308

*Umwelthinweis:*
Dies
es Buch wurde auf
chlor- und säurefreiem Papier gedruckt.

2. Auflage

Deutsche Erstausgabe 2/2001

Orginalausgabe 10/2001

Printed in Norway 2001
Umschlaggestaltung: Nele Schütz Design, München,
unter Verwendung eines Ausschnitts des Gemäldes
SALOME MIT DEM KOPF VON JOHANNES DEM TÄUFER
von Bernardino Lucini, 1480/1485 - 1532
Satz: Buch-Werkstatt GmbH, Bad Aibling
Druck und Bindung: AIT Trondheim AS

ISBN 3-453-18916-7
http://www.heyne.de

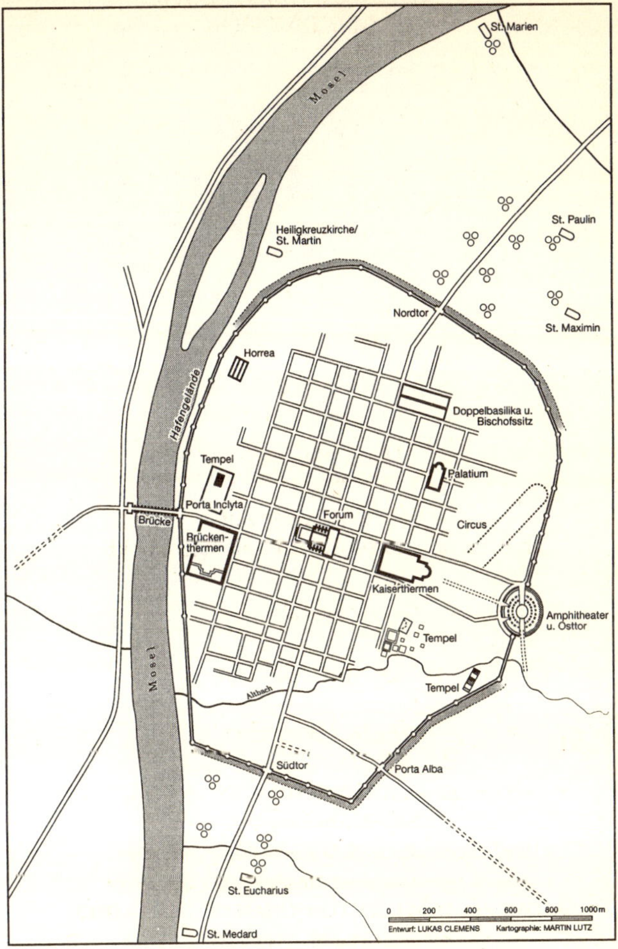


Trier in der Spätantike bzw. im frühen Mittelalter

*NOS VOYONS DIS AUTRES CHAUSES COMME VOS + NOS RYONS ET PLEURONS DIS AUTRES TEMPES COMME VOS + ET NOS AIMONS DIS AUTRES ODORES COMME VOS +*

*PEREGRINATOR TEMPORUM*

Kugelschreibergraffito im WC eines Kölner Museums. Ein seltsames Altfranzösisch. Übersetzung: »wir sehen andere Dinge als ihr + wir lachen und weinen (zu) anderen Zeiten als ihr + und wir lieben andere Gerüche als ihr +

Unterschrift auf Latein: Ein Pilger der Zeit oder ein Zeitreisender?

# 1

*Im 10. Regierungsjahr Sigiberts, König der Franken, Sohn König Chlothachars, aus dem Geschlecht der Merowinger (570 n.Chr.)*

Aitulf hielt inne und bückte sich. Dann band er die locker gewordenen Lederbänder um die Waden wieder fest und blieb regungslos stehen, ohne sich aufzurichten.

Da war doch eben ein Geräusch gewesen? Das Knacken eines Zweiges… und ein kurzer dumpfer Ton, etwa ein unterdrückter Schrei? Ein Tier vielleicht? Aber das würde wohl eher aus dem Dickicht hervorpreschen und weglaufen oder zum Angriff übergehen. Aitulf wartete und wagte kaum zu atmen. Nichts.

Oder war es ein junger Drache, der gleich seine hässlichen, lederartigen Hautflügel ausbreiten würde, um knatternd über sie hinwegzubrausen und seinen Rauch- und Feueratem in ihre Richtung zu schleudern? Roch es nicht sogar nach Rauch?

Aitulf schnupperte. Es roch nach modrigem Laub, und wenn er die Augen schloss, dann meinte er, dass eine Spur von etwas Verbranntem in der Luft lag. Aber das konnte auch von einem Holzkohlenmeiler kommen.

Vorsichtig tastete er nach der Franziska, seiner scharf geschliffenen Wurfaxt, die an seiner linken Seite am Gürtel hing. Er hatte zwar noch nie einen Drachen gesehen, aber die Geschichten um gefährliche Kämpfe mit diesen seltsamen Geschöpfen waren weit verbreitet.

Natürlich könnten auch Menschen im Wald sein. Schließlich lagen in dem Ochsenkarren fein gegerbtes Leder, Amphoren und Fässer mit Wein und Salz. Zwar waren nur noch wenige Waren übrig, weil der Rest schon verkauft war, aber trotzdem könnten Diebe davon angelockt werden, wie Fliegen von einem Tropfen Honig.

Vielleicht ... ja vielleicht waren sogar Sachsen im Wald, die durch das Unterholz schlichen. Immerhin begann das Gebiet der Heiden keine dreißig Meilen entfernt von hier.

Aitulf wartete.

Da! Schon wieder dieses Knacken.

Er musste die anderen unbedingt warnen. Langsam und vorsichtig richtete er sich wieder auf und blickte sich suchend am Waldrand um, ohne den Kopf allzu rasch zu wenden. Aber er konnte nichts Auffälliges erkennen. Die einzige Bewegung, die er sah, war seine eigene Reisegesellschaft, einen Steinwurf von ihm entfernt, die unbekümmert weiterzog. Das milde Herbstlicht dieses Spätnachmittags, das eine Lücke in den Wolken gefunden hatte, brachte die hellgelben Buchenblätter, die noch in den Bäumen hingen, hinter der Gruppe zum Leuchten. Und die Menschen mit dem Ochsen und dem vierrädrigen Wagen sahen aus, als bewegten sie sich vor einer Wand aus flimmerndem Gold.

Aber die Schönheit dieses Augenblicks drang nicht in Aitulfs Seele, sondern prallte an ihr ab wie Pfeile auf einem Buckelschild. Bei Gefahr gab es keinen Platz für Schönheit.

Was sollte er tun? Am besten so schnell wie möglich zu seiner Gruppe stoßen und die anderen warnen.

Mit raschen Schritten holte Aitulf den Ochsenkarren wieder ein und gesellte sich zu den beiden Händlern, die rechts neben dem Karren gingen. Sie waren oft in dieser Gegend unterwegs, um die Dörfer mit Waren zu versorgen.

»Ih gihorta eddewaz ... eddeswelih fihu« – ich habe etwas gehört ... wahrscheinlich ein wildes Tier«, sagte Aitulf auf Fränkisch zu den beiden Männern.

»Dort im Wald?«, fragte Jaakov, dem der Ochsenkarren gehörte und der einen grauen Vollbart nach jüdischer Sitte trug. Er war in einen abgewetzten Ledermantel gehüllt, dessen Pelzkragen allmählich die Haare verlor. Er hielt die Zügel des Ochsen in der Hand, während er neben dem Wagen herging.

Aitulf nickte. »Gerade, als ich mich bückte, um meine Lederriemen neu zu schnüren, habe ich es gehört.«

Jaakov kniff die Augen zusammen, bemaß die Entfernung der Sonne zum Horizont und meinte: »Wir sind bald in Antonaco ... Ich schätze, wenn die Schatten zwei Hand breit gewandert sind, werden wir dort angekommen sein.« *

»Es wäre gut, unsere Schwerter oder Äxte zu lockern«, sagte Aitulf. »Für alle Fälle.«

»Du scheinst eine streitbare Diakone zu sein«, sagte der andere, der Florentius hieß, lachend. Noch immer sprach er mit starkem romanischem Akzent, obwohl er schon lange in Treveris wohnte. Er war glatt rasiert und hatte das Haar praktisch kurz geschnitten, während Jaakov, sein jüdischer Kollege, die Haare etwas länger trug; nicht schulterlang, das durften nur die merowingischen Könige, aber unter seiner Ledermütze ringelten sich ein paar Locken hervor.

Aitulf nickte und fügte mit seiner tiefen Bassstimme hinzu: »Ja, ich bin ein streitbarer Diakon der Kirche. Auch Diakone sollten ihren Kopf und ihre Hände gebrauchen, um Gott seine Arbeit zu erleichtern. Außerdem werde ich Avremar Bescheid sagen, dass auch er bereit ist, wenn etwas passiert. Schließlich ist er unser Schutz.«

Aitulf ging auf die andere Seite des Wagens und sprach leise mit einem Mann, den Jaakov als zusätzlichen Begleitschutz und Hilfskraft angeheuert hatte. Über sein Leinen-

---

* Die heute üblichen geographischen Namen befinden sich in einem Glossar im Anhang. Anm.d. Aut.

zeug hatte er ein rostiges Kettenhemd gestreift, dessen Ringe beim Gehen leise klirrten. Er war blond und trug den typischen fränkischen Hängeschnurrbart, seine buschigen Augenbrauen gaben ihm ein grimmiges Aussehen, das noch betont wurde durch ein kurzes, einseitig geschliffenes Hauschwert, der Sax, und eine Wurfaxt, die in seinem Gürtel steckten. Über dem Rücken trug er einen ledernen Köcher, in dem sich einige Pfeile befanden, die im Rhythmus der Schritte hin und her hüpften.

Avremar griff im Gehen in den mit Holz überdachten Wagen, holte einen kleinen, handlichen Bogen heraus und legte einen Pfeil auf die Darmsehne. Drinnen, im Wageninneren, saßen zwei Frauen: Agnes, Aitulfs Pflegetochter, und Frolaica, eine Köchin, die Florentius mitgebracht hatte.

Als Aitulf sich vergewissert hatte, dass alle Vorbereitungen gegenüber einem möglichen Überfall getroffen waren, ging er wieder zu den Kaufleuten hinüber. Es sieht aus, als wäre ich der Wächter hier, dachte er und begleitete schweigend die beiden Männern. Eigentlich wäre ihm eine Fahrt auf der Mosella lieber gewesen, die Reise wäre schneller und überdies gefahrloser vonstatten gegangen. Aber Agnes, seine Pflegetochter, mochte die schwankenden Fahrten auf dem Fluss nicht. Und so hatten sie sich dieser Gruppe angeschlossen, die der alten römischen Heerstraße von Treveris nach Antonaco folgte.

Wie Aitulf zwischen den beiden Händlern ging, fiel er schon allein durch seine Körpergröße auf. Er war klein und gedrungen, schwarzhaarig und mit einem tiefen Bass ausgestattet. Früher hatte er seine Haare kurz getragen, aber seitdem er im Land der Franken wohnte, trug er sie etwas länger. Die S-Laute seiner Aussprache hörten sich weich an und nicht so scharf wie die der Franken üblicherweise. Vermutlich lag das an der gotischen Sprache, die er fließend beherrschte. Denn er stammte aus dem

Norden Italias, in dem der östliche Zweig der Goten lebte. Seit zwei Jahren herrschten dort die Langobarden.

Fünfzehn Jahre zuvor war er nach Treveris gekommen, hatte unter dem inzwischen verstorbenen Bischof Nicetius seinen arianischen Glauben abgelegt, war katholisch geworden und diente seitdem der Kirche als Subdiakon.

Zwar hätte er heiraten können, denn Subdiakone gehörten nicht zu den höheren Weihegraden, die den Zölibat beachten mussten. Aber nach dem tragischen Tod seiner Verlobten Ansegud hatte ihn keine Frau mehr begeistern können. Und doch musste er für eine Frau sorgen, denn seine beiden Freunde, Kilian und Susanna, die von der letzten Seuche dahingerafft worden waren, hatten ihn auf dem Sterbebett gebeten, sich um ihre damals neunjährige Tochter Agnes zu kümmern.

Glücklicherweise hatte er eine passenden Familie für das Mädchen gefunden. Er verlor sie jedoch nicht aus den Augen, sondern hielt weiterhin Kontakt zu ihr und beobachtete ihre Entwicklung.

Und nun war er mit der inzwischen fünfzehnjährigen Agnes unterwegs, weil sie dem neu gegründeten Frauenkloster bei Antonaco beitreten wollte. Eine Cousine von ihr war ebenfalls dort und freute sich schon auf ihre Gesellschaft.

Die Unterhaltung der drei Männer bewegte sich schon bald wieder in gewohnten Bahnen. Das Geräusch im Wald schien vergessen zu sein. Man sprach über die Weinlieferungen, über den Geschmack des neuen Jahrgangs und darüber, dass man seit neustem die Weine nicht mehr mit Honig süßte und Gewürze beimischte, wie es die Romanen gerne taten, sondern dass man sich daran gewöhnte, den Wein ohne Zusätze zu trinken, um seinen eigenen Geschmack zu spüren. Schließlich gerieten sie darüber in eine heftige Auseinandersetzung. Florentius schüttelte immer wieder missbilligend den Kopf und rief aufgebracht, wobei sein Akzent sich in der Aufregung verstärkte: »Wase bleibte denn übrig, wenne wir den Onig, den Fenchel und die Nelken wegelassen? Nichts als eine saure Getränk, dase dir deine Gaumen zusammenzieht, sodass dir die Zähne einzeln ausfallen. Es ist doche völlig klar…«

Was völlig klar war, das bekam Aitulf nicht mehr mit, denn er war nicht ganz bei der Sache. Ab und zu lauschte er, ob er nicht wieder ein verdächtiges Geräusch hörte, was allerdings schwierig war, denn der beladene Ochsenkarren quietschte und holperte laut über den unebenen Weg.

Als die Sonnenscheibe die Wipfel der Bäume berührte, sich hinter die dunkler werdenden Wolken schob und sich auf ihre Reise durch die Unterwelt vorbereitete, ging es ein wenig bergab, dem Tal des Rhenus zu. Und es passierte das, was Aitulf schon befürchtet hatte, als er zwischendurch den Himmel prüfte: ein feiner Regen setzte ein. Da es nun leicht bergab ging und das Zugtier den Wagen nicht mehr ziehen musste, drängten sich die sechs Reisenden in den überdachten Holzwagen und ließen den Lederschutz an der einen Seite herunter, die dem Wind und dem Regen ausgesetzt war.

Agnes und Frolaica, die auf der einzigen Bank saßen, beeilten sich, diese für die beiden Händler frei zu machen. Sie mussten sich jetzt gemeinsam mit Aitulf die Fässer als Sitzplätze teilen, während Avremar sich nach draußen auf die Bank verzog und die Zügel hielt. Murrend streifte er einen alten Wollmantel mit Kapuze über das Kettenhemd und fügte sich in sein nasses Schicksal.

Drinnen im Wagen war es dämmrig. Das trübe Licht fiel nur von der einen Seite herein und tauchte die Gesichter in ein blasses Grau.

Im Hintergrund schepperten die Töpfe und Vorratsbehälter der Köchin gut verschnürt in einem alten Sack.

Während Jaakov und Florentius über die neue Entwicklung der Handelsschifffahrt auf dem Rhenus diskutierten, wandte sich Aitulf zu Agnes um und fragte sie halblaut: »Nun, wie geht es dir? Es schwankt hier drinnen fast so wie auf der Mosella.«

»Ja, aber man kann wenigstens nicht untergehen«, sagte sie.

»Dafür bleiben wir im Schlamm stecken, wenn es weiterregnet.«

Sie überlegte und erwiderte dann: »Nicht, wenn es bergab geht.«

Aitulf brummte, weil Agnes wieder einmal das letzte Wort hatte.

Aus den Augenwinkeln nahm er Frolaica wahr, die ihre Augen geschlossen hatte und vor sich hin zu dösen schien. Ihr Kopf schwankte hin und her, während sie mit dem Rücken gegen eine der hölzernen Streben lehnte.

Als der Wagen plötzlich bremste, schreckte sie hoch und murmelte: »Was ist los?«

»Nichts ist los«, beruhigte sie Aitulf, an dessen feiner Nase der leicht faulige Mundgeruch von Frolaica vorbeizog. Und eine Wolke von süßlichem Schweiß stieg auf, als sie ihre Tücher lüftete, um sie anders zu drapieren. Sie sieht nicht übel aus, und ihr Geruch ist angenehm weiblich, dachte Aitulf. Ein breiter Körper, aus dem viele Kinder wachsen könnten. Brüste, um ein halbes Dutzend Säuglinge zu nähren und Männer zu erfreuen. Eine Welle von Begierde überflutete ihn, als Frolaica lächelte und einen Blick mit ihm wechselte. Es wäre schön, wieder einmal eine Frau in den Armen zu haben. So eine wie Ansegud… Und Aitulf dachte an seine Gefährtin, die er zur Frau hatte nehmen wollen. Aber ihr tragischer Tod hatte all seine Pläne zerstört. Sobald Anseguds Bild in ihm hochstieg, war die Begierde nach Frolaica auch schon wieder verflogen, und eine wehmütige Stimmung trat an deren Stelle.

Nein, diese Frau konnte man auf keinen Fall mit Ansegud vergleichen, mit ihrer lieblichen Gestalt und ihrer klaren Stimme, ihrem wachen Geist und ihren Küssen, die einen schwindlig machten.

»Wie lange ist es denn noch bis Antonaco?«, fragte Agnes und riss Aitulf aus seinen Träumereien.

Er blickte seine Pflegetochter mit großen Augen an, dann schien die Frage bei ihm angekommen zu sein. Er beugte sich vor, schob das nasse Leder zur Seite und sagte: »Noch sehe ich nicht die Mauern des Römerkastells. Außerdem ist die Sicht sehr schlecht. Ich denke, wir werden beim Anbruch der Dunkelheit im Kloster ankommen.«

»Noch so lange!«

Agnes schien enttäuscht zu sein, obwohl sie eigentlich wissen musste, dass die Stadt nicht gleich nach der nächsten Wegbiegung auftauchen würde. Sie ist mit ihren fünfzehn Jahren wie ein Kind, dachte Aitulf und streifte sie mit einem fast zärtlichen Blick. Anfangs war er nicht gerade begeistert gewesen, über seine Rolle als Agnes' Pflegevater, aber im Laufe der Zeit hatte er sich daran gewöhnt. Und jetzt erfüllte es ihn sogar mit Stolz, dass Agnes freiwillig das klösterliche Leben gewählt hatte.

Aufrecht saß sie auf der Bank. Für ihr Alter war sie groß gebaut und erinnerte mit dem breiten, offenen Gesicht und den hohen Wangenknochen an ihre Mutter, deren Schönheit sie geerbt hatte. Ihre Haut war noch glatt und jung, und ihre dichten, hellblonden Haare hatte sie geflochten, hochgebunden und mit einer Spange befestigt. Dadurch waren ihre Ohren sichtbar, die klein und kompakt aussahen und ein wenig abstanden. Ihre Augenlider waren von feinen hellen Wimpern umrahmt, und die Nase war etwas zu schmal, sodass die Kinnpartie betont wurde und ihrem angenehmen Gesicht eine zusätzliche Schwere verlieh. Sie machte den Eindruck einer bedächtigen, aber zuverlässigen Person, die tatkräftig anpacken konnte, wenn es darauf ankam.

Ihr einteiliges dunkelbraunes Leinenkleid war schlicht geschnitten und wurde in der Mitte von einem breiten Gürtel zusammengehalten, dessen Schnalle mit einem silbernen Kreuz verziert war.

Agnes war ein Mädchen, das nicht gleich losplapperte, wenn ihr etwas einfiel. Wenn sie dann etwas sagte, hatte es Gewicht, als sei es das Ergebnis einer langen Gedankenkette. Wie neulich, als sie bei einer Trauerzeremonie meinte: »Trauern ist manchmal angenehem. Es gibt so ein ... stilles, gutes Gefühl.« Ungewöhnlich für ein Mädchen in dem Alter.

»Du besuchst also die Schule in einem Kloster?«, fragte Frolaica.

»Nein, ich möchte als Novizin anfangen.«

»Du scheinst dich darauf zu freuen.«

Agnes überlegte, dann nickte sie: »Natürlich. Ich lerne dort neue Dinge und ich werde mit meiner Cousine zusammen sein. Wir werden singen, miteinander reden können, gemeinsam beten und arbeiten. Warum sollte ich mich nicht freuen?«

»Ich habe von einem Frauenkloster in Antonaco noch nie gehört«, fuhr die Köchin fort.

»Es... ist noch kein Kloster im üblichen Sinnne«, erklärte Aitulf. »Eher ein Zusammenschluss von *virgines deo sacratae*, von gottgeweihten Jungfrauen, die unter dem Schutz des Bischofs leben und ein gottgefälliges Leben führen. Das Kloster ist im Aufbau. Es gibt eine Äbtissin, und die Schwestern beten und helfen, wo sie können und...«

»Was kannst du denn so?«, unterbrach Frolaica, die immer neugieriger wurde, Aitulfs Redefluss.

»Ich kann weben, Körbe flechten, nähen, kochen, Seife herstellen... was noch? Ach ja, Bier brauen und lesen.«

»Sogar lesen!« Frolaica hob erstaunt ihre Augenbrauen. »Die Männer, die ich bisher kannte, konnten alle nicht lesen, dafür konnten sie mit dem Schwert gut umgehen, besonders mit ihrem angewachsenen Schwert, wenn du weißt, was ich meine…«

Agnes, die die anzügliche Bemerkung nicht verstand, fuhr fort: »Und unsere Gebete.«

»Gebete, Gebete! Was betet ihr denn so?«

»Wir beten nach der Regel des heiligen Caesarius.«

»Kenne ich nicht.«

»Und vergiss nicht«, wandte sich Aitulf an Agnes, »du kannst singen…«

»Ja…«, das Mädchen lächelte verlegen, »ich denke mir manchmal eine Melodie zu einem Psalmvers aus. Das ist alles. Ich glaube nicht, dass die Äbtissin davon erbaut sein würde.«

Eine kurze Pause trat ein und man hörte das Prasseln des Regens auf das Lederdach. Über ihnen hatte sich bereits Regenwasser gesammelt und das Dach wölbte sich schon nach unten. Aitulf, der das bemerkte, stand auf und drückte die Wölbung mit der Hand nach oben, sodass das Wasser an der Seite herunterplatschte. »Sag mal, Agnes«, Frolaica, beugte sich vor, als wäre ihr plötzlich etwas Wichtiges eingefallen, »und du bist tatsächlich Jungfrau?«

Agnes errötete leicht, was zum Glück bei dem schwachen Licht nicht auffiel. »Ja«, sagte sie und schwieg.

»Was man von dir wahrscheinlich nicht behaupten kann«, warf Aitulf dazwischen.

»Ach«, seufzte die Köchin, »meine Unschuld habe ich schon mit zwölf oder dreizehn verloren.«

»Und wahrscheinlich auch nicht wieder gefunden.«

Darauf sagte Frolaica nichts, sondern fuhr mit ihrem kleinen Verhör fort: »Aber … weißt du, Agnes, du… du könntest von einem Mann zur Frau genommen werden, alt genug bist du ja, … du siehst gut aus. Und was ist dann?« Sie ließ ihren Blick zu Aitulf gleiten, zupfte wie zufällig an ihrem Kleid und Aitulf, der ihren Blick kurz erwiderte, dachte: Sie hat noch viele Zähne im Mund, nur im Unterkiefer hat sie ein Lücke. Beachtlich.

Agnes blickte nach oben. »Nein, ich will keinen Mann.«

Die Köchin lachte: »Das zu entscheiden, liegt nicht immer bei dir, mein Täubchen. Dein Vater könnte …«

»Mein Vater ist tot.«

Frolaica hob die Augenbrauen und deutete auf Aitulf. »Und der da?«

»Das ist mein Pflegevater.«

Aitulf räusperte sich: »Ich werde sie nicht zwingen, einen Mann zu nehmen, wenn sie das Kloster vorzieht.«

»Aber dein Bruder könnte für dich…«

»Mein Halbbruder Rado ist ermordet worden, und mein Vetter Sicland ist irgendwo in Burgund.«

Aber Frolaica gab sich nicht geschlagen und fuhr fort: »Nun, es soll ja schon einmal vorgekommen sein, dass das Mädchen selbst einen Mann liebt, vielleicht Kinder haben will…«

Darauf antwortete Agnes nichts, und in der einsetzenden Stille hörten sie, wie der Regen die Richtung geändert hatte und jetzt von der anderen, offenen Seite hereinsprühte, sodass Jaakov, der Händler, seine Unterhaltung mit Florentius unterbrach, aufstand und den zweiten ledernen Regenschutz herunterließ.

Auf einmal wurde es dunkel, und sie hörten, wie Avremar, der ja im Regen saß und die Zügel hielt, halblaut fluchte.

Allmählich gewöhnten sich die Augen der fünf Menschen an den dunkler gewordenen Raum, und Aitulf sah vor sich die Umrisse der beiden Händler, die sich von der Dunkelheit nicht in ihrem Gespräch stören ließen. Gerade sprachen sie über einen Kaufmann, dessen Amphoren kleiner und schmaler waren als üblich.

Frolaica versuchte wahrscheinlich, wieder zu schlafen, denn er hörte ihren langsamen Atem.

Immer noch saß Agnes aufrecht da und sagte nach einer Weile: »Hoffentlich kommen wir bald an. Avremar ist sicher bis auf die Haut durchnässt.«

Avremar ist immer noch ein kleiner Bestandteil ihres Lebens, dachte Aitulf. Sie macht sich Sorgen um ihn. Avremar war Agnes' Kinderfreund gewesen, als ihre Eltern noch in dem Landhaus vor den Toren der Stadt Treveris lebten. Er war der Sohn eines Pächters. Und Susanna, Agnes' Mutter, fand nichts dabei, dass ihre Tochter mit dem kleinen Avremar Steine in die Bäche warf, wenn im März überall der Schnee schmolz, oder dass sie kleine Boote aus Eichenrinde schnitzte, um sie mit Avremars Booten um die Wette schwimmen zu lassen. Als Agnes sieben wurde und in das Alter kam, in dem Kinder anfangen mussten zu arbeiten, sahen sie sich nicht mehr so häufig. Nur gelegentlich bei Festen oder anderen Zusammenkünften redeten sie ein paar Worte miteinander.

Avremar, der zwei Jahre älter war und allmählich merkte, dass seine ehemalige Kinderfreundin sich zu einer Frau entwickelte, versuchte seit ein paar Monaten immer wieder, Agnes zu sehen. Und Aitulf vermutete, dass Avremar sich den beiden Kaufleuten als Schutz fast aufgedrängt hatte, um in Agnes' Nähe zu sein.

Die leichte Talfahrt hörte bald auf. Es ging jetzt auf ebener Strecke weiter, und Aitulf spürte, dass der Ochse Mühe hatte, den vollen Wagen zu ziehen. Er hörte, wie Avremar dem Tier gut zuredete, wie er mit der Zunge schnalzte. Schließlich wurde die Fahrt immer langsamer und quälender. Und dann blieb der Wagen stehen.

»Wir sind zu schwer«, sagte Aitulf, erhob sich gebückt von seinem Salzfass, schlug das Leder zur Seite und schwang sich nach draußen. Als seine Füße auf dem Boden aufkamen, gab es ein platschendes Geräusch, und er merkte, dass er in einer Pfütze gelandet war. »Auch das noch«, schimpfte er.

Avremar, der die ganze Zeit im Regen gesessen hatte, bot einen jämmerlichen Anblick: Von seinem Hängebart tropfte der Regen. Die Kapuze hatte sich mit Wasser vollgesogen und war tief in die Stirn gerutscht.

»Faruuazzit! uuir steccanes! – Verflucht, wir stecken fest!«, stellte Avremar missmutig fest und kletterte von seinem erhöhten Sitz herunter.

»Nun, deswegen brauchst du nicht gleich zu fluchen. Ich schlage vor, dass wir aussteigen und von hinten schieben. Vielleicht schaffen wir's.«

Dieser Aufforderung hätte es nicht bedurft, denn die beiden Händler kletterten schon aus dem Wagen. Auch Frolaica und Agnes waren gerade dabei, den Karren zu verlassen. Aitulf trat rasch heran und hielt Frolaica die Hand hin, obwohl es nicht nötig gewesen wäre. Schließlich war sie nur eine Sklavin. Wieder blickte die Köchin den Diakon an und lächelte. Gleichzeitig ließ sie sich gegen seine Schulter fallen, sodass er gezwungen war, sie um die Taille zu fassen.

Unterdessen war Avremar schon weiter nach vorne gegangen, klopfte auf den glänzenden Rücken des Ochsen, der warm war und dampfte, nahm die Zügel und brüllte: »Seid ihr bereit? Und los!«

Alle fünf stemmten sich mit ganzer Kraft gegen den Wagen und versuchten, ihn fortzubewegen. Er bewegte sich tatsächlich ein Stück, aber dann rutschte er in eine Pfütze und steckte noch tiefer im Schlamm fest als vorher. Schwer atmend blieben die Helfer stehen. »So geht es nicht weiter«, sagte Jaakov und strich sich über den Vollbart. Er blickte nach oben und fuhr fort: »Es wird bald dunkel. Und wir müssten den ganzen Wagen entladen, um ihn aus der Pfütze zu ziehen, und dann zu Fuß klischnass nebenher gehen. So schaffen wir es vielleicht. Aber bei dem Regen fürchte ich um mein Salz. Es bleibt uns wohl nichts anderes übrig, als hier zu übernachten und morgen früh im Tageslicht und bei trockenem Wetter weiterzufahren.«

»Ach, und ich soll wohl im Regen etwas zu essen kochen?«, fragte Frolaica. »Wie stellt ihr euch das vor?«

»Irgendwanne wird es mit der Regen aufhören, danne machen wir ein Feuer«, schlug Florentius vor. »Unde bevor wir ganz nass werden, sollten wir in die Wagen.«

»Er hat Recht«, nickte Avremar, schüttelte sich wie ein nasser Hund und stieg als Erster unter das schützende Dach.

Drinnen versuchte er, den nassen, schweren Stoff über den Kopf zu ziehen, was ihm nur mit Hilfe von Agnes gelang. Auch sein Kettenhemd zog er aus. Währenddessen nahm Agnes den feuchten Wollmantel, bückte sich über den Wagenrand und wrang ihn aus, dann legte sie ihn hinter sich über ein leeres Fass.

Avremar, der erstaunt zugesehen hatte, lächelte und bedankte sich.

Er bog sich zu Agnes hinunter und küsste sie auf den Mund. Agnes erwiderte seinen Kuss, aber als Aitulf in den Wagen stieg, drehte sie sich rasch zur Seite.

Er blieb überrascht stehen und sagte mit scharfer Stimme, wobei er Avremar wütend ansah: »Lass das! Nur weil ihr euch als Kinder gekannt habt, brauchst du dir deswegen keine Freiheiten herauszunehmen.«

Avremar drehte sich um und brummte: »Keine Angst, ich werde sie schon nicht auffressen.«

Agnes sagte nichts dazu, sondern blickte starr auf den Boden, als könnte sie sich dadurch unsichtbar machen.

Als auch die anderen Reisenden in den schmalen Wagen kletterten, wurde es laut: Füßescharren, Köpfeanstoßen, Ächzen. Dann hatten sich alle wieder gesetzt.

»Wir sollten den Ochsen ausspannen und ihn wenigstens unter einen Baum stellen. Dann kann er auch ein wenig fressen«, schlug Aitulf vor.

Jaakov stimmte zu. Gemeinsam versorgten sie das Tier und banden es an einem Baum fest.

Allmählich ließ der Regen nach. Es tropfte nur noch von den Bäumen. Frolaica, die sich jetzt zuständig fühlte, schlüpfte nach draußen und sammelte unter den breiten Bäumen des Waldrandes, unter denen es halbwegs trocken war, Holz, schichtete es sorgfältig auf, legte ein paar Steine um die Äste und kramte im Wagen nach ihren Feuersachen.

In einer Ecke des Wagens kniete sie sich hin, schlug mit einem Feuerstein gegen ein Stück Eisen und ließ Funken in eine Schale mit trockenem Gras fallen, bis sich Rauch entwickelte. Behutsam blies sie in den Qualm, und schon zuckte eine dünne, hellrote Flamme aus dem Reisig. Vorsichtig kletterte sie mit ihrem kostbaren Feuer nach draußen, ängstlich bemüht, dass kein Luftzug die schwache Flamme ausblies, und zündete den vorbereiteten Holzstoß an.

Bald brannte, knackte und prasselte es, und die Männer krochen wie Käfer aus ihrem Versteck, um sich an den Flammen zu wärmen, die sich durch den Rauch emporzüngelten.

Aber Frolaica hatte keine Zeit, sich am Feuer aufzuwärmen, sie holte ihre drei Eisenstäbe, an denen von oben eine Kette herabhing, stellte sie über das Feuer und hängte ihren größten Topf an den Haken. Dann goss sie Wasser aus einem Wasserfass hinein, streute Salz darüber und fing an, Lauch, Sellerie, Kohl und Bohnen aus ihrem mitgebrachten Vorrat zu säubern und zu schneiden und Erbsen aus den Schoten zu pulen. Agnes half ihr dabei. Sie gaben das Gemüse in die Brühe, anschließend Gerstenkörner und zum Schluss kamen noch getrocknete Fische und etwas Beifuß dazu.

Inzwischen war es ganz dunkel geworden, und die Flammen zuckten über die Gesichter der sechs Menschen und über das glänzende Fell des Ochsen, der um den Baum, an den er gepflockt war, schon alles Gras weggefressen hatte und nun suchend und schnaufend umherblickte.

Die Brühe brodelte vor sich hin und stieg den hungrigen Menschen in die Nasen. Schließlich hoben Agnes und Frolaica ächzend den Kessel vom Feuer und stellten ihn auf den Boden. Jeder zog seinen Holzlöffel aus dem Gürtel und Aitulf sprach einen lateinischen Tischsegen, während Jaakov ein paar unverständliche Worte vor sich hin murmelte. Dann tauchten alle die Löffel begierig in die dunkle Brühe und das Essen begann.

Eine fast heilige Stille senkte sich auf die Gruppe. Keiner hatte Lust, etwas zu reden. Alle spürten ihren Hunger. Nur ein gelegentliches Schmatzen und Schlürfen war zu hören.

Plötzlich hob Aitulf seinen Holzlöffel und raunte: »Hört ihr das Geräusch?«

Alle hielten inne und lauschten. Jetzt hörte man es ganz deutlich: Es knackte, als näherten sich im angrenzenden Wald irgendwelche Wesen ihrer Feuerstelle.

Wie auf Verabredung kletterten alle in den Wagen. Jaakov ließ den Lederschutz herab, die Männer griffen zu ihren Waffen und spähten zwischen dem Leder in die Dunkelheit.

Der Ochse, der unter dem Baum stand, wurde unruhig und zerrte an seinem Strick.

Die Geräusche aus dem Wald hörten auf. Alles war still bis auf das Prasseln und Knacken des Feuers und das Schnaufen des Ochsen.

»Ich fürchte, wir müssen eine Nachtwache aufstellen », flüsterte Aitulf. Die anderen nickten.

»Am besten, wir wechseln uns ab«, sagte Avremar, der keine Lust hatte, die ganze Nacht zu wachen. »Ich werde die erste Wache übernehmen«, fügte er schnell hinzu. »Meine Kleider müssen sowieso noch am Feuer trocknen. »Während ihr esst, werde ich den Bogen gespannt lassen. Ihr müsst mir nur etwas von der Suppe übrig lassen.« Er kletterte aus dem Wagen und stellte sich ein wenig abseits, weil man in der Nähe des Feuers den Wald schlecht beobachten konnte.

Jaakov meinte zu Aitulf, der neben ihm saß: »Wahrscheinlich sind es irgendwelche Tiere, die durch unser Feuer und den Geruch angelockt wurden. Aber man kann nie wissen.« Er bückte sich und holte einen Gegenstand unter einem Tuch hervor. Es war ein Tonbecher, der mit einer Schweinsblase und einem Lederband verschlossen war.

»Was ist das?«, raunte Aitulf.

»Das? Ach, das ist meine beste Waffe gegen Sachsen.«

»Und was ist da drin?«

»Würmer.«

»Würmer?« Aitulf runzelte die Stirn. »Und Würmer sollen gegen Sachsen helfen?«

»Nun ... ich habe es noch nie ausprobiert, aber ich glaube, dass es hilft.«

»Willst du ihnen die Würmer ins Gesicht schleudern?«

»Nein, nein... du wirst schon sehen, wenn es soweit ist.«

Aitulf schüttelte den Kopf und dachte: Juden haben doch die verrücktesten Ideen.

Unter dem Schutz von Avremars gespanntem Bogen kletterten jetzt auch die anderen vorsichtig aus dem Wagen und gingen zurück zu ihrer Feuerstelle. Dann setzten sie ihre unterbrochene Mahlzeit fort, wobei sie sich immer wieder umdrehten und zum Waldrand starrten. Jaakov hatte den verschlossenen Becher mit den Würmern neben sich gestellt.

Plötzlich raschelte es und aus dem Wald schwebte eine schwarze Gestalt auf sie zu. Frolaica und Agnes schrien auf und duckten sich.

Avremar schoss geistesgegenwärtig einen Pfeil in ihre Richtung ab, aber er schien sein Ziel zu verfehlen. Und was immer es war, es stieß einen schauerlichen Ton aus und flog an ihnen vorbei.

»Eine Waldgeist«, stammelte Florentius.

»Ein junger Drache!«, rief Aitulf und stand auf. »Wahrscheinlich ist die Drachenmutter hier in der Nähe und wenn sie uns sieht, ist es aus mit uns. Wir müssen das Feuer ausmachen und…«

»Beruhigt euch«, sagte Jaakov. »Es war eine große Eule. Ich habe sie an ihrem Ruf erkannt. Sie ist unterwegs und macht Jagd auf kleinere Tiere. Wir haben nichts zu befürchten. Wahrscheinlich hat sie mehr Angst vor uns als wir vor ihr.«

Aitulf, dem es etwas peinlich war, dass er seine Angst gezeigt hatte, ging zu Avremar hinüber, nahm ihm den Bogen aus der Hand und sagte: »Du kannst zu Ende essen, ich passe so lange auf.«

Nach einiger Zeit machten sich alle außer Avremar zum Schlafen fertig und zogen sich in den Wagen zurück.

Aitulf legte sich neben Agnes, als wollte er sie besonders beschützen. Er schloss fest seine Augen zu, aber der Schlaf wollte noch nicht kommen. Der Tag mit seinen Ereignissen zog an ihm vorbei. Zwischendurch blitzte die Stadt Treveris auf und das Gesicht von Bischof Magnerich. Die große Basilika schob sich davor mit ihrem Holzdach, das sich auch im Tageslicht im Dunkel verlor, so hoch war es gebaut.

Neben sich hörte er Agnes das Gloria murmeln, das immer ihr Abendgebet abschloss: »Laudamus te, benedicamus te, adoramus te…« Und er sprach selber einen Abendsegen. Draußen knirschten Avremars Schritte. Er ging wahrscheinlich hin und her, um Holz nachzulegen.

Gerade als Aitulf im Halbschlaf war, drangen Geräusche an sein Ohr. Er blinzelte und sah im Halbdunkel, wie Avremar sich von außen zu Agnes hinuntergebeugt hatte und sich gerade von ihr löste. Hatte er sie womöglich schon wieder geküsst? Und warum ließ Agnes das zu? Aitulf hörte, wie Avremar flüsterte: »Hältst du für mich ein warmes Plätzchen frei? Ich liebe dich und würde alles für dich tun, wenn du…«

Schon wollte Aitulf aufspringen, um den lästigen Werber derb zurechtzuweisen, aber er hörte Agnes flüstern:

»Sei ruhig und pass lieber auf das Feuer auf.«

Aitulf schloss erleichtert wieder die Augen und war bald eingeschlafen.

Er wurde langsam wach, weil er irgendetwas gehört hatte und nahm in seinem Dämmerzustand wahr, dass Frolaica sich gerade mit einem Mann vergnügte, vermutlich mit Florentius, der nach seiner Wache unter Frolaicas Decke geschlüpft war. Schließlich war sie seine Sklavin.

Jaakov hatte wohl jetzt die Wache übernommen. Aber wo war Avremar? Aitulf richtete sich auf und blickte in dem dämmrigen Raum umher. Dann sah er ihn. Er war derjenige, der schnarchte und zum Glück weit von Agnes entfernt lag.

Agnes, die neben Aitulf auch wach geworden war, stand leise auf und flüsterte: »Ich gehe nach draußen, um mich zu erleichtern und dann verrichte ich meine Morgengebete...«

»Aber bleib nicht zu lange«, flüsterte Aitulf und ließ sich wieder auf die Decke zurücksinken.

Die Geräusche, die aus der Richtung Frolaicas kamen, wurden heftiger und hörten schließlich abrupt auf.

»Na also«, murmelte Aitulf, hüllte sich in die Decke und schlief wieder ein.

Plötzlich schreckte er hoch. Die Morgenkühle war gekommen und kroch in den Wagen der Schlafenden. Zwischen den Ritzen des Lederschutzes war das Sternenlicht in graue Dämmerung übergegangen.

Aitulfs Hand tastete nach dem Platz, wo Agnes geschlafen hatte, und fand ihn leer, klamm und kalt.

»Vielleicht hat sie sich woanders hingelegt«, murmelte er erschrocken und blickte besorgt zu Avremars Platz hinüber, aber Agnes war auch dort nicht zu sehen.

»Sie kann doch nicht so lange draußen gewesen sein. Vielleicht sitzt sie bei Jaakov am Feuer?«

Rasch stand Aitulf auf und kletterte aus dem Wagen.

Die ersten Boten des Morgens waren schon da: fahles Licht, das vom Nebel, der dicht über den Baumwipfeln hing, milchweiß verstreut wurde. Die Luft war feucht und kalt und Aitulf fröstelte.

Als er zur Feuerstelle hinüberblickte, sah er, dass das Feuer nahezu heruntergebrannt war. Blass und leblos leckten die Flammen im Morgennebel. Jaakov saß eingesunken neben der Glut und schien zu schlafen. Hinter ihm wuchs eine weiße Nebelwand empor.

Mit klopfendem Herzen ging Aitulf einmal um den Wagen. Keine Spur von Agnes! Inzwischen war Jaakov durch die Schritte des Diakons wach geworden und richtete sich schlaftrunken auf.

»Willst du mich ablösen?«

»Hast du Agnes gesehen?«, fragte Aitulf mit gepresster Stimme zurück.

»Nein! Ist sie nicht im Wagen?«

Aitulf schüttelte heftig den Kopf und fügte hinzu. »Sie war wach geworden und wollte nach draußen, um ihre Morgengebete zu sprechen. Ich muss danach eingeschlafen sein. Ihr Lager ist kalt und leer. Wir müssen sie sofort suchen.«

Rasch eilte der Diakon zum Wagen zurück, holte seine Wurfaxt, warf sich den Mantel über und rief den Schlafenden zu: »Agnes ist verschwunden!« Dann stürzte er nach draußen.

»Warte! Ich gehe mit!«, rief Jaakov und rannte hinter Aitulf her, der schon vom Nebel verschluckt wurde.

Der Ochse, der neben dem Baum lag, an den man ihn angebunden hatte, hob den Kopf und brüllte.

»Agnes!«, schrie Jaakov. »Agnes, wo bist du?«

Während Jaakov zur anderen Seite ging, lief Aitulf ziellos am Waldrand hin und her und rief Agnes' Namen. Dann entdeckte er einen Trampelpfad und folgte ihm, immer die Hand an seiner Franziska, während Jaakov wieder zum Wagen zurückging.

Inzwischen waren die anderen wach geworden, und Jaakov erklärte ihnen, was geschehen war. Avremar zog ächzend sein Kettenhemd wieder an und rannte ebenfalls los. Die anderen standen ratlos und schlaftrunken neben der Glut und froren.

»Wir bleiben hier, räumen die Sachen zusammen und versuchen, den Wagen aus dem Schlamm zu ziehen«, schlug Jaakov nüchtern vor. »Es hat keinen Sinn, wenn wir uns alle im Wald verteilen und uns womöglich verirren.«

»Ja, ja, nickte Florentius, »das iste besser. Wahrscheinlich machte dase Mädchen nur eine Morgengang.«

Er trat zum Feuer, warf trockenes Holz nach und half Frolaica, den schweren Topf wieder über die Feuerstelle zu hängen, wobei er versuchte, sie zu küssen. Aber Frolaica wandte ihr Gesicht ab und sagte mürrisch: »Lass mich in Ruhe. Nacht ist Nacht und Tag ist Tag.«

»Heh«, rief Florentius, »die Sklavinnen werden heutzutage immer unverschämter.« Aber er ließ sie in Ruhe.

Die Köchin nahm eingeweichte Gerstenkörner, Ziegenmilch und Salz und kochte daraus den üblichen zähen Frühstücksbrei.

Die beiden Händler holten unterdessen die Waren aus dem Wagen, um ihn leichter zu machen. Dann traten sie an das Feuer und füllten sich den Bauch mit dem Brei.

Kurze Zeit später war Aitulf wieder da. An seinem Mantel hingen dünne Zweige, seine Haare waren zerzaust und standen nach allen Richtungen ab. In der Hand hielt er sein Wurfbeil.

»Ist sie … ist sie zurückgekommen?«, fragte er atemlos.

Jaakov schüttelte bedauernd den Kopf und sagte: »Avremar ist ebenfalls losgegangen, um sie zu suchen. Du kannst etwas essen und uns dann helfen, den Wagen frei zu bekommen.«

Ein Salzfass war schon ausgeladen worden und stand auf dem Trockenen. Ohne Appetit aß Aitulf einige Löffel der warmen grauen Masse und versuchte dann mit den anderen, den Wagen zu schieben. Mit vereinten Kräften schafften sie es schließlich, die Räder aus dem Schlammloch zu befreien, und Jaakov seufzte erleichert auf. Aber Aitulf wurde schon wieder unruhig und rief: »Ich werde noch einen anderen Weg absuchen.« Dann rannte er zum Wald auf der anderen Seite des Weges. Seine Umrisse zeichneten sich inzwischen schon etwas stärker im Nebel ab.

Immer wieder rief der Diakon den Namen seiner Pflegetochter. Als er nach einer Weile ergebnislos und erschöpft zurückkam, standen Frolaica, Florentius und Jaakov zusammen und redeten heftig aufeinander ein.

»Ist sie da?«, fragte Aitulf.

Jaakov wandte sich um und schüttelte den Kopf.

»Nein, sie ist nicht da, und es scheint, als ob nun Avremar ebenfalls verschwunden ist. Ich habe schon die ganze Zeit nach ihm gerufen. Er ist weg und mit ihm das kostbare Kettenhemd, das mir nicht einmal gehört!«

»Ob ... ob die beiden sich vielleicht zusammengetan haben?«, überlegte Aitulf laut, »eine abgesprochene Sache, sie kennen sich von früher...«

»Das glaube ich nicht.« Jaakov schüttelte den Kopf. »Avremar hat doch fest geschlafen, als du die anderen geweckt hast.«

»Es sah zumindest so aus. Vielleicht gehörte es zum Plan und nun sind sie auf und davon. Was soll ich bloß tun?« Aitulf wirkte völlig verstört. Die Umsicht, die er sonst immer an den Tag legte, war wie weggefegt.

»Hör zu, was wir machen werden, Aitulf«, sagte Jaakov. »Ich muss dringend weiter. Antonaco ist nicht mehr weit. Du kannst jetzt mit uns kommen oder wir werden weiterfahren und deine und Agnes' Sachen im Kloster abliefern. Du könntest dann hier noch weitersuchen und später, wenn du die beiden gefunden hast, mit ihnen zu Fuß ins Kloster kommen. Was meinst du?«

Aitulf stand da, seine Schultern schienen tiefer zu hängen als sonst und er sagte mit tonloser Stimme. »Ich kann ohne Agnes nicht mitkommen. Ich muss weitersuchen. Aber … hier ganz allein zu sein und nicht zu wissen, was oder wer sich noch alles im Wald aufhält…?«

Er überlegte hin und her. Der Wald war gefährlich, aber Agnes einfach so aufgeben, das konnte er auch nicht. Schließlich räusperte er sich, holte tief Atem und sagte zu Jaakov: »Was du sagst, klingt vernünftig. Ich bleibe lieber hier und suche weiter. Gebe Gott, dass ich die beiden finde und nicht selbst gefangen oder gefressen werde.«

Jaakov legte Aitulf beide Arme auf die Schulter und sagte mit fester Stimme auf hebräisch: »Jebarächa Adonai – der Herr möge dich segnen.«

Dann drehte er sich um, stieg mit den anderen in den Wagen, setzte sich auf Avremars Platz und gab dem Ochsen ein Zeichen. Langsam und quietschend setzte sich das Gefährt in Bewegung und ließ Aitulf allein zurück.

*Spatha mit silbernem Beschlag*
*(zweischneidiges Langschwert mit gerundeter Spitze)*
*Sax (einseitiges, kurzes Hauschwert)*
*Franziska (Wurfaxt)*
*Ango (Lanze mit extrem langer und dünner Eisenspitze)*
*Zwei Speerspitzen.*

Grabbeigaben aus dem frühen 6. Jahrhundert, gefunden bei Antonaco (Andernach).

# 2

Es kam Aitulf vor, als ob sich die Lautstärke der Geräusche verdoppelt hätte, nachdem das Rumpeln und Quietschen des Ochsenkarrens verklungen war und er allein im Wald zurückblieb. Das wütende Gezwitscher zweier Amseln, die sich irgendwo im Geäst einer Buche stritten und durch den Nebel unsichtbar blieben, klang in seinen Ohren wie das Brüllen von Ochsen. Und das Rascheln einer Maus unter einem Busch hörte sich in Aitulfs Ohren an, als arbeite sich ein Trupp Krieger durch das Unterholz. Gedankenverloren stand er neben dem lehmigen Weg und blickte vor sich hin, ohne auf etwas Bestimmes zu achten.

Die Sonne war jetzt aufgestiegen aus ihrer Unterweltfahrt und kämpfte sich durch die feuchten, weißen Massen, zerteilte den weißen Dunst über den Bäumen und verwandelte ihn nach einiger Zeit in blaue Luft.

Aitulf nahm diese wunderbaren Dinge, die gar nicht zu seiner Stimmung passten, nur zur Kenntnis. Er sah ungerührt zu, wie Gott und seine Engel ihre tägliche Arbeit taten und das Weltgefüge am Leben hielten, wie sie die Sonnenscheibe über den Himmel schickten und das Gras wachsen ließen.

Allmählich kam er wieder zu sich und setzte sich auf einen umgefallenen Baumstamm, der längs am Weg lag und mit Moos und Schwämmen überwachsen war. Dass sein knielanges Obergewand dabei feucht wurde und die Lederriemen seiner Schuhe, die sich wieder gelöst hatten, herunterhingen, kümmerte ihn wenig.

Agnes, das einzige gemeinsame Kind, das Susanna und Kilian von Gott geschenkt bekommen hatten, war verschwunden, geraubt, vielleicht schon tot. Wenn Agnes nur zwei oder drei Jahre alt gewesen wäre, dann hätte Aitulf den Verlust eher ertragen können. Denn was war ein Kind schon wert? Selbst der Dümmste wäre in der Lage, ein weiteres Kind zu zeugen. Dann hätte Aitulf sich eben eine Frau genommen, um Ersatz für dieses Kind zu schaffen. Er hätte dieses Kind – wäre es ein Mädchen geworden – Agnes getauft.

Aber ein fünfzehnjähriges Mädchen, eine gebärfähige junge Frau war wertvoll und fast unersetzbar. Sogar das Gesetz über die Taxierung getöteter Menschen besagte das. Wer eine junge Frau, die Kinder haben könnte, tötete, konnte sich nur mit einer großen Summe von der Schuld freikaufen, mit einer Summe, die dem Wert eines ermordeten Bischofs entsprach.

Bis man ein Mädchen so weit erzogen hatte, dass sie als erwachsen galt, das war eine Leistung, die man nicht so schnell ausgleichen konnte.

Sicher, Agnes wollte keinen Mann und keine Kinder, sie wollte ihr Leben Gott weihen. Aber war sie nicht umso kostbarer, indem sie Gott diente?

»Ni habaida gahweilain und Agnes bigitja – ich habe keine Ruhe, bis ich Agnes finde«, sprach Aitulf laut auf Gotisch in seiner Muttersprache und stand auf. Er hob seine Arme feierlich zum Himmel und rief auf Latein, weil er hoffte, der heilige Martin würde das besser verstehen: »Heiliger Martin, dich rufe ich an und ihr Engel, die ihr unablässig die Erde durchstreift, um den Willen Gottes zu tun, öffnet eure Augen und lasst mich Agnes wieder finden.«

Aitulf lauschte, ob er vielleicht irgendetwas hörte. Aber da war nichts. Oder doch? Er meinte irgendwo ein Lachen gehört zu haben. Kein Lachen, das aus der Schadenfreude geboren war, sondern eins, das sorglos und heiter klang und das ihn seltsam berührte. So sorglos konnten nur Engel lachen.

Ich werde noch einmal und noch sorgfältiger den Waldsaum absuchen. Vielleicht ist mir in der Eile etwas entgangen, sagte er sich und ging hinüber zu den Bäumen. Richtig, hier war der Trampelpfad, der durch das Dickicht führte und auf dem er in der Morgendämmerung entlanggehastet war. Ein Pfad, den wahrscheinlich ein Rehrudel festgetrampelt hatte, das den Wald regelmäßig durchstreifte. Langsam und nach allen Seiten blickend ging Aitulf weiter, in der Hand die Franziska, um Zweige und Dornen abzuwehren, aber auch, um kampfbereit zu sein.

Jetzt, wo er Zeit hatte und Eile und Aufgeregtheit verschwanden, kam in ihm eine leise Angst hoch, als würde sie aus dem Morgennebel heraufsteigen. Undurchdringliche, dunkle Wälder waren etwas, das einem Respekt einflösste. Es war, als ob man in eine andere Welt eindrang, die anderen Gesetzen und Bedingungen gehorchte als die Welt der Wege, Straßen und Städte. Hinter jedem Baum konnte etwas oder jemand lauern und ihn, Aitulf, beobachten. Und es gab sogar Wesen, die sich gar nicht zu verstecken brauchten. Sie konnten sich unsichtbar machen: Waldelfen, ruhelose Geister oder Zwerge, die in den unter dem Waldboden verborgenen Felsgängen nach Silber- oder Goldadern suchten.

Die Elfen mochten unter Umständen noch freundlich sein und mit einem Menschen ihre harmlosen Scherze treiben, aber die Zwerge, die in ihrer Arbeit gestört wurden, konnten misstrauisch und bösartig werden. Ganz zu schweigen von den Geistern und Dämonen, die einen in die Totenwelt zerren konnten.

»Gode gihaldi mih bi sinan ginadin – Gott erhalte mich in seiner Gnade«, sagte Aitulf laut auf Fränkisch, um sich Mut zu machen. Offenbar dachte er, dass man Gott und die Geister auf fränkischem Boden besser mit der örtlichen Sprache anreden sollte.

Allmählich wurde der Trampelpfad breiter, der Nebel hatte sich endgültig aufgelöst und die Sonne warf leuchtende Punkte und Streifen auf die braunen und gelben

Blätter, die vom gestrigen Regen noch feucht und glitschig waren und einen Geruch von Moder, Herbst und fauligem Leben verbreiteten.

Plötzlich blieb Aitulf stehen. Seine Augen, die unablässig die Zweige, Äste und Sträucher am Weg beobachtet hatten, waren auf etwas aufmerksam geworden, das in der Sonne blinkte. Über einem Gestrüpp, rechts neben dem Weg, hing ein Gürtel. Aitulf nahm ihn in die Hand und erkannte ihn sofort. Es gehörte Agnes. Hier, auf der Gürtelschnalle, schimmerte das kleine, silberne Kreuz.

Also war sie hier gewesen! Aber sicher nicht allein. So weit in den Wald wäre sie niemals ohne Begleitung gegangen.

Entweder sie hatte den Gürtel gelöst und zurückgelassen, damit man ihn finden konnte, oder – wer immer es auch war – hatte Agnes womöglich entkleidet! Aitulf wagte nicht, sich vorzustellen, was danach passiert sein mochte.

Auf jeden Fall war er auf dem richtigen Weg. Unwillkürlich beschleunigte er seine Schritte. Und wenn es Avremar gewesen war, der mit Agnes gemeinsame Sache gemacht hatte? Aber dann hätte sie nicht den Gürtel fallen lassen. Oder hatte er sich von allein gelöst? Aitulf betrachtete ihn im Gehen. Die Schnalle war verbogen, sie könnte also von selbst aufgegangen sein. Während Aitulf weiterhastete, bemaß er kurz den Sonnenstand, um sich zu orientieren. Er bewegte sich in nördlicher Richtung und würde wahrscheinlich irgendwann nördlich von Antonaco an den Rhenus stoßen.

Warum sollten die Entführer zum Rhenus wollen? Doch nur, um auf ihm mit einem Boot schneller weiterzufahren oder aber … ihn zu überqueren?

Wenn sie das vorhatten, dann mussten es Sachsen sein, denn die alte Grenze der Römer mit den inzwischen verfallenen Steintürmen lag jenseits des Rhenus und zwar dort, wo das Gebiet der Sachsen begann.

Aitulf schloss voller Verzweiflung die Augen. Wenn Agnes von Sachsen geraubt worden war, dann bedeutete das Sklaverei, oder man machte sie zu einer Konkubine oder man tötete sie!

Ohne, dass Aitulf es merkte, fiel er in einen leichten Laufschritt und wurde nach einiger Zeit jedoch wieder langsamer, weil er Seitenstechen bekam. Er war dieses Tempo nicht mehr gewöhnt. Währenddessen erinnerte er sich daran, wie er vor über fünfzehn Jahren mit seinem Freund Kilian in der Nähe von Adquintum den Wald durchquert hatte, auf der Suche nach einem wundertätigen Einsiedler. Zu dieser Zeit waren sie noch keine Freunde, sondern erbitterte Gegner gewesen, bis Aitulf Kilians Leben rettete, als sie von einem Keiler angegriffen wurden. Damals hätte er es nicht für möglich gehalten, dass er eines Tages Kilians erwachsene Tochter suchen würde.

Plötzlich hörte Aitulf ein Gebrüll, das von vorne kam. Erschrocken blieb er stehen. Was war das? Schnell trat er hinter den glatten Stamm einer Buche und wartete. Seine rechte Hand hielt die Wurfaxt umklammert, bereit, sie jeden Augenblick zu schleudern.

Jetzt war ein Rascheln zu hören und der Waldboden vibrierte. Ungefähr zwanzig Schritte entfernt brachen drei Rehe aus dem Gebüsch und jagten weiter auf dem Weg. Obwohl sie verfolgt wurden, hatte sich die Eleganz ihrer Bewegungen nicht verloren, als sei die Jagd ein Spiel und kein Wettlauf mit dem Tod.

Unmittelbar danach tauchte ein brauner, beweglicher Felsen auf, den Aitulf als Bären erkannte. Trotz seiner Größe und scheinbaren Unbeholfenheit lief er rasch auf allen vieren durch den Wald. Aber die Rehe waren schneller. Er würde sie nicht einholen können. Das schien ihm auch allmählich aufzugehen, denn er setzte sich in Sichtentfernung von Aitulf mitten auf den Weg und schnüffelte im Laub herum, auf der Suche nach Käfern und Beeren. Sobald der Bär beschäftigt genug schien, trat Aitulf leise hinter dem Baum hervor und rannte auf dem eingeschlagenen Pfad weiter. Denn falls der braune Riese es sich anders überlegte und umdrehte, hatte Aitulf keine Lust, ihm zu begegnen.

Nach einer Meile führte der Waldweg auf eine Lichtung und Aitulf blieb schwer atmend stehen. Er lauschte, aber der Bär schien zu träge gewesen zu sein, um die Verfolgung aufzunehmen. Der Diakon sah sich um: Das Gras und das Laub waren zertrampelt. Hier musste eine ganze Gruppe von Menschen oder Tieren gewesen sein. Er bückte sich. Auf dem Boden lagen dunkle Klumpen. Er roch daran. Das war eindeutig Pferdedung. Hier waren also Pferde festgebunden gewesen und wahrscheinlich bewacht worden.

Aitulf erkannte in einem feuchten Teil des Waldbodens, an einer Stelle, wo die Blätter zur Seite gefegt waren, Abdrücke von Lederschuhen. Und da, dieser kleine Abdruck könnte sogar der Schuh einer Frau gewesen sein. Ob Agnes hier war? Auf jeden Fall hatten die Entführer die Pferde genommen und waren auf ihnen – mit ihren Gefangenen – weitergeritten.

Jetzt war es nicht mehr schwer, die Spuren weiterzuverfolgen. Offenbar waren die Pferde vom Ufer des Rhenus hierhergebracht worden, hatten hier gewartet und waren dann mit der »Beute« zurückgeführt worden.

Aitulf ging mit großen Schritten weiter. Zum Fluss konnte es nicht mehr weit sein.

Als die Sonne ihren Höchststand erreicht hatte, wurde der Wald lichter, der Weg verlor sich zwischen den Bäumen und Aitulf kam an den Waldrand. Er blickte sich um. Dort unten, in der Ebene, teilweise verdeckt von Büschen und Bäumen floss der Rhenus. Rechts, weiter flussaufwärts, musste Antonaco liegen. Aitulf hielt die Hand über die Augen und spähte in diese Richtung. Im Mittagsdunst meinte er, einen Turm zu erkennen, aber das konnte auch eine Täuschung sein.

Langsam und bedächtig stieg er tiefer, seinem Ziel zu, den breiten Strom zu erreichen. Sich jetzt zu beeilen, hätte keinen Sinn. Was nützte es ihm, den Fluss früher zu erreichen, dafür jedoch mit gebrochenem Fuß?

Als er sich schließlich durch Dornen und Gestüpp hindurchgekämpft hatte, stand er am Ufer des Rhenus und blickte bewundernd auf das träge dahinfließende Wasser. Wie breit der Fluss war! Mindestens dreimal so breit wie die Mosella. Von früher gab es hier noch eine Brücke, wahrscheinlich von den Römern gebaut, nun aber war sie zerstört. Nur die Basis der Steinpfeiler stand noch und ließen das Wasser aufschäumen.

Er hatte den Rhenus bisher nur weiter südlich bei Basilia gesehen und selbst dort war er schon beeindruckend groß gewesen, wie viel mehr aber hier!

Sorgfältig sah er sich nach weiteren Spuren an der Flussaue um. Hier hatten die Pferde wieder gewartet und dort waren deutlich Schleifspuren eines großen Lastkahns zu erkennen. Ein breiter Holzpfahl war in den Boden gerammt worden, an dem man ein Boot vertäuen konnte. Hier also hatte man die beiden Pferde, die Gefangenen und noch ein oder zwei Menschen verladen. Und da es im Morgengrauen geschehen war, fiel die merkwürdige Fracht auf dem Rhenus nicht weiter auf. Man musste nicht einmal rudern oder ein Segel hissen, denn der Kahn trieb mit der Strömung. Nur steuern musste man das Boot, um ans andere Ufer zu gelangen. Aitulf war sich jetzt fast sicher, dass Agnes und Avremar von Sachsen geraubt und über den Rhenus gebracht worden waren. Aber zu welchem Zweck?

Auf jeden Fall hatte es keinen Sinn, die Verfolgung jetzt weiterzuführen. Er hatte kein Boot zur Hand und niemand wusste, wo die Entführer angelegt hatten. Um Agnes zu finden, musste er sich etwas Neues überlegen. Es blieb ihm nichts anderes übrig, als zu Fuß nach Antonaco zu gehen, das Kloster aufzusuchen und die Ereignisse mit der Äbtissin zu besprechen. Dann würde er zunächst bei Confluentis auf der Mosella nach Treveris zurückfahren und später die Suche fortsetzen.

Während Aitulf sich jetzt nach Südosten wandte und auf dem Uferweg Richtung Antonaco ging, spürte er die Müdigkeit, die er seit dem Morgengrauen weggeschoben hatte. Seine Beine fühlten sich schwer wie Eisen an, und ab und zu musste er herzhaft gähnen. Während die Sonne auf seinen Rücken schien, verstärkte die Wärme noch seine Müdigkeit. Es würde ein sonniger Herbsttag werden. Wie schön wäre es, sich auf ein weiches Moospolster zu legen und eine Weile zu schlafen!

Aber der Diakon verwarf den Gedanken und ging weiter, sah zu dem Fluss hinüber, auf dem die kurzen Schatten der Uferbäume lagen und der in der Mitte glitzerte und glänzte, als hätte ihn jemand poliert. Ab und zu trieben Fischerboote vorbei und von einem breiten Handelskahn winkten die Leute dem einsamen Wanderer am Ufer zu.

Warum nur hatte er Agnes nicht überreden können zu einer Bootsfahrt? Das hätte alles verändert. Inzwischen wäre sie schon in ihrem kleinen Kloster und würde mit ihrer Cousine die neusten Ereignisse besprechen.

Nachdem die Schatten um die Spanne einer Hand größer geworden waren, traten die Bäume zurück und eine waldfreie Zone erstreckte sich zu beiden Seiten des Flusses. Deutlich konnte Aitulf nun auch das halb zerstörte Westtor des alten römischen Kastells sehen, an das sich eine baufällige Mauer anschloss. Unwillkürlich musste er, während er weiterging, an die beschädigte Stadtmauer von Treveris denken, als er die Mauerreste des alten Römerkastelles sah: Der obere Rand wirkte wie ausgefranst und an manchen Stellen war die Mauer so niedrig, dass ein erwachsener Mann ohne Weiteres hinüberklettern konnte. Einige Abschnitte waren dunkel, vom Ruß eines

Feuers geschwärzt, das vor einigen Jahrzehnten die Siedlung verwüstet hatte.

Weiter hinten, an der nordöstlichen Ecke ragte ein hohes Gebäude über die Mauern. Wahrscheinlich eine Art Palast, der dem römischen Präfekten gehörte und später einem königlichen Beamten oder dem Bischof als Wohnung diente, wenn er Antonaco besuchte.

Durch das Westtor, das ebenso wie alles andere stark mitgenommen war, kam gerade eine Gruppe Menschen heraus, die meisten zu Fuß, drei Männer mit Kettenhemden jedoch auf Pferden.

Aitulf neigte den Kopf und man begrüßte ihn neugierig. Aber offenbar hatten die Leute anderes zu tun, als mit einem Fremden zu reden.

Er durchschritt das hohe Steintor und betrat das schadhafte Kopfsteinpflaster, das rechts und links von Abfallhaufen gesäumt war, die entsetzlich stanken.

Seine eigene Stadt Treveris barg auch nicht gerade die Düfte des Paradieses, aber da sie größer und breiter angelegt war und mancher Abfallhaufen in den schadhaften römischen Kanälen verschwand, verteilte sich der Schmutz auf den Straßen. Hier jedoch, in diesem engen Stadtgebiet mit nur 400 Ellen Ausdehnung nach einer Seite, konzentrierte sich der Gestank, sodass Aitulf unwillkürlich durch den Mund atmete. Und jetzt rumpelte sogar noch ein Karren vorbei, der Fässer geladen hatte, in denen menschliche Fäkalien hin- und herschwabbten und an der Seite heruntertropften. Wahrscheinlich waren gerade die Lutumkästen einiger Häuser geleert worden. Der Mann, der vorne auf dem Karren saß und den Ochsen vorwärtstrieb, hatte sich Mund und Nase mit einem Tuch verbunden und nickte deshalb nur stumm dem Fremden zu.

Der Regen vom Vortag war nicht so stark gewesen, dass er alles weggeschwemmt hätte (die Straßen hatten nämlich eine leichte Neigung zum Rhenus hin), aber die Abfallhaufen, die zuvor eingetrocknet gewesen waren, entfalteten durch die Feuchtigkeit erneut ihren unangenehmen Geruch.

Hoffentlich ist das Kloster so gebaut, dass der Gestank nicht so stark hereindringt, dachte Aitulf und sah einen alten Mann, der sich auf einen Stock stützte und aus einem winzigen Holzhaus trat, dessen Dach mit Stroh gedeckt war.

Der Diakon trat auf ihn zu, begrüßte ihn, sagte seinen Namen und woher er kam, dann fragte er: »Ich suche ein Frauenkloster, das hier sein soll. Kannst du mir den Weg beschreiben?«

Der Alte lehnte umständlich seinen Stock gegen die Wand und hielt die Hand hinter das Ohr. Aitulf wiederholte seine Frage mit doppelter Lautstärke und der Alte nickte lächelnd. Er hatte zumindest die Frage verstanden.

»Ich kenne kein Frauenkloster hier«, sagte er mit zitternder Stimme, nahm seinen Stock und humpelte weiter.

Nun, dachte Aitulf, es ist neu gegründet und wahrscheinlich noch nicht so bekannt.

Überall hatten die Leute auf alten römischen Steinfundamenten ihre fränkischen Holzhäuser gebaut. Meistens mehr recht als schlecht, aber es war jeweils ein Dach über dem Kopf. Eine Frau in Begleitung ihrer Magd, die ein Stoffbündel auf dem Kopf trug und vorsichtig über den Schmutz stieg, wie ein Storch, der mit seinen hohen Beinen durch die Sümpfe stolzierte, war die Nächste, die Aitulf nach dem Kloster fragte. Aber auch hier erntete er nur ein hilfloses Kopfschütteln.

Beim Nächsten, an den er sich wandte, hatte er eine Idee: »Gibt es hier zwei Händler mit einem Ochsenkarren, die Salz, Wein und Leder verkaufen?«

Eifrig nickte der Sklave, der einen gefüllten Ziegenschlauch auf der Schulter trug, und wies ihm den Weg außerhalb der Kastellmauern zu einem freien Platz gegenüber dem Südtor, wo sich die Wege kreuzten.

Aitulf bedankte sich erleichtert.

Schon von weitem hörte er Florentius' Stimme: »Wir habene vorzügliche Wein anzubieten, dunkelrote Wein aus Septimanien, schwere unde süß für besonderes Fest und den bekömmlichen Weine an die sonnigen Hängen der Mosella. Wir bieten eine Urna für zwei Silberstück aus Treveris oder Colonia, eine Amphora für vier Silberstück und zume Probieren eine Quartarius für ein Viertel Silber.

Und … fühle unsere vorzügliche Leder. Fein wie die Haut der Jungfrauen im Paradies und weich wie die Musik der Engel. Wir haben Schafleder, Reh- und Hirschleder und für besondere Ansprüche Felle von Marder, Fuchs, Biber und Otter. Kommte her und spürte, wie weich unde warm es ist. Und bald werden der Stürme viel wehen und Kälte wird kriechen in eure Haut wie eine Dieb …«

Eine Hand voll Leute hatte sich um den Ochsenkarren geschart und hörte staunend Florentius' Lobeshymnen zu, die einem glauben machen wollten, dass es in ganz Franken keine besseren Waren gab als gerade hier und man das große Glück hatte, auf die besten Händler zu stoßen, die zwischen Mosella und Rhenus umherzogen.

Eine Ziege, die jemand mitgebracht hatte, leckte an einem der Salzfässer und ein Kleinkind mit einem knielangen Hemd ohne Ärmel krabbelte vor Florentius' Füßen herum und versuchte, sich an seinen Beinen festzuhalten. Frauen in langen, dunklen Woll- und Leinenkleidern, an den Schultern durch Fibeln zusammengehalten, und mit farbigen Mustern aus dem Saft der Heidelbeere oder dem Ginster, blau und gelb an den schmutzigen Säumen verziert, standen zusammen und kommentierten Florentius' feurige Ansprache. Einige der Frauen trugen auch zwei Gürtel, unterhalb der Brust und oberhalb der Hüften, um ihr bodenlanges Hemdkleid in raffinierte Falten zu legen oder die Brust an einer Seite freizulassen, um ein schreiendes Kind schnell stillen zu können.

Die Herbstsonne schien warm und mild auf die Kreuzung, neben der eine Gruppe Eichen wuchs, die Schatten spendete und so einen natürlichen Versammlungsplatz schuf. Weiter hinten standen zwei halbwüchsige Mädchen mit kurzen Wickelröcken, die knapp über die Knie reichten, und machten sich über Florentius' Aussprache lustig.

Über einer Stange waren die Lederstücke ausgebreitet und daneben, auf dem Boden, stand ein Weinfass, dessen Deckel zur Seite geschoben war. Frolaica schöpfte gerade daraus und goss mit einer Kelle Wein in einen Krug, den ihr jemand hinhielt. Jaakov saß auf einer Bank und schrieb etwas auf. Als er sah, dass jemand vor ihm stand, blickte er auf.

»Aitulf!«, rief er. »Da bist du ja. Und hast du sie...?«

Aber er brauchte das Wort *gefunden* gar nicht mehr auszusprechen, denn Aitulfs Gesichtsausruck verriet schon alles.

»Setz dich.« Er deutete auf den freien Platz neben ihm auf der Bank, die vorher im hinteren Teil des Wagens gestanden hatte.

Aitulf ließ sich seufzend und dankbar auf den Sitzplatz fallen. Er war zum Umfallen müde, und es tat gut, die Beine auszustrecken neben jemandem, den man kannte. Das Gesicht Jaakovs kam ihm schon wie das Gesicht eines alten Bekannten vor.

»Es ist gut, sich zu setzen und dem Stadtgeruch zu entfliehen.«

Jaakov nickte und schrieb weiter: »Aus gutem Grund haben wir unseren Verkaufsstand hier aufgebaut, wo ein kleiner Wind weht. Wenn man aus den Wäldern kommt, ist der Stadtgeruch besonders schlimm.« Er machte eine Pause, steckte das schräg abgeschnittene Rohr in ein Gefäß mit Tinte, sah zu Aitulf hinüber und sagte, wie um eine Tatsache festzustellen: »Du hast sie also nicht gefunden.«

»Nein, ich habe sie nicht gefunden«, bestätigte Aitulf mit müder Stimme, »immerhin habe ich aber Agnes' Gürtel auf dem Waldweg liegen sehen und entdeckt, dass der Weg zu einem Anlegeplatz für Boote führt.«

Florentius' Stimme wurde noch lauter, geradezu beschwörend, sodass Aitulf gegen den Verkaufslärm ankämpfen musste. Mit kräftiger Stimme fuhr erfort: »Ich vermute, dass Sachsen die beiden mitgenommen haben.«

»Das hört sich schlimm an. Fast sieht es so aus, als ob ...«, Jaakov zögerte.

»Als ob ich sie nicht wieder sehen werde«, vollendete der andere den Satz.

Da fiel ihm seine ergebnislose Suche nach dem Kloster wieder ein und er fügte hinzu: »Es kommt mir alles seltsam vor. Jetzt kann ich nicht einmal das neu gegründete Frauenkloster finden. Keiner kennt es und da dachte ich, ich suche zunächst einmal euch, vielleicht habt ihr eine Ahnung wo es ist.«

Jaakov nickte. »Ja, es stimmt. Auch ich hatte Schwierigkeiten, das Gebäude gleich zu finden. Es hat sich noch nicht genügend herumgesprochen, dass es so etwas hier gibt. Aber schließlich hatte ich Glück bei einem Priester, der mir über den Weg lief.«

Er sagte, das Kloster sei noch nicht gebaut und die Frauen befänden sich in einer alten römischen Villa, die sie notdürftig hergerichtet hätten. So lange das Kloster noch nicht fertig ist, wohnen sie dort. Und die Villa liegt außerhalb der Stadt in Richtung Confluentis. Du kannst sie nicht verfehlen, wenn du diesen Weg nimmst«, er deutete nach Südosten und fuhr fort: »Nach einiger Zeit, etwa so lange wie du zum Umfüllen eines Weinfasses brauchst, liegt neben einer Mühle auf der rechten Seites des Baches eine zusammengeflickte römische Villa. Ich glaube, ein Friedhof ist auch dabei.«

Aitulf nickte und erhob sich schwerfällig. »Wir haben jedenfalls eure Sachen dort abgeliefert«, setzte Jaakov hinzu, »und dich und Agnes angekündigt.« Er stockte. »Nun ja, ich dachte, dass du sie gefunden hättest.«

Es ist immer das Gleiche, dachte Aitulf, wenn man sich nach einer langen Strecke erst einmal gesetzt hat, wird das Gehen noch mühseliger als vorher.

»Danke für alles«, sagte er und ging zu Florentius und Frolaica hinüber, um sie zu begrüßen.

»Ach ... Aitulf!«, rief Jaakov ihm hinterher.

Aitulf drehte sich um. »Ja?«

»Da ist noch etwas. Ich habe den Priester über die Schwestern ausgefragt, neugierig, wie ich nun einmal bin, und schließlich kam heraus, dass eine darunter ist, die weissagen kann. Vielleich hilft es dir weiter.«

»Gut. Ich werde nachforschen«, nickte Aitulf: »Ob ich in dem Kloster übernachten kann, weiß ich nicht. Bleibt ihr noch eine Nacht hier oder fahrt ihr gleich weiter nach Colonia?«

Jaakov kratzte sich am Kopf. »Wahrscheinlich findest du uns abends noch auf dem Platz. Wir sind froh um jeden, der bei der Nachtwache hilft. Falls wir uns aber nicht mehr sehen, solltest du mich auf jeden Fall in Colonia besuchen. Frage einfach nach dem Juden Jaakov, dann wird man dir mein Haus zeigen.«

Aitulf nickte. »Vielleicht werde ich das sogar irgendwann tun.«

Mit diesen Worten ging er zu Florentius und Frolaica hinüber. Der Romane hatte gerade seine Verkaufsbeschwörungen beendet und war damit beschäftigt, die verzauberten Kunden abzufertigen. Für den Diakon hatte er nur wenig Worte übrig, weil seine Augen ständig zur Seite glitten, um neue Kunden ausfindig zu machen. Aber Frolaica begrüßte ihn mit einem warmen Lächeln und legte ihm zum Abschied den Arm auf die Schulter.

»Hoffentlich findest du Agnes wieder.«

»Ich hoffe es auch. Der heilige Martin wird mir helfen.«

Dann wandte er sich um und ging weiter in Richtung

Confluentis. Nach einiger Zeit sah er einen Bach und erreichte bald die Mühle, die vor sich hinklapperte und die Villa, die zu einem Kloster umgebaut worden war.

Der ursprüngliche Bau musste großzügig angelegt gewesen sein. Aitulf schätzte eine Seite des quadratischen Gebäudes auf mindestens vierzig Ellen. Von einer früheren Palisadenwand standen noch vereinzelt ein paar spitz zugeschnittene Holzpfähle und es sah so aus, als ob man die Schutzwand wiederherstellen wollte, denn ein paar Schritte weiter sah Aitulf vier Ellen lange Eichenpfähle auf dem Boden liegen.

Hinter zwei stark beschädigten Säulen am Haupteingang befand sich das breite Holztor.

Keine klösterliche Stille empfing Aitulf, als er näher kam, sondern eine Anhäufung von Geräuschen, die keineswegs von dem kontemplativen Charakter dieses Hauses zeugten: das Rotieren und Knarren des bemoosten Mühlrades, das Blöken von einem Dutzend Schafen und das Meckern einiger Ziegen, die neben dem Kloster auf einem abgezäunten Stück Land grasten. Und aus dem Atrium hörte er laute Frauenstimmen, die sich stritten. Aber ganz im Hintergrund erklang einstimmiges Singen durch die Mauern wie leises Vogelgezwitscher, das auch bei größerem Lärm noch zu hören ist.

»Das muss das Psalmgebet zur Non sein«, murmelte Aitulf, »aber zu wem gehören dann diese kreischenden Stimmen?« Gespannt betätigte er den aus Bronze gefertigten Türklopfer und wartete.

Sofort verstummten die lauten Stimmen und zwischen dem Meckern der Ziegen klangen die Psalmgebete jetzt deutlicher zu ihm herüber. Aitulf hörte Schritte, in der Tür wurde eine Klappe geöffnet und das neugierige Gesicht einer alten Frau erschien in dem schmalen Viereck, umrahmt von einem schwarzen Kopftuch und umgeben von einer Duftwolke aus Schafskäse und Zwiebeln.

»Salve, domino tecum. Ego sum Aitulfus diakonus

treverorum et … Sei gegrüßt, der Herr sei mit dir. Ich bin Aitulf, Diakon aus Treveris und…« Während er versuchte, in einem holprigen Latein sein Anliegen vorzubringen, verzog die Frau den Mund zu einem breiten Grinsen. Ihre Augen lagen verborgen in einem Kranz aus hundert Lachfalten, sie zeigte ihre Zahnlücken und hauchte den Diakon mit ihrem Zwiebelatem in hiesiger Sprache zu: »Gedruhi ni dina zunga. ih wizzo franco – Verknote deine Zunge nicht. Ich spreche nur Fränkisch.«

Aitulf wiederholte seinen Spruch noch einmal auf Fränkisch und da er es nur mit einer alten Pförtnerin zu tun hatte, legte er einen gewissen Befehlston in seine Stimme. Schon ging die Klappe wieder zu und das Tor, das von innen verriegelt war, schwang ächzend auf.

Die Strahlen der Nachmittagssonne fielen schräg in das Atrium, dessen inneres Dach fehlte, sodass der Hof nach oben ganz offen war. Schmale, römische Ziegel bedeckten den Boden in einem Fischgrätmuster, das an einigen Stellen durch gröbere Steine ersetzt worden war. Auch an den Dächern der Anlage war geflickt worden: Diese Stellen waren nun mit Holzschindeln gedeckt. Nur bei einem Teil des Gebäudes konnte man noch die ursprünglich gebrannten halbrunden Dachziegel erkennen. Aber auch diese wiesen Lücken auf. Das ganze Anwesen sah aus wie ein altes kostbares Kleid, das löcherig geworden war und das man mit Stofffetzen geflickt hatte. Manche Gebäude bestanden noch aus den alten Steinwänden, andere, die wahrscheinlich vollkommen zerstört gewesen waren, hatte man mit Holz und Lehm aufgebaut, so wie es die Franken liebten.

In einer sonnenbeschienenen Ecke des Atriums saß eine Frau und rupfte ein Huhn. Das musste wohl die andere laute Stimme gewesen sein, die Aitulf gehört hatte.

»Im Augenblick singen die Schwestern ihr Tagzeitengebet«, nuschelte die alte Frau zwischen ihren Zahnlücken, »du musst dich noch etwas gedulden. Sobald sie fertig sind, werde ich der Äbtissin Bescheid sagen.«

Dann ging sie zu der Frau mit dem Huhn und sagte mit erhobener Stimme: »Ich habe es dir schon einmal gesagt, dass du nicht hier sitzen kannst. Der Innenhof ist für die Schwestern da, sie wollen nicht sehen, wie man Hühner rupft, während sie vorübergehen. Dein Platz ist in der Küche!«

»Du hast mir gar nichts zu befehlen!«, schrie die andere Frau und rupfte ungerührt ihr Huhn weiter. »Die Küche ist ein kaltes Loch, und meine Knochen brauchen etwas Wärme. Solange die Schwestern mit Singen beschäftigt sind, störe ich sie auch nicht.«

Verwünschungen murmelnd, die einem Kloster kaum angemessen waren, verschwand die Alte in einem Durchgang, der zu dem zweiten Teil der Villa, der Säulenhalle, führte.

Aitulf, mit der Hühner rupfenden Köchin allein zurückgelassen, fühlte sich genötigt, ein paar Worte zu reden, vielleicht konnte er ja auch mehr über das Kloster erfahren.

Nach einem höflichen Gruß, den die Alte brummend erwiderte, ohne aufzuschauen, was ihr als untergeordnete Magd auch zukam, fragte Aitulf: »Du bist also die Köchin hier?«

»Das kann man so sagen, wenn man weiß, was man sagt.«

Oho, dachte Aitulf, ich habe es mit einer philosophischen Köchin zu tun.

»Nun«, fuhr er mit Bedacht fort, »eine Köchin ist meiner Ansicht nach eine Frau, die bestimmte … Nahrungsmittel, zum Beispiel Hühner, rupft, reinigt, würzt und sie dann für eine Gemeinschaft mundfertig zubereitet.«

»Nun, das stimmt nur zum Teil«, sagte sie, während sie ihre Tätigkeit nicht unterbrach, »du vergisst die höhere Bestimmung der Köchin, die im Auftrag Gottes Menschen ernährt und sättigt. Ihre Hände sind sozusagen seine Hände.«

Unwillkürlich blickte Aitulf auf die mit Runzeln und

Falten verzierten Hände, deren Fingernägel seit einer Woche womöglich nicht mehr gereinigt worden waren, und es fiel ihm schwer, diese Hände als göttlich zu bezeichnen.

»O ja«, er verbeugte sich leicht und in seine Augen trat ein übermütiges Leuchten; zum ersten Mal vergaß er seine Sorgen mit Agnes, »ich habe wahrlich diesen wichtigen Teil vergessen, wobei ich allerdings immer angenommen habe, dass die Hände Gottes etwas sauberer sind als deine.«

Die Hände der Köchin hielten kurz in ihrer Beschäftigung inne, um dann umso heftiger mit dem Rupfen fortgefahren, sodass einige Federn umherflogen, als trügen sie selbständiges Leben in sich.

»Als Gott Himmel und Erde erschuf«, hörte Aitulf die Stimme der Köchin, die jetzt lauter und fester wurde, »meinst du nicht, dass seine Hände voller Erde und Schlamm waren und dass er danach den Sabbat brauchte, um seine Nägel zu reinigen?«

Ich muss aufpassen, dachte Aitulf, die Alte ist auch noch theologisch gebildet. Mein Gott, jetzt reden schon Köchinnen über Gott und die Schöpfung. Wir leben in seltsamen Zeiten.

»Ich staune über deine Weisheit, o hühnerrupfende Köchin«, fing Aitulf an, »ich muss zugeben, dass ich über diesen Aspekt des siebten Tages noch nie nachgedacht habe, tatsächlich können schmutzige Hände ein Zeichen sein, dass gearbeitet wurde und somit eine gewisse Würde besitzen. Doch, denke ich, was eine Köchin besonders auszeichnet und was ihr eine große Achtung verleiht, ist die Tatsache, dass am Ende nach allen Vorbereitungen ein Gericht herauskommt, das einem irgendwie schmeckt. Was hältst du von dieser gewagten These?«

Aitulf, der die ganze Zeit neben der Frau stand und sie von oben betrachte, sah, dass trotz des Kopftuchs, das einen Teil des Gesichtes verbarg, ein leises Lächeln sichtbar wurde.

»Du musst ein weiser Mann sein und doch irrst du gewaltig. Ist nicht der Geschmack ein trügerisches Ding? Dem einen schmeckt das Gericht mit viel Salz und Zwiebeln, dem anderen das gleiche ohne Zwiebeln mit Fenchel. Es ist nicht die Aufgabe der Köchin, dem Gaumen eines verwöhnten Mannes oder einer Frau zu dienen, denn das treibt sie nur noch mehr in die Lust des Fleisches, und ihre Gedanken werden nicht mehr auf die Gebete gerichtet, sondern auf die nächste Mahlzeit. Deshalb wäre es für eine wahrhaft gute Köchin nützlich, wenn sie so zubereitet und kocht, dass das Essen gerade eben genießbar ist, aber nicht mehr. So wird die Speise zur geistlichen Speise und das Bier zum geistlichen Getränk.«

Nur mit Mühe konnte Aitulf eine passende Antwort finden. »Hat Gott nicht zu den Werken der Schöpfung gesagt: *Es ist gut* ? Und sollen wir als seine Ebenbilder uns nicht auch bemühen, gute Dinge zu tun und zu kochen? Ein wirklich gutes Essen wird auch die Seele erfreuen und den Esser zwingen in Freiheit seinen Bauch und Gaumen zu zähmen und Gott ein Loblied zu singen.«

Bevor sie etwas erwidern konnte, fuhr Aitulf fort: »Lass mich dir ein kleines Kunstwerk vortragen, das diesen guten Aspekt des Essens unter dem Gesichtspunkt der Verdauung besingt und trotzdem geistlich ist, wobei ich allerdings die Meldodie vergessen habe:

*O milder, würz'ger Knall*
*du kamst aus den Gedärmen,*
*Ergebnis edler Speisen,*
*die Herz und Bauch erwärmen!*

*Bist nur der eignen Nas'*
*ein angenehmer Gast.*
*Die andern Riecher finden dich*
*gemein und grob.*
*So gleichst du*
*rundherum dem Eigenlob.*

Die Hände hörten mit Rupfen auf und es schien, als ob sie dem Reim nachsannen. Und der Kopf der Köchin zuckte, weil sie den Reimenden gerne genauer betrachten wollte, dann aber siegte das Wissen um ihren Platz im Leben, und sie nahm das Huhn und schlitzte mit einem scharfen Messer den weißen Bauch auf, um es auszunehmen. Aitulf freute sich schon, dass er das Wortgefecht gewonnen hatte. Aber er hatte sich zu früh gefreut. Denn als das Huhn ausgenommen worden war und der Nächste der gerupften Vögel an die Reihe kam, sagte die Köchin:

»O verwirrtes Geschlecht! Wie lange soll ich noch für euch kochen? Ist nicht der Mensch mehr wert als sein Gedärm? Und hat nicht die Seele mehr Herrlichkeit als die Zunge? Und hat nicht unser Herr gesagt: Wenn dich deine Zunge ärgert, reiße sie aus?«

Unglaublich, dachte Aitulf, was sich unter dem Kopftuch einer Köchin alles verbirgt. Dies ist nun schon die zweite Köchin, die mich verwirrt, doch diesmal meinen Geist und nicht meinen Körper. Sie würde gut zu Henoch, dem Einsiedler passen, den Kilian und ich vor fünfzehn Jahren getroffen haben.

»Es wäre allerdings verhängnisvoll«, sagte Aitulf laut, »wenn wir uns die Zungen herausrissen, denn dann könnten wir nicht mehr miteinander sprechen und unser Gespräch ähnelte einem breiartigen Gemurmel. So lange die Zunge da ist, will sie auch ernst genommen werden. Außerdem ist das Wort des Herrn eher bildlich zu verstehen.«

Die Köchin seufzte. »Ich sehe schon, dass ich es mit einem unbelehrbaren, wenn auch geistreichen Mann zu tun habe…«

» … der jeder Köchin, besonders diesem Exemplar, seine tiefe Verehrung zukommen lässt.« Mit diesen Worten neigte Aitulf seinen Kopf und sagte: »Mit aufrichtiger…«

Aber weiter kam er nicht, denn eine laute, weibliche, befehlsgewohnte Stimme rief: »Quid hoc rei est? – Was geht hier vor?« Warum sitzt du mit der Arbeit im Atrium, Hiltgunt und was redest du da mit diesem Mann?«

Hiltgunt, die bei der Stimme leicht zusammengezuckt war, erhob sich sofort, sammelte die Federn ein, verbeugte sich vor der Äbtissin und eilte mit dem Topf und ihren Hühnern dem Eingang zur Küche zu, nicht ohne sich vorher umzudrehen und einen Blick auf den Mann zu erhaschen, mit dem sie sich eben so vorzüglich unterhalten hatte.

Und auch Aitulf konnte die Köchin nun besser erkennen und sah das schmale Gesicht einer älteren Frau, spitz wie eine Maus, mit verschmitzen Augen und einem breiten Mund.

Nach dem hastigen Abgang wandte er sich der Vorsteherin zu und sagte in seinem leicht fehlerhaften Latein: »Seid gegrüßt, ich bin Aitulf aus Treveris, der Vater von Agnes, die eigentlich heute hier sein sollte. Und ich bin gekommen, um die traurige Nachricht zu überbringen, dass sie wahrscheinlich von Sachsen entführt wurde.« Aitulf holte Luft, um von Jaakov und dem Gepäck zu erzählen, aber die Äbtissin hob die Hand und sagte:

»Ich weiß. Agnes' Sachen sind hier. Eine wirklich traurige Nachricht, die uns alle erschüttert hat. Wir haben Agnes in unsere Gebete mit eingeschlossen und hoffen, dass wir sie hier eines Tages sehen.«

»Ja, das hoffe ich auch. Möge der Heilige Martin uns bei der Suche helfen.«

Es entstand eine Pause, und Aitulf streifte mit einem Blick die Frau, die das kleine Kloster leitete. Sie war etwa so groß wie er, trug ein dunkelbraunes Obergewand, und ihr schmales Gesicht war von einem weißen Schleier umrahmt, sodass nur Augen, Nase, Mund und Kinn zu sehen waren. Über den Kopf hatte sie ein dunkles Tuch gelegt, das bis zur Hüfte reichte und aussah wie langes glattes Haar, das offen herabfiel. Um ihren Hals hing an einer Kette ein Kreuz aus polierter Bronze, in dessen Mitte ein

Stein blitzte. Die Züge der Frau waren herb und eckig, die Haut verhältnismäßig glatt, die Nase leicht gebogen und halbkreisförmige Brauen unterstrichen die großen Augen.

Aitulf dachte unwillkürlich an eine Eule. Obwohl die Äbtissin nicht gerade schön aussah, drückte sich eine gewisse Würde in ihren Gesichtszügen aus.

»Gehen wir in das Gästezimmer, da können wir ungestört reden. » Sie wandte sich um und schritt auf einen Raum zu, der direkt neben dem Eingang lag.

Die Einrichtung des Gästeraums war schlicht: Eine Holzbank lehnte an der einen Wand, vier Hocker waren im Halbkreis um einen niedrigen Tisch gruppiert, auf dem ein Tonkrug mit mehreren Bechern stand. Um eines der Tischbeine hatte sich eine Pfütze gebildet. Offensichtlich war das Dach nicht ganz dicht. Ein etwas besserer Stuhl mit Rückenlehne bildete den Abschluss des Mobiliars. Neben der Bank befand sich in Augenhöhe ein quadratischer Durchbruch zum angrenzenden Zimmer, der mit einem Holzgitter ausgefüllt war.

Die Äbtissin ging zu dem einzigen glaslosen Fenster, entriegelte den Holzladen und stieß ihn nach draußen, sodass Sonnenlicht ins Zimmer fiel, das das römische Fischgrätmuster des unregelmäßigen Ziegelbodens rötlich aufleuchten ließ. Staubteilchen tanzten in den breiten Bändern der Sonnenstrahlen, und Aitulf musste ein Niesen unterdrücken. Mit Schwung ließ sich die Äbtissin auf einen geflochtenen Stuhl mit Rückenlehne nieder, ordnete ihr langes Gewand und bedeutete Aitulf, sich auf einem Hocker niederzulassen.

Sie schenkte einen Becher mit Wasser ein und reichte ihn Aitulf, der ihn dankbar annahm und einen großen Schluck daraus trank.

»Du bist also Aitulf, der Vater unserer zukünftigen Novizin Agnes, wie mir der Jude erklärt hat, als er die Sachen brachte. Du bist Diakon der Kirche in Treveris....«

Aitulf wollte schon einwenden, dass er nur der Pflegevater von Agnes sei und eigentlich Subdiakon, aber dann ließ er es bleiben. Wenn man vor der Diakonenweihe verheiratet war, dann konnte man ja auch Kinder haben.

»Ich bin Paulina, Äbtissin des Cäsariusklosters hier«, fuhr die Frau fort und stamme aus dem Süden Galliens. Ich kenne Bischof Magnerich persönlich. Grüße ihn bitte von mir.«

Aitulf nickte: »Gerne werde ich Bischof Magnerich grüßen. Es war ja auch auf seinen Rat hin, dass ich Agnes zu deinem Kloster bringen wollte. Außerdem ist ja Agnes' Cousine ebenfalls hier.«

Aitulf zögerte. Es wäre unhöflich, sofort mit seinen Sorgen loszuplatzen. Deshalb fuhr er fort: »Ihr habt im Kloster übrigens eine kluge Köchin. Man kann mit ihr geistreiche Gespräche führen, was bei einer Köchin doch einigermaßen überrascht. Offensichtlich versteht sie sogar Latein.«

Ein winziges Lächeln erschien auf dem Gesicht der Äbtissin. »Ja. Hiltgunt ist wirklich ungewöhnlich. Allerdings habe ich sie auch ausgesucht, weil sie Latein spricht, da ich noch nicht genügend Fränkisch verstehe. Sie ist die Witwe eines Priesters.«

»Nun, Priester sind im Allgemeinen nicht so gebildet wie Hiltgunt. Ich unterrichte selber einige in unserer Diözese und man kann von Glück sagen, wenn sie einigermaßen die Messe zelebrieren und das Vaterunser ohne stocken aufsagen können.«

»Hiltgunts Mann war ein gebildeter Priester, der kurz davor stand, zum Diakon geweiht zu werden, als er starb. Wir haben Hiltgunt hier aufgenommen. Sie … sie führt zwar geistreiche Gespräche, aber ihre Kochkunst ist miserabel.«

»Das scheint sie aber auch zu beabsichtigen, da sie mir gegenüber zugab, sie wolle nicht den Annehmlichkeiten des Gaumens dienen.«

»Man kann seine schlechten Fähigkeiten auch geistlich

in ein gutes Licht rücken und so verhindern, dass man dazulernt.«

Während der nun entstehenden Pause legte Aitulf sich die Worte zurecht, mit denen er sein Anliegen vorbringen wollte:

»Verehrte Äbtissin Paulina. Ich bin… ich bin voller Sorge wegen Agnes. Als wir nach Antonaco reisten, mussten wir kurz vor der Stadt wegen des Regens am Waldrand übernachten. Als Agens im Morgengrauen nach draußen ging, um ihre Morgengebete zu sprechen, kam sie nicht mehr zurück. Ich habe auf einem Waldweg, der zum Rhenus führt, ihren Gürtel gefunden und nehme deshalb an, dass sie Sachsen in die Hände fiel, und ich wage mir nicht auszumalen, was sie alles mit ihr anstellen werden.«

Die Züge der Äbtissin verdunkelten sich und Aitulf sah zum zweiten Mal, dass die Klosterfrau beides konnte: Macht ausüben und Mitgefühl zeigen, und er hatte den Eindruck, dass es nicht gespielt war.

»Ja«, seufzte sie. »Es ist traurig. Der Jude hat uns von dem Verlust erzählt. Die Schwestern hatten sich schon auf sie gefreut. Was wirst du unternehmen, um sie zu finden?«

Aitulf sah sich von zwei großen Eulenaugen gespannt angestarrt, senkte den Blick und hob die Schultern. »Ich bin ehrlich gesagt ratlos. Soll ich als Einzelner über den Rhenus setzen, das Gebiet der Sachsen durchforschen und Agnes suchen und befreien? Sicher, im Augenblick gibt es keinen Krieg, und sie zahlen an König Sigibert Tribut. Aber die Ruhe scheint mir trügerisch. Einige von ihnen sind sogar bis nach Italia vorgedrungen. Auf Dauer werden sie nicht zahm bleiben. Wenn ich mich also aufmache und bei den Sachsen suche, werde ich vermutlich der nächste Gefangene sein.«

Paulina nickte und schwieg.

Da fiel Aitulf ein, was Jaakov ihm zum Schluss zugerufen hatte: »Unter den Frauen ist eine, die weissagen kann.«

Er räusperte sich und sagte: »Eben kommt mir ein Gedanke, den ich gerne mit dir besprechen will.«

Die Äbtissin hob erstaunt die Augenbrauen.

»Der Händler, der mit mir unterwegs war und meine Sachen hier abgeliefert hat, ist ein neugieriger Mensch. Jedenfalls hat er in Erfahrung gebracht, dass es in deinem Kloster ... also dass es eine Schwester gibt, die die Gabe der Weissagung hat. Vielleicht, wenn wir sie ...«

»Eine meiner Schwestern soll weissagen können?«, unterbrach Paulina Aitulfs stockend vorgetragene Bitte. Sie schloss für einen Augenblick ihre Augen und dachte nach.

Dann hellte sich ihr Gesicht wieder auf. »Ach ja, jetzt fällt mir etwas ein, was zu diesem Ruf beigetragen haben könnte. Wir haben hier eine Novizin, Karolina, die bei dem letzten Besuch ihrer Verwandten erfuhr, dass ihr Vetter sehr krank war. Seine Zähne begannen locker zu werden, er wurde immer schwächer. Als sie im Gebet vor Gott lag, sah sie in einem Bild eine Schale mit viel Gemüse und eine Stimme sagte zu ihr: »Er soll davon essen und er wird gesund werden.«

Sie erzählte ihrer Familie davon. Und es war so, wie die Stimme es gesagt hatte: als der Vetter anfing, viel Gemüse zu essen, wurde er wieder gesund. Offenbar hat sich diese kleine Geschichte herumgesprochen, und nun denken alle, Karolina hätte die Gabe des Weissagens.« Sie schwieg und schien zu überlegen. »Ich denke, es ist nicht gut, wenn solche Gerüchte noch genährt werden. Wenn Karolina durch Gottes Gnade ihrem Vetter helfen konnte, bedeutet das nicht, dass es immer so sein wird. Ich will nicht, dass wir jeden Tag eine Menschenmenge hier im Kloster abfertigen müssen, die nach Weissagungen und Prophezeiungen lechzt.«

Aitulf, der einen Lichtblick in dem Dunkel erkannte, wurde hellwach und sagte eifrig: »Frau Äbtissin, ich verstehe dich gut. Man sollte solche jungen Frauen nicht ermutigen, eingebildet zu werden und das Kloster sollte nicht unnötig in seiner Ruhe gestört werden, trotzdem bitte ich dich, eine Ausnahme zu machen, und ich verspreche bei allen Heiligen, dass ich es niemandem weitererzählen werde. Aber es ist doch ein kleiner Hoffnungsschimmer, den wir beachten sollten. Und du selbst bist ja über den Verlust von Agnes genauso betroffen wie ich. Sollten wir nicht gemeinsam alle Möglichkeiten bedenken?«

Paulina schwieg lange und überlegte. Schließlich sah sie Aitulf an und sagte. »Gut. Dieses eine Mal noch. Ich werde Karolina holen. Du kannst mit ihr durch das Besuchsgitter sprechen und ihr alles schildern. Und dann komm morgen früh nach der Terz vorbei und melde dich bei mir. Ich werde dir dann sagen, ob eine Weissagung vorliegt.«

Sie erhob sich, neigte leicht den Kopf und verließ den Raum.

Aitulf, dessen Hoffnung neue Nahrung bekommen hatte, stand auf und ging erregt hin und her. Er trat zu dem geöffneten Fenster und sah nach draußen. Jetzt erst nahm er wieder die üblichen Geräusche wahr, die schon die ganze Zeit durch das Fenster gedrungen waren. Und nun kam noch ein weiteres dazu: Er hörte dumpfe Schläge wie von einem schweren Hammer und er erinnerte sich an die spitzen Palisadenhölzer, die am Eingang des Klosters gelegen hatten. Offensichtlich wurde der Zaun vervollständigt.

Die Herbstsonne schien warm von der Seite auf sein Gesicht. Er schloss die Augen und genoss die Wärme. Auf Karolina war er sehr gespannt. Würde sie einverstanden sein und ihren Geist für eine Weissagung öffnen? Und ob sie wohl…?

Er hörte Schritte, drehte sich um und ging zu der niedrigen Bank, die neben dem notdürftig angefertigten Besuchsgitter stand. Als er durch das Gitter spähte, sah er zwei Frauen den Raum betreten. Die eine kannte er schon, das war die eulenartige Äbtissin, die andere, nicht ganz so groß, kam hinter ihr her, um sich neben das Gitter zu setzen.

Schnell sah Aitulf zur Seite. Er wollte nicht als neugierig gelten.

»Nun, Diakon Aitulf«, hörte er Paulina sagen. »Hier ist Karolina. Sie spricht nur sehr langsam Latein, du kannst also auf Fränkisch mit ihr reden und die Geschichte von deiner Tochter Agnes erzählen. Ich habe ihr ungefähr gesagt, worum es geht.«

Aber Aitulf schwieg.

»Was ist? Hast du noch nie eine Novizin gesehen?«

Aber das war es nicht, was ihn verstummen ließ. Er hatte einfach nicht damit gerechnet, dass Karolinas Gesicht so hässlich aussah und benötigte einige Sekunden, um seine Sprache wieder zu finden.

Ihre Augen waren winzig klein und sie wirkten auf Aitulf wie Schweinsaugen. Was das Gesicht besonders abstoßend erscheinen ließ, war die Haut. Sie war mit aufgeplatzten Blasen bedeckt, geschwollen, an manchen Stellen aufgekratzt und verwüstet wie ein Schlachtfeld nach einem harten Kampf und Aitulf war froh, dass das Holzgitter zwischen ihnen lag. Er hätte es nicht ertragen, wenn sie näher gekommen wäre. Es kam ihm vor, als würde die Novizin bei lebendigem Leib verfaulen.

Woher kam diese abstoßende Hässlichkeit? War es eine Krankheit? Ein Fluch? Eine Verzauberung? Jedenfalls konnte man sich gut vorstellen, warum Karolinas Familie sie in ein Kloster gesteckt hatte, wenn sie nicht freiwillig gekommen war. Offenbar eignete sie sich nicht für eine zukünftige Heirat. Gegenüber Karolina war die Äbtissin eine Schönheit.

Er versuchte sich zu fassen, errötete und begann stockend zu erzählen. Aber zwischendurch warf er immer wieder einen vorsichtigen Blick auf Karolinas Gesicht, das ihn erschreckte, ihn erschauern ließ und gleichzeitig mit unheimlicher Kraft anzog.

Als Aitulf alles gesagt hatte, meinte die Äbtissin: »Nun, Schwester Karolina, was sagst du dazu?«

Die Angeredete hob den Kopf und blickte Aitulf durch das Gitter kurz an, und in ihrem Blick lag so viel Mitleid, dass ihr verunstaltetes Gesicht für den Diakon plötzlich weniger abstoßend schien.

»Es ist sehr bedauernswert«, sagte sie langsam und zögernd auf Latein, mit einer weichen und angenehmen Stimme, »dass Agnes geraubt wurde. Ich werde für sie und für ihren Vater beten. Und wenn ich … wenn ich irgendwelche Eingebungen bekomme, werde ich es dir sagen, Schwester Äbtissin.«

Paulina nickte. »Gut. Aber vergiss nicht: zu keinem ein Wort. Du kannst gehen.«

Karolina nickte Aitulf zu und stand auf. Aber bevor sie ging, drehte sie sich noch einmal um und sagte zu Aitulf etwas auf fränkisch und zwar so schnell, dass die Äbtissin, die sowieso Schwierigkeiten mit dem Fränkischen hatte, es unmöglich verstehen konnte: »Sei an der Mauer des Friedhofs nach der Komplet, wenn es dunkel ist. Dort werde ich dich treffen. Gott segne dich.«

»Was hast du gesagt?« fragte die Äbtissin misstrauisch.

»Ich habe … dem armen Mann noch … noch einen Gruß zugerufen und ihm Gottes Segen gewünscht.«

»Nun, den kann er brauchen.«

*In Zweifelsfällen muss man beachten,*
*was das Wahrscheinlichste ist*
*oder was am meisten vorzukommen pflegt.*

Aus »corpus iuris civilis« des Kaisers Justinian um 533 n. Chr.

# 3

Der Morgen war noch von Dunkelheit umhüllt gewesen, als Agnes aus dem Reisewagen kletterte, um Wasser zu lassen und ungestört von den Geräuschen, die Frolaica und Florentius von sich gaben, ihre Gebete zu sprechen. Die Luft war feucht und kühl, und es sah nach Nebel aus. Agnes fröstelte.

Ganz abschütteln konnte sie das Stöhnen und Keuchen nicht, durch das sie wach geworden war. Es begleitete sie nach draußen, und für einen kurzen Augenblick stellte sie sich vor, welches Gefühl diese Lust wohl war, die Menschen stöhnen ließ.

Sie dachte an Avremars Küsse und wie gut sie sich dabei gefühlt hatte, von einem Mann geliebt zu werden. Sicher, Aitulf sah es nicht gerne und war wütend geworden. Als Avremar nachts bei dem zweiten Kuss zärtlich ihre Brust gestreichelt hatte, musste sie sich mit Gewalt aus diesem süßen Schwebezustand reißen, sonst hätte sich Avremar neben sie gelegt und noch ganz andere Dinge mit ihr angestellt. Aber das wäre nicht gegangen, denn Aitulf schlief ja an ihrer Seite.

Und außerdem: sie hatte sich nun einmal entschieden, auf Männer zu verzichten! Diese Küsse waren für sie Zeichen des Abschieds.

Als Agnes um den Wagen ging, sah sie Jaakov vor dem Lagerfeuer sitzen und mit dem Schlaf kämpfen. Immer wieder sank sein Kopf auf die Brust.

Agnes wollte nicht zu dem Händler hinübergehen, um ihn zu wecken. Sollte er ruhig ein wenig vor sich hindösen. Sie war sich auch nicht sicher, wie Jaakov, wenn er mit ihr plötzlich allein war, reagierte. Würde er sie womöglich ungehörig anfassen? Wie sollte sie überhaupt wissen, was in einem Mann vorging? Saß die Lust nicht bei allen in den Augen, wie eine Wildkatze, um sofort loszuspringen, wenn sich eine Gelegenheit bot? Selbst Aitulf, ihr Pflegevater, hatte Frolaica am Abend so merkwürdig betrachtet.

Agnes brauchte keine Sträucher aufzusuchen, um sich zu verbergen. Die Nacht verbarg sie besser als jeder Strauch. Aus Erfahrung wusste sie, dass die Dunkelheit für jemand, der neben einem Feuer sitzt, noch dunkler und undurchdringlicher wirkt als ohne Lichtquelle.

Als sie ihre Notdurft verrichtet hatte, stand sie auf, ließ das lange Hemd wieder heruntergleiten, blickte sich nach einem Platz zum Beten um. Der abnehmende Halbmond und die Sterne über ihr, die allmählich in dem feuchten Dunst verschwammen, spendeten gerade noch so viel Licht, dass sie die dunkle Wand des Waldes erkennen konnte und ein paar umgefallene Baumstämme, die am Weg lagen.

Agnes wollte nicht zu dicht am Wagen bleiben. Wenn sie ihre Gebete sprach und sang, würde das die anderen sicher stören. Sie hatte einmal gehört, dass es in Italia einen Bischof geben sollte, der lautlos beten und lesen konnte. Aber das kam ihr unheimlich vor, und es wäre ihr seltsam erschienen, nur die dürren Gedanken zu Gott zu bringen. Wozu hatte er sonst den Mund und die Stimme geschaffen? Dahinten, dieser Baumstamm, auf den konnte sie sich so lange setzen.

Agnes ging leise einige Schritte weiter zum Wald hin, sorgfältig bemüht, kein Geräusch zu machen, um Jaakov nicht unnötig zu beunruhigen. Sehen konnte er sie sowieso nicht, der Wagen stand zwischen ihnen. Sie wollte sich gerade setzen, als ihr einfiel, dass man während der Laudes besser stand, um nicht im Sitzen einzuschlafen, außerdem wäre der Baustamm sowieso kalt und feucht gewesen. Also blieb sie stehen, legte die Hände zusammen und murmelte die vorgeschriebene Einleitung für die Nacht vor dem Morgen. »Ego dormio et cor meum vigilat – Ich schlafe und mein Herz wacht…«

Wie schön wird es sein, dachte sie, während weitere Psalmworte durch sie hindurchströmten, wenn ich endlich mit den anderen Schwestern beten werde zur richtigen Zeit, sodass die Schlussbenediktion erklingt, wenn draußen die ersten Zeichen der Morgendämmerung zu sehen sind.

Wie immer beim Beten versagte Agnes sich abschweifende Gedanken. Beten war weniger eine persönliche Kommunikation mit Gott, als eine gute Übung und Pflicht, so wie essen, trinken und arbeiten. Wer betete, reihte sich ein in die Schar der Betenden, eine ununterbrochene Kette, die wie der Rauch eines ewigen Feuers von der Erde zum Himmel stieg.

Während sie betete, begann sie leise zu singen, und führte die Psalmworte um einen Grundton herum wie ein Ornament, das mal über und mal unter der Mittelllinie gemalt wurde. So sehr war sie in ihren gesungenen Psalm vertieft, dass sie nicht das leise Knacken wenige Schritte hinter ihr bemerkte. Sie beugte den Kopf, kniete mit einem Bein nieder und beendete die Laudes mit der Schlussbenediktion: »Gott, komm herbei, um mich zu retten. Herr, eile mir zu Hilfe!«

Als sie sich erhob, um in den Wagen zurückzugehen, hörte sie in der Nähe des Feuers ein Rascheln, und als sie sich gerade entschloss, leise dorthin zu schleichen, um zu sehen, was los war, legte sich von hinten eine breite, klebrige Hand über ihr Gesicht, presste sich auf Mund und Nase, sodass sie nicht schreien konnte. Gleichzeitig wurde sie von einem Arm um die Taille gepackt, hochgehoben und weggetragen. Sie war so erschrocken, dass sie wie gelähmt alles mit sich geschehen ließ und noch dachte: »Was hat Jaakov mit mir vor? Warum trägt er mich weg?«

Dann ließ die Lähmung nach. Neue Kraft strömte in ihre Glieder, sie trat wild um sich, holte Luft, was nur sehr schwach gelang, und wollte schreien, aber als sie den Mund öffnete, wurde ihr ein stinkendes, trockenes Etwas in den Mund gedrückt und mit einem Tuch verschnürt, und Agnes begriff, dass man sie gefangen hatte, um sie wegzuschleppen. Und es war sicher nicht Jaakov, das wäre unwahrscheinlich, sondern irgendein Fremder.

Agnes hatte den dringenden Wunsch, den Klumpen im Mund herauszustoßen, um nach Luft zu schnappen, aber es ging nicht, und sie war froh, dass ihre Nase nicht verstopft war. Während all das mit ihr geschah, war sie schon ein gutes Stück weitergetragen worden. Sie spürte, dass andere ihre Arme nach hinten drückten, sie fesselten und mit ihren Füßen etwas anstellten.

Wieder wand sie sich, krümmte ihren Körper und versuchte, so gut es ging, zu stöhnen und irgendwelche Laute auszustoßen. Eine Kraft ruckte plötzlich an ihrem Gürtel. Vielleicht hatte er sich an einem Ast verhakt. Jemand riss sie los. Wieder bäumte sie sich auf. Aber es war zwecklos. Ein kalter Gegenstand schlug auf ihren Arm. Es schmerzte. Ein Hauschwert? Und dann hörte sie einen seltsamen Satz dicht neben ihrem Ohr: »Stille, healdi gie muth, thu stithmod mæden-cild – Ruhe! Halt dein Maul, du eigensinniges Mädchen.« Ob das Sächsisch war? Vermutlich. Warum werde ich geraubt? Werde ich von Gott für irgendetwas bestraft? Habe ich meine Psalmen nicht richtig gebetet?

Plötzlich fühlte sie eine Welle von Schwäche durch ihren Körper beben, es wurde ihr schwarz vor Augen, und sie fiel in eine weiche Dunkelheit.

Irgendwann, lange Zeit später, kam es ihr so vor, als hinge sie auf dem Rücken eines Riesen, der mit ihr über die Wiesen hüpfte. Ihre Arme waren um seinen Hals gebunden, und er trug sie wie einen Beutel. Ab und zu drohte sie abzurutschen, dann schob er sie wieder zurecht. Und überall auf der Wiese sah sie plötzlich Riesen mit Fell bekleidet, die auf dem Rücken Beutel trugen, in denen andere Mädchen hingen. Wild hüpften die bärtigen Gesellen hin und her und in ihrem Traum kam ihr das durchaus normal vor, so als ob Riesen sich eben auf diese Art vorwärts bewegten.

Dann änderte sich das Bild, und sie lag bäuchlings auf einem Floß und wurde von den Wellen des Wassers hin und her geschüttelt. »Ich will doch gar nicht auf einem Floß fahren!«, rief sie und wollte sich aufrichten. Aber eine unsichtbare Macht hielt sie zurück.

Dann sah sie Aitulf, ihren Pflegevater, der neben ihr kniete und zu ihr sagte: »Auf dem Fluss geht alles viel schneller und besser. Wir fahren damit direkt ins Kloster, in die Klosterküche.«

Und tatsächlich schaukelte Agnes durch einen Tunnel und war plötzlich in der Klosterküche, die voller Schwestern war. Sie verbeugten sich vor ihr und sagten. »Gut, dass du kommst, wir brauchen das Holz für das Feuer. Unsere Suppe ist kalt. Und du hast uns auch Fische mitgebracht.«

Aus Agnes' Ärmeln zogen die Schwestern große, nasse Fische heraus. Auch unter ihrem Kleid holten sie welche hervor. Und das brannte. Dann spürte sie, wie die Schwestern ihr das Floß wegnahmen, um es zu verbrennen. Aber immer noch konnte sie nicht aufstehen, und das Schaukeln hörte auch nicht auf, obwohl man sie inzwischen auf den Tisch gelegt hatte. Jetzt fing auch noch der Tisch an zu schwanken und fuhr mit ihr wieder zurück.

»Nein, ich will nicht zurück!«, schrie sie. »Ich will hierbleiben!«

Dann wachte sie auf und brauchte etwas Zeit, bis sie merkte, dass sie rittlings mit gespreizten Beinen auf dem Rücken eines Pferdes hing, den Kopf an die Mähne geschmiegt und die Arme gefesselt.

Daher also die Schaukelbewegungen.

Zum Glück war ihr Mund jetzt frei, sodass sie tief ein- und ausatmen konnte. Nach und nach fiel ihr alles wieder ein: Ihr Morgengebet und die Hand, die sich plötzlich auf ihren Mund gelegt hatte, ihre verzweifelten Versuche, frei zu kommen und die Tatsache, dass sie nicht unterwegs war zu ihrem Kloster, sondern irgendwohin, wahrscheinlich zu einer sächsischen Siedlung.

Ihr kamen die letzten Worte wieder in den Sinn, die sie gesprochen hatte: »Gott, komm herbei, um mich zu retten. Herr, eile mir zu Hilfe!« Und wie genau sie passten zu dem, was mit ihr dann geschehen war. Und doch – das Gebet hatte offensichtlich nichts genutzt. Niemand war ihr zu Hilfe gekommen. Von Gott verlassen, hing sie über einem Pferd und war wahrscheinlich heidnischen Sachsen preisgegeben, denn der christliche Glaube hatte die Grenze zu den Sachsen noch nicht überschritten.

Die Verzweiflung überflutete sie wie eine Welle, und sie begann hemmungslos zu weinen, und konnte ihre Tränen nicht aufhalten.

Eine Männerstimme sagte etwas. Und jetzt erst merkte sie, dass jemand hinter ihr saß und dass zwei Männerarme sie rechts und links stützten, damit sie nicht herunterfiel. Nein, sie hielten nur die Zügel des Pferdes. Verzweifelt versuchte sie, ihren Kopf zur Seite zu drehen, um den Mann zu sehen, aber sie erkannte nur eine vage Gestalt.

Sie hatte noch nie auf einem Pferd gesessen und noch nie hatte sie die Beine so unnatürlich gespreizt. Jetzt fiel ihr etwas ein. Entsetzt blickte sie seitlich an sich herunter und errötete. Das lange Kleid war durch den Reitsitz hochgestreift worden und sah aus wie einer dieser kurzen Wickelröcke mancher Mädchen, die schamlos ihre Knie zeigten. Wenn die Äbtissin sie so sehen würde! Agnes hatte ja üblicherweise nichts an unter ihrem Rock, und zwischen ihren Beinen war alles wund gescheuert und brannte. Überdies spürte sie ihren linken Oberarm, der schmerzte und wahrscheinlich geschwollen war. Offenbar hatte sie sich verletzt.

Aber es war seltsam: die regelmäßigen Muskelbewegungen unter ihr, der warme Körper des Tieres und der Geruch nach Pferdeschweiß beruhigten sie allmählich. Es war etwas unheimlich, einen unbekannten Mann hinter sich zu fühlen, lieber hätte Agnes allein auf dem Rücken eines Pferdes gesessen.

Immer wieder stiegen Schluchzer in ihr auf und schüttelten sie, aber allmählich verebbten sie und Agnes nahm ihre Umgebung wahr:

Die Nacht war schon der Morgendämmerung gewichen und im Morgennebel sah sie die feuchten Blätter auf dem Waldweg matt glänzen, als hätte sie jemand mit Schweinefett poliert. Gelegentlich tropfte es von den Bäumen, wenn einer der Reiter ein paar Zweige streifte.

Hinter sich hörte sie das gleichmäßige Stampfen von Pferdehufen und ab und zu ein Schnaufen. Also musste es eine größere Gruppe sein, denn vor ihr sah sie zwei Pferde, auf denen Reiter saßen und sich lautstark unterhielten. Immer wieder hörte sie das Wort: »flodwylm« und vermutete, dass es »großer Fluss« heißen musste. Auf Fränkisch hieß es »fluz« und »uuolo«, denn der Rhenus war ja in der Nähe. Aber das bedeutete, dass sie womöglich über den Strom setzen würden. Gerade das, wovor sie sich immer gefürchtet hatte.

»Oh, wäre ich doch die Mosella hinuntergefahren, wie Aitulf es mir vorgeschlagen hatte«, seufzte sie »dann wäre ich jetzt schon längst in meinem Kloster und würde mit den Schwestern Psalmen singen und mit ihnen arbeiten.«

Wo waren überhaupt die anderen? Ob sie ebenfalls von Sachsen geraubt worden waren? Oder ob sie vielleicht durch den Wald irrten und sie suchten? Aitulf würde sicher alles unternehmen, um sie zu retten. Und Avremar war bewaffnet. Sie sah an sich herunter, während der Weg sich allmählich lichtete und die Bäume zurücktraten. Ihr hoch gezogenes Kleid war fleckig geworden, an ein paar Stellen zerrissen, vielleicht sogar mit Absicht, um den Stoff besser hochstreifen zu können, ihr linker Oberarm schmerzte immer mehr und pochte. Sie konnte aber nicht dorthin fassen, um nachzuprüfen, weil sie gefesselt war. Und ihr Gürtel fehlte. Warum hatten sie ihn gelöst? Oder war er bei der Entführung aus Versehen geöffnet worden und unbemerkt zu Boden gefallen?

Sie zitterte. Die Morgensonne kämpfte sich zwar allmählich durch die Nebelfetzen, aber richtig warm war es noch nicht. Sie presste sich stärker an den Hals des Pferdes, der sich im Schrittrhythmus des Tieres bewegte.

Je höher der weiße Dunst zog und von der Sonne aufsogen wurde, desto mehr konnte sie von dem Wald erkennen.

Plötzlich wurde sie stärker gegen den Pferdehals gedrückt und sie sah, dass der Weg leicht bergab in das Flusstal führte. Auch der Männerkörper schmiegte sich stärker gegen sie, und die Arme des Reiters zogen leicht an den Zügeln.

Bald werden wir anhalten, überlegte sie, und dann werde ich in einem unbewachten Moment wegrennen.

Als sie endlich unten angelangt waren – Agnes fürchtete zweimal, den Halt zu verlieren –, trafen die Strahlen der kräftig gewordenen Morgensonne ihr Gesicht von rechts, sodass Agnes die Augen zukneifen musste.

Dann blieben sie stehen. Der Sachse schwang sich vom Pferd und streckte sich. Er trat neben Agnes, strich ihr über den Rücken, lachte, als er ihr erschrockenes Gesicht sah, und löste die Fesseln an ihren Händen. Dann packte er das Mädchen und hob es herunter.

Zuerst konnte Agnes nicht richtig stehen, so ungewohnt war es für sie, und sie musste sich am Hemd des Sachsen festhalten, um nicht umzufallen. An Wegrennen war gar nicht zu denken. Schnell streifte sie ihr hoch gerutschtes Kleid herunter, das sich in Falten gelegt hatte, und zog es glatt. Jetzt sah sie es deutlich: Die Männer hatten den Stoff an der Seite aufgeschlitzt, damit man sie rittlings aufs Pferd setzen konnte.

Sie streifte ihren Begleiter mit einem Blick: Der Sachse hatte in seine langen, blonden Haare mehrere Zöpfe geflochten und sah gar nicht so groß aus, wie sie gedacht hatte. Er berührte sie leicht an der Schulter, deutete auf sich und sagte: »Ic eom benamat Wiltun.«

Er will sich wohl vorstellen, sagte sich Agnes, und heißt vermutlich Wiltun. Aber ihr war nicht nach Vorstellen zumute, und bevor sie etwas sagen konnte, wurde sie weiter gedrängt. Sie stolperte vorwärts, sah Wasser zwischen den Bäumen glänzen und drei breite Boote am Ufer liegen, die eher an Lastkähne erinnerten.

So, jetzt geht es wohl über den Fluss, dachte Agnes, wenn ich jetzt nicht weglaufe, werde ich über den Rhenus gebracht, und dann wird es noch schwieriger zu fliehen. Inzwischen ging es auch mit dem Gehen besser, sodass sie sich zutraute, rasch zu rennen. Sie müsste dabei ihr Kleid hochstreifen. Wenn sie die Enden an ihrem Gürtel befestigte... Ach nein, der Gürtel war ja verschwunden. Unauffällig blickte sie sich um. Im Augenblick schien niemand auf sie zu achten. An Schnelligkeit waren ihr die Sachsen überlegen. Das war klar. Sie würden sie einholen. Deshalb musste sie sich verstecken.

Ganz langsam, fast unmerklich, schlich sie zum Wald zurück, ängstlich bemüht, kein Geräusch zu machen. Schon hatte sie den ersten Baumstamm erreicht und stellte sich hinter ihn.

Wenn sie einen Baum finden könnte, dessen Zweige so tief herabhingen, dass sie daran hochklettern konnte...?

Ja, weiter hinten im Wald stand so eine junge Eiche, die infrage kam und trotzdem noch so hoch war, dass man sich in der Baumkrone halbwegs verstecken konnte.

Leise schlich sie weiter. Jetzt hatte sie den Baum erreicht, griff nach dem untersten Ast und zuckte zusammen. Ihr linker Oberarm schmerzte. Mit zusammengebissenen Zähnen versuchte sie dennoch, beide Arme zu gebrauchen und zog sich langsam höher, wobei sie mit Füßen und Knien an der harten Rinde einen Halt suchte. Wenn nur dieser Arm nicht so schmerzte!

Vom Fluss hörte sie Schreie und aufgeregte Stimmen. Sie haben mein Verschwinden entdeckt, dachte sie, und zog sich mit dem Mut der Verzweiflung weiter hoch. Die

Rufe kamen näher, es raschelte überall und dann rief jemand etwas. Eine Hand packte sie und zog sie brutal auf den Boden. Dann wurde sie über die Schulter eines Mannes geworfen, zurückgebracht und auf den Boden gelegt. Jemand machte sich an ihren Fußgelenken zu schaffen und band einen Lederriemen herum, damit sie nur noch wenig Bewegungsfreiheit hatte.

Als sie sich mühsam aufrappelte und schwer atmend um sich blickte, sah sie, dass es noch einen anderen Gefangenen gab.

Aber das war doch... Richtig, es war Avremar. Mit gesenktem Kopf stand er neben einem Mann, der ihn an seinen gefesselten Händen hielt.

»Avremar!« rief Agnes. »Ich bin auch hier... und...«

Aber der Sachse, der sie zurückgebracht hatte, drehte sich wütend um und presste seine Hand auf Agnes' Mund. Aber diesmal war das Mädchen vor Schreck nicht gelähmt, sondern ganz wach und biss herzhaft in die Haut.

Mit einem Schrei ließ der Sachse los, packte Agnes wütend an der Schulter und schüttelte sie. Aber sie hatte doch gesehen, dass Avremar sich umgedreht hatte und sie erkannte. Auch er machte eine Bewegung zu ihr hin, wurde aber von seinem Bewacher zurückgehalten und zu dem ersten Boot gezerrt, auf dem schon zwei Pferde verladen waren. Währenddessen wurden Agnes' Arme wieder nach hinten gedrückt und die Hände gefesselt. Sie schrie vor Schmerz auf und deutete mit dem Kinn auf ihren verletzten Arm.

Jetzt kam der Sachse, den sie schon kannte, auf sie zu. Wie hieß er doch gleich? Wiltun. Wiltun riss den Stoff ihres Ärmels, der sowieso von dem Schwerthieb zerrissen war, ganz auf und sah sich die Wunde an, die dick, rot und entzündet war. Er rief einem der Männer, die mit dem Verladen beschäftigt waren etwas zu. Daraufhin verschwand der zwischen den Bäumen.

Voller Verzweiflung sah Agnes, wie das erste Boot, auf

dem Avremar untergebracht war, ablegte und auf dem Rhenus stromabwärts trieb. Avremar drehte sich noch nach ihr um und öffnete den Mund, aber der Wind verwehte seine Worte.

Inzwischen kam der Mann wieder aus dem Wald und näherte sich Agnes. In der Hand verrieb er Blätter. Dann spuckte er in die Kräuter und strich den grünen Brei auf Agnes' Wunde. Das Mädchen zuckte zusammen, weil es brannte. Jetzt riss der Mann einen breiten Streifen Stoff aus ihrem Ärmel, legte ein längliches Blatt auf den grünen Brei und umwinkelte das Ganze so, dass die Wunde bedeckt war.

Der Druck tat so weh, dass aus Agnes' Augen Tränen liefen und sie aufstöhnte. Und trotzdem wunderte sie sich, dass die Männer sich Mühe gaben, sie mit Heilmitteln zu versorgen. Das passte nicht zusammen. Warum und wozu war sie überhaupt entführt worden?

Und was würde erst passieren, wenn sie in einer der sächsischen Siedlungen ankamen? Was würden diese Heiden alles mit einer Christin anfangen? Brauchten sie Sklavinnen?

Die Sonne war jetzt noch kräftiger geworden, schien warm auf Menschen und Tiere herab und ließ das Flusswasser aufblitzen.

Agnes zählte vier Männer und zwei Pferde, die noch übrig waren. Die Tiere waren braun, mit kräftigem Körperbau und struppigem Fell und kleiner als die Pferde, die sie gelegentlich in Treveris gesehen hatte. Und die Sachsen trugen im Gegensatz zu fränkischen Männern schulterlanges Haar, das am Hinterkopf zusammengebunden oder in Zöpfen geflochten war. Die knielangen Hemden, in der Mitte gegürtet, und Hosen aus Leder oder Leinen, die bis zu den Füßen reichten, sahen auch nicht viel anders aus als die Kleider fränkischer Männer.

Agnes spürte, dass die Schwäche sie wieder zu überrollen drohte, und setzte sich auf einen Baumstumpf, was mit gefesselten Händen gar nicht so einfach war. Jetzt spürte sie auch, dass ihre Zunge am Gaumen festklebte und ein großer Durst sich bemerkbar machte. »Trinkan!«, stöhnte sie.

»Ah, drincan«, sagte Wiltun, der neben ihr stand. Das Wort schien wohl überall bekannt zu sein. Er ging zum Fluss, machte sein Trinkhorn ab, das am Gürtel baumelte, und ließ es volllaufen. Als er zurückkam, hielt er es wortlos an Agnes' Mund. Gierig schlürfte sie das kühle Wasser.

»Mera, mera«, sagte sie heiser.

Wiltun lachte und wiederholte das fränkische Wort: »Mera, mera, mera.« Er fand den Ausruck wohl zum Lachen. Agnes war es rätselhaft, was an dem Wort »mera« lustig sein sollte. Aber schließlich füllte er doch noch einmal sein Horn und ließ Agnes daraus trinken.

Als sie ihren Durst gelöscht hatte, ging es ihr wieder etwas besser. Der Arm pochte und schmerzte zwar noch und das Aufstehen mit den gefesselten Händen war mühsam, aber es gelang ihr doch, einige Schritte hin und her zugehen, soweit es die Lederriemen zuließen. Dabei schloss sie die Augen vor Schmerz, weil die Innenseiten ihrer Schenkel und die neu entstandenen Schürfwunden brannten.

Jetzt hörte sie Rufen und sah, wie die restlichen Boote verladen wurden. Teilnahmslos ging sie hinter den anderen her. Ein zweiter Fluchtversuch war im Augenblick nicht möglich. Sie musste erst wieder Kräfte sammeln und mehr Bewegungsfreiheit haben.

Und so stapfte sie weiter, einen Schritt nach dem anderen. Es war ihr alles gleichgültig. Hauptsache, sie fand einen Platz, wo sie sich einigermaßen bequem setzen und ausruhen konnte.

Wieder musste Agnes ihr zerrissenes Kleid hoch raffen, als sie mit den vier Männern und zwei Pferden durch das Schilf und das kniehohe Wasser watete, um in einen der Lastkähne zu klettern. Zuerst kamen die Pferde an die Reihe, die erst nach mehrmaligem Zureden in das größere

Boot stiegen. Zwei Männer begleiteten die Pferde: einer, der neben ihnen stand, um sie ruhig zu halten und ein anderer, der steuerte. Sobald das Boot angeschoben wurde, trieb es auf die Mittes des Stroms und fuhr flussabwärts Richtung Norden.

Agnes graute davor, in dieses unsichere Ding zu klettern, das um die Hälfte kleiner war als das andere Boot und bei der geringsten Bewegung umkippen konnte. Dann würde sie wie ein Stein in die Tiefe plumpsen, zu den Fischen und dunklen Ungeheuern! Schwimmen hatte ihr Aitulf nie beibringen können, sie hatte sich immer geweigert.

Ein letztes Mal drehte sie sich zum Ufer um, in der Hoffnung, dass Aitulf und die anderen plötzlich auftauchen würden. Aber außer den Sachsen war niemand zu sehen. Und wenn Avremar gefangen worden war, der ja die Waffen trug, dann befanden sich wohl die anderen ebenfalls in den Händen der Sachsen. Sie musste wohl oder übel selber einen Weg suchen, frei zu kommen. Hilflos blieb sie vor dem Rand des Bootes stehen. Zum einen hatte sie Angst und zum anderen wusste sie nicht, wie sie hineinklettern sollte, ohne dass sich der Kahn zur Seite neigte. Kurz entschlossen wurde sie von Wiltun gepackt und wie ein Tuchballen nach vorne zu einer Bank gebracht. Agnes schrie vor Schreck auf, war aber schließlich froh, dass sie endlich saß. Wiltun öffnete ihre Hand- und Fußfesseln, sodass sie sich besser abstützen und die schwankenden Bewegungen des Bootes mit ihrem Körper ausgleichen konnte.

Aber dann passierte etwas Seltsames. Sobald alle eingestiegen waren, das Boot von der Strömung erfasst wurde und Agnes dachte, dass es jetzt wirklich gefährlich würde, setzte eine sanfte Schaukelbewegung ein, während die Strömung den Kahn auf die Mitte des Flusses führte, vorbei an einer kleinen, länglichen Insel. Eine große Ruhe kam über Agnes, und das Schaukeln, das sie schon im Traum gespürt hatte, beruhigte sie, wie einen schreienden Säugling, der in einem Tuch vom Deckenbalken hängt und leicht von der Hand der Mutter hin und her gewiegt wird.

Sie streckte eine Hand in das kühle Wasser und sah, wie es am Bug vorbeiströmte, kleine Pflanzen und Holzteilchen herumwirbelte und Blasen schlug. Die Schmerzen hatten nachgelassen und wenn sie ihren Arm nicht bewegte, dann tat er auch nicht weh. Warm schien die Sonne auf das Wasser und ließ es auffunkeln, sodass Agnes die Augen vor dem Gleißen schließen musste. All das übte eine betörende Wirkung auf sie aus und sie fühlte sich, als läge sie in der großen Hand Gottes, die sie über das Wasser führte. Wie dumm bin ich doch gewesen, dachte sie, dass ich mich mein Leben lang geweigert habe, über das Wasser zu fahren, das doch auch eine Schöpfung Gottes ist wie ich.

Aber nur kurz dauerte dieser Zustand. Denn als die Männer einem Strudel auswichen und das Boot leicht schwankte, durchzuckte Agnes gleich wieder die Angst vor dem Wasser und sie klammerte sich am Bootsrand fest. Schreckliche Bilder tauchten in ihrem Inneren auf: ihr Leben lang als Sklavin bei den Sachsen eingesperrt zu sein, in einem Dorf weit weg von allen bekannten Gegenden. Ich muss wieder fliehen, dachte sie, sobald es eine Möglichkeit gibt.

Sie fuhren jetzt Richtung Nordwesten, und die strahlende Sonne, die vom Osten nach Süden wanderte, streichelte ihre rechte Seite und malte Lichtwellen auf die hölzerne Bootswand. Agnes blickte zum rechten Ufer hinüber. Erlen, die sich schon gelblich verfärbt hatten, säumten die Aue. Dahinter stieg das Ufer an und ließ zwischen den Bäumen rote Felsen erkennen. Und weiter ging es, stromabwärts … halt! Da vorne war doch ein anderes Boot, das ihnen jetzt entgegenkam. Agnes kniff die Augen zusammen, um besser sehen zu können. Es war offenbar ein Schiff, breit und lang gebaut, das Fässer und irgendetwas Verschnürtes transportierte. Drei Männer konnte sie erkennen, die auf einem erhöhten Platz saßen. Aus dem unteren Teil des Schiffes ragten die Ruder heraus und kämpften gegen die Strömung, und der Bug war mit einem Drachenkopf verziert. Das waren auf keinen Fall Sachsen! Agnes' Herz klopfte. Sie könnte um Hilfe schreien, und die anderen würden die Sachsen anhalten und dann…

Kaum merklich wandte Agnes den Kopf, um zu sehen, was Wiltun und der andere Sachse taten. Die saßen unbewegt auf ihren Plätzen, und der hintere, der das Steuer führte, lenkte den Kahn in eine leichte Rechtsdrehung, um den Händlern auszuweichen.

Gleich würden sie sich treffen und aneinander vorbeifahren.

Agnes holte Luft: »Helffa! Helffa!«, rief sie und ihre Stimme überschlug sich.

Sofort schnellte Wiltuns Hand zu Agnes hinüber und verschloss ihr jäh den Mund. Die Männer im Schiff blickten misstrauisch zu ihnen herüber und einer stand sogar auf, um besser sehen zu können. Aber dann ließ Wiltun Agnes los und begann ebenfalls zu schreien, und der Steuermann winkte freundlich den Männern im Schiff zu. Die Mienen der Händler hellten sich auf und sie winkten zögernd zurück.

Als Agnes das sah, packte sie die Angst, dass auch ihre letzte Gelegenheit zur Flucht verstreichen könnte. Ohne zu überlegen stand sie auf und wollte abermals rufen, aber dadurch bekam das Fahrzeug Schlagseite und fing an, bedenklich zu schwanken. Agnes erschrak, wollte sich irgendwo festhalten, griff aber ins Leere und fiel über Bord. Der Steuermann, der am Heck saß, fasste geistesgegenwärtig nach Agnes' Arm und hielt sie fest. Dadurch vollzog der Kahn eine weitere Rechtsdrehung und steuerte auf das Ufer zu.

Agnes, glaubte schon unterzugehen, und schlug wie wild um sich, schluckte Wasser und fing an zu husten. Da spürte sie plötzlich Halt unter ihren Füßen. Schwer atmend blieb sie stehen, klammerte sich am Bootsrand fest und sah, dass das Händlerschiff inzwischen in unerreichbarer Ferne den Strom flussaufwärts fuhr.

Bevor sie richtig zur Besinnung kam, sprang der Steuermann aus dem Boot, packte sie und legte sie wieder ins Boot. Ihr Kleid triefte. Dann stieg er ein und mit ein paar Ruderschlägen fuhren sie weiter.

Agnes hatte die Augen geschlossen und lag zusammengekauert und nass wie sie war auf ihrem alten Platz. Immer noch hustete sie und spuckte Wasser. Es war furchtbar gewesen. Sie hatte schon gedacht, dass es jetzt zu Ende sei. Kälteschauer jagten über ihren Körper, und sie war dankbar, dass die Herbstsonne so stark war und sie ein wenig wärmte. Immerhin gelang es ihr, ihr Kleid ein wenig auszuwringen, sodass es nicht mehr so schwer wie ein nasser Sack an ihr herunterhing.

Wieder stieg Verzweiflung in ihr hoch und brachte sie zum Weinen. Warum musste ihr das alles passieren? Wollte sie nicht Gott dienen? Und hätte er all das nicht verhindern können? Wo war er überhaupt? Warum hatte ihr Schutzengel es zugelassen, dass diese Heiden sie einfach gefangen nehmen konnten? Er hätte sie doch mit Blindheit schlagen können! Etwas ratterte in ihrer Nähe und dann begriff sie, dass es ihre eigenen Zähne waren, die aufeinander schlugen.

Wiltun stieß sie an. Sie blickte erschrocken hoch und sah, dass er ihr einen Mantelstoff reichte. Auf sächsisch sagte er zu ihr: »No reotan, dryge gemacian – nicht weinen, trocken machen.«

Sie verstand zwar nicht jedes Wort, aber doch so viel, dass sie wusste, was zu tun war. Dankbar nahm sie den groben Leinenstoff, wahrscheinlich der Mantelumhang des Steuermanns, und warf ihn sich um die Schulter, zitternd streifte sie ihr Kleid darunter ab, was nicht leicht war, weil ihr linker Arm noch immer wehtat. Aber schließlich war es geschafft. Sie war jetzt unter dem Mantel einigermaßen trocken, Wiltun wrang ihr Kleid aus und legte es zum Trocknen über eine freie Stelle im Boot. Allmählich ließ auch das Zittern nach, und die Wärme beruhigte Agnes wieder.

Sie wusste nicht, wie lange sie gefahren waren, denn sie nickte immer wieder vor Erschöpfung ein. Schließlich ruckte es, und der Kahn fuhr durch das Schilf. Kiesel schabten am Boden entlang, und das Boot hielt an. Wiltun half Agnes aufzustehen und reichte ihr das Kleid. Es war immer noch feucht, aber nicht mehr nass. Wenn sie es anzog, würde es allmählich am Körper trocknen. Nur mit dem losen Tuch bekleidet, unter dem sie nackt war, wollte sie nicht gehen. Sie schauderte bei dem Gedanken, dass ihr womöglich ein langer Fußmarsch bevorstand. Mühsam kleidete sie sich unter dem Tuch wieder an und verzog schmerzhaft das Gesicht. Die Männer warteten und schienen sich gut zu unterhalten. Wahrscheinlich machen sie anzügliche Bemerkungen, dachte Agnes. Schließlich hatte sie sich umgezogen.

Der Steuermann zog das Boot tief ins Schilf und machte es an einem Baum fest. Dann nahmen sie Agnes in die Mitte und gingen auf einem Trampelpfad durch den Erlenwald.

Wo wohl Avremar inzwischen war? Und ob sie das Boot, in dem er saß, ebenfalls an dieser Stelle festgemacht hatten?

Die Nachmittagssonne brannte auf ihre Köpfe, als sie aus dem Schatten der Erlen traten, die das Ufer säumten. An dieser Stelle gab es wenig Wald. Als Agnes nach links blickte, um noch einen Blick von ihrer Umgebung zu erhaschen, meinte sie, im Herbstdunst stromaufwärts eine große Stadt zu sehen, die an beiden Seiten des Rhenus gebaut worden war. Was könnte das sein? Sie drehte sich nach Wiltun um, der hinter ihr ging, und deutete fragend auf die Stadt.

»Colonia«, sagte er und führte sie weiter. Sie näherten sich allmählich den Häusern, und Agnes sah eine große

Holzbrücke den Fluss überspannen. Dann ging es in raschem Tempo weiter am Rhenus entlang, bis sie nach Osten abbogen. Immer weiter weg von Treveris, Antonaco, von Aitulf und von allem, was Agnes vertraut war.

»Mein Gott, ich halte das nicht mehr aus«, flüsterte sie, während sie den Weg entlangstolperte. Warum machen sie sich die Mühe, ausgerechnet mich zu fangen und mitzuschleppen? Ich bin keine gute Sklavin. Ich werde ihnen nicht viel nützen.

Psalmworte fielen ihr ein, die sie über die Jahre auswendig gelernt hatte, und sprach sie im Rhythmus ihrer Schritte: »Sit splendor Domini Dei nostri super nos; et opera manuum nostrarum dirige super nos… Es sei die Herrlichkeit des Herrn, unserers Gottes, über uns; und das Werk unserer Hände lasse er für uns gedeihen…«

Verzweifelt wiederholte sie diesen Spruch, als wäre er ein Zauberwort und könnte ihr zur Flucht verhelfen. Immerhin bewirkte er aber, dass ihre Beine etwas kräftiger wurden und sie nicht mehr so oft stolperte. Allmählich geriet sie in eine Art monotoner Melodie und sie hörte wie die Sachsen lachten und dabei riefen: »Smæl columba – kleine Taube.«

Das verstand sie immerhin, denn das Wort columba war Lateinisch und ihr vertraut.

Mit der Zeit kam es ihr vor, als wären ihre Füße selbständige Lebewesen, die sich ohne ihr Zutun und ohne ihren Willen bewegten. Und sie staunte darüber, woher sie die Kraft hatte, weiterzugehen. Je länger sie sich in diesem Trott vorwärts bewegte, desto größer wurde die Gleichgültigkeit, die sie erfasst hatte, und sie merkte, dass sie keine Kraft mehr hatte, darüber nachzudenken, was geschehen würde und wo Aitulf und die anderen waren, ob sie sie suchten, ob Hilfe unterwegs war oder ob man sie ebenfalls gefangen genommen hatte. Plötzlich schien ihr Schicksal unwichtig, was sie in dem Sachsenlager erwartete: ein Sklavendasein? Der Tod? Oder etwas Unbekanntes?

Sie wollte nur noch eines: einen Platz zum Ausruhen, ein bescheidenes Strohlager, auf das sie sich niederlassen konnte, eine Decke, vielleicht einen Schluck Wasser und dann Schlafen und alles vergessen.

Und seltsam: gerade das wurde ihr nach einiger Zeit gewährt, als hätten die Männer nur darauf gewartet, ihre Wünsche zu erfüllen.

Nach einem Marsch durch einen Eichenwald, entlang eines schmalen Flusses, erreichten sie auf einer großen Lichtung einen gewaltigen Palisadenzaun, hinter dem die Spitzen von Grasdächern zu sehen waren. Ein breites Holztor schwang nach außen, und Agnes schleppte sich mit letzter Kraft durch eine johlende Menschenmenge aus Frauen, Kindern und alten Männern, die sie anfassten und über ihren Kopf strichen.

Hilfesuchend wandte sich Agnes an Wiltun, krächzte mit trockenen Lippen: »slafan – trinkan«, und begleitete ihre Worte mit Gesten.

Wiltun nickte und führte sie in eine dämmrige Lehmhütte, die nur zwei schlitzartige Fenster hatte. Auf dem Boden sah Agnes Stroh, ein großes Stück Wollstoff lag daneben und ein Tonkrug stand in einer Ecke.

»Hier skalt thu slæpon, Columba – hier kannst du schlafen, Columba«, sagte er und machte die Holztür von außen zu. Er hatte ihr wohl einfach einen neuen Namen gegeben. Sie hörte, wie ein schwerer Riegel heruntergedrückt wurde dann war sie allein.

Zuerst stürzte sie sich auf den Tonkrug, in dem sie Wasser vermutete, und kippte das lauwarme Getränk, das nach Erde schmeckte, hinunter. Schließlich warf sie sich auf das Stroh, deckte sich mit dem Mantel zu, der nach Pferden roch, und war sofort eingeschlafen.

*Eine Schwester, die dem Kloster entflieht,*
*aber im Eingeständnis ihrer Schuld zurückkehrt,*
*soll von der Gemeinschaft wieder aufgenommen werden.*
*Doch hat sie zuerst vor allen im Kloster Besserung*
*zu geloben.*

Aus der Regel des Caesarius, 6. Jahrhundert, aus dem Lateinischen.

# 4

»Und eines sage ich euch: Mit Köchinnen erlebt man so seine Wunder!« Aitulf saß mit Jaakov und Florentius vor dem Reisewagen und kostete den Rotwein vom Vorjahr, der an den Uferhängen der Mosella geerntet worden war. Da er in dem Kloster nicht hatte übernachten können, war er nach Antonaco zurückgekehrt und hatte den Reisewagen der Kaufleute nicht weit entfernt vom Marktplatz gefunden.

Der Himmel über Antonaco verfärbte sich grau, lediglich ein paar hellrote Flecken leuchten am Horizont auf, so als ob die untergehende Sonne auf ihrer Fahrt ein paar leuchtende Kleider verloren hätte.

Frolaica hantierte über dem Feuer und rührte in einer Fischsuppe. Auf ein paar flachen, heißen Steinen, die sie mit Lederlappen gerade aus dem Feuer geholt und auf den Boden gelegt hatte, dampften frische Fladenbrote.

»Mit welchen Köchinnen erlebt man Wunder?«, fragte Frolaica, die den letzten Satz gehört hatte.

Aitulf konnte ein leichtes Grinsen nicht verbergen, denn er hatte den letzten Satz über die Köchinnen betont laut gesagt, um Frolaicas Neugier zu wecken.

»Ah, wase für eine leichte Gehör sie hat, wenn es um solche Dinge handelt«, meinte Florentius und nahm einen Schluck aus dem Weinbecher. Er stockte, dann schüttelte er sich, weil er merkte, dass man ihm wieder einmal ungesüßten Wein angeboten hatte.

Ruckartig stand er auf und, sagte: »Gut, dann hole ich mir eben etwas.« Dann ging er zu dem Wagen.

»Es gibt in diesem Kloster eine Köchin«, antwortete Aitulf auf Frolaicas Frage, »die eine unglaubliche Bildung hat und mit der man sogar schwierige Gespräche führen kann.«

Frolaica kniete nieder und wendete die dünnen Brote.

»Ah, so etwas gefällt wohl unserem Diakon: schöne Frauen, die geistreich sind. Ihm reicht es nicht, wenn eine Köchin kocht, sondern er will sich mit ihr sogar noch tiefsinnig unterhalten.«

»Nun, als schön kann man diese Köchin nicht gerade bezeichnen, sie ist alt und sieht aus wie eine Spitzmaus. Mit dir kann sie in der Hinsicht nicht konkurrieren, Frolaica.«

»Nun, immerhin ein Vorteil«, sagte sie und setzte hinzu: »Die Brote sind fertig.«

Aitulf, dessen Magen sich so leer anfühlte wie ein hohles Weinfass, stand auf, nahm eine Schale und ein Holzbrett und ging zu dem Feuer hinüber. Währenddessen hörten sie es im Wageninneren rumoren und Florentius' Stimme, die dumpf und ärgerlich klang, redete mit einem unsichtbaren Besucher. Wahrscheinlich war es Florentius selbst, der die irritierende Angewohnheit hatte, die meisten seiner Handlungen mit lauten Kommentaren zu versehen.

Als auch Jaakov seine Essensration abgeholt hatte, kam Florentius wieder aus dem Wagen und hielt triumphierend einen kleinen Holzbehälter in der Hand, der mit einem Pfropfen verschlossen war.

»Ich abe Onig für den Wein gefunden!«, rief er glücklich.

»Und worüber hast du nun mit der tiefsinnigen Köchin geredet«, wollte Frolaica wissen.

Aitulf, der gerade an einem Stück Brot kaute und den Bissen mit heißer Suppe hinunterspülte, sagte: »Ganz allgemein über das Kochen, wozu es da ist und was die Aufgabe einer guten Köchin ist.«

»Und was ist die Aufgabe einer guten Köchin?«

»Sie ist nicht da, um dem Gaumen eines Menschen zu dienen, sondern die Speise soll gerade so schmecken, dass sie einigermaßen erträglich ist und nicht vom Gebet ablenkt.«

»Nun, in diesem Fall«, ließ sich Jaakov vernehmen, »ist Frolaica eine schlechte Köchin.«

»Was bin ich?«, Frolaica richtete sich auf und hielt den hölzernen Rührlöffel in der Hand wie eine Waffe.

»Frolaica iste keine schlechte Köchine«, fiel Florentius ärgerlich ein, »Sie ist…«

»Halt!« unterbrach Aitulf den Romanen. »Du hast nicht richtig zugehört. Frolaica ist eine ausgezeichnete Köchin, aber…«

Der Rührlöffel sank etwas tiefer.

»Aber es ist so: Wenn jemand behauptet, eine gute Köchin sei nur dann eine gute Köchin, wenn sie schlecht kocht, dann ist Frolaica eine schlechte Köchin, weil sie gut kocht.«

Der Rührlöffel hob und senkte sich und Frolaicas Stirn legte sich in schwere Falten. »Das verstehe ich nicht!«, rief sie ärgerlich. »Unnützes Zeug! Also, zum letzten Mal: Koche ich nun gut oder schlecht?«

»Du kochst so gut, dass ich mir gleich noch eine Schale von dir füllen lasse«, sagte Jaakov lachend. »Vielleicht ist diese Köchin im Kloster sogar jüdisch, das würde zu ihr passen.«

»Ah, endlich«, ließ sich Florentius nun vernehmen. »So schmeckte der Weine wirklich gut.« Mit dem Ende seines Löffels verrührte er den Honig. Dann ging auch er zu dem großen Topf hinüber, stellte seinen stabilen Reisebecher aus Bronze mit süßem, gewürztem Wein ab und ließ sich seine Schale auffüllen.

Eine Zeit lang hörte man nur Essens- und Trinkgeräusche, während die roten Spuren der Sonne sich allmählich violett färbten und schließlich im Abendgrau verschwammen. Florentius hatte sich in die Nähe des Feuers zu Frolaica gesetzt und versuchte, sich ihr zu nähern, was Frolaica geschickt abwehrte, indem sie immer wieder aufstand, um in ihrer Suppe zu rühren.

»Lange dauert es nicht mehr, und es ist dunkel«, murmelte Aitulf mehr zu sich selbst als zu Jaakov, »dann werde ich nochmals zu dem Kloster gehen müssen.«

»Wieso?« fragte Jaakov mit vollem Mund.

»Eigentlich sollte ich es nicht sagen, aber da du mir wahrscheinlich keine Ruhe lassen wirst und irgendwann sowieso weiterfährst, kann ich es dir anvertrauen.«

Er machte eine Pause. »Was du mir gesagt hattest, stimmt.«

»Was hatte ich denn gesagt?«

»Eine der Schwestern soll die Gabe der Weissagung haben.«

»Richtig. Der Priester hatte das angedeutet. Und?«

»Ich habe mit ihr gesprochen, von Agnes erzählt und sie hat gesagt, ich solle nach der Komplet, wenn es dunkel ist, zum Friedhof kommen. Dort würde sie mich treffen und könnte mir eine Nachricht geben.«

»Hm«, brummte Jaakov. »Das kommt mir seltsam vor. Soweit ich weiß, leben die Schwestern eines Ordens unter strenger Klausur. Sie dürfen das Kloster nicht verlassen. Im Gegensatz zu den Mönchen, die mehr Freizügigkeit haben.«

»Ja, ich weiß«, nickte Aitulf. »Karolina hat ...«

»Wer ist Karolina?«

»So heißt diese Schwester. Also, sie hat mir diese Verabredung auf Fränkisch so gesagt, dass es die Äbtissin nicht hören konnte. Die Äbtissin spricht hauptsächlich Latein, kommt aus Gallien und fängt erst an, die hiesige Sprache zu lernen.«

»Nun, das ist etwas anderes. Das bedeutet, dass sie das Kloster unerlaubt verlassen wird. Damit setzt sie ihr Noviziat aufs Spiel. Aber warum?«

»Das reime ich mir so zusammen«, sagte Aitulf und nahm einen kräftigen Schluck. »dass Paulina, die Äbtissin, kein Aufsehen haben will. Sie mag es gar nicht, dass sich Karolinas Begabung herumsprechen könnte.«

»Was aber schon geschehen ist«, gab Jaakov zu bedenken.

»Jedenfalls ist sie nicht interessiert daran, dass so etwas

noch einmal vorkommt. Und ... da ich Karolina nicht mehr offiziell treffen werde, könnte ich mir vorstellen, dass ...«

»...dass die Äbtissin es dir nicht weitererzählt, wenn Karolina eine Weissagung bekommen hat?«

»Genau. Und Karolina will eben sicher sein, dass mich eine Botschaft Gottes erreicht. Aber wie stellt sie es an, dass sie das Kloster unbemerkt verlässt?«

»Wenn sie weissagen kann, kann sie vielleicht auch zaubern, sich unsichtbar machen...«

Es war nicht klar, ob Jaakov es ernst meinte oder nicht, aber Aitulf schien es einen Gedanken wert zu sein, und er schwieg verduzt.

»Nun«, fuhr Jaakov fort, » so oder so, es spricht für Karolina, wenn sie bereit ist, so viel Gefahr auf sich zu nehmen, nur damit du eine mögliche Botschaft bekommst. – Mir scheint das überhaupt eine interessante Frau zu sein.« Jaakov lachte. »Pass auf, dass du nicht dein Herz an sie verlierst...«

»Oh, das wird nicht so schnell passieren«, versicherte der Diakon.

»Wieso? Eine junge, geheimnisvolle Frau, die ...«

Aitulf legte Jaakov die Hand auf den Unterarm. »Jaakov, glaube mir, es wird nicht passieren.«

»Wie kannst du da so sicher sein? Ich habe gemerkt, dass du Frolaica auch gerne ansiehst und...«

»Karolina ist abgrundtief hässlich und ... und ihr Gesicht ist abstoßend.«

»Was?«

»Ich habe sie schließlich durch das Besuchsgitter beobachten können: winzige Schweinsaugen und die Gesichtshaut mit widerlichen Blasen und Pickeln verunstaltet. Nein, glaub mir, durch so ein Gesicht wird keine Liebe entzündet, obwohl ... ich meine, sie selbst als Person ist voller Mitgefühl, aber nein, ... ich musste mich förmlich zusammenreißen, um keinen Ekel zu empfinden.«

»Ja, ich verstehe, wenn das so ist. Dann…«

Sie wurden unterbrochen, weil Florentius einen Schrei ausstieß: »Der Wein!«

Sie blickten hinüber und hörten, wie Florentius laut schlürfte.

»Was ist mit dem Wein?«, fragte Jaakov besorgt.

»Dere Wein? Oh, was für eine Offenbarung!«

»Was ist denn los?«

»Iche… iche abe meine Becher auf die eiße Stein abgestellt und nun … abe ich eißen Wein mit Onig und Gewürzen. Es schmeckte immlisch, als ob Wein glüht wie Feuer.«

Jaakov stand auf, ging zu seinem Partner hinüber und tat einen Schluck aus dessen Becher. »Ja, nicht schlecht, wenn man diese Art von Geschmack mag. Man könnte ihn im Winter verkaufen.«

Als Jaakov wieder an seinen Platz war, stand Aitulf auf und sagte: »Bis ich bei dem Kloster bin, ist es schon dunkel. Ich werde mich also aufmachen. Kann ich nachher… wieder bei euch übernachten?«

Jaakov nickte. »Natürlich, deine Sachen sind ja auch wieder bei uns….wenn dich die Geräusche von Florentius und Frolaica nicht allzu sehr stören…«

»Nun, sie sind sicher nicht der geeignete Hintergrund für einen Diakon, aber… aber ich hatte selbst einmal eine Gefährtin.«

»Du hattest eine Freundin?«

»Ja, sie war eine wunderbare Frau und kurz davor, sich taufen zu lassen, als sie an einer tragischen Krankheit starb.« Aitulf sprach schnell weiter, um mögliche Schwankungen in der Stimme zu überspielen. »Sie hat mich mit der … nun mit der körperlichen Seite der Liebe bekannt gemacht. Wir wären Mann und Frau geworden, wenn sie nicht…«

Aitulf stockte und fuhr fort: »Es war jedenfalls gut, dass ich dieses Geheimnis, ein Fleisch zu werden, erlebt habe. Das hat mich etwas ruhiger gemacht. Früher war ich sehr streng, was Frauen anbelangt. Ich hatte ein asketisches Ideal und dachte, Frauen wären für die Arbeit nur hinderlich, obwohl ich ja als Subdiakon hätte heiraten können. Glaub mir, ich hätte Florentius und Frolaica das Leben schwer gemacht, wären sie mir früher begegnet.«

»Stattdessen hast du Frolaica selber schöne Augen gemacht.«

Aitulf fuhr auf und seine Stimme bekam einen ärgerlichen Unterton: »Ich habe sie freundlich angeblickt und natürlich hat sie eine gewisse Anziehungskraft, aber…«

»Reg dich nicht auf, Aitulf. Ich bin auch ein Mann.«

»Aber«, fuhr Aitulf ungerührt fort, »an Ansegud kommt sie nicht heran!«

»Kommt sie nicht heran? Das klingt, als ob deine Ansegud noch leben würde. Wie lange ist es denn her, dass sie…?«

»Fünfzehn Jahre.«

»Fünfzehn Jahre!« Jaakov schüttelte ungläubig den Kopf. »Dann muss diese Frau einen sehr großen Eindruck bei dir hinterlassen haben. Und jede neue Frau wird es schwer bei dir haben.«

»Ich weiß nicht, ob ich überhaupt noch eine Frau nehmen soll.«

»Dein Amt?«

»Nein, nein, das ist es nicht. Wie gesagt, als Subdiakon gehöre ich nicht zu den höheren Weihen und darf wie die Priester heiraten, aber Ansegud ist einfach nicht zu ersetzen.«

»Hm«, sagte Jaakov, »es ist nicht gut, wenn die Toten eine solche Macht über uns haben. Mir ist es sowieso schleierhaft, warum eure Bischöfe und andere Geistliche mit hohen Ämtern nicht heiraten dürfen. Bei uns Juden ist es für alle Männer eine göttliche Pflicht, eine Frau und Familie zu haben. Ein Rabbi ohne Frau ist ein halber Mann und hat keine geistliche Autorität. Was weiß er denn schon vom Leben und…« Jaakov lachte, »vom Leiden eines Mannes, wenn er keine Frau hat? Selbst der Hohepriester zur Zeit des zweiten Tempels musste verheiratet sein und auch unsere Propheten waren es, Isaja, zum Beispiel.«

»Nun, Frauen könnten einen hindern, ganz der Berufung zu leben.«

»Ja, wenn man die Berufung durch Gott als eine einseitige Sache, ohne menschliche Zutaten sieht. Aber ich sehe, du willst losgehen. Vielleicht reden wir ein anderes Mal darüber.«

»Danke. Ja, ich denke, es gibt noch viel Gesprächsstoff«, nickte Aitulf und fügte leise hinzu: »Und vielleicht kann ich dich doch noch zur Taufe überreden.« Ohne den Einwand Jaakovs abzuwarten, war er auch schon auf dem Weg nach Confluentis.

»Wo geht er hin?«, fragte Frolaica.

»Er hat ein heimliches Treffen mit einer der Schwestern des Klosters«, sagte Jaakov und als Frolaica verständnisvoll lächelte, fügte er schnell hinzu: »Nicht, was du denkst.«

»Ja, natürlich. Alles nur ganz im Dienste Gottes, wenn man sich nachts mit einer Frau trifft.«

Inzwischen war es richtig dunkel geworden, und Aitulf hatte Mühe, auf dem Weg nicht über Steine oder Wurzeln zu stolpern. Aber allmählich gewöhnten sich seine Augen an die Dunkelheit, und der Weg hob sich nun deutlicher ab, weil der Halbmond durch die Lücken der Bäume schien. Ab und zu kamen ihm Leute mit Öllampen entgegen, die sich laut unterhielten, um ihre Angst zu vertreiben und zwielichtige Gestalten oder gefährliche Tiere abzuschrecken. Nach einer Weile kam niemand mehr, und Aitulf war allein. Als die Bäume dichter wurden, verschluckte ihn die Dunkelheit förmlich, und er fing an zu frösteln, denn der Himmel war klar, und die Wärme des milden Herbstages hatte sich verflüchtigt.

Das einzige Geräusch waren seine eigenen Schritte und ab und zu ein Rascheln aus dem Unterholz, das, so hoffte er wenigstens, nur von kleineren Waldtieren stammte. Je mehr er sich dem Kloster näherte, desto größer wurden seine Bedenken. Während seiner Zeit unter den Langobarden im Norden Italias hatte er merkwürdige Praktiken kennen gelernt und fragte sich jetzt, ob Karolina nicht tatsächlich durch Zauberei das Kloster verlassen würde. Das große Tor, das die ehemalige Villa verschloss, war massiv und schwer. Und es wäre nicht unbemerkt geblieben, wenn jemand den Riegel bewegt hätte, zumal das Zimmer der Äbtissin vermutlich neben dem Tor lag, gegenüber dem Gästezimmer. Aber jemand, der sich unsichtbar machen konnte, würde einfach unbemerkt in der Dämmerung mit dem letzten, der das Kloster verließ, verschwinden. Oder jemand, der fliegen konnte, so wie die heidnischen Zauberinnen und Hexen fliegen konnten, würde durch die Luft das Kloster verlassen!

Aitulfs Schritte wurden unwillkürlich langsamer.

»Das Ganze könnte eine Falle sein«, murmelte er. »Sie hat gemerkt, dass ich Hilfe brauche, trifft sich mit mir und – verwandelt mich in einen Stein oder in ein Tier. Denn warum ist sie denn sonst so hässlich? Das kommt doch nicht von ungefähr! Ist nicht das Gesicht der Ausdruck unserer Seele? Kann in einem hässlichen Menschen wirklich eine gute Seele stecken? Hat sie sich vielleicht in ein Ungeheur verwandelt und der Rückverwandlungszauber war nicht stark genug?«

Aitulfs Herz fing an, schneller zu schlagen, und auf seiner Stirn bildeten sich trotz der nächtlichen Kühle Schweißperlen. Worauf lasse ich mich da ein, fragte er sich. Aber, nur mal angenommen, diese Weissagung würde mir weiterhelfen? Sollte ich nicht alles versuchen, um Agnes wieder zu finden? Und würde nicht auch Kilian, ihr Vater, wenn er noch lebte, alles versuchen? Und habe ich nicht den Segen der Kirche und ihre Macht hinter mir?

Aitulf erinnerte sich an das Erlebnis, dass er vor Jahren in Kylldal, einem Dorf in der Nähe Adquintums hatte, als er einem Mann half, dessen Dämonen zu vertreiben. Nein, er musste Karolina treffen, er konnte nicht feige umkehren!

Aitulfs Schritte wurden wieder schneller und er wich einem Ast aus, der über dem Weg hing.

»Ich werde«, sagte er jetzt lauter, »mir zunächst meinen Verdacht nicht anmerken lassen. Dann werde ich nach der Weissagung fragen und sobald ich sie weiß, werde ich diese Hexe im Namen Christi bannen und ein Kreuz auf ihre Stirn drücken.«

Er blieb stehen, bückte sich, tastete nach einem Zweig, brach ihn entzwei, suchte nach langen Grashalmen und machte daraus ein kleines Kreuz, das er in seinen Gürtel steckte. So ausgerüstet ging er weiter und hörte bald das Rauschen des Baches. Das Mühlrad konnte man offensichtlich für die Nacht abstellen. Der Friedhof, den Karolina erwähnt hatte, lag unmittelbar neben dem Kloster. Aitulf hatte ihn sich gleich angesehen, nachdem er am Nachmittag aufgebrochen war. Der Begräbnisplatz sah nicht groß aus: Ein Holzzaun war um ein Grundstück errichtet, um Tiere fern zu halten. Ansonsten standen vereinzelt ein paar grob zurecht gehauene Steine auf dem Platz.

Nur noch ein paar Schritte und schon tauchten die Umrisse des Klosters auf, das vom Halbmond beschienen war. Hier, rechts davon, lag auch schon der kleine Friedhof. Aitulf schluckte, denn er sah eine Gestalt, die neben dem Zaun stand und wartete. Der Diakon spürte, wie sein Mund trocken wurde und murmelte ein Vaterunser, um sich zu beruhigen. Sie war es tatsächlich! Wer sollte sonst um diese Zeit dastehen? Jetzt hatte er sie erreicht und sie drehte sich um, weil sie das Rascheln seiner Schritte gehört hatte.

»Sa… sa… salve«, stotterte er auf Latein und vergaß, dass sie ja Fränkisch verstand.

Karolina senkte den Kopf und sagte schnell. »Gut, dass

du gekommen bist. Ich … ich war nicht sicher«, klang die weiche Stimme zu Aitulf hinüber, »ob die Äbtissin meine Botschaft wirklich an dich weitergeben würde. Denn beim letzten Mal gab es sehr viel Ärger und ich musste zur Strafe zwölf Psalmen beten, weil ich von meiner Eingebung erzählt hatte, ohne vorher um Erlaubnis zu fragen…«

Sie machte eine Pause. Aitulf war wie erstarrt und brachte keinen Ton heraus. Ob das schon die ersten Anzeichen der Verzauberung waren? Aber das Hören klappte noch ganz gut.

»Verstehst du mich?«, setzte sie hinzu, weil Aitulf überhaupt nicht reagierte.

»Ja, ja, ich verstehe dich«, flüsterte er. Gut, das Reden klappte also noch, dachte er. Hinter seinem Rücken hörte er ein Scharren und das Blöken einiger Schafe.

»Gleich nachdem du gegangen warst«, fuhr Karolina eifrig fort, »habe ich beim nächsten Stundengebet Gott angefleht, wenn es ihm gefällt, mir eine Eingebung zu senden.«

Hört sich sehr fromm an, dachte Aitulf, aber wer weiß, was sie sonst noch auf Lager hat.

»Und dann … als wir Schwestern zu Ende gebetet hatten und es einen Augenblick still war, sandte er mir ein inneres Bild und einen Satz, der nicht von mir selber kam, denn ich wüsste nicht, wo ich das alles hergenommen hätte. Hör zu!«

Karolina beugte sich vor und er konnte den scharfen Kräutergeruch ihres Atems wahrnehmen. Im schwachen Mondschein erkannte Aitulf das verunstaltete Gesicht und schauderte. Die Schwester blickte ihn kurz an, senkte aber schnell wieder den Blick und flüsterte: »Ich sah seltsame Wesen, Lebewesen halb Mensch, halb Tier mit verschiedenen Köpfen, und sie hatten anstelle der Beine Räder, die irgendwie verschlungen waren, zwei oder vier Räder waren es. Oder waren es vier Wesen? Das weiß ich nicht mehr genau, weil alles in Bewegung war. Und die

Wesen konnten blitzschnell hin und her fahren und ich hörte in meinen Gedanken eine Stimme, die sagte: *Suche die Wesen mit den Rädern bei meinem Volk. Und du wirst Ruhe und Reinheit finden.*«

Der Satz klang in Aitulfs Ohren nach, und er bekam eine Gänsehaut. Ein seltsames Bild. Was hatte Agnes mit diesen Rädertiermenschen zu tun? War sie vielleicht gar nicht von Sachsen entführt worden, sondern von Walddämonen mit Feuerrädern? Und wie sollte er, Aitulf, sie dann jemals befreien? Panik stieg in ihm hoch. Statt dass es einfacher war, wurde alles noch schwieriger. Noch immer fühlte er sich wie erstarrt. Er musste sich aus dieser Verzauberung lösen. Jetzt, wo er den Spruch gehört hatte, bestand eigentlich keine Notwendigkeit mehr, sich zu verstellen. Mit einer großen Willensanstrengung bewegte er seine Arme, zog seine Schultern hoch und tastete nach dem selbst gefertigten Kreuz. Dann sagte er mit heiserer Stimme: »Solche Wesen kenne ich nicht, aber sag mir doch, wie es möglich ist, dass du hier bist, wo doch die Schwestern ihr Kloster nicht verlassen dürfen?«

Jetzt heißt es aufpassen, Aitulf!

Karolina senkte den Kopf noch tiefer und murmelte verschämt: »Das ... das kann ich dir nicht sagen. Es ist....«, sie ließ den Satz unvollendet.

Ich muss es versuchen, sagte sich Aitulf, näherte seine Hand mit dem Kreuz diesem hässlichen Gesicht und berührte Karolinas Wange.

Karolina, die damit nicht gerechnet hatte, zuckte zusammen und stieß einen kleinen Schrei aus.

Das war für Aitulf der endgültige Beweis, dass er es mit einer Zauberin oder Hexe zu tun hatte. Sie hatte offensichtlich etwas zu verbergen, und die leichte Berührung mit dem Kreuz fügte ihr schon Schmerzen zu. Jetzt hieß es handeln. Aitulf richtete sich auf und rief laut: »Hinawichi, hazessa! – Weiche zurück, Hexe!« und fuhr fort: »Ich habe deine Schliche durchschaut. Gib zu, du bist durch die Luft hierher geflogen. Und wahrscheinlich willst du mich verzaubern, aber n …nicht mit mir!«

Keuchend hielt Aitulf noch immer das Kreuz der wie erstarrten Karolina entgegen.

Die Schwester löste sich allmählich aus ihrer Lähmung. Aber statt dass sie nun ihr wahres Gesicht zeigte, eine teuflische Beschwörung ausstieß und sich in die Lüfte erhob, fiel sie auf die Knie, blickte den Diakon fassungslos mit ihren kleinen Augen an und stammelte: »Was sagst du da? Ich soll… soll eine Hexe sein? Wie kommst du darauf?« Und dann sofort: »Ich weiß – mein Gesicht, mein unglückliches Gesicht.« Sie schlug die Hände vor die Augen und weinte.

Aitulf war überrascht und wusste nicht, was er sagen sollte. Mit dem Schlimmsten hatte er gerechnet, aber doch nicht damit, dass die Hexe vor ihm auf die Knie fallen und weinen würde. Oder ob sie vielleicht doch keine Hexe war? Vielleicht war sie eine ganz normale Frau war mit einem entstellten Gesicht, die ihre einzige Hoffnung auf Gott setzte, dem es nichts ausmachte, mit welchem Gesicht, die Menschen zu ihm beteten?

Er musste Klarheit gewinnen. Und wenn es nur ein weiterer Zaubertrick war, dann wüsste er schon, wie er weiter verfahren würde, er kannte die lateinische Messe, und konnte ihr entsprechende Stellen daraus ins Gesicht schleudern. Er beugte sich zu der zitternden Frau herab und fragte: »Wenn du keine Hexe bist, dann erklär mir, wie du hier sein kannst ohne Zauberei!«

Langsam stand Karolina auf, wischte sich die Tränen mit ihren staubigen Händen ab und sagte ohne aufzublicken mit tonloser Stimme: »Wenn du es unbedingt wissen musst… Doch bitte ich dich, der Äbtissin nichts zu sagen. Die Buße für mein Entfernen aus dem Kloster wäre sehr hart. Wahrscheinlich würde ich mein Noviziat verlieren.«

Sie wartete auf eine Reaktion, also nickte Aitulf ein wenig gezwungen.

»Es ist so«, fuhr sie fort. »Ab und zu brauche ich diese kleinen Ausbrüche, ich komme mir sonst vor wie ein Vogel im Käfig. Obwohl ich das Leben hier liebe und Gott gerne diene, brauche ich einfach…., also ich muss ab und zu freie Luft atmen. Dann geht es wieder eine Zeit lang.«

Sie wartete gar nicht ab, was Aitulf sagen würde, sondern fuhr fort: »Ich habe mir einen Schlüssel für das Posticum, die Hintertür, besorgt. Das ist mein kleines Geheimnis. Du siehst, es ist kein großer Zauber dabei.«

Aitulf spürte, wie ihm das Blut vor Scham ins Gesicht schoss. Immerhin gehörte Karolina wahrscheinlich zu einer adligen Familie und hatte sicher mächtige Verwandte, die ihm schaden könnten. Er hatte sie als Hexe beschimpft und sie wie eine Magd angeredet. Er musste die Sache unbedingt wieder einrenken.

»Ich verstehe«, sagte er, »aber warum hast du geschrien, als ich mit dem Kreuz deine Wange berührte? Ich hatte nämlich gedacht, eine Zauberin oder eine Hexe müsste bei so einer Berührung aufschreien. Und genau das hast du getan. Und deshalb musste ich annehmen… du verstehst, was ich meine…«

Jetzt blickte Karolina auf und lächelte zum ersten Mal, und Aitulf war erstaunt, wie dieses Lächeln ihr Gesicht verwandelte. Sicher, die narbenübersäte Haut war dieselbe, aber das Lächeln schien sich wie ein sanfter Schleier über ihre Entstellung zu legen.

»Nun«, sagte Karolina und ihre Stimme gewann an Sicherheit, »du kannst es dir vielleicht nicht vorstellen, aber einmal war ich überrascht, weil ich damit nicht gerechnet hatte und zum anderen: Seit ich hier bin hat noch niemand mein furchtbares Gesicht berührt. Es ist nämlich so, dass der Herr mich mit meinem Gesicht demütigt.«

Aitulf senkte beschämt die Augen.

»Es tut mir aufrichtig Leid, Schwester Karolina, dass ich … dass ich dich so behandelt habe. Entschuldige meine … meine Beleidigungen. Ich hoffe, du kannst mir vergeben.«

»Das tu ich ganz sicher, denn es geschah ja aus Angst.«

Es trat eine Stille ein, weil keiner so richtig wusste, was jetzt zu sagen war. Schließlich meinte Aitulf: »Nun, dann werde ich wohl wieder gehen müssen. Und vielen Dank für den Hinweis mit den Wesen und ihren Rädern, die ich suchen soll, um Ruhe und Reinheit zu finden. Obwohl der Satz rätselhaft klingt und mir seltsam erscheint. Aber ich werde mich auf die Suche machen…«

»Deus bendicat – Möge Gott dich segnen, Aitulf«, sagte Karolina und neigte den Kopf.

Aitulf drehte sich um und verließ langsam den Friedhof. Er wischte sich über die Stirn. Diese Begegnung hatte ihn stark mitgenommen. Zuerst musste er mit einer vermeintlichen Hexe fertig werden und dann wieder mit den Nöten einer ganz normalen Frau, was auch nicht unbedingt leichter war.

Als er wieder auf den Weg trat und zu dem Zaun hinüberblickte, lag der Friedhof düster und einsam da. Ob Karolina schon verschwunden war oder noch dastand, konnte er nicht sagen. Wahrscheinlich musste sie dringend zurück, damit niemand Verdacht schöpfte.

Jetzt kam es auf ihn an, ob er dieses seltsame Wesen finden würde. Aber warum fehlte bei der Weissagung Agnes' Namen?

*hwær cwom symbla gesetu?*
*hwær sindon seledreamas?*
*eala beorht bune!*
*eala byrnwiga!*
*eala theodes thrym!*

*hu seo thrag gewat,*
*genap under nihthelm*
*swa heo no wære!*

*Wo gibt es einen sicheren Ort?*
*Wo sind die Festfreuden geblieben?*
*Ach, gefüllte Becher!*
*Ach, gerüstete Krieger!*
*Ach, herrliche Völker!*

*Wie ist doch die Zeit vergangen,*
*versteckt unter dem Schutz der Nacht,*
*als ob es sie nicht gäbe!*

Aus dem altsächsischen Gedicht »Der Wanderer«.

# 5

Seltsam. Es klang, als ob ein Vogel das Pfeifen übte. Zuerst kam die Melodie stockend daher, wie auf unsicheren, langen Beinen und drohte jeden Augenblick umzufallen. Dann wieder schneller, sicherer, das nächste Mal. Und wieder die gleiche Melodie. Dabei war die seltsame Vogelstimme nicht hell und piepsend, sondern rau und glucksend, als ob ein riesiger Vogel, den Schnabel voller Wasser, zu singen versuchte.

Langsam öffnete Agnes die Augen. Sie klebten zusammen und nur mühsam zwängten sich Lichtstrahlen durch die Lider. Und wie ihr Kopf schmerzte! Als hämmerten hundert Zwerge hinter ihrer Stirn, um eine unterirdische Silberader abzubauen. Mit der rechten Hand wischte Agnes ihre Augen und richtete sich mühsam auf.

Durch die schmalen Fenster fiel Sonnenlicht auf das Stroh. Aber nicht nur von den Fenstern war es hell. Die Tür stand offen, ein bärtiger Mann saß davor mit einem Hauschwert in der Hand und blickte sie an. Aber hinter ihm, da bewegte sich etwas. Und aus dieser Richtung kam auch das Pfeifen, das sie für die Singversuche eines Wasservogels gehalten hatte. Aber es war kein Vogel, es war ein Mensch, ein Mädchen, das auf einer einfachen Rohrflöte blies und dabei Agnes beobachtete.

Sobald das Mädchen gesehen hatte, dass Agnes wach geworden war, rief es: »Heo is wakol, heo is wakol – sie ist aufgewacht, sie ist aufgewacht!«

Schnell schlüpfte es an dem Wächter vorbei, kniete sich nieder und betrachtete Agnes neugierig. Agnes, deren Kopf noch immer dröhnte und heiß war vom Fieber, richtete sich auf und blinzelte die Gestalt an.

Das Mächen war hager gebaut, und mit ihren lebhaften

Augen, den roten Haaren und der leicht gebogenen Nase sah sie wie ein junger Vogel aus, der gerade in der Mauser war und darauf wartete, dass sein Gefieder nachwuchs.

»Ic eom Gna. Thu eart Columba? – Ich bin Gna. Und du bist Columba?«

Agnes schüttelte den Kopf, legte ihre Hand auf die Brust und sagte laut und deutlich: »Ag-nes.«

»Ak-ness« wiederholte Gna.

»Thu bist Gna?«, fragte Agnes zur Sicherheit.

Das Mädchen nickte. »Eom Gna.«

Agnes ließ sich wieder zurückfallen. Bereits das kurze Gespräch hatte sie erschöpft. Die hundert Zwerge in ihrem Kopf schienen sich ständig zu vermehren. Jetzt hatten sie wohl eine Goldader gefunden und hämmerten wild drauflos. Agnes' Mund war so trocken wie Fleisch, das einen Tag in der Sonne gelegen hatte. »Trinkan«, flüsterte sie.

Gna verstand, erhob sich und hüpfte davon. Kurze Zeit später kam sie zurück mit einem Krug.

»Drinc! Thæt is meolc. – Trink. Das ist Milch.«

Das Mädchen half Agnes dabei, sich wieder aufzurichten, und setzte den Krug an ihre aufgesprungenen Lippen. Mit einer schwachen Handbewegung schlug Agnes das Kreuzzeichen über dem Krug, um Dämonen zu vertreiben. Dann trank sie gierig die lauwarme Ziegenmilch, wobei sie sich verschluckte. Sie begann zu husten und sprühte Gna einen Schluck der Flüssigkeit ins Gesicht. Das Mädchen schien das aber nicht weiter zu stören, sie wischte die Spritzer gelassen mit dem Handrücken weg und hielt Agnes wieder den Krug an den Mund. Immer wieder strich sie Agnes über Gesicht und Stirn, auf der Schweißperlen standen.

»Feverfuge – Fieber«, stellte sie fest, nahm den Krug und redete auf den Wächter ein. Dann rannte sie davon.

Agnes war wieder auf das Stroh zurückgesunken und kämpfte gegen einen Brechreiz.

»Oh, mein Gott«, murmelte sie, »ich sterbe.«

Aber schon war Gna wieder da, mit einem Topf, dem ein ekelhafter Geruch entstieg. Sie schmierte Agens, die sich vergeblich dagegen wehrte, eine braune Masse auf die Stirn, auf Wangen, Schulter, Brust und Unterschenkel und sagte im Befehlston: »Thu skalt slæpon – du sollst schlafen!«

Aber das brauchte man ihr nicht erst zu befehlen. Das Gespräch und das Trinken hatten sie so geschwächt, dass sie dankbar zurücksank. Die stinkende Masse brannte zwar etwas auf der Haut, aber seltsamerweise kühlte sie auch das Blut, das heiß und wässrig durch ihre Adern zu fließen schien.

Kaum war sie wieder in einen tiefen Schlaf gesunken, tauchten abermals Traumbilder auf. Diesmal nicht vom Kloster, sondern aus ihrem Leben, als hätten sie verborgen in einer Truhe gelegen, deren Deckel jetzt geöffnet wurde. Jemand schien die Bilder herauszunehmen, eines nach dem anderen. Agnes wusste halb, dass sie träumte und halb war sie sich bewusst, dass sie in einer sächsischen Hütte saß, weit weg von ihrer Heimat, jenseits von Treveris, an Ufern, die sie noch nie gesehen hatte. Die Bilder aus ihrer Gedächtnistruhe wurden lebendig. Sie war wieder ein kleines Mädchen, das mit den Armringen der Mutter spielte, wenn sie nicht einschlafen konnte. Oder sie stand in der großen Basilika in Treveris, mit derem wuchtigen Holzgebälk und den Steinsäulen. Um sie herum tönten Stimmen, die Psalmen beteten und sangen. Vor dem Ambo stand ihr Vater im langen Gewand der Lektoren und las einen Schriftabschnitt vor. Sie sammelte Haselruten, half ihrer Mutter beim Besenbinden und sah zu, wie diese in die gebundenen Reiser einen gespitzten Eschenstab trieb.

Dann wieder kniete sie auf einer Bank und lernte Buchstaben. Sie rannte durch die Straßen von Treveris, als die Seuche wütete, roch den säuerlich süßen Gestank der

Krankheit, trat in ein Zimmer, sah ihre Eltern tot auf einer Bahre liegen und schauderte, als man sie in Leinentücher einnähte.

Jetzt zog sie in Aitulfs bescheidenes Haus, und später ging sie ängstlich hinter ihm her, als er sie zu einer neuen Familie brachte. Und wieder und wieder fuhr sie mit dem Ochsenkarren nach Antonaco zu ihrem zukünftigen Kloster, das sie jedoch nie erreichte, fühlte die klebrige Hand, die ihr den Mund verschloss, und tauchte in das kalte Wasser des Rhenus.

Zwischendurch wachte sie auf, entdeckte einen neuen Krug mit Milch neben sich auf dem Boden, trank ihn aus und schlief wieder ein.

Dann geschah etwas Seltsames. In einem ihrer Träume ging sie durch einen Wald. Da trat eine Frau zwischen den Bäumen hervor. Ein Pferd mit sechs oder noch mehr Beinen stand neben der Frau und wartete. Agnes konnte genau das Gesicht der fremden Frau erkennen. Es war hager und blass. Rötliches Haar umrahmte es in langen Flechten. Die Frau sah Gna ähnlich, nur war sie älter, und das Kleid, das sie trug, war mit gelben und blauen Zeichen bemalt. Sie sang etwas, eine einfache Melodie, die immer wiederkehrte.

Agnes lag inzwischen regungslos auf dem Waldboden und sah, wie die Frau mit den roten Haaren um sie herum ging. Dann kniete sie neben Agnes, öffnete Agnes' Brust und holte etwas Schwarzes heraus. Das Schwarze lebte, und jetzt konnte Agnes auch erkennen, was es war: dunkle Vögel, die in ihrer Brust gewohnt hatten und nun durch die Frau weggescheucht wurden, einer nach dem anderen. Und es war, als ob ein Druck, den sie vorher nur vage wahrgenommen hatte, allmählich nachließ.

Als alle Vögel aus ihrer Brust herausgeflattert waren, schloss die Frau die Stelle wieder, verneigte sich vor Agnes und ging in den Wald zurück.

Das nächste Mal, als Agnes aufwachte, fühlte sie sofort,

dass ihr Kopf leichter war. Das Pochen und Hämmern hatte aufgehört.

Ihre Arme und Beine waren nicht mehr so schwach. Etwas Kühles lag auf ihrer Stirn. Sie tastete danach und merkte, dass es ein Stück Stoff war, in Wasser getränkt. Der braune, übel riechende Brei war auch verschwunden. Jetzt wagte sie, die Augen aufzumachen, die auch nicht mehr ganz so verklebt waren.

Wie lang hatte sie eigentlich geschlafen? Sie wusste es nicht. Tagelang womöglich?

Es kam ihr vor, als ob ihr früheres Leben Jahre zurücklag. Was sie damals erlebt hatte, kam ihr unwirklich vor: das Osterfest zu Hause, die Zeit mit ihren Eltern... Es war, als ob die Zeit zusammengeschmolzen wäre und sich versteckt hätte und die Tage in dieser elenden Hütte nun das Wichtigste in ihrem Leben wären.

Agnes blickte sich in der Hütte um. Es war dämmrig. Die Tür war verschlossen, aber durch die winzigen Fenster fiel etwas Sonne herein. Vorsichtig stand sie auf. Ihre Beine waren noch nicht ganz so fest, wie sie gedacht hatte, und sie musste sich einen Augenblick an der Lehmwand festhalten. Schritt für Schritt ging sie umher, wie eine Betrunkene, die sich an einer Wand festhalten muss, um nicht umzufallen. Sie blickte nach oben zum Dach. Dort verlor sich das Licht zwischen den Holzbalken wie in einem der Häuser in Kylldal, wo ihre Tante wohnte. Nicht einmal eine Feuerstelle gab es hier. Wahrscheinlich war das Ganze eine Art leer geräumter Vorratsraum.

Zögernd löste sie sich von der Wand und versuchte, frei umherzugehen. Und sie schaffte es. Sie tastete ihren linken Oberarm ab und stellte staunend fest, dass die Wunde nicht mehr schmerzte, dass eine dicke Kruste darüber lag. Die Schwellung war zurückgegangen. Auch die wunden Stellen vom Reiten waren nicht mehr so empfindlich. Agnes atmete erleichtert ein und aus.

Bald würde sie wieder zu Kräften kommen. Und dann würde sie nach einem Ausweg suchen. Sie könnte... ja, sie könnte so tun, als ob sie noch krank sei und dann, in einem unbewachten Moment, fliehen.

Von draußen hörte sie, wie Schafe blökten. Oder waren es Ziegen? Sie ging zu einem der Fensterlöcher, stellte sich auf die Zehenspitzen und blickte hinaus.

Die Nachmittagssonne schien. Ihre Strahlen fielen schräg durch die Bäume und warfen deren Schatten über einen geflochtenen Weidenzaun, hinter dem Schafe weideten. Ungefähr zwanzig Schritte von Agnes entfernt stand ein großes Wohnhaus, das gar nicht so viel anders aussah als die fränkischen Häuser in den Dörfern um Treveris, die lang gestreckt unter einem riesigen Dach Kühe, Ochsen, Schweine und Menschen beherbergten. Die Schafe waren wohl die einzigen Tiere, die draußen schliefen.

»Wenn ich so lange warte, bis es Nacht ist«, überlegte Agnes, »und wenn ich mich noch todkrank stelle und dann in der Dunkelheit den Riegel mit einem dünnen Stab nach oben drücke und mich leise aus dem Dorf schleiche... ? Aber nein, sie haben ja einen hohen Palisadenzaun um das Dorf gebaut mit einem großen Tor, das sicher bewacht ist.«

Sie trat von dem Fenster zurück, weil das lange Stehen auf Zehenspitzen sie ermüdete. Und als sie ein Geräusch an der Tür hörte, lief sie rasch zu ihrem Strohlager und legte sich hin.

Keinen Augenblick zu früh, denn schon schwang die Tür auf, ein Mann stand mit gezogenem Schwert daneben, und Gna kam herein.

»Du bist wach!«, sagte sie auf Sächsisch und befühlte ihre Stirn, »das Fieber ist weniger geworden und du bist schon herumgegangen«, fügte sie hinzu und deutete auf die Strohhalme, die über dem festgestampften Lehmboden verteilt waren. »Das ist gut. Dann wirst du bald ganz gesund sein. Jetzt kommst du erst einmal in unser Haus!«

Und als Agnes sie fragend anstarrte, wiederholte sie langsam, indem sie ihre Worte mit Gesten unterstrich: »Ak-ness wagian to min hus.«

Das Wort *hus* kannte Agnes. Dann musste *wagian* wohl gehen heißen. So einfach war es also gar nicht, die Kranke zu spielen. Gna hatte sofort gesehen, dass sie herumgegangen war. Ob sie vielleicht zuständig war für Kranke? Sie schien einiges über Heilmethoden zu wissen.

Wenn Agnes erst wieder stark und gesund war, gab es vielleicht doch eine Möglichkeit, von hier fortzukommen. Sie musste so tun, als ob sie sich mit ihrer Gefangenschaft abgefunden hätte. Und wenn ihr niemand mehr misstraute, dann würde sie einen Weg durch die Palisadenwand finden, vielleicht als sächsisches Mädchen verkleidet. Das bedeutete, dass sie die Sprache lernen musste. Sie stand auf, blickte sich noch einmal in der Hütte um und folgte Gna und dem Wächter, der jeden Schritt, den sie tat, aufmerksam beobachtete.

Wenn ich nur wüsste, warum ich hier bin, überlegte Agnes. Es gab doch Städte, die viel näher an den sächsischen Siedlungen lagen. Colonia, zum Beispiel. Warum hatten die Sachsen sich nicht jemand von dort geholt? Rätselhaft. Oder gab es etwas, das Agnes nicht wusste? Gab es etwas, das diese heidnischen Sachsen über sie herausgefunden hatten, was ihr selbst verborgen war? Aber was konnte das sein?

Und warum kümmerten sich alle um sie? Warum pflegte man sie gesund? Brauchte man ihre Arbeitskraft? Oder waren die Sachsen doch nicht so grausam, wie sie immer gehört hatte? Gehörten sie vielleicht doch nicht zu den von Gott verfluchten Menschen? Waren sie in Wirklichkeit menschenfreundlich?

Noch ganz in Gedanken vertieft, folgte sie Gna und dem Wächter auf einem schlüpfrigen Lehmpfad und erblickte ein breites Haus, das direkt am Palisadenzaun endete. Über dem Türbalken waren seltsame Zeichen eingeritzt: links eine Sonne, rechts ein zunehmender Halbmond und dazwischen ein breiter Baum, dessen Zweige die Wurzeln berührten.

Agnes blieb zögernd stehen. Was würde passieren, wenn sie unter den magischen Zeichen hindurchging?

Der Wächter stieß Agnes an und öffnete die Tür, die in den Angeln quietschte. Mit einem Gebet auf den Lippen und einem hastig geschlagenen Kreuzzeichen trat Agnes über die Schwelle. Drinnen war es warm. Ein schmaler Flur zwischen zwei Holzverschlägen führte in einen großen Mittelraum, in dem ganz hinten ein Feuer brannte, Eine Frau erhob sich von einem Holzhocker neben dem Feuer, als Agnes eintrat.

»Me moddru – meine Mutter«, sagte Gna.

Agnes blickte die Frau mit großen Augen an, und als sie auf sie zukam, wich das Mädchen unwillkürlich einen Schritt zurück und hielt sich an der Bretterwand fest.

»Was ist? Hast du Angst vor meiner Mutter?«, fragte Gna, und Agnes verstand ungefähr den Sinn ihrer Frage.

Immer noch starrte sie die Frau an, die vor ihr stehen geblieben war und sie anlächelte.

»Die … die… diese Frau«, stotterte Agnes verwirrt, »ist mir im Traum begegnet und hat schwarze Vögel aus meiner Brust herausgeholt.«

»Ich weiß«, sagte Gnas Mutter auf Fränkisch mit sächsischem Akzent, »ich habe deinen Geist besucht, um dich gesund zu machen.«

*Non tu radicem portas sed radix te.*

*Nicht du trägst die Wurzel, sondern die Wurzel trägt dich.*

Der Apostel Paulus im Brief an die Römer, 11. Kapitel, Vers 18,
Übersetzung aus der lateinischen Vulgata, ab 380 n. Christus.

## 6

Aitulf, Agnes' Pflegevater, Subdiakon der Kirche in Treveris, saß währenddessen im Unterrichtszimmer der bischöflichen Residenz auf dem erhöhten Podest des Lehrers und schlug mit einer Lanze aus Eschenholz einen langsamen Rhythmus auf den Steinboden.

Acht ungewaschene Priester mit struppigen Bärten und in ausgetretenen Sandalen oder mit Lederlappen, die sie um die Füße gewickelt hatten, saßen auf den Holzbänken und sprachen den Text im Rhythmus des Stockes:

»Hoc – est – corpus – meum – pro – vobis… – Das ist mein Leib für euch…«

Es war der Anfang der Einsetzungsworte zur Heiligen Eucharistiefeier, die auswendig gelernt werden mussten. Denn es gab nicht in jeder Kirche ein Buch, und nicht jeder Priester war des Lesens so mächtig, dass er Texte, die vor ihm lagen, ohne Vorbereitung aufsagen konnte und ohne zu stocken. Außerdem könnte die Würde der Feier zerstört werden durch einen Priester, der bei der Wandlung stotterte.

Aitulf vertrat Bischof Magnerich, der zu einem dringenden Treffen unterwegs war: Ein Lektor hatte einen Teil des Evangeliums gestohlen und einzelne Blätter davon weiterverkauft als Heil bringende Zaubersprüche, die man sich unter den Mantelstoff nähen sollte, um Kälte, Hitze und böse Geister abzuwehren.

Solche Dinge durften nicht geduldet werden. Der Übeltäter musste eine empfindliche Strafe bekommen, die abschreckend war, aber doch nicht so streng, dass sie den Übeltäter ganz aus der Kirche trieb.

»Und nun noch einmal ohne mich«, sagte Aitulf und hob wieder seinen Stock. »Klack – Klack – Klack und jetzt …«

Die Männer gaben sich redliche Mühe. Zwei schauten nicht nach vorne, sondern blickten genau auf die Mundbewegungen ihres Nachbarn und klappten mit ihren Worten nach. Wütend stieß Aitulf die Lanze auf den Boden.

»Nein, es heißt nicht: Hocus porcus, sondern: hoc est corpus, hoc est corpus. Hoc bedeutet: *das*, est bedeutet *ist* und corpus bedeutet *Leib*. Das kann doch nicht so schwer sein. Noch einmal die ganze Zeile!«

Das sind die schlechtesten Schüler, die ich jemals hatte, dachte Aitulf, als er in die derben Gesichter der Männer blickte, die wahrscheinlich viel lieber einen Acker bestellt hätten als die »Gemeinschaft der Heiligen« zu pflegen und zu führen. Wenn ich daran denke, dass in diese Holzköpfe das Vaterunser, die Lossprechungsformel, Teile der Busbücher, Segenssprüche und einige Psalmen hineingestopft werden müssen …

»Ja, schon besser«, knurrte er beim dritten Mal. »Stellt euch vor, was eure Frauen sagen werden, wenn ihr während der Messe plötzlich nicht mehr weiter wisst und ihr zum Gespött eurer Schafe werdet! Nicht gerade angenehm, oder?«

Der Hinweis auf die Ehefrauen ließ einige der Priester aufhorchen. Der trockene Unterricht gewann plötzlich eine neue Dimension: Der Stoff war also auch für die Kampfarena der Ehe interessant. Es war zumindest ein weiterer Ansporn, die Worte besser zu lernen.

»Und bedenkt, welche Macht durch eure Hände und Worte fließt. Normales Brot und normaler Wein werden zu Leib und Blut des Herrn, ein Geheimnis, das kein Mensch ergründen kann.«

Einer der Priester erhob sich umständlich und zog sein fleckiges Hemd glatt.

»Verehrter Lehrer darf ich dich etwas fragen?«

»Frag nur… ahm… Gausbold.«

»Aber, wie kommt es dann, dass das Brot und der Wein

immer noch nach Brot und Wein schmecken und nicht nach Fleisch und Blut?«

Eine Frage, dachte Aitulf, die bei jeder neuen Gruppe wiederkehrt.

»Danke für deine Frage, Gausbold. Ich denke, dass sie auch für die anderen wichtig ist.«

Aitulf machte eine Pause, blickte in die Runde und wandte sich an die Übrigen: »Nun, was meint ihr zu Gausbolds Frage? Warum ändert sich der Geschmack auch nach der Wandlung nicht?«

Die Priester saßen da und runzelten die Stirn. Über solche schwierigen Fragen hatten sie noch nie nachgedacht.

Schließlich räusperte sich einer, in dessen fränkischem Hängebart sich Brotkrumen der letzten Mahlzeit verfangen hatten.

»Ich meine ...«, begann er. Aber Aitulf unterbrach ihn: »Wie heißt du?« »Ich heiße Feremunt. Also, was wollte ich sagen... ? Jetzt weiß ich es wieder: Ich denke, wir sagen die Worte Fleisch und Blut, aber wir meinen, dass... dass das Brot nur so aussieht wie Fleisch. Denn«, ein schelmischer Ausdruck trat in sein Gesicht, »denn wenn es das echte Fleisch unseres Herrn wäre, dann ... dann würden wir ihn ja mit der Zeit aufessen und nichts würde von ihm übrig bleiben.«

Einen Augenblick war es still, dann waren die Gedanken des Priesters auch bei den anderen angekommen, und sie nickten mit den Köpfen und murmelten: »Ja, ja, er hat Recht. Wir würden sonst unseren Herrn aufessen!«

Aitulf war im ersten Augenblick selbst verwirrt. Trotz jahrelanger Teilnahme an der Eucharistiefeier war er bisher nie auf diesen nahe liegenden, schlichten Gedanken gekommen. Was sollte man darauf antworten, wenn an der Wirklichkeit der Wandlung festgehalten werden musste?

Seine erwachsenen Schüler blickten ihn jetzt erwartungsvoll an. Aitulf schickte in Gedanken ein Stoßgebet zum Himmel und sagte etwas stockend:

»Nun, tatsächlich hat Feremunt einen ungewöhnlichen Beitrag gegeben. Es geht natürlich nicht, dass die christliche Gemeinde nach und nach ihren Erlöser aufisst. Da hast du vollkommen Recht, Feremunt. Das wäre geradezu lächerlich.«

Einige grinsten und nickten dabei.

»Und trotzdem«, fuhr Aitulf fort, »hält die Kirche daran fest, dass beim Lesen der Worte aus der heiligen Schrift eine Wandlung einsetzt. Wir … wir essen tatsächlich das Fleisch und Blut Christi, aber…«, Aitulf hob den Zeigefinger und alle blickten ihn jetzt gespannt an: »aber durch Gottes Gnade lässt er Brot und Wein in ihrem Geschmack bestehen, um uns nicht allzu sehr zu verwirren: Man könnte ja dann in der Fastenzeit nicht die Eucharistie empfangen, wenn wir echtes Fleisch schmecken würden. Und zu Feremunts Äußerung kann ich nur sagen: »Da der Leib Christi ganz göttlich ist, so ist auch seine Substanz göttlich, das heißt unendlich. So wie Christus schon zu seiner Zeit auf der Erde durch ein Wort wenig Brot unter viele verteilt hat und es immer noch reichte und sogar viel davon übrig blieb, so wird sich auch sein göttlicher Leib nicht verbrauchen, sondern ewig halten und erneuert werden. So viel dazu. Wir machen jetzt eine Pause.«

Die Sitzhocker rumpelten zur Seite, die Priester erhoben sich und traten laut redend auf den Mosaikflur, der an einigen Stellen mit kleinen braunen Sandsteinen ausgebessert worden war.

Das Gebäude, in dem Aitulf lehrte, war der Doppelbasilika im Norden der Stadt angegliedert und ursprünglich für die weitläufigen Zimmer eines Bischofs gedacht gewesen. Aber da Bischof Nicetius – er war vor vier Jahren gestorben und hatte über vierzig Jahre seines Lebens in Treveris verbracht – ein bescheidener Mönchsbischof gewesen war, hatte er seine eigenen Räume dem Unterricht anderer zur Verfügung gestellt und dafür umbauen lassen. Er selbst hatte sich mit einem kleinen, zellenartigen Raum begnügt.

Und auch Magnerich, sein ehemaliger Schüler und Freund, der sein Nachfolger geworden war, setzte diese Tradition fort. So wurde der Bischofssitz immer mehr zu einem geistlichen Zentrum und zu einer Stätte der Bildung. Und das war dringend notwendig, denn der christliche Glaube lebte bei vielen nur an der Oberfläche und überdeckte eine heidnische Seele, die sich in der dämmrigen Welt der Magie und Zauberei viel wohler fühlte als in der hellen, frischen und manchmal nüchternen Luft des neuen Glaubens.

Aitulf konnte sich eine Pause gönnen, denn ein anderer Diakon übernahm jetzt die Lesestunde. Er stieg die Steintreppen vom Unterrichtsraum nach unten und trat auf die Straße, die zum großen Teil immer noch aus den Pflastersteinen der Römer gebaut war und alle Überfälle überdauert hatte. Jedenfalls im nördlichen Teil der Stadt. Es war Nachmittag, und das kühle, dunstige Herbstlicht fiel schräg von Südwesten durch die Straßen der Stadt, es streifte die Ruinen ehemaliger römischer Häuser, ebenso wie die Behausungen der restaurierten Wohnviertel. Die fränkische Bevölkerung hatte auf die römischen Steinfundamente ihre Holz-und Lehmkonstruktionen errichtet, sodass eine neue, seltsame Architektur entstanden war. Da auch weitgehend gebrannte Dachziegel fehlten und die wieder aufgebauten Wohnungen ein Grasdach trugen, wirkte das einst prächtige Treveris, das einmal die Haupstadt des weströmischen Reiches gewesen war, wie ein großes Dorf.

Nur die Basilika war nach den Angriffen der Heiden sorgfältig von Nicetius in Stein erhalten worden, weil sie länger bestehen sollte als die fränkischen Wohnungen. Italische Bauleute waren sogar gekommen, um mit ihren Kenntnissen den Bau wiederherzustellen.

Während der Diakon die gerade Straße in Richtung Süden ging, dankte er Gott, dass es nicht ganz so grässlich stank wie in den engen Gassen Antonacos. Zwar musste er auch hier den Abfallhaufen ausweichen, aber da die Häuser nicht so eng standen, sorgte ein guter Durchzug für frische Luft.

Sobald Aitulf seinen eigenen Gedanken freien Lauf lassen konnte, überfielen ihn auch schon die Sorgen um Agnes' Verschwinden im Wald bei Antonaco. Er hatte, nachdem er das Kloster und die eulenartige Äbtissin verlassen hatte, noch einen verzweifelten Versuch gemacht, Agnes zu finden. Aber umsonst. Mit einem Händlerkahn war er den Rhenus flussabwärts gefahren bis Colonia, hatte dort den Fluss überquert und war vorsichtig durch sächsisches Gebiet gestreift. Bald aber musste er einsehen, dass es sinnlos war. Sollte er alle sächsischen Dörfer durchsuchen in einem Gebiet, wo er als Franke auffallen musste?

Missmutig und enttäuscht war er umgekehrt und musste auch noch den Ärger seines Bischofs über seine späte Rückkehr besänftigen.

Ein von Sachsen geraubtes Mädchen zu suchen, war verlorene Mühe. Nur ein Wunder konnte sie zurückbringen. Und so war Aitulf nichts anderes übrig geblieben, als sich mit der seltsamen Weissagung der hässlichen Nonne zu beschäftigen. Die rätselhaften Worte hatten sich bei ihm eingebrannt, weil er sie immer wieder aus dem Gedächtnis geholt hatte, um sie von allen Seiten zu betrachten und, wenn möglich, neue Erkenntnisse daraus zu schöpfen.

*Suche die Wesen mit den Rädern bei meinem Volk.Und du wirst Ruhe und Reinheit finden.* Die Wesen mit den Rädern… Eine seltsame Sache. Auf den ersten Blick dachte man: Nun, es gibt ja überall Wesen mit Rädern. Man muss nur durch die Stadt gehen. Da gibt es Ochsen, die zweirädrige Gespanne ziehen, auf denen zwei oder drei Personen Platz haben. Oder es gibt Wagen mit vier Rädern, die auch von Ochsen oder Pferden gezogen werden und auch dazu könnte man sagen: Wesen mit Rädern. Aber Karolina hatte in ihrer Vision tiermenschartige Wesen erblickt, die blitzschnell auf Rädern hin und her fuhren. Und das war etwas anderes.

Aber was sollten sie sein? Dämonen? Geister? Engel? Oder ganz neue Wesen, die Gott erst vor kurzem erschaffen hatte? Und was hatte das mit den Sachsen zu tun? Sicher, auch die Sachsen hatten zwei- und vierrädrige Karren.

*Bei meinem Volk...* Das konnte doch nur das Volk der Christen sein. Aber das lebte ja fast überall, in Rom, in Gallien, in Franken, in Byzanz. Wo sollte er also diese Wesen suchen? Das ergab keinen Sinn. Sollte er alle Kirchen im Umkreis aufspüren und nach diesen Wesen forschen? Waren sie vielleicht irgendwo in Stein gehauen?

Das schien ihm nicht der richtige Weg zu sein.

Deshalb war er heute morgen auf die Idee gekommen, in den Schriften des Paulus zu forschen, was dieser zu dem Wort *Volk Gottes* zu sagen hatte. Vor allen Dingen, er durfte in dieser Hinsicht nichts aufschieben. Wahrscheinlich zählte jeder Tag, wenn es darum ging, Agnes zu befreien.

Und dass er Ruhe finden sollte, das sah er ja noch ein. Aber warum Reinheit? Er war gewiss nicht so schmutzig wie seine Schüler. Oder war er innerlich unrein? Hatte er nicht bei Magnerich die neuartige Einzelbeichte abgelegt und versucht, alles, was irgendwie dunkel war in seinem Leben, in das Licht Christi zu halten? Reiner konnte er kaum noch werden.

Aitulf drängte sich an den Leuten vorbei, die ihm entgegenkamen und zum Nordtor wollten, das in seiner Wucht noch am besten von allen römischen Toren erhalten war; nur Wetter und ein früherer Brand hatten es geschwärzt. Die Sonne schien so hell, dass Aitulf gegen die

Strahlen blinzeln musste, die sein Gesicht trafen. Er hielt deshalb seine Hand über die Stirn und musste aufpassen, dass er nicht stolperte. Aber die neuen Schuhe, die ein Gerber für ihn angefertigt hatte, waren so dick und gleichzeitig so geschmeidig, dass sie die Unebenheiten des Pflasters ausglichen. An der dicken Sohle aus Ochsenhaut war das Leder von allen Seiten nach oben gebogen und mit Bändern um die Knöchel geschlungen, die nur knapp von der langen Leinenhose bedeckt wurden. Aitulf trug seinen alten Pallum aus braun gefärbter Wolle über Hemd und Hose und war froh darüber, weil die Sonne bald hinter einer Wolke verschwand und es kühler wurde.

Er ging zum Palatium, dem alten Kaiserpalast, in dessen Räumen er Bischof Magnerich vermutete. Denn um aus den Briefen des Heiligen Paulaus lesen zu können, brauchte er die bischöfliche Erlaubnis. Vielleicht kam er dann dem Geheimnis der Prophezeiung auf die Spur.

Er traf Magnerich in lebhaftem Gespräch mit Abrahil, einem der Diakone. Der Raum, in dem sie saßen, befand sich in dem Wohngebäude, das zum Palast gehörte und noch halbwegs bewohnbar war. Denn selbst der riesige Palast hatte bessere Zeiten gesehen und wurde nur zu besonderen Anlässen aufwendig hergerichtet, wenn König Sigibert und Königin Brunichilde die Stadt besuchten.

»Ah, unser Subdiakon Aitulf aus Norditalia!«, rief Magnerich. »Komm, setz dich zu uns.«

In einer Ecke des Raumes stand eine große Metallschale auf drei Beinen, in der ein Feuer brannte. Leider war die geniale Konstruktion der Römer, die die Fußböden mit heißer Luft beheizt hatten, schon lange zerstört worden, und man musste sich im Herbst und im Winter mit solch offenen Feuern warm halten, wobei die Frage des Rauchabzugs nicht immer geklärt war. Hier hatte man den alten Rauchabzug der römischen Fußbodenheizung gefunden, ihn aufgemeiselt, erweitert und das Kohlebecken darunter gestellt.

Der Bischof saß, wie es ihm zustand, auf einem hölzerenen Stuhl, der an den Armlehnen Schnitzereien aufwies.

Immer wenn Aitulf Magnerich sah, stellte er unwillkürlich Vergleiche zu seinem Vorgänger, Bischof Nicetius, an. Magnerich war der erste germanische Bischof Treveris', stammte nicht aus aus dem Süden des Westfrankenlandes und auch nicht aus romanischem Adel. Seine Muttersprache war Fränkisch. Und auch sein breites Gesicht mit dem Vollbart bildete einen starken Kontrast zu dem glatten, römisch geprägten Gesicht Nicetius', als dieser noch lebte. Magnerichs Art zu reden war zwar schlicht und nicht so elegant wie die seines romanischen Vorgängers, aber er hatte diplomatisches Geschick und genügend Weisheit, um die Belange der Kirche und der königlichen Sphäre auszubalancieren. Gleichzeitig kümmerte er sich wie Nicetius mit geradezu rührender Sorge um Arme und Verfolgte in seiner Diözese. Es hätte keinen besseren Nachfolger für Nicetius geben können.

Aitulf setzte sich auf einen hölzernen Klappstuhl und fragte seinen Bischof: »Nun, hast du die Angelegenheit mit dem betrügerischen Lektor regeln können?«

Magnerich nickte und lächelte dabei. »O ja. Wir haben den zerknirschten Sünder gnädig aufgenommen, nicht ohne ihm ein paar empfindliche Strafen aufzuerlegen. Schließlich wollen wir nicht, dass sein Beispiel Schule macht. Es waren zwar nicht wenige, die die sofortige Exkommunikation und Suspendierung verlangten, aber ich habe die Einstellung, dass abgewogene Milde mit angemessenen Strafen oft mehr hilft. Und manche wurden auf diese Weise bessere Diener der Kirche als vorher. Inzwischen haben wir eine andere Sache, die unseres Gebets bedarf, aber zunächst – was führt dich zu mir, Aitulf?«

»Nun, du weißt ja von meinem Unglück mit Agnes, dass sie wahrscheinlich von Sachsen entführt wurde…«

Magnerich nickte bekümmert.

»Ich grüble immer noch über den Spruch nach, den die prophetische Nonne aus Antonaco mir im Namen Gottes gesagt hat.«

»Ich erinnere mich, dass du es mir erzählt hast«, nickte der Bischof, »aber du musst mir helfen. Der genaue Wortlaut ist mir nicht mehr vertraut…«

*»Suche die Wesen mit den Rädern bei meinem Volk. Und du wirst Ruhe und Reinheit finden.«*

Daraufhin schwieg Aitulf so wie immer, wenn er den Ausspruch laut zitierte. Es war, als ob an den Worten die Kraft des Heiligen klebte wie Honig an einer Wabe. Auch Magnerich und Abrahil sagten zunächst nichts.

»Ja, es klingt sehr seltsam«, meinte Magnerich nach einer Weile.

»Nun, ich dachte, es sei gut«, begann Aitulf wieder, »den Ort einmal näher zu erforschen, bei dem sich diese seltsamen Wesen aufhalten sollen.«

»Welchen Ort meinst du?«, fragte der Bischof.

»Bei meinem Volk«, zitierte Aitulf. »Zunächst dachte ich, es wäre zu allgemein formuliert, denn das Volk Gottes sind ja wir selbst, und inzwischen gibt es Kirchen fast überall. Aber… dann kam ich auf die Idee, ob nicht in den Schriften des Heiligen Paulus ein Hinweis über das Volk Gottes steht und ich vielleicht …«

»An welche Schriften des Apostels hast du dabei gedacht?«

»Nun, ich dachte an den Brief an die Römer. Er scheint mir doch der umfassendste und gelehrteste Brief zu sein. Wenn ich dort nicht mehr Erkenntnis finde, wo sonst?«

»Das klingt einleuchtend«, nickte Magnerich, »und ich habe keine Bedenken, wenn du den Brief an die Römer studierst. Der Codex der Paulusbriefe befindet sich in einem Regal neben meinem Zimmer, dort, wo auch die liturgischen Gewänder aufbewahrt werden. Es könnte sogar noch eine alte Papyrusrolle existieren, die aber nicht mehr so gut lesbar ist, sodass du auf einen Codex zurückgreifen musst. Und falls du etwas Neues herausfindest, bin ich gerne bereit, deinen Erkenntnissen zu lauschen.«

»Der … Schlüssel zu diesem Raum?«

»Den Schlüssel hat der Archidiakon. Ich werde dir…« Der Bischof sah sich um und wandte sich an Abrahil: »Gib mir eine der Holztafeln. Ich werde eine Notiz für den Archidiakon machen und siegeln.«

Als alles bereit war, ritzte Magnerich lateinische Worte mit seinem Griffel in das mit Wachs beschichtete Holz, wiederholte leise murmelnd die Worte und presste schließlich seinen Ring unter die Schriftzeichen. Dann reichte er Aitulf die Tafel.

Der verneigte sich, wünschte dem Bischof das Geleit Gottes und wollte den Raum verlassen, da fiel ihm noch etwas ein und er blieb stehen.

»Du wolltest mir aber noch etwas anderes erzählen, verehrter Herr Bischof.«

»Du hast Recht. Ja, es gibt seit neustem wieder einmal einen Einsiedler. Er heißt Wulfilaich und befindet sich in Eposium, das ist zwar vier Tagereisen entfernt, gehört aber noch zum Gebiet der Treverer Kirche. Das Besondere dabei ist, dass er einen alten Brauch wieder belebt hat, der von den syrischen Mönchen stammt. Er hat sich auf einer Säule niedergelassen und ist nicht bereit, herunterzukommen, außer, wenn es darum geht, einige Standbilder der Diana zu zerstören. Das Volk strömt zusammen, bringt ihm etwas zu essen und hört seinen Predigten zu.«

Magnerich strich sich über seinen Bart. »Er soll auch schon einige Wunder getan haben. Ich werde ihn aufsuchen müssen oder ihm befehlen, mich aufzusuchen. Schließlich bin ich auch sein Bischof.«

»Die Einsiedler scheinen uns nicht auszugehen«, meinte Aitulf. »Nachdem Arbeo oder Henoch, wie er sich nannte, vor zwei Jahren verstarb, ist seine Stelle noch nicht besetzt worden…«

»Nun, wir werden sehen. Ich wünsche dir viel Weisheit beim Studieren des Römerbriefs, Aitulf.«

Aitulf neigte zum zweiten Mal den Kopf und verließ den Raum.

Nachdem er mit großen Schritten zur Basilika zurückgeeilt war und tatsächlich die Papyyrusrolle des Römerbriefes erhalten hatte, eine Abschrift der Vulgataübersetzung des Hieronymus, zog er sich in einen der Leseräume zurück, die im Augenblick nicht genutzt wurden, da der Unterricht für heute beendet war.

Die Wärme des milden Herbsttages hatte sich in dem Raum ein wenig gehalten, denn er besaß gitterartige, mit Pergament bespannte Fenster, die die Sonnenstrahlen durchließen, aber die Kälte draußen hielten. Vor den beiden Fenstern standen zwei Stehpulte, damit der Lesende möglichst lange das Tageslicht ausnutzen und das Lampenöl sparen konnte.

Das Pult hatte nach altem Muster rechts und links zwei Mulden, in die man die beiden Enden einer Rolle hineinlegen konnte, um dann mit den Händen den Text weiterdrehen zu können. Aber inzwischen hatte sich die neue Art, Pergamentblätter zu einem Codex zusammenzubinden, die man auf beiden Seiten beschreiben konnte, fast überall durchgesetzt. Pergament war haltbarer als Papyprus, der in einem feuchten Klima nicht lange überlebte. Und es war einfacher, einen Codex zu handhaben, weil man dort die Seiten, eine nach der anderen, umschlagen konnte.

Bisher kannte Aitulf nur wenig vom Römerbrief. Er hatte einige Passagen aus den wichtigen Kapiteln sieben und acht gelesen, wo es um das Heil des Menschen ging. Das konnte er also auslassen.

Die Evangelien, die das Leben Jesu Christi erzählten, waren ihm vertrauter. In seiner eigenen Truhe lag sogar eine gotische Evangelienübersetzung des Bischofs Wulfila, ein Schatz, den er sorgfältig hütete. Er wusste, dass der Römerbrief eine Art Zusammenfassung des christlichen Glaubens war und alles Wesentliche enthielt, also auch Passagen über das Volk Gottes. Da Aitulfs Lateinkenntnisse nicht die besten waren, würde er einige Zeit benötigen, ehe er zu den gesuchten Stellen kam. Er begann mit den Grüßen, der Vorstellung... und überall suchte er die Worte populus deorum – Volk Gottes. Er las von der neuen Gerechtigkeit, gelangte zum sechsten Kapitel über die Taufe, ließ Kapitel sieben und acht aus und kam schließlich zu Kapitel neun. Draußen wurde es schon dämmerig, und bald würde das Tageslicht nicht mehr ausreichen.

Als Aitulf gerade aufstehen wollte, um eine Pause zu machen, hielt er inne. Sein geschärftes Auge hatte im zehnten und elften Kapitel mehrmals die Worte *populum, gentem* und *plebem* gefunden. Hastig rollte er den Text weiter, überflog ihn und wusste, dass er fündig geworden war.

Aber inzwischen war das Licht so schlecht geworden, dass er eine Öllampe holen musste, um besser lesen zu können. Er ging zu dem Regal, in dem die Leselampen standen. Nicht alle waren mit Öl gefüllt. Aber er fand eine, nahm sie mit hinunter in die Küche, in der im gemauerten Kamin immer ein Feuer unterhalten wurde, nahm ein Stück Kienspan, entzündete ihn und hielt ihn an den Docht. Dann ging er gespannt und erwartungsvoll in den Leseraum zu seinem Platz zurück und vertiefte sich in den Text. Zunächst war von Israel die Rede und seine Rolle, die es in der Völkerwelt spielte. Plötzlich stieß Aitulf auf Sätze, bei denen er aufschreckte, so unglaublich erschienen sie ihm. Niemand hatte ihn das bisher gelehrt. Er las die Passagen noch einmal, weil er dachte, er hätte den lateinischen Text missverstanden. Aber hier stand ganz deutlich über die Juden: »Reppulit Deus populum suum – absit – Hat Gott sein Volk verstoßen? Das sei ferne!« und weiter (das ging wohl an die Adresse der Christen): »Sei nicht überheblich... sondern bedenke: Nicht du trägst die Wurzel, sondern die Wurzel trägt dich. Im Hinblick auf das Evangelium mögen die Juden Feinde sein, aber im Hinblick auf die Auserwählung sind sie Lieblinge Gottes, um der Väter willen.«

Aitulf blickte auf. Er konnte nicht glauben, was er da las. Bisher hatte man ihn gelehrt, dass die Juden ihre Erwählung verspielt, ja, dass Gott sie verstoßen hatte und dass das Volk Gottes nun die Kirche sei. Aber hier sagte der Apostel klar und deutlich, der immerhin von seinen jüdischen Brüdern verfolgt worden war:

Nein. So ist es nicht. Die Kirche gleicht Zweigen, die auf den alten Ölbaum, auf das alte Volk Gottes, aufgepfropft wurden.

Und das bedeutet, überlegte Aitulf, dass der alte Ölbaum immer noch steht und nicht umgehauen wurde. Und das wiederum heißt: das Volk Gottes ist in erster Linie Israel, die Kirche nichts weiter als eine neue Verzweigung des Ölbaums...

Draußen war es inzwischen ganz dunkel geworden, und am Himmel stand der Halbmond, dessen Licht von den Pergamentfenstern verzerrt wurde und einen blassen weißlichen Fleck auf die Steinfliesen warf.

Aufgewühlt ging Aitulf hin und her.

»Das Volk Gottes«, murmelte er, »ist Israel. Und die Juden sind noch immer auf geheimnisvolle Weise auserwählt, trotz ihrer Weigerung, Jesus Christus anzuerkennen. Unglaublich!«

*Suche die Wesen mit den Rädern bei meinem Volk...* Jetzt war klar, was damit gemeint war. Aitulf musste Vertreter dieses Volkes ausfindig machen. Sie würden ihm weiterhelfen. Sie würden die Wesen mit den Rädern kennen!

Jaakov fiel ihm ein und seine Eindladung, ihn in Colonia zu besuchen. Das wäre möglich, aber dann müsste er noch einmal zurück in diese Stadt. Ein weiter Weg. Und die Zeit drängte. Und ob Jaakov als Händler so viel wusste? Besser wäre es, einen jüdischen Gelehrten oder einen Rabbi zu fragen. Es müsste doch in der Nähe einen geben und dann…«

»Nun? was hast du herausgefunden?«

Aitulf zuckte zusammen, als er die Stimme seines Bischofs hörte, der, ohne viel Lärm zu machen, die Treppe hinaufgestiegen und dem Lichtschein gefolgt war. Aitulf wandte sich um, neigte den Kopf, fuhr sich zerstreut über die Stirn, die feucht geworden war und sagte: »Ich bin … ich habe Unglaubliches herausgefunden…«

»So?« Magnerich trat näher und blickte auf die Papyrusrolle. »Erzähle, Aitulf.«

»Es ist doch immer wieder erstaunlich, wenn man die Originaltexte der Heiligen Schrift liest…«

Magnerich nickte. »Nun, ich kann dir nur beipflichten. Deshalb haben wir hier ja auch einige Abschriften.«

»Ich weiß jetzt, wo ich das Volk Gottes suchen muss.«

Magnerich blickte ihn fragend an.

»Das Volk Gottes ist in erster Linie Israel, es sind die Juden.«

Eine Pause entstand und dann sagte Magnerich in das Schweigen hinein: »Nun, das ist nichts Neues. Das alte Gottesvolk heißt Israel. Aber die Erwählung ist auf die Kirche übergegangen und…«

»Nein!«, rief Aitulf und ging wieder erregt im Raum hin und her, sodass die Öllampe flackerte. »Das dachte ich bisher auch immer, aber es stimmt nicht.«

»*Ihr seid das auserwählte Geschlecht* heißt es von der Kirche im ersten Petrusbrief«, zitierte Magnerich beschwichtigend, »und weiter: *Ihr, die ihr einst kein Volk wart, seid nun Gottes Volk.*«

»Ja, ja, das stimmt schon, das weiß ich. Das habe ich gelernt.«

»Nun? Was stimmt nun? Es kann nur *ein* Gottesvolk geben.«

»Auch das ist richtig. Es gibt nur *ein* Gottesvolk.«

Magnerich zog unwillig seine Stirne kraus. »Willst du mich in die Irre führen? Oder hast du zu lange gelesen?«

Aitulf blieb stehen und sah Magnerich an: »Es stimmt, wir Christen sind das auserwählte Volk, aber nicht an Stelle Israels, sondern wie aufgepfropfte Zweige am alten Ölbaum. Wir sind zur Erwählung dazugekommen. So drückt es der Heilige Paulus aus. *Nicht du trägst die Wurzel, sondern die Wurzel trägt dich,* elftes Kapitel. Und... und die Wurzel sind die Erzväter. Wir werden getragen von Israel und merken es nicht!«

Magenrich schüttelte unwillig den Kopf. »Das glaube ich nicht. Das kann nicht sein! Zeig mir die Stelle!«

Beide Männer beugten sich über das Pergament, und Magnerich las laut, indem er Aitulfs Zeigefinger folgte, die betreffenden Verse. Dann richtete er sich auf.

»Ich kann es nicht glauben! Sollen denn Augustinus und die anderen Gelehrten sich geirrt haben? Wenn das stimmt, dann müssten wir den Juden Respekt zollen und nicht, wie es immer öfter geschieht, ihnen so lange drohen, bis sie sich unwillig taufen lassen. Nein, aber...« Jetzt war es an Magnerich hin und her zugehen. »Nein, es kann nicht sein...Wenn das stimmt, wenn Gott an seiner Erwählung festhält, ganz gleich, ob sie Christus anerkennen oder nicht, wozu sollten wir ihnen predigen? Brauchen sie nicht wie alle Menschen die Erlösung?«

»Nun, ich denke«, wagte Aitulf dagegenzuhalten, »dass es nicht verboten ist, ihnen von dem neuen Messias, unserem Erlöser, zu erzählen und ihnen das Angebot zu machen, ihn anzunehmen, Paulus selbst und alle anderen Jünger waren ja Juden. Nur, man sollte sie nicht zwingen.«

»Aber feststeht, sie haben Christus kreuzigen lassen.«

»Ja, aber das wusste Paulus auch und trotzdem kommt er zu diesem seltsamen Ergebnis, das scheinbar in Vergessenheit geraten ist.«

»Beunruhigend, beunruhigend«, murmelte Magnerich. »Und – was hast du nun vor?«

»Mir scheint der Hinweis eindeutig zu sein. Ich muss mich bei den Juden umhören und sie nach dem Wesen mit den Rädern ausfragen. Ich bin sicher, dass sie mir weiterhelfen können. Gibt es hier in der Nähe ein paar Juden? Ich habe gehört, dass König Chlothachar sich von einem Juden beraten ließ…« Aber der König ist gestorben… und ich selbst war ja mit einem jüdischen Händler unterwegs, aber ich glaube nicht, dass er mir behilflich sein kann. Ich brauche einen Rabbi und zwar sehr schnell. Wer weiß, wie es Agnes inzwischen geht…«

»Es gibt ein paar Juden in Mettis, das ja noch zum Treverer Bistum gehört. Sie treffen sich in ihrem Gebetshaus. Es müssen mindestens zehn Männer anwesend sein, sonst dürfen sie sich nicht zu einer Versammlung zusammenschließen. Du könnest dorthin reisen. Es liegt ja wie Treveris an der Mosella, nur etwas südlicher. Wenn du ein Handelsschiff mit kräftigen Ruderern oder mit einem Segel findest, könntest du es in einem Tag hin und zurück schaffen. Es sind nicht mehr als vierzig Meilen.«

Aitulf rollte das Pergament vorsichtig zusammen und gab es seinem Bischof.

»Dann auf nach Mettis!«

»Ich werde dir für alle Fälle ein Stück von dem blutigen Hemd des heiligen Henoch mitgeben«, sagte der Bischof. »Es wird dich beschützen, so wie es mich vor drei Jahren beschützt hat, als ich mitten im Wald einem hungrigen Wolf gegenüberstand. Er zog sich laut knurrend zurück, als ich ihm den geheiligten Stoff entgegenhielt. Und wer weiß – nicht jeder Jude ist gutartig!«

*»… dann brachten sie ihren Göttern neunundneunzig Menschen, ebenso viel Pferde, Hunde und Hähne als blutiges Opfer dar. Sie hielten es für gewiss, dass diese ihnen Dienste bei den Unterirdischen leisten und sie gnädig stimmen könnten.«*

Thietmar von Merseburg, Bischof, 10. Jahrhundert, über die Sachsen vor ihrer Christianisierung, Übersetzung aus dem Lateinischen.

# 7

Die Herbstsonne hatte sich schon den ganzen Morgen hinter einer Wolkendecke versteckt und warf ihr milchiges Licht über das sächsische Dorf und den Wald, der unmittelbar dahinter begann.

Feuchtigkeit legte sich zwischen die Häuser, und die Wolle der Schafe fühlte sich klebrig an, wenn Agnes sie anfasste. Sie liebte es, mit beiden Händen in die Schafsfelle zu greifen. Es hatte etwas Vertrautes an sich. Denn in Treveris hatte sie das auch gemacht, wenn sie Schafe fand. Schon als ganz kleines Kind. Gna blieb jedes Mal erstaunt stehen, wenn Agnes ihren »Schafwollanfall« bekam.

Drei ganze Tage war sie nun schon gefangen. Aber auch nach dieser Zeit fühlte sich Agnes in der Nähe von Ava, Gnas Mutter, nicht wohl, obwohl sie von ihr freundlich behandelt wurde. Sie war und blieb eben eine Gefangene. Das Tor in dem Palisadenzaun wurde Tag und Nacht bewacht. Aber das war nicht der einzige Grund, warum sie in Avas Gegenwart unruhig blieb und mit ihren nackten Zehen kleine Löcher in den Lehmboden bohrte. Schließlich war Gna auch darauf bedacht, dass Agnes nicht floh, aber sie vergaß es zwischendurch, und es schien, als ob sie sich über Abwechslung freute und es ihr ganz recht war, jemand Fremdes zum Anschauen und Reden zu haben.

Nein, Agnes hatte aus einem anderen Grund Angst vor Gnas Mutter. Jemand, der die Macht hatte, sich ungefragt in die Träume anderer einzuschleichen, auch wenn es hilfreich war, hatte vielleicht auch die Macht über ganz andere Dinge. Womöglich stand Ava mit Dämonen in Verbindung oder sogar mit dem Teufel selbst?

Jetzt, wo Agnes wieder gesund wurde und zu neuen

Kräften kam, musste sie doppelt wachsam sein: einmal gegenüber dieser seltsamen Frau, und dann musste sie auch Gelegenheiten zur Flucht nutzen.

Wo war überhaupt Avremar? War er im selben Dorf wie sie versteckt oder hatte man ihn woanders hingebracht? An eine große Befreiungsaktion durch Aitulf glaubte sie inzwischen nicht mehr.

Agnes saß an diesem dritten Tag ihrer Gefangenschaft unter dem Ziegenmilchhimmel fröstelnd auf einem runden Holzhocker, der als dicke Scheibe aus einer Buche herausgehackt worden war, und hielt sich die Nase zu. Aber weggehen durfte sie auch nicht. Sie musste genau zuschauen, wie Gna und Ava Leder gerbten. Denn gleich sollte sie selbst mitarbeiten. Und das Ledergerben war eben eine stinkende Angelegenheit.

Ava, die neben der feuchten Ochsenhaut gekniet hatte, um mit einem gebogenen Messer die Tierhaare wegzuschaben, stand auf, gab Agnes das Werkzeug und deutete auf die Tierhaut. »Das hilft, wenn es einem kalt ist«, sagte sie.

Agnes kniete sich neben Gna auf den Boden und setzte Avas begonnene Arbeit fort. Die Haare und die halb verwesten Fleischreste verströmten einen ekelhaften Geruch, und Agnes, die nun nicht mehr ihre Nase zuhalten konnte, atmete durch den Mund. Vorher, das hatte sie gesehen, hatte das Stück Ochsenhaut in einem Bottich mit Kalkbrei gelegen.

»Du musst fester aufdrücken, sonst bleiben die Haare dran«, befahl Ava und musterte kritisch Agnes' zarte Schabversuche.

Agnes, die merkte, dass sie allmählich ins Schwitzen kam, drückte jetzt mit ganzer Kraft auf die Haut. Als sie kaum noch das Messer halten konnte und ihre Hände schon zitterten, sagte Ava das erlösende Wort: »Es ist genug.«

Stöhnend richtete sich Agnes auf und bog ihren Rücken gerade.

»Gut«, sagte Ava. »Gna, du weißt, was jetzt kommt. Hole alles zusammen, bereitet den Trog vor und legt die Häute hinein. Und stellt alles am äußersten Rand des Dorfes hin zu den anderen Häuten.«

Gna nickte und sagte zu Agnes: »Komm!«

Agnes verstand inzwischen ungefähr die Hälfte der sächsischen Sätze, wenn Gna sie langsam sprach. Viele Worte ähnelten dem Fränkischen, und Agnes war bemüht, die fremden Worte zu lernen und sie so auszusprechen, wie Gna sie aussprach. Wenn sie das Sächsische besser beherrschte, würde es später leichter sein, unerkannt zu fliehen und sich zu verbergen.

Manchmal sagte sie etwas auf Fränkisch und Gna antwortete auf Sächsisch.

»Wo gehen wir hin?«, fragte sie Gna.

Gna lachte. »Jetzt kommt eine Arbeit, die deine Nase noch mehr beleidigen wird.«

»Noch mehr?«

Gna nickte. »Pass auf, wir müssen zu den Schafen und Schafsmist einsammeln, ihn mit Urin und unserer Spucke vermischen und mit ein wenig Wasser. Dann tun wir die haarlosen Häute hinein. Sieben Tage müssen sie darin liegen, dann werden sie gewaschen und nochmals geschabt…«

»Ich wusste nicht, wie schwierig das Lederherstellen ist.«

»Oh, das ist noch nicht alles.«

»Was denn noch? Kommt danach Pferdemist dran?«

»Nein, nein!« Gna schüttelte ihre roten Locken. »Danach kommen die Häute in einen Trog, in dem Eichenrinde in Wasser eingeweicht ist. Darin müssen die Häute dann noch ein halbes Jahr liegen. Wenn wir sie dann herausnehmen, sind sie schwer wie Steine. Dann pressen wir den Sud heraus, spannen sie auf, trocknen sie, und jetzt erst sind sie fertig gegerbt.«

Gna trat zu dem Zaun, hinter dem die Schafe grasten.

»Und natürlich«, fuhr sie fort, »werden sie dann mit Talg eingerieben, damit sie geschmeidig bleiben.«

»Eines weiß ich sicher«, sagte Agnes. »Leder gerben wird niemals zu meinen Lieblingsbeschäftigungen gehören.«

Gna sagte nichts dazu, sondern gab Agnes wortlos einen Holzeimer und befahl. »So. Damit sammeln wir den Schafsdung ein.«

»Mit den Händen?«

»Womit sonst?«

Agnes stellte den Eimer ab und griff zuerst mit beiden Händen in die Wolle eines großen Hammels, der erschrocken zur Seite springen wollte. Gna schüttelte nur den Kopf.

Dann fing auch Agnes an, den Mist einzusammeln. Sie musste sich überwinden, die kalten, feuchten Schafskugeln anzufassen. Aber dann stellte sie sich vor, dass es einfach Erde war. So ging es besser. Als sie ihren Eimer halb voll hatte, meinte sie: »Das riecht fast so ähnlich wie dieser Brei, den du auf meine Haut geschmiert hast, als ich Fieber hatte.«

Gna nickte. »Du hast eine gute Nase. Der Brei bestand tatsächlich aus Schafsmist, Lehm und Kräutern, die nur meine Mutter kennt.«

»Ihr macht wohl alles mit Schafsmist. Wahrscheinlich tut ihr ihn auch in das Essen!«

Gna runzelte die Stirn und gab Agnes mit ihrem Eimer einen kleinen Stoß. »Sag das nicht noch einmal.«

Schon den ganzen Tag hatte Agnes in Gedanken versucht, sich Sätze zurechtzulegen, um Gna zu fragen, warum sie hier war. Hielt man sie als Sklavin gefangen? Dann hätten die Sachsen auch jemand anderen nehmen können, einen kräftigen jungen Mann, zum Beispiel. Oder war sie zufällig auf einem Streifzug von sächsischen Kriegern mitgenommen worden? Aber die Entführung schien irgendwie geplant worden zu sein. Schon während des letzten Teils der Fahrt hatte Aitulf, ihr Pflegevater, Geräusche gehört. Und sie vermutete, dass Avremar zwangsläufig mitgenommen wurde, weil er sie gesucht hatte und die Entführung sonst zu sehr behindert hätte.

Und dann hatte Agnes auch gemerkt, wie die Leute im Dorf sie so seltsam anblickten, nicht nur, weil sie fremd war. Manche Kinder gingen ihr sogar aus dem Weg, als hätten sie Angst vor ihr. Nein, nach Angst sah es nicht aus, eher nach Scheu.

Der Einzige, der stehen blieb und ein paar Worte zu ihr sagte, war Wiltun. Immer noch redete er sie mit Columba an. Manchmal hatte sie den Eindruck, als ob Wiltun ihr etwas sagen wollte, aber sich doch nicht getraute.

Inzwischen hatten beide Mädchen ihre Holzeimer mit Schafsdung angefüllt. Gna ging nun zu einem großen leeren Bottich und kippte ihren Eimer hinein. Als auch Agnes ihren Inhalt dazuschüttete, hob Gna kurzerhand ihr halb langes Kleid, hockte sich über den Behälter und pinkelte hinein.

Dann stand sie auf. »Und jetzt du«, sagte sie und deutete mit dem Finger auf den Holzbottich.

»Was? Ich soll …?«

»Natürlich. Vielleicht gibt der fränkische Urin ein ganz besonderes Leder.«

Nach anfänglichem Zaudern und ängstlichen Blicken in alle Richtungen streifte Agnes schnell ihr Kleid hoch und erleichterte sich.

»So jetzt noch etwas Wasser dazu, umrühren, hineinspucken und die Mischung ist fertig«, sagte Gna. »Aber vorher tragen wir noch den Trog an das Ende des Dorfs.«

Zum Glück hatte das Gefäß zwei Löcher an der Seite, die als Henkel dienten.

Keuchend schleppten sie die Mischung zwischen den Häusern hindurch zum Ende des Palisadenzauns.

Wenn ihnen Leute entgegenkamen, wichen sie lachend der duftenden Mischung aus.

Du kannst noch zwei Eimer Wasser dazukippen!«, befahl Gna. »Ich werde die Häute holen.«

Es war seltsam. Fast hatte sich Agnes an den widerlichen Gestank gewöhnt. Und als die Mädchen mit einem großen Ast die Brühe umgerührt, mehrmals hineingespuckt und die Häute hineingelegt hatten, blieben sie vor dem Trog stehen und betrachteten ihr Werk. Die Ochsenhäute sahen in der hellbraunen Brühe aus wie aufgeblähte Bäuche.

Nach einer Weile sagte Agnes: »Gna?«

»Was ist?«

Ganz langsam sprach Agnes auf Fränkisch und versuchte dabei, die sächsischen Wörter unterzubringen, die sie schon kannte.

»Ich möchte dich etwas fragen.« Und ohne Gnas Zustimmung abzuwarten, fuhr sie fort: »Warum bin ich hier? Warum gerade ich? Es gibt doch Franken, die viel näher am Rhenus wohnen.

Was habt ihr mit mir vor? Was soll das alles? Geht es um Sklavenarbeit? Da gibt es bessere als ich. Oder suchen eure Männer Frauen? Warum dann eine Fränkin? Warum schauen mich alle so seltsam an? Wo ist überhaupt dein Vater? Warum habt ihr nur zwei Pferde und zwei Kühe und nicht so viele Tiere wie die anderen? Warum ist...?«

Aber Gna hob die Hand. »Zu viele Fragen.« Sie blickte sich um und als sie niemanden sah, seufzte sie und flüsterte: »Alle Fragen kann ich nicht beantworten, aber einige schon. Mein Vater ist seit vielen Tagen unterwegs. Er hält die Verbindung zu anderen Dörfern aufrecht. Bald feiern wir ein Fest zu Ehren Wodans, und es gibt für ihn viel zu tun. Wir haben keinen König, sondern bei einem Krieg, einem Fest oder einer Versammlung wird jeweils ein Mann von den Stämmen gewählt, um alles zu führen. Für das Fest wurde mein Vater gewählt.« Sie überlegte und fügte hinzu: »Wir haben nur zwei Pferde und zwei Kühe, weil meine Mutter eine Heilerin ist und nicht nur von dem Vieh lebt. Die Leute, die krank sind und zu ihr kommen, geben ihr etwas.«

»Aber warum bin ich…«

»Ganz ruhig. Ich komme noch zu dieser Frage«, sagte Gna und legte ihren Arm beschwichtigend auf Agnes' Schulter.

»Wir wussten, dass eine fränkische Jungfrau unterwegs war nach Antonaco…«

Agnes blickte erstaunt auf. »Ihr wusstet von mir?«

»Ja, meine Mutter hatte im Traum diese Botschaft erhalten und hat dich schon vorher gesehen. Sie hat die Gabe der Voraussicht und weissagt auch. Deshalb wusste sie, wie du aussahst, und gab den Männern eine Beschreibung. Und die haben euren Wagen so lange unauffällig begleitet, bis du allein warst, dann haben sie dich geraubt.« Gna stockte, dann fuhr sie fort: »Du bist von den Göttern auserwählt worden, deshalb haben wir dich geholt. Und deshalb musstest du auch wieder gesund werden.« Gna nestelte an ihrem Halsriemen. »Es ist … es ist eine besondere Ehre von … von den Göttern erwählt zu sein.«

»Aber wozu erwählt?«

»Mehr darf ich nicht sagen. Du darfst nicht alles wissen.« Mit lebhafterer Stimme fügte sie hinzu: »Und außerdem wünschte ich mir ein Mädchen als Gefährtin. Hier in unserem Dorf sind die Mädchen entweder zu jung oder zu alt für mich.«

»Ich bin wahrscheinlich älter«, meinte Agnes.

»Aber nur wenig.«

Agnes blickte in die braune Brühe und sagte: »Ich bin also so eine Art Unterhaltung für dich? Ein Geschenk?«

»Ja.«

»Und es ist eben nicht schön, wenn Geschenke beschädigt sind oder krank…«

»Richtig«, nickte Gna und bemerkte nicht, wie bitter Agnes' Stimme dabei klang.

»Aber genug geredet.« Gna nahm ein paar Bretter, die

am Boden lagen, und deckte den großen Bottich mit den Häuten zu. »Wir sollten jetzt den Dreck und den Gestank von unseren Händen und Armen abwaschen, damit sich die Leute in unsere Nähe trauen. Es gibt einen Fluss, der nur einen Steinwurf von den Häusern entfernt vorbeifließt.«

Agnes blickte auf: »Außerhalb des Dorfes?«

»Ja.«

»Und du hast keine Angst, dass ich weglaufen könnte?«

»Nein. Natürlich wird uns ein Wächter begleiten.«

»Ich verstehe.«

Der Fluss war immerhin so breit, dass man nicht hinüberspringen konnte. Ein dicker Buchenast lag darüber. Agnes überlegte: Wenn ich an dem Fluss entlang der Strömung gehe, müsste ich den Rhenus erreichen und von da finde ich den Weg nach Colonia...

Gna, die einen Lederbeutel am Gürtel trug, öffnete ihn und holte eine dicke Paste heraus.

»Oh, du hast Seife?«, wunderte sich Agnes.

»Ja, sie ist ein bisschen wie Brei. Wir stellen sie selber her.«

Agnes sah zu dem Mann hinüber und meinte: »Wie sollen wir uns denn waschen, wenn dieser Mann dauernd zu uns herübersieht...?«

»Ich habe ein großes Tuch dabei, das halte ich vor dich hin.«

Erfrischt kehrten die beiden Mädchen zurück. Es war das erste Mal, dass sich Agnes nach ihrer Gefangennahme gründlich waschen konnte. Während sie zu dem Dorf zurückgingen, blickte sich die Fränkin unauffällig um und sah einen Pfad, der vom Wald kam und sich durch das Gras und die Sträucher schlängelte. Es sah so aus, als führte er zum Rhenus hinunter.

Wieder kam eine Nacht in Gefangenschaft. Und Agnes, die mit Gna zusammen das Haus betrat, in dem sie nun wohnte, musste daran denken, wie stark sie am Anfang den Unterschied zu den fränkischen Häusern empfunden hatte: Rechts und links vom Flur lagen zwei Ställe, in denen die Pferde und Kühe standen. Die Schlafplätze befanden sich hinter der Feuerstelle in eigenen Kammern, nicht wie bei ihrer Tante in Kylldal, wo der Wohnraum zweigeteilt war und in der einen Hälfte die Tiere und in der anderen die Menschen in einem riesigen Wohn- und Schlafraum lebten, mit Schlafbänken an den Seiten.

Es schien, als ob der große Flur nur als Aufenthaltsraum diente oder zum Empfang der Gäste, daher die Bänke, Hocker und kleinen Tische. Aber es gab noch einen eigenen Wohnraum zwischen den Schlafplätzen. Fast erinnerte die Aufteilung an ein römisches Haus mit Innenhof und den Zimmern ringsherum, wie es noch einige in der Nähe von Treveris gab. Allerdings war alles viel einfacher gebaut.

Dadurch, dass die Feuerstelle nicht in der Mitte des Hauses, sondern am Ende des Flurs vor den Wohn- und Schlafräumen angebracht war, gelangte die Wärme besser zu den Schlafenden. Und das war auch gut so, denn zwischen den lehmverputzten Holzwänden kroch die Kälte durch die Ritzen. Manche Löcher, die allzu offensichtlich die Kälte durchließen, waren mit Moos zugestopft. Und vor den wenigen Fensterlöchern, den Windaugen, spannten sich Schweinsblasen, die an den Seiten ebenfalls nicht dicht waren.

Agnes teilte sich einen Schlafraum mit Gna und einer Magd. Direkt neben ihnen, durch eine Bretterwand getrennt, befand sich der Schlafplatz von Ava und Ærnan, Gnas Vater.

»Ihr habt heute bestimmt Leder geschabt«, murmelte die Magd, die für das Vieh und das Kochen zuständig war und sich auf ihrem Strohsack in die Decken wickelte, »man riecht es noch.«

Gna war bald eingeschlafen und schnaufte mit der

Magd um die Wette. Aber Agnes war noch nicht müde. Einmal konnte sie jetzt in Ruhe ihre Abendgebete leise sprechen und singen, so schnell würden die beiden nicht aufwachen, und dann beschäftigte sie immer noch das, was Gna ihr heute gesagt hatte: »Du bist von den Göttern auserwählt worden, deshalb haben wir dich geholt… wir wussten, dass du kommst…«

Aber wozu sie nun auserwählt war, das konnte Gna ihr nicht sagen. Nein, das durfte ihr Gna nicht oder noch nicht sagen.

Agnes bekam eine Gänsehaut, weil sie daran dachte, dass vielleicht irgendwelche heidnischen Zeremonien stattfinden würden, an dessen sie teilnehmen müsste.

Nun, sie würde es schon herausfinden, wozu sie auserwählt worden war. Sie würde auf Gna so lange einreden, bis sie es ihr sagte.

Der Tag war anstrengend gewesen, und Agnes fühlte, wie die Müdigkeit sich endlich doch auf ihre Augen legte und sie schwer machte.

»In Frieden lege ich mich nieder«, sang sie halblaut mit den Worten des dreiundsechzigsten Psalms, »und schlafe ein, denn du allein, Herr, lässt mich sorglos ruhen. Ehre sei dem Vater…«

Aber schon bei der Nennung des Heiligen Geistes war sie eingeschlafen.

Sie wachte auf, weil es neben ihr pochte und sie ein Röcheln hörte. Als sie die Augen aufschlug, sah sie zuerst nur Dunkelheit, dann entdeckte sie zwischen den Ritzen der Holztür einen schwachen Schein von dem verglimmenden Feuer im Flur. Zuerst dachte sie, sie hätte die Geräusche geträumt, aber jetzt waren sie schon wieder zu hören. Sie richtete sich auf. Wo kam das Klopfen und Röcheln her? Aus Gnas Richtung?

Nein, es kam aus der anderen Kammer, in der Ava schlief.

Wahrscheinlich träumte Gnas Mutter. Das gehörte ja zu ihrer Arbeit. Sicher wird es bald ruhiger werden, dachte sie. Aber das Röcheln wurde schneller und etwas schlug gegen die Wand. Erschrocken kletterte Agnes von ihrem Strohbett auf der Bank, und schlich leise aus dem Raum.

Was sollte sie tun? Sollte sie wirklich dieser unheimlichen Frau helfen, die sie zwar geheilt hatte, aber wahrscheinlich mit dem Teufel im Bund stand?

Agnes stand jetzt vor Avas Zimmertür. Das Mädchen zog an der Schnur, die an einem Astloch verknotet war. Die Tür ging auf, war also von innen nicht verriegelt. Langsam, mit klopfendem Herzen, schlich Agnes in den Raum, der von der Feuerglut im Flur durch die offene Tür schwach erhellt war.

Auf dem Lager sah sie eine Gestalt liegen, völlig regungslos: Ava.

War Agnes vorhin von den Geräuschen beunruhigt gewesen, so war sie es jetzt von der völligen Regungslosigkeit Avas. Nicht einmal den Atem der Schlafenden hörte sie.

Es sah so aus, als ob Ava… Nein, das konnte nicht sein. Wieso sollte sie jetzt mitten in der Nacht sterben? Oder vielleicht doch? Und was wäre, wenn man sie jetzt hier entdecken würde, neben Avas Leiche?

Das Mädchen musste sich vergewissern. Zögernd streckte sie eine Hand aus und berührte Avas Hand. Sie lag ausgestreckt neben ihr, kalt und feucht und irgendwie starr. Beunruhigt legte Agnes eine Hand auf Avas Brustkorb. Keine Atembewegung. Entsetzt wich sie zurück, rannte in die Schlafkammer und weckte Gna, die nur langsam zu sich kam und irgendetwas vor sich hinmurmelte.

»Gna, Gna din muoter … iuh moddru«, verbesserte sie sich auf Sächsisch.«

»Sie… sie ist tot!«

Gna richtete sich sofort von ihrem Lager auf und folgte

Agnes. Aber sie schien überhaupt nicht erschrocken zu sein. Als sie neben ihrer regungslosen Mutter stand, legte sie wie Agnes die Hand auf Avas Brust, aber ließ sie länger liegen als Agnes, dann flüsterte sie:

»He is ne déad, he wagiat. Sie ist nicht tot, sie ist unterwegs.«

»Aber sie atmet nicht mehr«, sagte Agnes und unterstrich die Worte, indem sie die Luft anhielt.

Gna schüttelte den Kopf. »Sie atmet nur viel langsamer. Gib deine Hand her.«

Sie nahm Agnes' Hand und legte sie ihrer Mutter auf die Brust, und da spürte Agnes, dass sich nach einer langen Zeit der Brustkorb hob und senkte.

»Wir dürfen sie nicht wecken. Komm, wir gehen zurück.« Obwohl Agnes nicht alles verstand, ließ sie sich von Gna in den Flur zurückführen. Leise machte Gna die Tür zu Avas Raum wieder zu und setzte sich neben die Steine der Feuerstelle, die immer noch warm war. Agnes ließ sich neben ihr nieder.

Es kam ihr so vor, als säßen sie nachts auf einer Waldlichtung, die von einem ausgehenden Feuer durchglüht wurde. Die beiden Ställe neben dem Eingang im Hintergrund sahen aus wie zwei Hütten. Eines der Pferde war unruhig geworden und schnaubte.

Gna holte tief Luft und sagte leise und langsam in einfachen Sätzen: »Meine Mutter hat manchmal diese Art. Sie fällt in einen tiefen Schlaf, aber ihr Geist ist wach und wandert durch die Nacht.

In einer dieser Nächte hat sie gesehn, wie ihr aus der großen Stadt losgezogen seid, um nach Antonaco zu reisen. Und so bekam sie den Befehl, dass man dich in unser Dorf bringen sollte für Wodans Fest.«

»Aber was soll ich auf diesem Fest? Soll ich tanzen oder singen? Ich habe keine Lust für Wodan etwas zu tun. Ich bin Christin und will mit eurem Gott nichts zu tun haben.«

Gna schwieg.

»Gna, warum kannst du mir nicht sagen, was ich dort tun soll?«

»Ich darf es dir noch nicht sagen.« Und bevor Agnes etwas darauf erwidern konnte, zog sie ihre Beine unter dem Kleid an, umfasste sie mit den Armen und fuhr fort: »Manchmal singt meine Mutter mit ein paar Männern einfache Lieder, immer die gleiche Melodie, sehr lange. Immer der gleiche Schlag: tap tap tap tap. Und dann fällt sie auch in einen tiefen Schlaf. Und niemand darf sie dann stören. Sie erlebt schöne und furchtbare Dinge. Wehe, wenn man sie dann weckt. Einmal habe ich sie geweckt, weil ich auch Angst bekam, so wie du. Oh… da wurde sie wütend auf mich. Ich hätte sie von einer wichtigen Reise zurückgeholt, schrie sie mich an.«

Gna schwieg, griff nach einem halb verkohlten Stock und stocherte in der Glut.

»Morgen ist Sonntag«, sagte Agnes nach einer Weile. Und als Gna das Wort *sunnundag* nicht verstand, auch nicht als sie es übersetzte und *sunnandæg* sagte, erklärte sie es so gut es ging, und erzählte von dem siebten Tag, der für die Christen heilig war und an dem Agnes in die große Halle ihres Gottes ging und sang und das heilige Mahl zu sich nahm.

»Habt ihr keinen besonderen Tag, an dem ihr nicht arbeitet?«, fragte Agnes erstaunt.

»Wir haben ab und zu Feste zu Ehren unserer Götter.«

»Ich liebe diese regelmäßigen Festtage«, schwärmte Agnes. »Wir waschen uns mit Seife und ziehen frisch gewaschene Kleider an. Alles ist ruhig und friedlich.

Und später, als die beiden Mädchen sich wieder in ihre Decken wickelten, lag Agnes noch lange wach und dachte an Treveris und an die feierliche Messe, an die vielen Menschen, mit denen sie die Psalmen sang, und lautlose Tränen liefen an ihren Wangen herunter und versickerten im Stroh.

»Unser Brennholzvorrat ist bald aufgebraucht, Gna«, sagte Ava am nächsten Morgen, als sie ihren warmen Gerstenbrei aßen. »Du könntest mit Agnes in den Wald gehen und Holz suchen. Und nicht nur dünne Äste, sondern auch dickere. Nimm die Axt mit und zwei breite Körbe. Wir brauchen mindestens zehn Körbe voll.«

»Mutter, können wir diesmal nicht ohne Wächter gehen? Agnes wird bestimmt nicht weglaufen.«

Ava wandte ihren Kopf in Agnes' Richtung und blickte sie lange und kritisch an, sodass das Mädchen die Augen senkte.

»Nein. Es ist zu leichtsinnig. Außerdem ist es gut, wenn jemand dabei ist, der einen gespannten Bogen trägt. Immerhin könnte ein wildes Tier herumlaufen und euch angreifen!«

»Eine Waldmaus, zum Beispiel.«

Ava runzelte die Stirn. »Ich will nicht, dass du dich über mich lustig machst.«

»Ja, Mutter.«

Bald darauf setzten die beiden Mädchen ihre leeren Körbe auf die Schultern und gingen in Richtung Wald davon, gefolgt von einem Mann mit gespanntem Bogen.

Brennholzsammeln war immerhin nichts Fremdes für Agnes. Zu Hause, in Treveris, hatte sie das auch regelmäßig tun müssen.

Wieder überkam sie eine Sehnsucht nach Treveris und nach dem Haus, in dem sie mit ihrer Pflegefamilie wohnte. Es war eines, das aus einer römischen Ruine gebaut war. Die Steine hatte man heraus gebrochen und neu verwendet, so dass mehr Zimmer entstanden. Daher hatte Agnes einen Raum fast für sich allein. Nur eine Magd schnarchte neben ihr. Und es machte nichts aus, wenn sie abends im Schein einer Öllampe eine Pergamentrolle entzifferte, die ihr Aitulf einmal geschenkt hatte.

Eine lustige Geschichte stand darin von einem Floh und der Gicht, die ihre Rollen tauschen. Aitulf hatte behauptet, mit dieser Pergamentrolle hätte Ansegud, ihre andere Tante, lesen gelernt.

Aber auch sie war, wie ihre Eltern, an einer Krankheit gestorben.

»Was ist Agnes? Worüber denkst du nach?«, hörte sie Gnas Stimme.

»Kannst du lesen?«, fragte sie zurück.

»Nein. Meine Mutter kennt die Runen, unsere Zeichen. Und ich weiß, es gibt römische Zeichen, die man zusammensetzen kann und die einen Sinn ergeben.«

»Ja, es ist schön. Du betrachtest die kleinen, schwarzen Haken und Striche und Bögen, sie geben dir den Befehl, wie du deinen Mund formen musst oder wo du die Zunge hintun sollst, du formst dann deinen Mund so, wie sie es wollen, und mit einem Mal merkst du, dass du Worte aussprichst und dass eine Geschichte entsteht. Es ist wie ein Wunder. Diese Zeichen haben eine große Macht.«

Gna blieb stehen. »Oh, das möchte ich gerne lernen!«

»Es ist ganz einfach, pass auf«, sagte Agnes eifrig.

Sie nahm einen Stock und ritzte ein M in den Boden. »Das bedeutet: Mmmm. Sprich es nach!«

»Mmmm«, wiederholte Gna.

Agnes zeichnete einen Kreis und sagte: »O!«

»Was ist los?«, fragte Gna.

»Nichts. Dieser Kreis bedeutet O.«

»O«, sagte Gna.

Agnes zeichnete nach und nach die Buchstaben für das Wort *moddru*.

Als Gna alle Zeichen einzeln aussprechen konnte, forderte Agnes sie mit vor Aufregung geröteten Wangen auf: »Und jetzt – nacheinander sagen.«

»MMMOOODDRRRRUUU«

»Schneller!«

»MMOODDRRUU.«

»Noch schneller.«

»Moddru!«, Gna schlug sich mit der flachen Hand auf

den Mund. »Die Zeichen haben mir befohlen, Mutter zu sagen!«

Dann bückte sie sich schnell und wischte die Spuren des Wortes weg. »Ich will nicht, dass das Mutterzeichen hier auf dem Boden bleibt. Wenn nun ein Tier kommt und es auffrisst! Lieber will ich …«

Aber sie wurde unterbrochen, weil der Wächter unwillig schrie:

»Iuh sceal weorcian – ihr sollt arbeiten!«

Gna zuckte zusammen und stammelte: »Dieses … Lesen ist unheimlich. Lass uns lieber Holz sammeln!«

Eine Zeit lang sprachen sie nichts, hoben Äste auf oder schlugen welche mit der Axt ab, legten sie in die Körbe und schleppten sie zu Avas Haus. Allmählich hatten sie die unmittelbare Umgebung abgesucht und zogen jetzt einen weiteren Kreis.

Als Agnes wieder einmal ihren Korb gefüllt hatte, blieb sie stehen und sagte: »Hier riecht es seltsam.«

Auch Gna schnupperte.

»Es riecht nach fauligem Fleisch«, meinte Agnes und blickte sich um. Dann bog sie den Kopf zur Seite. »Da ist ein riesiger Baum. Lasst uns den mal anschauen.«

Langsam näherte sie sich ihm.

»Nein, nicht dorthin. Das dürfen wir nicht.« In Gnas Stimme lag ein leises Beben.

Aber Agnes war schon weitergegangen und merkte, dass der unangenehme Geruch stärker wurde. Jetzt sah sie den Baum deutlicher. Es war eine riesige Eiche, und da hingen seltsame Gegenstände daran und schaukelten im Wind: das eine sah aus wie ein Hund, daneben hing ein Pferdekopf und darüber…«

»Gna!« schrie sie. »In … in dem Baum hängen Tiere und tote Menschen. Deshalb riecht es hier so stark!«

Sie wollte noch mehr sagen, aber der Wächter kam angerannt, packte Agnes und zog sie zur Seite.

»Bæk – zurück!«, brüllte er und zerrte Agnes mit sich fort in Richtung Dorf.

Agnes zitterte am ganzen Leib, sie war bleich geworden und sagte kein Wort. Willenlos ließ sie sich mitschleppen und sah immer noch die leblosen Gestalten vor sich, die von dem Baum hingen und leicht hin und her schwangen.

»Mein Korb ist noch dort«, sagte sie mit monotoner Stimme, als sei alles Leben aus ihr gewichen.

»Komm!« Gna legte Agnes den Arm über die Schulter und sagte: »Feoht, unser Wächter, wird ihn holen.« Sie redete mit ihm, und als sie durch das Eingangstor getreten waren, drehte Feoht um und verschwand im Wald.

Gna, die immer noch den Arm um ihre fränkische Freundin gelegt hatte, führte sie in ihr Haus und setzte sie auf eine Bank in der Nähe des Feuers.

Beide sagten kein Wort. Schließlich flüsterte Agnes: »Was … was war das?«

»Beruhige dich. Das war nur der Baum, der Wodan geweiht ist. Hier opfern wir ihm all das, was uns wertvoll ist: Pferde, Hunde, Menschen. Es ist ein heiliger Baum, und es ist gefährlich, sich ihm einfach so zu nähern.«

Agnes schwieg einen Moment und starrte auf den Boden. Dann stammelte sie: »Ich … habe mich so erschrocken.«

»Nun, ich hab mich vor deinen Lesezeichen auch gefürchtet.«

»Es … sah so schrecklich aus, wie die Leichenteile zwischen den Ästen schaukelten, wo eigentlich schöne Blätter und Früchte hängen sollten.«

»Wenn wir Wodan das Wertvollste opfern, dann blickt er gnädig auf uns herab und segnet unsere Kriege und Unternehmungen. Denn er ist selbst ein großer Krieger. Du brauchst davor keine Angst zu haben, Agnes. Auch unter unserer Türschwelle liegt ein geopferter Mensch. Das gibt dem Haus Schutz. Meine Mutter sagt immer: »Jeder trägt das bei, was zum Wohl aller wichtig ist. Für die Menschen, die dort hängen, ist es eine große Ehre, für Wodan geopfert zu...«

Agnes schrie auf: »Eine große Ehre?«

Sie drehte sich zu Gna um, packte sie an den Schultern und schüttelte sie: »Ist das etwa der... der... der Grund, warum ihr mich gefangen genommen habt? Braucht Wodan vielleicht eine Jungfrau, die ihm geopfert werden muss? Antworte, Gna!«

Gna sagte nichts und blickte zu Boden. Es trat eine furchtbare Stille ein, die noch schwerer im Raum hing, da niemand sonst im Haus umherging.

Nach einer Weile sagte Gna und löste dabei Agnes' Hände von ihrer Schulter: »Ich wollte es dir so früh nicht sagen, aber weil du es nun selbst herausgefunden hast ... Ja, es stimmt. Da es zur Zeit keinen Krieg gibt, gibt es auch keine Kriegsgefangenen. Da mussten unsere Leute andere Menschenopfer suchen. Aber niemand außerhalb unseres Volkes darf davon erfahren, sonst könnte es der Grund für einen neuen Krieg sein.

Weißt du, es ist nicht so schlimm, wie du denkst. Unser Volk hat das schon immer getan. Was meinst du, warum wir noch nie richtig besiegt wurden von den Franken? Weil Wodan uns Stärke durch unsere Opfer gibt. Und die Geopferten werden nicht einfach so in den Baum gehängt. Sie werden vorher mit großer Feierlichkeit getötet. Es ist ein heiliger Augenblick, wenn die Lunge herausgeschnitten wird, die ausieht wie ein Adler mit zwei Flügeln. Erst wenn die Geopferten tot sind, hängt man sie an die Äste, damit das Opfer allen sichtbar ist. Und glaub mir: Jeder wird dir Respekt zeigen, und du wirst in der Totenwelt großen Helden dienen.«

Agnes war unfähig, etwas zu sagen. Sie saß mit hängenden Armen und bleichem Gesicht da. Dass sie sterben musste, beunruhigte sie nicht allzu sehr. Mit Tod und Sterben musste man sich schon früh vertraut machen. Sterben bedeutete für sie der Übergang in das Paradies. Ein Leben in der Nähe eines gütigen Gottes. Sicher, es würde ein Gericht geben, und ihr Leben würde gewogen werden mit der Waage des Lebens, ob es nicht zu leicht gewesen war. Und es würde Strafen geben, aber irgendwie dachte sie, dass sie sie überstehen würde. Aber für so einen finsteren, heidnischen Gott zu sterben und sich dann vorzustellen, wie der Körper nackt und bloß dort hing, ohne eine christliche Bestattung. Und sie zweifelte daran, dass sie der Auferstehung würdig wäre, als jemand, der Wodan geopfert worden war und nun ihm gehörte…

Das alles war zu viel für sie. Als Agnes stumm blieb und nur so dasaß, sagte Gna nach einer Weile: »Du wirst darüber hinwegkommen. Wir wollen lieber die restliche Zeit, die wir zusammen sind, fröhlich sein.«

Agnes blinzelte zu Gna hinüber, um zu sehen, ob sie das wirklich so meinte. Für sie schien ein Menschenopfer etwas Vertrautes zu sein. Sie kannte das Ritual wahrscheinlich von Kindheit an, wie andere Kinder bestimmte Spiele kannten. Agnes atmete tief durch und fragte mit dünner, tonloser Stimme: »Wann ist das Fest?«

»In … dreizehn Tagen.«

*ROM.SGO. ET TER.VOS. IN D. SI. VERS. CHV.*
*UNDE N. VEC.BIS.UEB. ERDI. OH.REN.VERSU.*
*N.KEN. IN DR. ECC.NURA. MORUN. D. BACCHUS*
*D. AS. LUS.T. IGE. PARI. ST.KRE. UZF. IDEL.*
*WIEVORTA. U.SEN. D.I.AR.*

*Roms Götter, wo sind sie? Verschwunden, weg,*
*bis über die Ohren versunken im Dreck.*
*Nur Amor und Bacchus, das lustige Paar,*
*ist kreuzfidel wie vor tausend Jahr.*

Inschrift in einem Haus bei Boppard – 20. Jahrhundert.
Lässt man die Punkte weg, erschließt sich der Wortlaut eines Witzboldes.

## 8

Aitulf stand schon vor dem Morgengrauen auf, zog seinen zweiten Mantel über, der dicht gewebt war und daher weniger Regen durchließ als der aus Wolle, und verknüpfte die losen Enden an der Schulter mit einer besonders schönen Bronzefibel. Dann steckte er seine Wurfaxt, einen Kamm, ein Messer und einen Löffel sowie einen Lederbeutel mit Silbermünzen und einen mit der Reliquie in seinen Gürtel und zog eine lange Lederhose mit angenähten Stiefeln an.

So gerüstet konnte er wohl die Fahrt auf der Mosella wagen.

Bevor er ging, sprach er seine Morgengebete in der Basilika, küsste das Stück Tuch des heiligen Henoch und ging durch die grauen, noch leeren Straßen von Treveris zum Hafen an der Römerbrücke.

Alles war still, bis auf das heisere Gekrächze einiger Krähen und das Mahlgeräusch einer steinernen Handmühle, das aus einem der Häuser drang.

Irgendwo fing ein Hund an zu jaulen.

Aitulf ging an den einstigen Brückenthermen vorbei, durchquerte die porta inclyta und ging den sanft abfallenden Weg zum Ufer hinunter, an den sich der Hafen anschloss.

Obwohl es noch früh war und die aufgehende Sonne die fahle Dämmerung mit den ersten roten Streifen verzierte, herrschte am Mosellaufer schon reger Betrieb. Es gab an dieser Stelle keinen großen ausgebauten Hafen. Das Ufer war nur verbreitert worden, sodass kleinere Boote sanft auflaufen und an den zahlreichen Pfählen, die in den Schlamm getrieben waren, festmachen konnten. Um breitere Kähne oder Schiffe zu vertäuen, hatten die

Hafenleute einen hölzernen Steg gebaut, der ein wenig in die Strömung hineinragte.

Auf dem Ufer standen ungeordnet größere und kleinere Lagerhäuser, die abschließbar waren und in denen Frachtgut lagerte. Innerhalb der halb zerstörten Stadtmauern stand noch die stabile Horrea, ein riesiger Getreidespeicher der Römer, der die Zeiten halbwegs überdauert hatte. Hier hätte man größere Mengen an Getreide lagern können, ohne dass die Bewohner von Treveris Angst vor einer Überschwemmung haben mussten. Aber er musste zuerst noch ausgebessert werden.

Aitulf ging an den Fischern vorbei, die schon ihren ersten Fang gemacht hatten und sich lautstark über die Fischschwärme unterhielten. Ein Mann flickte gerade sein Netz.

Schon von weitem sah der Diakon, dass ein größeres Schiff angelegt hatte und leicht auf den Wellen schaukelte. Der Bug mit dem geschnitzen Kopf eines Drachen wies nach Süden, also stromaufwärts.

Weinfässer wurden geladen und über Bretter auf das Wasserfahrzeug gerollt, wo sie hintereinander in der Mitte Platz fanden und mit Seilen festgezurrt wurden.

Treveris hatte den Weinhandel der Römer fortgeführt. Trotz Überfällen, Verwüstungen und Belagerungen waren die römischen Weinberge nie ganz verschwunden, und die Weinbauern schienen ihre Kunst, Wein aus Traubensaft herzustellen, immer wieder weitervererbt zu haben.

Aitulf näherte sich den Sklaven und fragte nach dem Mann, der für den Transport des Weinschiffes verantwortlich war.

»Her ruoewit – er ruht sich aus«, sagte der Sklave keuchend und wies auf eine Lagerhalle, deren Türen offen standen.

Als Aitulf sich dem Haus näherte und in das dämmrige Innere blickte, sah er eine Bank, auf der eine unförmige Masse lag.

Er klopfte an die offene Holztür und sagte: »Ich grüße dich!«

Die Gestalt ächzte und brummte unwillig. »Lass mich in Ruhe. Du kannst schon unmöglich mit dem Verladen fertig sein!«

»Verzeih meine Zudringlichkeit«, erwiderte Aitulf, »aber ich bin keiner der Hafenarbeiter, sondern Aitulf, Diakon des Bischofs Magnerich, und möchte dich sprechen.«

Jetzt wurde das Stöhnen und Ächzen lauter, und Aitulf sah, wie der unförmige Haufen in Bewegung kam, sich aufrichtete und gähnte.

»So, du kommst vom Bischof persönlich«, sagte der Mann. »Was gibt es denn so Dringendes, dass du mich stören musst? Ich kann mich nicht erinnern, mit dem Bischof vor kurzem irgendwelche Geschäfte abgeschlossen zu haben.«

»Dein Gedächtnis ist zweifelsfrei gut«, versicherte Aitulf. »Es geht mir nur um einen Transport, Richtung Süden, nach Mettis, um genau zu sein.«

»Nach Mettis.« Der dicke Kaufmann stand auf und näherte sich dem Eingang, sodass Aitulf ihn näher betrachten konnte. Er sah einen runden Kopf, mit einer flachen Lederkappe bedeckt, unter dessen Rand sich blonde Locken ringelten. Die kleine Nase lag eingebettet zwischen den gut gepolsterten Wangen. Im leichten Licht der Morgendämmerung sah der Mann so aus, als wäre der Mond vom Himmel herabgestiegen.

»Du hast Glück, Aiwulf, Wir fahren nach Tullum und könnten dich tatsächlich mitnehmen, wenn du bereit bist, etwas Geld zu zahlen. Mein Name ist übrigens Dido, Kaufmann aus Colonia, auf dem Weg nach Tullum.«

»Und ich heiße nicht Aiwulf, sondern Aitulf und werde den üblichen Preis bezahlen.«

»Gut, Aitulf, betrachte dich als aufgenommen in den Bauch des Schiffes. Wir fahren los, sobald alle Fässer eingeladen sind. Und nun entschuldige mich, aber meine Kopfschmerzen lassen mich nicht los…«

Er wollte sich gerade wieder hinlegen, da fiel ihm noch etwas ein: »Oder hast du vielleicht ein Mittel dagegen?«

Aitulf überlegte kurz und antwortete: »Ich habe ein Stück blutbeflecktes Tuch des heiligen Henoch, der hier vor Jahren gelebt und Wunder getan hat. Ich … ich könnte es dir auf die Stirn legen und ein Gebet für dich sprechen.«

»Nur zu, nur zu, ich bin zu allem bereit, wenn nur diese grässlichen Schmerzen aufhören würden.«

Aitulf öffnete einen der beiden Beutel, die an seinem Gürtel hingen.

»Falls es hilft«, begann der Diakon, »könnten wir ja den Preis für die Bootsfahrt noch einmal überdenken.«

»Wenn es hilft«, stöhnte der Kaufmann, »fährst du ohne irgend etwas zu zahlen nach Mettis und bekommst einen Becher Wein extra.«

Aitulf, der inzwischen den Lappen herausgenommen hatte, roch den Gestank, der daher rührte, dass er noch nie gewaschen worden war. Aber das machte nichts. Im Gegenteil. Dieser Duft zeugte nur zu gut von der Echtheit der Reliquie, strömte sie doch den Geruch der Heiligkeit aus. Der Diakon trat näher, legte den Lappen auf die Stirn des Mannes, sah, dass Dido die Augen schloss, und sprach einige Worte aus Psalm 46: »Deus nostra spes et fortitudo auxillium in tribulationibus… Gott ist unsere Zuflucht und Kraft, eine Hilfe in großen Nöten …«

Als Aitulf den Psalm zu Ende gebetet und den heiligen Henoch um Hilfe angefleht hatte, machte er das Kreuzzeichen und entfernte das Henochtuch.

»Nun? Wie fühlst du dich?«

Dido schwieg. Er hatte immer noch die Augen geschlossen. Dann sagte er mit fast träumender Stimme: »Nicht nur, dass meine Kopfschmerzen langsam weniger werden, es ist so etwas wie eine… eine Ruhe aus meinen

Nieren aufgestiegen. Ich fühle neue Kraft, obwohl ich die letzte Nacht kaum geschlafen habe!«

Er öffnete die Augen und erhob sich fast beschwingt. »Ein wundervolles Tuch hast du da. Ich würde es dir gerne abkaufen…«

Aber Aitulf machte eine abwehrende Geste mit den Händen. »Nein. Diese Reliquie kann ich nicht verkaufen. Der Bischof hat sie mir ausgeliehen, und ich brauche sie selber bei dem, was ich unternehme. Außerdem muss man die richtigen Gebete dazu sprechen und Gott bitten, die Kraft der Heiligkeit fließen zu lassen.«

»Schon gut, schon gut. Was sind das für Unternehmungen?«, fragte Dido, und in seiner Stimme klang ein listiger Nebenton an.

»Das kann ich dir ja auf dem Schiff erzählen.«

»Nun gut, dann ist die Unterhaltung ja gesichert, jedenfalls bis Mettis.«

Dido schritt mit großen Schritten, jedenfalls für die Kürze seiner Beine, zu seinem Schiff und schrie: »Seid ihr immer noch nicht fertig, faules Pack?«

Die Männer, die nicht damit gerechnet hatten, dass ihr Vorgesetzter so plötzlich auftauchte, zuckten zusammen und rollten rasch das letzte Fass an Bord.

»Holt die Ruderer und den Schiffsmann. Es kann losgehen!«. schrie Dido. »Und das hier«, er wandte sich mit normaler Lautstärke an Aitulf, bückte sich und nahm einen prall gefüllten Ziegenschlauch von einem der Tische, » das hier ist unser Trinkvorrat.«

Er warf sich den Schlauch über die Schulter, ging zügig auf das Schiff und rief dem Diakon zu: »Komm, du kannst auch schon einsteigen!«

Die ersten Strahlen der Morgensonne tanzten auf dem Wasser, als die Fahrt losging. Entlang der Bootswand waren Bänke angebracht, auf denen Aitulf und die anderen Mitreisenden Platz genommen hatten. Auf der anderen Seite war eine Reihe Weinfässer fest verstaut.

Das gemächliche Schaukeln hatte kaum eingesetzt, da seufzte Dido tief auf, strich sich über sein stoppeliges Doppelkinn und sagte zu Aitulf: »Ja, das liebe ich: auf der Mosella oder auf dem Rhenus zu fahren, mit den Weinbergen im Hintergrund und die Musik des Weins zu hören!«

»Die Musik des Weins?«, fragte Aitulf.

Dido lachte und sagte: »Was? Du kennst die Musik des Weines nicht? Komm her! Schau mir genau zu, was ich mache und dann tu es mir nach!«

Mit diesen Worten beugte er sich nach vorne, schmiegte sich an eines der Fässer, umschlang es, als ob es seine Geliebte wäre, und presste sein Ohr an die Holzwand. Sofort nahm sein Gesicht den Ausdruck überirdischer Freude an. Sein kleiner Mund verzog sich zu einem Lächeln, und er schloss voller Glück die Augen.

»Was für ein wunderbares Geräusch, dieses Glucksen und Schwabben, Blubbern und Platschen. Ich liebe es!«

Ob Aitulf wollte oder nicht, er musste ebenfalls ein Fass umarmen und sein Ohr daran pressen. Sicher, er hörte auch Geräusche, aber sie versetzten ihn nicht so in Verzückung wie Dido.

Der Weinhändler hatte sich mühsam wieder aufgerichet, saß auf der Bank und goss gerade von seinem Weinschlauch ein. »Trink, mein lieber Diakon!«

Aitulf ließ sich nicht zweimal auffordern, denn die Weinrationen pro Woche für die Diakone in Treveris waren knapp bemessen. Und hier bekam er so viel, wie er wollte.

»Die alten römischen Götter scheinen ausgestorben zu sein«, fing Dido ohne erkennbaren Zusammenhang an, »sie sind einfach weg, verschwunden, seit König Chlodovech und seine Söhne das Sagen haben. Aber unter uns«, Didos Stimme schrumpfte zu einem Flüstern: »Bacchus ist immer noch lebendig!« Er lachte laut über seinen eigenen Witz, hob das Horn und wollte auf den Gott Bacchus anstoßen, dabei fiel ihm ein, dass sein Trinkgenosse ein Diakon der Kirche war. Also ließ er das Trinkgefäß sinken, erhob es aber erneut und rief: »Auf die Freude!«

»Auf die Freude!«, wiederholte Aitulf und tat einen kräftigen Zug.

»So – und nun erzähl mir mal von deinen seltsamen Unternehmungen.«

Aitulf, der durch die fröhliche Zecherei von seinen Sorgen abgelenkt worden war und dem der gewürzte Wein gut schmeckte, erzählte die ganze Geschichte von Anfang an, und da er einen aufmerksamen Zuhörer hatte, schmückte er manche Einzelheiten dramatisch aus. Besonders war Dido aber an dem Henochtuch interessiert, das Aitulf noch einmal hervorholen musste und das jener mit ehrfürchtiger Scheu betrachtete.

»Und… ahm, wie oder was hast du dabei gebetet?«

»Den fünfundvierzigsten Psalm«, sagte Aitulf.

»Kann man … kann man den irgendwo kaufen?«

Aitulf lachte. »Nein, er wird normalerweise nicht auf dem Markt zwischen Fischen und Wein verkauft. Du könntest höchstens zu einem der Bischöfe gehen und fragen, ob sie dir eine Abschrift anfertigen. Aber es ist unwahrscheinlich. Eine Abschrift wird nicht einfach an irgendwelche Leute verkauft.«

»Aha, mmmh«, machte Dido. »Aber … du hast doch den Psalm hier drin«, Dido tippte sich an die Stirn. »Weißt du, mir gefällt dieser wunderbare Psalm so gut. Vielleicht könnest du für mich ein paar Zeilen davon aufschreiben. Dafür werde ich dir die Rückfahrt bezahlen.«

Aitulf überlegte. Er könnte dadurch das Geld sparen. Und was wäre schlecht daran, ein paar Psalmworte weiterzugeben?«

»Nun gut, ich brauche ein Stück Papyrus, ein Schreibrohr und etwas Tinte.«

»Oh, davon haben wir genug. Ich muss ja laufend Verträge anfertigen.«

Dido sprang trotz seines Gewichts behände auf und ging nach unten.

»Aber, erzähle nicht überall herum, woher du diese Abschrift hast!«, rief Aitulf ihm hinterher.

»Ich werde schweigen wie ein Sarkophag.«

Dido schien vor Freude zu platzen, als er das Schriftstück erhielt. Er bezahlte es gut und lud Aitulf zu einem neuen Umtrunk ein.

Die Sonne war inzwischen so stark, dass es dem Kirchendiener in seinem schweren Umhang fast zu warm wurde. Und der Wein hatte das Übrige dazugetan. Er öffnete die Fibel, die die Stoffenden an der Schulter zusammenhielt, und ließ den Mantel zur Seite gleiten.

»Ja, die Herbstsonne ist warm«, nickte Dido und blickte lächelnd über das Wasser.

»Ich möchte nur wissen«, sagte der Diakon nach einer Weile, »wohin sie Agnes verschleppt haben... Sie sind ja wahrscheinlich mit ihr flussabwärst gefahren und dann ist es fast unmöglich, sie wieder zu finden, es ist...«

»Auf einem Boot, sagst du?«, unterbrach ihn Dido.

»Ja, das habe ich dir doch vorhin erzählt. Ich habe am selben Morgen die Spuren verfolgt bis zum Ufer des Rhenus, und da war eine kleine, versteckte Anlegestelle...«

»Ja, ich erinnere mich, dass du es erwähnt hast.« Dido kratzte sich am Kinn. »Jedenfalls seltsam«, brummte er.

»Was ist seltsam?«

»Nun, vor einigen Tagen war ich unterwegs und kam von Colonia mit meinem halb leeren Schiff. Wir hatten neben einigen Fässern Stoffballen geladen. Und jetzt, wo du es erwähnst, fällt mir eine seltsame Begebenheit ein.« Dido nahm noch einen kräftigen Schluck und fuhr fort: »Nachdem wir Colonia verlassen hatten, kamen uns Boote entgegen, in dem einen standen zwei Pferde mit Begleitern und in dem nächsten saßen zwei Männer und eine Frau. Ich war mir nicht sicher, ob es Franken waren. Es könnten auch Sachsen gewesen sein.«

Aitulf richtete sich gespannt auf.

»Nun, das Seltsame daran war, dass die drei in dem Boot irgendetwas riefen und uns fröhlich zuwinkten, aber ich meine, dass ich davor einen Schrei gehört hatte. Diese Männer standen auf und riefen und winkten, einfach nur so. Wir drehten uns um, aber da sie mit der Strömung trieben, waren wir rasch aneinander vorbei. Normalerweise winken uns Sachsen nicht zu, sie… sie rufen eher mal eine Beleidigung über das Wasser.«

Aitulf, der atemlos zugehört hatte, sagte aufgeregt: »Oder aber sie rufen, wenn sie vielleicht etwas verbergen wollen?«

»Vielleicht die Hilfeschreie eines Mädchens«, setzte Dido den Gedanken fort.

»Das könnten sie gewesen sein«, murmelte Aitulf. »Meine Agnes in den Händen von Sachsen! Was werden sie mit ihr tun? Und statt dass ich hinterherfahre, treibe ich in die entgegengesetzte Richtung. Aber es hat keinen Sinn, allein durch das Sachsengebiet zu laufen. Das habe ich schon versucht.«

Er blickte zu Dido hinüber. »Wie weit ist es noch bis Mettis?«

»Nicht mehr weit. Wir sind gleich da. Wenn wir diese Kurve passiert haben, kannst du die Stadt schon sehen.«

»Ja, dann so schnell wie möglich den Rabbiner aufsuchen und wieder zurück nach Treveris.«

»Darf ich dir helfen, deinen Mantel wieder umzulegen? Die Ruderer sind schneller, als ich dachte«, sagte Dido. Ohne Aitulfs Antwort abzuwarten, ergriff er den Stoff und drapierte ihn umständlich, schon leicht schwankend um Aitulfs Schultern.

»Mettis in Sicht!«, brüllte der Schiffsmann der am Bug, neben dem hölzernen Drachenkopf stand.

Tatsächlich tauchten jetzt die ersten Gebäude auf, ein viereckiger Turm, Strohdächer, ein Mauerstück. Der Steuermann zog das Fahrzeug nach links an die Anlegestelle.

Auch dort gab es einen Steg für die größeren Schiffe. Ein paar Leute standen am Ufer und schauten zu.

»Nun, ich wünsche dir gutes Gelingen, Aitulf«, sagte Dido. »Verzeih mir, wenn ich dich nicht an das Ufer begleite, aber wir wollen noch vor der Dunkelheit in Tullum sein.«

Kaum hatte das Schiff angelegt, stand schon einer der Sklaven bereit und warf ein Brett vom Schiff zum Steg hinüber. Aitulf begriff, dass er wohl der Einzige war, der ausstieg. Er schritt über das Brett und wollte noch etwas sagen. Aber einer der Männer hatte schon das Tau wieder locker gemacht und auf das Boot geworfen. Spritzend schlugen die Ruder ins Wasser.

Es war alles so schnell gegangen, als hätte es das Schiff eilig gehabt, von Mettis wegzukommen. Auch Dido war oben auf dem Deck nicht mehr zu sehen.

Aitulf zuckte mit den Schultern und wandte sich dem Stadttor zu, das wie die Tore Treveris' noch von den Römern stammte. Ein wenig spürte er den Wein, der seine Schritte etwas verlangsamte, und er hatte auch das Gefühl, dass sich alles viel leichter anfühlte als sonst.

»Ich bin es nicht gewohnt, schon morgens so viel Wein zu trinken«, murmelte er.

Der Mittag senkte sich golden herab und färbte die Mauern und Strohdächer der Häuser mit einem warmen Gelb. Leute kamen auf ihn zu, strömten vorbei, und zweirädrige Ochsenkarren holperten über das schlecht ausgebesserte römische Straßenpflaster.

Wo sollte er die Juden suchen? Im Zentrum der Stadt? In der Nähe des Marktplatzes?

Auch hier, wie in Antonaco, musste Aitulf sich einen Weg durch die Schlamm- und Abfallhaufen bahnen, die die Häuser säumten.

Ein vierrädriger Karren kam ihm entgegen, der Fässer mit Fäkalien geladen hatte, um sie in den Fluss zu kippen. Zwei Hunde schnüffelten an der dünnen Spur, die sich über die Straße zog.

Eine Herde Schweine, die ein halbwüchsiger Junge vor sich her trieb, überquerte den Marktplatz und verschwand grunzend zwischen zwei Häuserreihen.

Aitulf wandte sich an einen Mann, der auf jemanden zu warten schien und seiner Kleidung nach etwas besser gestellt war: Sein Leinenhemd war mit einer Stickerei verziert und die Gürtelschnalle aus Silber.

Aitulf blieb stehen, neigte leicht den Kopf und sagte auf Latein: »Sei gegrüßt, Gottes Segen mit dir. Ich komme aus Treveris von Bischof Magnerich und suche die Juden dieser Stadt. Kannst du mir helfen?«

Der Mann, der einen Kopf größer als Aitulf war, was keiner besonderen Körperlänge bedurfte, blickte ihn zuerst verwundert an und antwortete: »Ja, es gibt ein paar Juden hier, sogar einen Rabbiner. Ich meine, dass sie in der Gasse wohnen, die zum Hafen führt. Du kannst die Häuser daran erkennen, dass manche am Eingang eine kleine Kapsel neben der Tür haben. Was will denn der Bischof von den Juden in Mettis?«

»Ich brauche eine Auskunft von ihnen. Es ist eine lange Geschichte, die ich dir nicht zumuten möchte. Vielen Dank für den Hinweis. Möge Gott dich weiterhin mit Weisheit segnen.«

Aitulf drehte sich um und ging wieder den Weg zum Hafen zurück. Er hatte nicht das Bedürfnis, seine ganze Geschichte vor dem neugierigen Fremden auszubreiten.

Aufmerksam studierte er die Hauseingänge, während er sich wieder dem Hafen näherte. Da! Hier war tatsächlich etwas über dem Hauseingang am rechten Türpfosten angebracht. Der Diakon trat näher und entdeckte eine kleine, hölzerne Kapsel, die schräg am Türpfostenholz angenagelt war. In der Höhlung steckte eine Rolle aus Pergament oder Papyrus.

Seltsam, dachte Aitulf und wagte nicht, die Kapsel zu berühren. Vielleicht ist es eine magische Abwehr gegen Diebe oder…

»Ave, tu vellux a mea mansia? – Sei gegrüßt, du willst zu meinem Haus?«

Aitulf drehte sich erschrocken um und starrte den Mann an, der ihn auf Romanisch anredete, das in Westfranken gesprochen wurde. Es war ein eigenartiges nasales Latein, das Aitulf halbwegs verstand, und nur mühsam sprechen konnte.

Der Fremde war etwas größer als Aitulf, hatte dunkles, eher kurzes Haar, das unter der runden, bestickten Ledermütze sichtbar war und trug einen Vollbart, der schon graue Strähnen erkennen ließ. Die Augen, die fast zwischen den Lachfalten verschwanden, blickten ihn leicht spöttisch an. Ein dunkelbrauner Mantelstoff war über die Schulter geworfen, als wollte der Mann nur ein paar Schritte gehen und hatte keine Lust gehabt, den Stoff ordentlich zu drapieren.

»Quaero rabbi iudaeorum – ich suche einen jüdischen Rabbi«, antwortete er auf Latein und setzte hinzu: »Ich heiße Aitulf und komme im Auftrag von Bischof Magnerich aus Treveris.«

Aitulf merkte, wie die Augen des Mannes ihn kritisch prüften. Dann schien der Fremde zu einem befriedigenden Ergebnis gekommen zu sein, neigte leicht den Kopf und sagte ebenfalls auf Latein: »Mein Name ist Jochanan. Wir sollten uns, denke ich, besser in meinem Haus unterhalten.« Er klopfte dreimal an die Holztür, eine kleine Klappe öffnete sich und ein männliches Gesicht erschien. Die Augen erkannten offensichtlich den Hausherrn, und Aitulf hörte, wie von innen ein Riegel zurückgeschoben wurde.

Jochanan führte eine Hand an die Lippen, berührte die Kapsel und trat ein. Er wechselte mit dem Türhüter ein paar Worte, woraufhin dieser die Tür für Aitulf offen hielt, damit er ebenfalls ins Haus eintreten konnte.

Der Diakon atmete tief durch. Es war das erste Mal, dass er ein jüdisches Haus betrat. Er bekreuzigte sich mehrmals, als er die seltsame Kapsel passierte, und gelangte in eine kleine Vorhalle, die zu einem überdachten Innenhof führte. Es roch nach gebratenem Fleisch und nach frisch gebackenen Brotfladen. Ein Duft, der Aitulfs Nase schmeichelte und seinen Mund wässrig machte.

Das Haus schien größer zu sein als erwartet. Von dem Innenhof, der mit Säulen umgeben war, gingen nach allen Richtungen Zimmer ab. Manche mit offenen Eingängen, andere mit Türen oder Vorhängen. Aus einer der offenen Zimmer drang Rauch heraus, eine Frau mit hoch geschürztem Kleid und langen, nach hinten zusammengebundenen Haaren wurde sichtbar, als sei sie durch den Rauch herbeigezaubert worden. Sie war klein und rundlich mit einem freundlichen Gesicht, und Aitulf dachte wehmütig daran, wie es wohl wäre, eine Ehefrau zu haben.

Als sie Jochanan erblickte, sagte sie schnell: »Jochanan, der Kamin ist verstopft, du solltest jemanden damit beauftragen und…« Der Redefluss stoppte, als die von Rauch Umhüllte Aitulf sah, der hinter dem Juden hervortrat.

»Meine Frau!«, sagte Jochanan, indem er sie anlächelte und ihr einen Kuss gab: »Esther – Die Blume in der Wüste, der Traum meiner schlaflosen Nächte.«

Esthers Blick glitt von einem zum anderen und blieb nur kurz bei dem Diakon hängen, als suche sie etwas Vertrautes in Aitulfs Erscheinung. Aber da sie ihn noch nie gesehen hatte, neigte sie leicht den Kopf und verschwand in ihrer Wolke, aus der man gleich danach zwei weibliche Stimmen hörte. Irgendetwas fiel herunter und der Rauch verzog sich.

»Wahrscheinlich das Kamindach«, meinte Jochanan gelassen.

»Das Kamindach?«, fragte Aitulf.

»Ja. Wahrscheinlich hat es sich oben über dem Schornstein gelöst, hat zuerst den Kamin verstopft und ist dann heruntergefallen.«

Wieder kam Esther aus der Küche und hielt triumphierend ein Stück Metall in der Hand.

»Das Kamindach!«, rief sie.

»Das Kamindach«, wiederholte ihr Ehemann und lächelte.

»Es hat sich gelöst, den Kamin verstopft…«

»… und ist dann heruntergefallen, als ihr mit einem langen Haken nach oben gestochert habt.«

»Richtig«, nickte Esther. »Woher weißt du das?«

»Ich habe es mir gedacht.«

Esther seufzte. »Jedenfalls zieht er wieder, wobei es in den Kamin regnen wird. Wird dein Gast mit uns essen?«

»Ich denke schon.« Jochanan blickte fragend zu Aitulf hinüber, der begeistert nickte. Er spürte seinen Hunger.

Esther hatte sich schon umgedreht und rief in die Küche: »Drei Brotfladen mehr, Mirjam, und ein Stück Fleisch.«

Jochanan überquerte den Innenhof und ging auf eine Tür zu, die er öffnete, dann gab er seinem Gast den Vortritt. Einige Polster lagen auf niedrigen Holzbänken rings an der Wand entlang. Durch kleine, quadratische Fenster fiel das sanfte Herbstlicht auf einen grob geknüpften hellen Teppich. Darauf stand ein niedriger, länglicher Tisch.

Das Zimmer hatte etwas Einladendes, und Aitulf fühlte sich sofort wohl darin, wusste aber nicht, wie er Platz nehmen sollte.

Jochanan wies auf die Polster. »Setz dich!«

Aitulf zögerte etwas, bis er sah, wie sein Gastgeber sich auf eines der Polster seitlich hinlegte und sich mit dem linken Arm abstützte. Er machte es ihm nach, stützte sich mit dem rechten Arm auf, und fand es überraschenderweise bequemer als die harten Holzhocker oder Holzbänke in seiner Unterkunft in Treveris.

»Ich hoffe, du hast eine gute Reise gehabt?« Aitulf spürte, dass Jochanan am liebsten sofort gefragt hätte, warum er unbedingt einen Rabbi sprechen wollte, aber er bezwang seine Neugier.

»Ja, danke. Die Reise war gut. Zum Glück habe ich in Treveris gleich ein Transportschiff mit Weinfässern gefunden, das nach Tullum unterwegs war. Der Mann hieß Dido und hat mich bereitwillig mitgenommen…«

»Ach, Dido. Ja, ich kenne ihn. Sicher hat er dir eine ordentliche Geldsumme abverlangt.«

Aitulf lachte. »Ich habe gar nichts bezahlt!«

Jetzt hob der Jude erstaunt seine Augenbrauen. »Das kann ich kaum glauben. Dann muss er irgendein Geschäft mit dem Bischof gemacht haben oder du hast auf andere Weise bezahlt.«

»Es stimmt. Ich habe ihn von seinen Kopfschmerzen geheilt. Darüber war er so erfreut, dass er mich umsonst mitgenommen und mir sogar einen Krug Wein spendiert hat.«

Jochanan nickte. Seine Welt war wieder in Ordnung. Offensichtlich konnte er sich Dido nicht als Wohltäter der Kirche vorstellen.

»Dann müssen deine Gebete sehr wirkungsvoll gewesen sein«, fuhr Jochanan fort.

»Ja«, nickte Aitulf, der sich freute, einem Juden gegenüber die Vorzüge der christlichen Gebete preisen zu können. »Ich habe eine sehr wirkungsvolle Reliquie dabei, ein Stück Stoff mit den Blutstropfen eines Heiligen, der in unserer Gegend im Namen Christi unzählige Wunder getan hat. Ich brauchte den Stoff nur auf Didos Stirn zu legen, meine Gebete zu sprechen und Didos Kopfschmerzen verschwanden.«

»Und Dido«, Jochanans Stimme wurde etwas schärfer, »Dido ließ sich die Reliquie hinterher sicher zeigen.«

»Natürlich. Und er war sehr angetan von meinem Gebet, das ich ihm aufschreiben musste.«

»Hm.«

Aitulf, der sah, dass Jochanan nachdenklich wurde,

witterte eine Chance, diesen Juden vielleicht zu bekehren – eine schwierige Mission, denn die meisten Juden sträubten sich hartnäckig, den christlichen Glauben anzunehmen. Erst neulich hatte in Avernus ein großer Teil der Juden die Stadt verlassen, weil der Bischof Avitus sie gezwungen hatte, entweder sich taufen zu lassen oder wegzuziehen.

Wenn es mir gelingt, überlegte Aitulf, diesen Juden zur Taufe zu führen und zwar freiwillig, dann hätte sich die Reise doppelt gelohnt. Gerade, als er einen neuen Anlauf nehmen wollte, um einige andere Beispiele der Kraft des christlichen Glaubens aufzuzählen, fragte Jochanan lauernd: »Und du bist sicher, dass du deine Reliquie noch hast?«

Aitulf, der aus seinen schönen Gedanken gerissen wurde, verstand zuerst die Frage nicht.

»Ob ich sie noch habe? Du meinst, du willst sie sehen und dich davon überzeugen, dass es sie gibt?«

»Ja, das auch. Ich habe aber den starken Verdacht, dass sich deine kostbare Reliquie gar nicht mehr in deinem Besitz befindet. Es würde mich sehr wundern, wenn Dido nicht alles daran gesetzt hätte, sie zu bekommen.«

»Nun, das können wir leicht feststellen«, entgegnete Aitulf lächelnd. »Ich habe sie hier sicher in einem Beutel verwahrt.«

Mit diesen Worten griff der Diakon unter sein Gewand und hielt mitten in der Bewegung inne. Dann stand er rasch auf, befühlte noch einmal eingehender seinen Gürtel und starrte Jochanan entsetzt an: »Der Beutel, in dem der… der Stoff war… ist weg! Ich muss ihn verloren haben. Ich muss…«

Jochanan schüttelte traurig den Kopf.

»Ich muss ihn … Er … er wurde mir gestohlen.«

Jochanan nickte, setzte sich auf, breitete resignierend seine Arme mit nach außen gedrehten Handflächen aus und seufzte: »Dido.«

»Aber... was mache ich nur? Was wird mein Bischof sagen? Wie und wo hat dieser Hundesohn Dido es eigentlich gemacht? Ich habe ihm die Reliquie gezeigt und sie dann wieder sorgfältig in meinem Beutel verstaut.«

»Unter dem wachsamen Blick Didos.«

»Ja.«

»Er wusste also, wo sie war, und dann musste er nur mit einem kurzen scharfen Messer, beim Abschied zum Beispiel, mit geübtem Schnitt...«

»Jetzt fällt es mir wieder ein. Ich erinnere mich, dass er mir ziemlich umständlich den Mantel, den ich neben mich gelegt hatte, über der Schulter drapierte. Ich habe seine etwas umständliche Art auf den Wein zurückgeführt, aber nun weiß ich, warum er so freundlich besorgt um mich war und warum das Schiff so auffallend schnell wieder abgelegt hat... Oh, heiliger Martin, hilf mir, den Stoff wieder zu finden!«

»Das wird nicht einfach sein«, sagte Jochanan, »denn Dido wird alles abstreiten und die Verdächtigungen weit von sich weisen.«

Aitulf blickte betrübt zu Boden, dann hob er die Augen. »Nun gut, das Tuch ist weg. Ich werde mich darum kümmern, wenn ich meine Tochter gefunden habe.«

»Deine Tochter ist verschwunden?«

»Ja, das kannst du ja nicht wissen. Deshalb suche ich einen Rabbi, der mir hilft, eine Weissagung zu enträtseln, die mir durch eine Novizin zuteil wurde und mir hoffentlich den Weg weist, meine Tochter wieder zu finden.«

»Verzeih, aber warum gerade einen Juden? Habt ihr nicht selbst Gelehrte, um solche Dinge zu enträtseln?«

Aitulf war es unangenehm zuzugeben, das seine eigene Religion offenbar keine Hinweise bot, um eine Weissagung zu verstehen.

»Ja, es stimmt. Wir haben... natürlich vorzügliche Gelehrte und auch für den Bischof wäre es ein Leichtes, schwierige Dinge zu entwirren, aber... «, Aitulf merkte, dass seine anfänglich starke Position ins Wanken geriet und seine Absicht, heute einen Juden von der Überlegenheit der christlichen Religion zu überzeugen, zusammenschmolz wie Schnee in der Sonne.

»Also, es ist so, die Weissagung selbst fordert mich auf, die Lösung bei einem Juden zu suchen.«

Jochanan war überrascht, das sah man ihm an, und er sagte etwas, das Aitulf zunächst seltsam vorkam, ihm aber einleuchtete: »Wenn die Weissagung einer Christin auf die Juden weist, dann muss sie echt sein. Denn so etwas würde sich keiner ausdenken.«

»Hm. So herum habe ich es noch nicht gesehn, aber du hast Recht. Obwohl der Hinweis zu den Juden eher verschlüsselt war.«

Jochanan räusperte sich und beugte sich zu Aitulf hinüber: »Offen gestanden bin ich nun doch sehr neugierig, diese geheimnisvolle Weissagung zu hören.«

Heilige Anna, dachte Aitulf, wenn ich es ihm sage, wird er noch mehr von seinem Judentum überzeugt sein. Aber schließlich geht es um Agnes und um ihre Rettung.

Der Diakon räusperte sich und zitierte: *Suche die Wesen mit den Rädern bei meinem Volk. Und du wirst Ruhe und Reinheit finden.*«

Jochanan konnte sich ein Lächeln nicht verkneifen. »Das mit den Rädern verstehe ich nicht, aber *bei meinem Volk* schon eher. Eine beachtliche Leistung für einen Christen, dabei nicht an das eigene christliche Volk zu denken. Adonai schien wohl dabei gelächelt zu haben, als er einem Christen diese Weissagung eingab.«

»Wer?«

»Adonai. Das ist hebräisch und heißt Herr. Gelobt sei der Name Gottes.«

Aitulf seufzte: »Ich habe tatsächlich bei dem Wort Volk zunächst an uns Christen gedacht.«

»Und wer hat dich eines anderen belehrt?«

»Der Heilige Paulus.«

»Ein Romane?«

Aitulf schüttelte den Kopf. »Nein, seine Worte stehen in unseren Heiligen Schriften. Aus den Briefen des Paulus an die Römer. Paulus war Jude und Christ.«

»Er hat also, obwohl er Christ war, an der Erwählung Israels festgehalten?«

»Ja, so sieht es aus. Ich … mir war das bis dahin auch nicht … bekannt.« Die Sache mit der Wurzel, die die Zweige trägt, lasse ich lieber weg, überlegte Aitulf und fuhr laut fort: »Du verstehst jetzt, warum ich einen Rabbi suche. Nur er kann mir helfen, das Rästel mit den Rädern zu lösen, damit ich meine Tochter wieder finde.«

»Ja, ich verstehe. Es ist klar, dass …«

Jochanan hielt inne, denn die Tür wurde geöffnet, der Türsteher von vorhin verbeugte sich und sagte, dass das Essen angerichtet sei.

»Danke, Jotam.« Jochanan erhob sich und rief dem Mann hinterher: »Ach, Jotam?« Dieser blieb stehen.

»Lauf doch schnell zu Rabbi Joel und richte ihm aus, seine Weisheit werde dringend gebraucht, und außerdem gäbe es etwas zu essen für ihn. Und sag auch der Küche Bescheid.«

Jochanan wandte sich wieder an Aitulf, der ebenfalls aufgestanden war und raunte ihm zu: »Das Essen wird ihn dazu ermutigen, sogleich zu kommen.«

Sie gingen über den Innenhof zu einem Zimmer, das neben der Küche lag, und Aitulfs Gastgeber sagte im Gehen: »Wenn überhaupt jemand diese Weissagung versteht, dann Rabbi Joel. Er ist ein Mann, der ein ungeheures Wissen hat und sehr gelehrt ist. Ich verehre ihn geradezu.«

*Ih gihum thaz ih daz giloupda, thaz ih gilouben ni scolda, thaz ih ni gilaupta thaz ih gilouben scolta.*

*Ich bekenne, dass ich geglaubt habe, was ich nicht glauben durfte, dass ich nicht geglaubt habe, was ich hätte glauben müssen.*

Aus der Lorscher Beichte, rheinfränkisch, althochdeutsch.

# 9

Seitdem Agnes die Todeseiche gesehen hatte, in der die übel riechenden Tiere und Menschenteile im Wind hin und her geschwankt waren, war ihr klar, dass sie dieses Dorf so schnell wie möglich verlassen musste. Noch acht Tage blieben ihr, um zu fliehen. Aber wie sollte sie das anstellen? Sie durfte das palisadenumzäunte Dorf nicht allein verlassen und der Eingang wurde bewacht.

Wenn sie nicht schlafen konnte, ersann sie alle möglichen Pläne, zum Beispiel, nachts über die Holzwand aus spitzen Pfählen zu klettern... Aber dazu brauchte sie ein Seil, um sich hochzuziehen, und es war fast unmöglich, kein Geräusch dabei zu machen. Die Wächter drehten die ganze Nacht über ihre Runden, und das bedeutete, dass sie im richtigen Moment so schnell hinüberklettern und dabei statt eines Kleides eine Hose tragen müsste, sonst würde sie irgendwo hängen bleiben. Aber so richtig traute sie es sich nicht zu. Und vor allen Dingen schlief sie Wand an Wand neben Gnas Mutter, Ava, dieser unheimlichen Frau, die in ihre Träume sehen konnte und wahrscheinlich bereits wusste, was sie plante.

Manchmal schlief Agnes während der folgenden Nächte erst gegen Morgen ein, und Gna musste sie schütteln, damit sie wach wurde. Dabei durfte sich Agnes nichts anmerken lassen und musste so tun, als habe sie sich mit ihrem Schicksal abgefunden. Als Agnes einmal unbewacht durch das Dorf ging und sich die Palisaden näher betrachtete, überprüfte sie sie auf deren Festigkeit. Es war ernüchternd. Denn sie ließen sich keine Handbreit bewegen, so tief steckten sie im Lehmboden. Mutlos sah sie an ihnen entlang nach oben. Sie schätzte die Höhe auf sechs Ellen. Und wie spitz sie oben abgehauen waren!

Nein, diesen starken Holzzaun überklettern zu wollen, das musste sie sich aus dem Kopf schlagen und einen anderen Fluchtweg überlegen.

Und dann, ein paar Tage später, es war während der Mittagszeit, sah sie Avremar neben einem Haus stehen und Holz spalten.

Sie traute zuerst ihren Augen nicht, aber es bestand kein Zweifel: Es war Avremar, ihr Jugendfreund, der Begleiter der Reisegesellschaft, der mit ihr gefangen genommen worden war. Der Mann, der behauptete, sie zu lieben.

Gna war beim Körbeflechten und hatte Agnes losgeschickt, um aus dem Wassertrog neue, eingeweichte Weidenruten zu holen. Vorsichtig und unauffällig näherte sich Agnes Avremar von hinten und raunte seinen Namen.

Abrupt drehte er sich um und starrte sie mit großen Augen an. »Agnes!«, flüsterte er. »Du bist hier?«

»Ja schon die ganze Zeit. Und du?«

»Ich war zuerst in einem anderen Dorf und bin gestern hierher gebracht worden. Das Fest zu Ehren Wodans soll wohl hier gefeiert werden. Es muss hier eine Art Heiligtum stehen, und wir sollen auch dabei sein.«

»Avremar«, flüsterte Agnes aufgeregt. »Kann es sein, dass du nicht weißt, was auf uns zukommt?«

»Keine Ahnung.«

Agnes blickte sich um, aber es war niemand zu sehen. »Wir werden Wodan geopfert und in seinen heiligen Baum gehängt, zu den toten Tieren und anderen halb verfaulten Leichenteilen!«

Avremar blickte sie entsetzt an.

»Woher weißt du das?«

»Ich habe den Baum selber gesehen und das Mädchen, bei dem ich wohne, hat es mir bestätigt. Es war ein grauenhafter Anblick und es stank grässlich. Avremar, wir müssen sobald wie möglich fliehen! Ich bin so froh, dass ich dich getroffen habe!«

Avremar war wie erstarrt von der Wendung der Dinge und hielt die Axt noch immer regungslos in der Luft, als hätte ihn jemand in Stein verwandelt.

»Avremar, du hast gesagt, dass du mich liebst. Lass uns zusammen fliehen. Alleine schaffe ich es nicht. Die Palisadenwand wird Tag und Nacht bewacht.«

Langsam senkte Avremar die Axt und fing wieder an, die Holzklötze zu zerkleinern.

»Du hast Recht«, nickte er, »wir müssen fliehen und…«

In diesem Augenblick kam einer der Männer und scheuchte Agnes fort, aber sie konnte Avremar auf Fränkisch noch zurufen: »Morgen früh an der selben Stelle. Wir haben noch fünf Tage Zeit!«

Den ganzen Tag war Agnes nicht bei der Sache. Ihre Körbe, die sie mit Gna flocht, wurden krumm und schief, obwohl sie die Kunst des Flechtens sonst ganz gut beherrschte. Die Tatsache, dass Avremar da war, machte ihr Mut. Mit ihm zusammen wäre die Flucht möglich. Avremar war stark. Er konnte sich ein Messer besorgen, die Wachen umbringen, erst den einen Wächter, dann den anderen und dann… brauchten sie nur am Fluss entlang laufen, hinunter zum Rhenus. Dort gab es eine große Holzbrücke.

Während Agnes darüber nachdachte, überkam sie ein Gefühl der Erleichterung, auch wurde sie Gna gegenüber wieder aufgeschlossener und fing sogar an, mit ihr zu scherzen, indem sie einen Korb über ihren Kopf stülpte und sich krümmte vor Lachen, weil es so komisch aussah, wie Gna versuchte, den engen Korb abzustreifen.

Schließlich schaffte sie es doch und keuchte mit rotem Kopf: »Du scheinst dich wohl an unser Leben hier zu gewöhnen. Siehst du, ich sagte dir doch, dass die Opferung nicht so schlimm ist, wie du denkst. Ich habe schon viele Opferungen gesehen und es war sehr feierlich.«

»Ja«, nickte Agnes und sagte leichthin: »Irgendwann

muss sich eine Frau sowieso opfern, entweder für einen Mann oder für Gott.«

»Übrigens«, lächelte Gna, »ist dir schon aufgefallen, dass Wiltun immer um dich herumschleicht? Er hat ein Auge auf dich geworfen. Am liebsten würde er dich in sein Haus nehmen. Aber das geht nicht, denn die Geopferten müssen rein sein.« Gna zögerte, als sie weitersprach: »Das bist du doch?«

»Du meinst, ob ich schon mit einem Mann zusammengelegen habe?«

»Ja, natürlich.«

»Nein. Nie.«

»Dann hatte sich meine Mutter nicht getäuscht, als sie sagte, wir müssen ein Mädchen nehmen, das jung ist und in ein Gotteshaus gehen will, um darin eingesperrt zu werden.«

»Ich wäre aber nicht eingesperrt worden!«, rief Agnes empört.

»Wärst du doch, denn ich weiß, dass diese Frauen nicht mehr das Haus verlassen dürfen.«

»Man ist nur eingesperrt gegen seinen Willen, aber dorhin geht man ja freiwillig.«

»Ich finde, die Frauen sind doch eingesperrt.«

Agnes ließ das Thema fallen, weil sie merkte, dass Gna es nicht verstand. Eigentlich ist Gna ganz nett, dachte Agnes während sie ein paar dicke, feuchte Weidenruten nahm, um das Bodenkreuz zu flechten. Ich hätte es schlechter treffen können.

»Und wie findest du Wiltun?«

»Hm«, sagte Agnes. »Irgendwie freundlich. Er hat mir auf der Reise hierher immer etwas zu trinken gebracht und mich wie einen Menschen behandelt.« Da kam Agnes ein Gedanke, und sie nahm die dünneren Äste und fing an, sie um die senkrechten Staken zu biegen.

»Was wäre eigentlich«, sagte sie, und es sollte harmlos klingen, als sei es nur eine von vielen Fragen, »wenn Wiltun mich nun nachts heimlich packen würde, um mich zu einer Frau zu machen… ahm… Könnte ich dann immer noch geopfert werden?«

Gna lachte: »Ach, Agnes, du suchst also immer noch nach einem Ausweg! Wiltun würde das niemals tun, weil er dann sofort getötet würde. Und du wirst wahrscheinlich doch geopfert. Oder zumindest getötet, falls kein Sachse dich zu sich nimmt. Aber das wäre unwahrscheinlich. Welcher Mann will schon einen angebissenen Apfel essen? Vermutlich würdest du eine Sklavin werden, auf die man keine Rücksicht nimmt.«

Immer noch besser, als in diesem Baum zu hängen, dachte Agnes.

Mitten in der Nacht gab es ein großes Geschrei und Agnes schreckte aus dem Schlaf. Gna war schon vor ihr wach.

»Irgendetwas ist passiert«, sagte sie laut. »Los, komm, wir sehen nach!«

Als sie frierend nach draußen traten, wo ein eiskalter Wind um das Haus wehte, sahen sie aufgeregte Männer, die hin und her gingen. Fackeln brannten. Pferde wieherten und die kurzen Hauschwerter, die die Männer in der Hand trugen, blitzten im Schein des Feuers auf.

Gna berührte einen Mann an der Schulter.

»Was ist passiert?«

»Der fränkische Gefangene, der vor zwei Tagen gekommen ist, hat den Wächtern die Kehlen durchgeschnitten und ist geflohen. Ein Suchtrupp ist unterwegs.«

Als Gna die hastigen Sätze, die Agnes so schnell nicht verstehen konnte, langsamer wiederholte, trat Agnes einen Schritt zurück. »Das war Avremar«, flüsterte sie.

»Du kennst ihn?«

»Ja, er gehörte zu meiner Reisegruppe und wurde mit mir geraubt. Ich … ich habe ihn gestern hier getroffen… und nun…«

»Ach, deshalb warst du gestern so fröhlich!«, rief Gna.

»Du hast gedacht, er würde dir bei der Flucht helfen. Habe ich Recht?«

Die beiden Mädchen gingen langsam zurück. Agnes nickte stumm. Sie war nicht in der Lage zu sprechen.

»Und ich dachte, du hättest dich mit der Opferung abgefunden.«

Agnes schüttelte wortlos den Kopf.

»Lass uns schlafen und morgen darüber reden. Ich friere und bin müde.«

Wie im Traum ging Agnes zurück auf ihre Strohmatte und hüllte sich in die Decke. Als sie hörte, dass Gna eingeschlafen war, konnte sie die Tränen nicht mehr bremsen. Unaufhörlich strömten sie über ihre Wangen und versickerten in der Filzdecke.

Avremar war ihre letzte Rettung gewesen. Und sie begriff jetzt, dass seine Liebeserklärung damals, im dunklen Wagen geflüstert, als sie nach Antonaco unterwegs waren, eine blanke Lüge gewesen war. Was hatte er noch damals gesagt, als er Wache hatte und sich zu ihr legen wollte? *Ich liebe dich und würde alles für dich tun…* Schöne, leere Worte. Sie hatten nur dazu gedient, ihr zu schmeicheln, um vielleicht einen Kuss von einer Jungfrau zu erhaschen oder unter ihre Decke zu kriechen, bevor sie ins Kloster ging. Nichts anderes.

Wie lange lag das schon zurück? Wochen? Es schien Jahre her zu sein. Unvorstellbar, wie einfach und schön damals das Leben gewesen war. Sie wusste jetzt mit einer brutalen Gewissheit, dass Avremar seine eigene Haut tausendmal lieber war, als sich zusätzlicher Gefahren auszusetzten und mit ihr zusammen zu fliehen. Wahrscheinlich hatte er nicht einmal ernsthaft die Möglichkeit in Betracht gezogen, sie mitzunehmen. Männer!

Während Agnes schniefte und die Decke um sich herumstopfte, damit kein Luftzug hindurchkam, durchbrach ein furchtbarer Gedanke die letzte Schranken, die sie vor einer tiefen, namenlosen Angst aufgerichtet hatte. Ein Gedanke, der sich förmlich aufdrängte und den sie nun nicht mehr abweisen konnte. Was wäre, wenn ihr Gott auf dem Gebiet der Sachsen keine Macht mehr hatte? Erstreckte sich sein Machtbereich womöglich nur bis zum großen Fluss? Hatte Gna vielleicht doch Recht, als sie sagte: was glaubst du wohl, warum die Sachsen immer noch nicht besiegt sind? Weil unsere Opfer Wodans Gefallen finden!

Und was wäre, wenn sie nach ihrer Opferung in Wodans Reich erwachte und keinen Zutritt zum Paradies hätte, wo Christus herrschte mit seinem strahlenden Glanz? War es nicht ein zäher Kampf zwischen dem christlichen Gott und den heidnischen Göttern? Noch war es nicht ausgemacht, wer siegen würde.

War es deshalb so schwer, die Gedanken auf ihre eigenen Gebete zu richten, weil die Macht Wodans durch die Baumwipfel und Haustüren wehte?

Ein furchtbares Verlassenheitsgefühl durchzitterte Agnes, sodass sie sich vorkam, als liege sie nackt auf einem Tisch, den fremde Wesen umstanden, um mit aller Kraft auf sie einzuhacken, wenn jemand den Befehl dazu gab.

»Mein Gott«, betete sie den zweiundzwanzigsten Psalm, diesmal nicht als liturgische Formel, sondern zum ersten Mal mit heißem Herzen, »warum hast du mich verlassen?«

Kurz bevor der Morgenstern verblasste, schlief sie mit verquollenem Gesicht und mit dem Daumen im Mund ein.

Gna ließ sie am nächsten Morgen länger schlafen. Sie spürte die Verzweiflung ihrer fränkischen Gefährtin und nahm sich vor, in glühenden Farben die bevorstehende Opferung und die Belohnungen zu schildern, die im Jenseits auf Agnes warteten. Was wäre falsch daran, dabei ein wenig zu übertreiben, wenn es half, ihr die letzten Tage zu versüßen?

Agnes erwachte jäh, nicht allmählich wie sonst. Durch die Ritzen der Balken und Lehmrisse schimmerte Tageslicht.

Abrupt richtete sich das Mädchen auf.

Warum war sie so hellwach? Sie wusste es nicht, aber es kam ihr vor, als ob sie ein neuer Lebenswille gepackt und wach geschüttelt hätte, der während des Schlafes wie aus einem Ei geschlüpft war und nun seine kräftigen Arme dehnte und streckte. Die tiefe Verlassenheit der vergangenen Nacht war verschwunden, wie weggeblasen, und sie fühlte die starke Gegenwart eines anderen Wesens in ihrem Schlafraum. Auch wenn sie es nicht sehen konnte, wusste sie, dass jemand da war, der zu ihr hielt. Es schien ein guter Geist zu sein oder ein Engel?

Auf alle Fälle war ihre eigene Lage klar, und es gab nur ein einziges Ziel für die nächsten Tage: Flucht mit allen Mitteln. Noch nie war sie sich so sicher gewesen. Aber dazu war sie jetzt mit ihrem ganzen Wesen bereit und wenn sie daran sterben würde. Immer noch besser, unterwegs umzukommen, als in diesem furchtbaren Leichenbaum zu hängen.

So klar wie das Wasser eines Baches, der über Kiesel hinwegströmt, standen vor ihr nur noch zwei Möglichkeiten: Entweder sie brachte den liebeshungrigen Wiltun dazu, ihr ihre Jungfräulichkeit zu rauben und sie dadurch als Opfer zu entweihen. Es war ihr gleichgültig, ob er den Tod fand oder nicht. Das war der eine Weg. Oder sie würde Gna überreden, ihr zu helfen und vielleicht sogar mit ihr zu fliehen.

Sie musste unter allen Umständen diese Gleichgültigkeit und Selbstverständlichkeit durchbrechen, mit der Gna an ein Menschenopfer glaubte. Nein, soweit brauchte sie gar nicht zu gehen. Sie musste ihr nur klar machen, dass sie, Agnes, nicht dazu taugte, für Wodan geopfert zu werden. Sie wäre das denkbar schlechteste Opfer, weil sie Wodan hasste. Wodan hätte keinen Gefallen an ihr, weil sie ihn im Angsicht der feierlichen Rituale beschimpfen und verfluchen würde.

Sie glaubte zwar nicht, dass sie den Mut dazu haben würde, so etwas zu tun, weil sie eine gewisse Furcht vor den heidnischen Göttern hatte, obwohl sie sich zu dem christlichen Glauben bekannte.

Zwei letzte Wege. Etwas anderes gab es nicht.

Sie schälte sich aus ihrer Decke und stand taumelnd auf. Vier Tage hatte sie Zeit.

Ja, sie war bereit gewesen, für ihr Leben im Frauenkloster auf einen Mann zu verzichten. Aber jetzt nahm sie lieber die Unkeuschheit auf sich, um ihr Leben zu retten. Und hier ging es um Leben und Tod, nicht nur in dieser Welt, sondern auch darüber hinaus. Sie wollte nicht in Wodans Reich aufwachen, darüber war sie sich klar. Sie war zu allem bereit.

Wie sie nun so dastand, spürte Agnes zum ersten Mal, dass sie bis in die letzten Fasern ihres Leibes und ihrer Seele eine Frau war. Sie wusste mit einem Mal, dass dieser Körper Macht über Männer hatte.

Plötzlich fielen ihr Bilder ein, die vor ihrem inneren Auge auftauchten und wieder versanken. Bilder von Frauen, die sich dieser Macht bewusst waren und sie eingesetzt hatten. Damals, als Kind, war es ihr nicht aufgefallen, aber jetzt sah sie die kleinen Zeichen weiblicher Magie vor ihren Augen: die verschleierten Blicke, den Schwung einer Hüfte, die zufällige Entblösung eines Beins, die leichte Berührung eines Männerarms, geöffnete Lippen, eine Stimme in tieferer Tonlage… Aber auch deutlichere Zeichen der heimlichen Überlegenheit: ein Blick, der dem Blick eines Mannes nicht auswich, sondern in ihn eindrang und dabei in Windeseile das vorwegnahm, was er selber viel umständlicher und unbeholfener mit seinem Körper tun würde.

Frolaica, die Frau, die mit ihnen unterwegs gewesen war, fiel ihr ein und dass selbst ihr eigener Vater gegen ihre weiblichen Waffen nicht ganz gefeit war. Wie sie ihn angeblickt hatte und wie sich dadurch seine Stimme veränderte! Wie sie beim Herunterklettern vom Wagen so hilflos tat, sodass er herbeigeeilt war, um ihr behilflich zu sein und sie zu berühren.

Agnes wurde allmählich, wie durch einen Schleier hindurch, bewusst, dass ihr auf einen Schlag das gesamte Werkzeug einer Frau zur Verfügung stand. Und niemand brauchte ihr es zu erklären. Sie wusste, was getan werden musste, wenn es soweit war. Es war, als sei sie in einen Raum getreten, in dem unzählige Kleider und Waffen und Werkzeuge hingen, die ihr seit der Geburt gehörten, aber jetzt erst für sie bereitstanden.

Es war wie eine Welle, die über sie hinweggegangen war und ein neues Bewusstein zurückließ. Agnes spürte, dass ihre Brüste und Hüften, ihr Schoß und ihre Beine zu ihr gehörten und nicht bloß künstliche Verzierungen ihres Körpers waren.

Ihr fielen Frauen ein, die diese weiblichen Zeichen wie einen fremden Mantel ihr Leben lang getragen hatten und bei denen sie als Kind gespürt hatte, dass etwas fehlte. Aber bei ihr war das jetzt anders. Bei ihr hatte die Angst vor dem schändlichen Tod die Tür zu der weiblichen Waffen- und Kleiderkammer aufgestoßen, vielleicht ein wenig vor der Zeit.

Mit Staunen glitt ihre Hand an ihrem Körper entlang und blieb über der Scham liegen. Dann fuhr sie sich über die Haare und streifte das Tageskleid über, das aus einem kräftigen Leinenstoff bestand, über der Schulter mit einer einfachen Fibel zusammengesteckt war und von einem Gürtel in der Mitte festgehalten wurde. Als sie zum Feuerplatz ging, blickte sie in den Kessel, in dem noch ein Rest Gerstenbrei zu sehen war. Etwas verbrannt, aber für den ersten Hunger musste er reichen.

Nach dem Frühstück trat sie nach draußen, atmete die feuchte Herbstluft ein, die wie kaltes Wasser ihre Brust erfrischte. Wie schnell sich alles änderte. Gestern Abend hatte sie noch weinend und verlassen in ihrem Bett gelegen, verzweifelt, weil sie keine Hoffnung mehr hatte, und heute, obwohl sich nichts geändert hatte, war sie voller neuer Kraft und der Zuversicht, dass sie es schaffen würde zu fliehen, oder zumindest diesem furchtbaren Tod im Baum zu entkommen.

Gna war nirgends zu sehen. Sie ging zum Ausgang, wo ein neuer Wächter stand. Ohne, dass sie es sich groß vorgenommen hatte, ging sie direkt auf ihn zu, blickte ihm lächelnd in die Augen und fragte in ihrem holprigen Sächsisch, wo Gna zu finden sei. Sie spürte ihre neu gewonnene Kraft, ihr Herz klopfte ihr bis zum Hals, denn der Mann erwiderte den Blick und sagte, Gna sei bei ihrem Vater, der gestern Nacht zurückgekommen sei, nachdem er lange unterwegs war, um das große Fest vorzubereiten. Agnes merkte, dass der Wächter gesprächig wurde und dass seine Augen ihren Körper abtasteten und er beim Gestikulieren wie zufällig ihre Schulter streifte. Ihr fiel ein, dass Aitulf ihr früher die Geschichte von Judith und Holofernes erzählte hatte und wie raffiniert und kaltblütig die jüdische Königin Judith den Feind ihres Volkes im Bett ermordert hatte. Etwas von dieser Kaltblütigkeit machte sich in ihr breit, und sie hätte sich vorstellen können, diesen Wächter zu ermorden. Er war so leicht zu betören, obwohl er doch wissen müsste, dass eine Gefangene sich doch nie ohne Hintergedanken in ihren Wächter verlieben würde. Aber soweit dachte er wahrscheinlich nicht. Vermutlich kam er sich sehr männlich vor und sonnte sich in seiner Anziehungskraft auf Frauen. Sie brauchte eigentlich nur ein kleines scharfes Messer, und wenn sie ihn so weit hatte, dass er sie umarmen und küssen wollte, würde sie es ihm in den Rücken stoßen.

Aber, nun, das wäre vielleicht die allerletzte, dritte Möglichkeit. Zuerst wollte sie Wiltun dazu bringen, sie zur Frau zu machen. Oder zumindest so zu tun, denn sie würde kurz vorher schreien und sich etwas Blut zwischen die Beine schmieren, falls jemand sehen wollte, dass das kostbare Opferlamm tatsächlich entweiht war... Oder sollte sie es darauf ankommen lassen? Immerhin wäre es gut zu wissen, wie sich das anfühlte, wenn ein Mann in sie eindrang, bevor sie später für immer ins Kloster verschwand.

Als Agnes weiterging, etwas langsamer und entspannter als sonst und sich selbst wunderte über diese unkeuschen Gedanken, die die Todesgefahr in ihr freisetzte, drehte sie sich um und sah, wie der Wächter einen Augenblick zu spät den Blick von ihrer Gestalt abwandte.

Sie fand Gna schließlich in einem großen Haus, das eine Art Versammlungsraum darstellte. Leise, ohne dass die andern es merkten, schlich sie sich hinein und stellte sich zu denen, die einer Männerstimme zuhörten. Ihre Augen, die sich allmählich an das Dämmerlicht gewöhnten, erblickten weiter vorne einen halb großen, stämmig gebauten Mann, der mit heiserer Stimme etwas erzählte. Das musste Gnas Vater sein, denn sie meinte eine gewisse Ähnlichkeit in der Art zu sprechen zwischen Gna und diesem Mann herauszuhören.

Wenn hier das halbe Dorf versammelt war, musste auch Wiltun irgendwo zwischen den Leuten stehen. Unauffällig wanderte ihr Blick über die Köpfe hinweg, aber es war schwer, die Männer von hinten zu unterscheiden. Sie sahen alle ähnlich aus.

Plötzlich spürte sie eine Hand auf ihrer Schulter. Sie zuckte zusammen und drehte sich um. Neben ihr stand Wiltun, als hätte ihr Wille ihn mit unsichtbaren Seilen zu ihr hergezogen. Etwas mulmig wurde Agnes bei dem Gedanken, wie schnell alles ineinander griff, als sei es von langer Hand vorbereitet worden.

Sie lächelte und hörte, wie er ihr zuraunte: »Mera, mera...« und über seinen Bauch strich.

Du liebe Zeit, dachte sie, er benutzt immer noch das

Wort, das er bei meinem Raub von mir aufgeschnappt hat. Nicht gerade einfallsreich! Und warum streicht er über seinen Bauch? Vergleicht er mich mit einem besonderen Leckerbissen, den er sich einverleiben will? Nun, ich hoffe, der Leckerbissen bleibt ihm im Hals stecken.

Agnes wandte sich betont von ihm ab, nicht ohne einen kurzen, verschwörerischen Blick zu ihm zu schicken. Auch das gehörte, ohne dass Agnes sich dessen bewusst war, zu den Liebesspielen der Frauen, die Abwehr und Abstand zeigten und gleichzeitig eine versteckte Aufforderung hinterließen, um den Jäger noch mehr zu reizen und ihn im Glauben zu lassen, dass er die Jagd eröffnete und darum überlegen war.

Agnes war sich fast sicher, dass sie sich nicht darum kümmern musste, ob er ihr folgte. Er würde ihr folgen. Die Falle war aufgestellt, der Honig auf die Schlinge gestrichen. Und der süße Duft würde den Jäger, der sich jetzt in einen dummen Bären verwandelt hatte, in die Schlinge tappen lassen. Als sie das Versammlungshaus leise verließ, hätte sie dennoch gerne an ihrem Hinterkopf Augen gehabt, um zu sehen, wie Wiltun ihr folgte.

Wo ging man am besten hin, um sich von einem Mann überrumpeln zu lassen? In den Wald konnte sie nicht, der Ausgang war bewacht. Hinter irgendeinem Haus in einer verschwiegenen Ecke würde Wiltun sich ihr wohl nicht nähern, das wäre zu riskant. Denn sein Angriff auf ihre Jungfräulichkeit musste geheim bleiben. Sicher hatte er sich etwas zurechtgelegt, um sie während und nach der Tat zum Schweigen zu bringen. Vielleicht drohte er ihr mit dem Tod?

Das wäre wirklich das Dümmste, was er machen konnte. Vor einem plötzlichen Tod hatte sie keine Angst, nur vor diesem rituellen Opfergang, der sie in die Arme Wodans treiben würde. Plötzlich fiel Agnes ein, wo der ideale Ort für diese seltsame Liebesszene war. Natürlich in Avas und Gnas Haus. Das hatte den Vorteil, dass auf sie keine Schuld fiel. Der gierige Wiltun war in das Haus eingedrungen und hatte ihr, dem unschuldigen Opfer, Gewalt angetan.

Während sie langsam auf den Eingang des Hauses zuging, tat ihr Wiltun fast Leid. Der arme Kerl, dieser dumme Bär, der hinter der unsichtbaren Honigspur hertappte, hatte keine Ahnung, dass er selbst das Opfer war. Und wenn er verurteilt wurde und sterben musste?

Agnes stellte sich Wiltun vor, wie ein sächsisches Schwert seinen Kopf vom Rumpf trennte und zwei-, dreimal zuschlug, um alle Knochen und Sehnen durchzuhauen. Aber sie blieb kalt, weil sie im Recht war. Wer eine Christin raubte, um sie heidnischen Göttern vorzuwerfen, musste mit dem Schlimmsten rechnen.

Ihr kamen Psalmverse in den Sinn, die sie bis dahin nie richtig verstanden hatte: »Beatus qui tenebit filia babylonis et adlidet parvulos tuos ad petram… – gesegnet, wer deine Kinder ergreift, o Tochter Babylon, und sie zerschellt an dem Felsen…«

Lebte sie nicht sogar wie Israel in Babylon? Und waren diese Sachsen nicht die Feinde des siegreichen Kreuzes? Es wäre geradezu ein Gottesdienst, sie im Namen Gottes hinzuschlachten! Außer Gna. Sie war die Einzige, die es verdient hatte, verschont zu werden.

Agnes straffte ihren Rücken und öffnete die Tür des Hauses, die nur angelehnt war, und sie trat ein. Sie musste sich zwingen, sich nicht umzudrehen, um sich zu vergewissern, ob Wiltun ihr folgte. War da nicht eben ein Scharren gewesen?

Jetzt, so kurz vor der möglichen Tat, bekam Agnes doch Herzklopfen. Was wäre, wenn niemand ihr Schreien hörte? Fast alle waren im Versammlungshaus, außer den Wächtern… Wenn ihr Schreien nichts nützte, musste sie ihre Jungfernschaft doch opfern. Allerdings würde niemand davon erfahren, wenn sie erst wieder frei und nach Hause zurückgekehrt war.

Wie schmerzhaft würde es sein? Sie wusste, wie empfindlich die Haut an dieser Stelle war. Am besten, sie brachte es möglichst schnell hinter sich, sie könnte... Halt! Was war das? Agnes blieb wie angefroren stehen. Sie hörte, wie sich die Tür öffnete. Jetzt musste es passieren. Sie drehte sich überrascht um und vor ihr stand tatsächlich Wiltun. Er grinste etwas unbeholfen und kam auf sie zu. Agnes schloss vor Schreck die Augen und wartete zitternd. Ihr Mut schien sie zu verlassen. Wenn Aitulf sehen würde, wie willig sie sich überwältigen ließ, ohne ihre Jungfernschaft zu verteidigen. Es gab sicher Frauen, die lieber sterben würden, als sich von einem Sachsen entjungfern zu lassen.

Jetzt spürte sie seine Arme, die sie packten und umschlangen, und währenddessen redete er schnell auf sie ein. In diesem raschen Sprachtempo verstand sie kein Wort. Was wollte er nur von ihr? Sie schlug die Augen auf und meinte, dass er von der Hinrichtung sprach und seine Hand hochhob, um die restlichen Tage anzuzeigen. Er schien eine andere Zeitrechnung zu haben, denn er zeigte ihr nur drei Finger, obwohl es doch vier Tage waren.

Er deutete auf sie und dann auf sich und machte eine vage Bewegung zur Tür hin, während er mit den Augen rollte und grinste.

Was sollte das nun wieder bedeuten?

Agnes versuchte zu lächeln und schmiegte sich an ihn. Und tatsächlich, er konnte ihr nicht widerstehen, drückte sie an sich und küsste sie auf den Mund. Ein Schwall fauliger Luft hüllte sie ein, als er seinen Mund öffnete, und ihr wurde fast schlecht.

Hilf mir Gott, betete sie, und lass es schnell vorübersein. Sie hörte sein Stöhnen und spürte sein Geschlecht an ihrem Bauch.

Jetzt musste sie handeln und ganz laut schreien, aber noch verschloss er mit den Lippen ihren Mund.

Mit Gewalt versuchte sie, seinen Kopf wegzuschieben.

Seine Lippen lösten sich. Jetzt konnte sie schreien. Sie holte Luft, aber – was war das? Wiltun hatte sich umgedreht und war schon an der Tür. Agnes war zu verblüfft, um zu schreien.

Er drehte sich um, lächelte, hob seine fünf Finger und sagte so etwas wie *wæflæog* und verschwand.

Agnes wusste nicht, wie ihr geschah. Warum hatte er nicht weitergemacht? Sie hatte doch seine Erregung gespürt. Irgendetwas verstand sie bei der ganzen Sache nicht. Hatte ihn etwas an ihr gestört, das seine Lust vertrieben hatte? Stank sie vielleicht selber auch aus dem Mund? Sollte sie es noch einmal mit ihm versuchen? Oder mit einem anderen Mann? Nein, sie wollte sich nicht wahllos irgendwelchen Männern an den Hals werfen. Dafür war sie sich zu schade. Und sie war sich nach diesem Zusammentreffen überhaupt nicht mehr sicher, ob es klappen würde mit ihrer weiblichen Anziehungskraft, die sie gerade erst entdeckt hatte. Es schien, als hätte Wiltun ganz andere Gedanken als sie oder vielleicht einen Plan, von dem sie nichts wusste. Wie hieß das Wort noch? *wæflæog* oder so ähnlich. Sie musste es sich merken und Gna danach fragen. Natürlich ohne den Hintergrund zu erwähnen.

Ob sächsische Männer vielleicht anders auf Frauen reagierten?

Agnes ging hin und her. Schließlich blieb sie stehen und sagte laut: »Gut. Noch vier Tage habe ich Zeit. Wenn die Sache mit den Männern nicht klappt, dann muss ich Gna überreden, mir bei der Flucht zu helfen.«

*Am Himmelfahrtstag stürzte sich plötzlich, als der Bischof unter Chorgesang von der Hauptkirche zu der Kirche des Heiligen Martinus zog, die ganze Menge derer, die ihm folgten, über die Judenschule und zerstörte sie von Grund auf, sodass ihre Stätte dem Erdboden gleichgemacht wurde.*

Gregor von Tours, der Chronist des 6. Jahrhunderts, über einen Zwischenfall in Clermont, ca 570, Übersetzung aus dem Lateinischen.

# 10

Ungefähr zur selben Zeit, einhundertsiebzig Meilen entfernt, ließen sich Aitulf und Jochanan zum Essen nieder.

Eine Frau mit einem Krug, einer Schale und einem Handtuch betrat den Speiseraum und stellte sich neben Jochanan. Er hielt seine Hände über das Gefäß und ließ sie sich mit Wasser übergießen. Dann trocknete er sie ab.

Aitulf hatte verwundert zugesehen und machte es seinem Gastgeber nach. Merkürdige Sitten haben diese Juden, dachte er. Wie kompliziert wäre es, wenn wir vor jedem Essen die Hände waschen würden. Welche Verschwendung von Wasser!

»Damit du dich nicht erschrickst, Aitulf«, sagte Jochanan, »kündige ich dir den hebräischen Tischsegen an. Es ist keine Zauberformel und du wirst dich nicht in einen … Fisch verwandeln, also keine Angst, es geht alles mit rechten Dingen zu.«

Jochanan nahm eines der Fladenbrote, brach es und sprach einen unverständlichen Satz, dann nickte er Aitulf freundlich zu und sagte: »Lass es dir schmecken!«

»Und deine Frau? Wird sie nicht mit uns essen?«

»Ich denke heute nicht. Wenn ich Gäste habe, isst sie lieber in der Küche.«

»Und wie lautet der Tischsegen übersetzt?«

»Oh, ich habe den Tischsegen gesprochen, den euer Jeschuah ganz sicher auch oft gesprochen hat.«

»Wer?«

»Jeschuah oder Iäsús, wie die Griechen sagen.«

Es kam Aitulf plötzlich eigenartig vor, dass Jesus Jude gewesen war und genau die gleichen Rituale wie Jochanan praktiziert hatte. Ob Josef, der Mann Marias, an seinem Haus auch so eine Kapsel gehabt hatte?

»Also, wenn ich es übersetze«, fuhr Jochanan fort, »heißt der Tischsegen so: Gepriesen seist du, Herr, unser Gott, König der Welt, der Brot aus der Erde hervorgehen lässt.«

Aitulf ärgerte sich etwas, dass sein Gastgeber diesen Tischsegen so breitwalzte, wie die Frauen den Teig für einen Brotfladen, und er sagte: »Auch Christen haben ihren Tischsegen, du entschuldigst mich, wenn ich ihn für mich kurz spreche. Keine Angst, es ist keine Zauberformel.«

Er murmelte den üblichen lateinischen Spruch, nahm dann von dem noch warmen Brot und tunkte es, wie sein Gastgeber, in die Schüssel mit dem gedünsteten Gemüse, wobei er das Brot wie einen breiten Löffel handhabte.

»Wenn wir schon dabei sind«, sagte Aitulf kauend und sah zu, wie Jochanan Fleischstücke mit einem kleinen scharfen Messer zerschnitt und sie auf Aitulfs Teller legte, »kannst du mir auch sicher sagen, was diese seltsame Kapsel am Hauseingang bedeutet. Ich dachte, es könnte ein Zauber gegen Diebe sein, war mir aber nicht sicher.«

Jochanan, der sich ein Stück Ochsenfleisch mit der Hand in den Mund geschoben hatte, nickte und sagte mit vollem Mund: »Das ist kein großes Geheimnis, es ist...«

In diesem Augenblick wurde der Vorhang zur Seite gezogen, und eine kleine Gestalt stand im Türrahmen. Aitulf dachte zuerst, es sei ein Kind, aber als die Person weiter hereintrat, sah er, dass es ein kleiner, älterer Mann war, mit einem unglaublich langen Bart, einem kurzen Lederkäppchen auf dem Kopf und Locken, die von der Schläfe herabhingen.

Einen kurzen Moment ähnelte die Gestalt einem Zwerg, der aus der Unterwelt gestiegen war, wo er unermüdlich nach Goldadern gesucht hatte. Denn er wirkte so, als hätte er den ganzen Tag und die ganze Nacht gearbeitet, so ausgemergelt und trocken sah er aus. Als hätte ihm jemand verboten, Wasser zu trinken oder als wäre er allmählich zusammengeschrumpft wie ein Apfel, den man in einem Korb vergessen hatte. Diesem eingetrockneten Winzling, diesem düsteren Zwerg gegenüber, fühlte sich der schmächtige Aitulf wie ein kräftiger, wohl genährter Riese.

Jochanan stand sofort auf, als er den Alten sah, verbeugte sich tief und rief: »Rabbi Joel! Wie schön, dass du so schnell gekommen bist. Nimm Platz, nimm Platz und lass es dir schmecken!«

Bisher hatte der Rabbi nichts gesagt, nur stumm zu Aitulf hinübergeblickt und ließ sich nun ächzend nieder, wobei sich sein langer Mantel in seinen Schuhen verhedderte.

»Das ist Aitulf, ein Diakon der Kirche in Treveris. Er kommt im Namen des Bischofs und hat einige wichtige Fragen an dich.«

Immer noch sagte Joel nichts, nur seine Augenbrauen zuckten kurz in die Höhe, als er vernahm, dass ein Bischof seiner Hilfe bedurfte.

Seltsam, dass er keinen Ton sagt, dachte Aitulf, entweder, er ist stumm oder sehr schweigsam. Ich hoffe, er kann wenigstens schreiben, sonst wäre sein Besuch zwecklos.

Der Rabbi wartete auf das Wasser und das Handtuch, ließ auch die Waschung stumm über sich ergehen und holte sich dann Brot und Fleisch auf seinen Teller. Plötzlich ließ er das Fleisch angeekelt fallen, als ihm einfiel, dass er den Tischsegen vergessen hatte. Schuldbewusst sandte er einen entschuldigenden Blick zu Jochanan hinüber, murmelte etwas, zerbrach das Brot und griff herzhaft zu.

Eine Magd hatte inzwischen Wasser und Wein gebracht und goss beides in die Tonbecher.

»Übrigens, falls du dich wunderst, dass unser Rabbi nicht spricht«, wandte sich Jochanan an seinen christlichen Gast, »das hängt mit einem Gelübde zusammen, das er vor einer Woche ausgesprochen hat. Er schwor, dass er zwei Wochen lang nicht sprechen würde, bis er einen bestimmten Vers aus dem Buch Bereschit verstanden hatte, allerdings sollte das Gelübde nicht bei Lebensgefahr gelten, oder wenn er Worte aus den Heiligen Schriften zitierte...«

Rabbi Joel nickte freundlich schmatzend zu Aitulf hinüber und hob bedauernd die Schultern.

»Ein paar böse Zungen behaupten«, fuhr Jochanan fort und blinzelte dem Alten zu, »dass Joel das Gelübde nur ausgesprochen hat, um seine Frau zu ärgern.« Er nahm einen Schluck aus dem Becher und wischte sich mit dem Handrücken über den Mund.

Bei diesen Worten wiegte Joel unentschlossen den Kopf hin und her und formte mit Daumen und Fingern der rechten Hand einen Schnabel, der schnell auf und zuging, wobei er lautlos in sich hineinlachte.

»Die Gerüchte scheinen wohl zu stimmen«, meinte Aitulf und fragte: »Was ist das für ein Buch, das du eben genannt hast?«

»Bereschit? Das ist das erste Buch des Mose.«

»Ah, wir nennen es Genesis.«

Aitulf trank einen Schluck Wasser. Dann schien ihm etwas einzufallen: »Wenn euer Rabbi nicht spricht, wie kann er mir dann meine Fragen beantworten?«

»Nun, zunächst musst du ihm alles erklären. Zuhören kann er ja, und er wird schon einen Weg finden, sich mitzuteilen, da bin ich sicher.«

»Gut. Dann werde ich meine Geschichte erzählen.« Aitulf räusperte sich und fing an, von Agnes und ihrer Entführung zu reden. Unwillkürlich hob er die Stimme, weil er dachte, dass der Alte wahrscheinlich schlecht hörte. Es war seltsam für Aitulf, etwas zu erzählen, während der andere keinen einzigen Kommentar dazu abgab und kräftig dabei aß.

»Meinst du, dass er mich hört?«, unterbrach er seinen Redestrom und wandte sich an Jochanan.

»O ja. Er hat gute Ohren.« Und wie zur Bekräftigung nickte auch Joel, legte die dürren Hände hinter die Ohren und hob dann die leeren Handflächen nach oben zum Zeichen, dass er jedes Wort verstanden hatte.

Als Aitulf fertig war und besonders ausführlich und laut die Weissagung zitiert hatte, war es zunächst still. Jeder hing seinen Gedanken nach.

Schließlich machte Rabbi Joel das Zeichen des Schreibens. Jochanan stand auf und verschwand. Als Aitulf ihm nachblickte, meinte er, eine schnelle Bewegung aus den Augenwinkeln wahrgenommen zu haben, und sah unauffällig zu Joel hinüber, der gerade etwas wegsteckte. Was konnte das sein? Da sah er, dass das Fleischmesser auf Joels Platz fehlte. Ob dieser verehrte Rabbi tatsächlich Messer stahl? Offensichtlich ja. Aitulf musste es nachher Jochanan verstohlen zuraunen, was für eine Art Rabbi dieser Joel war.

Jochanan kam mit einer handlichen Wachstafel und einem Griffel zurück, der am Ende abgeplattet und vorne spitz war, und reichte sie dem Rabbi.

Joel nahm die Tafel, ritzte einige Zeichen ein und gab sie Jochanan zurück. Der las: »Ha majot we ha ofanim be nebi Jächzekel.«

»Und was heißt das?«, fragte Aitulf zögernd.

Es ist Hebräisch und heißt: »Die Lebewesen und die Räder gibt es bei dem Propheten Jächzekel.«

Joel nickte heftig mit dem Kopf und bewegte seine Hände schnell um eine unsichtbare Achse, dann breitete er die Arme aus und schwankte auf dem Polster hin und her, als wollte er gleich losfliegen.

»Hm«, meinte Aitulf. »Und wo kann ich nun diesen Propheten Jächzekel finden?«

»Er ist schon lange tot«, sagte Jochanan.

»Umso schwieriger.«

»Nein, umso leichter. Du kannst ihn bestimmt in Treveris finden.«

»Du meinst, wir haben das Grab eines jüdischen Propheten in Treveris?« Aitulf schüttelte zweifelnd den Kopf.

Jetzt musste Jochanan unwillkürlich lächeln. »Du scheinst schwer von Begriff zu sein. Der Prophet Jächzekel befindet sich in unseren heiligen Schriften und vermutlich auch in euren.«

Gerade wollte Aitulf sagen: Mir ist kein Jächzekel bekannt, da fiel es ihm wie Schuppen von den Augen.

»Natürlich!«, rief er aus. »Das kann nur der Prophet Hezekiel sein. Jetzt verstehe ich. Ich muss den Propheten lesen, dann werde ich diese seltsamen Wesen finden.«

Wieder nickte der kleine Rabbi lebhaft und zeichnete unsichtbare Räder in die Luft.

»Nun, das ist immerhin ein wichtiger Hinweis. Ich werde mich also mit dem Propheten Hezekiel befassen …«

Er deutete eine Verneigung zu Joel hinüber an und sagte: »Vielen Dank für den Hinweis, verehrter Rabbi!« Und in Gedanken fügte er hinzu: Messerstehler.

Doch zuerst musste Aitulf seine Mahlzeit beenden. Es wäre unhöflich gewesen, aufzustehen und das Haus zu verlassen, obwohl es ihn nach Treveris trieb. Er musste heute noch zurück und bei Bischof Magnerich nach dem Buch Hezekiel fragen. Und dann? Dann wüsste er vermutlich, wo er Agnes suchen würde, obwohl ihm das gar nicht zugesichert worden war, sondern nur Ruhe und Reinheit zu finden, etwas, was er im Augenblick gar nicht brauchte.

Warum hatte eigentlich Gott die Angewohnheit, dauernd in Rätseln zu reden? Hatte er Gefallen an Wortspielen und Verschlüsselungen? Auch in den Evangelien redete Jesus immer in Gleichnissen und Rätselworten vom Reich Gottes.

Nur mit halbem Ohr hörte Aitulf zu, wie Jochanan mit dem Alten redete und dann auf seine Gesten achtete. Ein seltsamer Dialog. Er redete gerade Griechisch mit ihm. Meinte er, dass er, Aitulf, kein Griechisch verstand? Da hatte er sich aber getäuscht. Was redeten sie da? Über die Kirche in Mettis und über einen Vorfall in Avernus. Und jetzt fiel sogar der Name Agnes. Was hatte Agnes damit zu tun? Ob die beiden vielleicht doch mehr über seine Angelegenheit wussten, als sie zugaben? Man sollte bei Juden immer misstrauisch bleiben!

Als gerade eine Pause entstand, sagte Aitulf: »Verzeihung, Jochanan. Das Essen schmeckt vorzüglich und ich bin untröstlich, dass ich dich bald verlassen muss. Denn wenn es irgendwie möglich ist, möchte ich heute noch nach Treveris zurück.«

»Das kann ich gut verstehen.«

»Weißt du, ob regelmäßig Boote oder Schiffe um die Nachmittagszeit nach Treveris fahren?

»Von einem großen Schiff weiß ich nichts, aber es kann durchaus sein, dass kleinere Boote stromabwärts fahren…«

Eine Frau kam herein, räumte die leeren Teller und Schüsseln weg und stellte eine Schale Äpfel auf den Tisch.

»Ach, da ist noch etwas«, begann Aitulf, »zufällig hörte ich, wie ihr vorhin den Namen meiner Tochter erwähnt habt.«

»Den Namen deiner Tochter? Davon weiß ich nichts.«

»Ich habe aber genau gehört, wie mehrmals das Wort *Agnes* vorkam. Verzeih meine Zudringlichkeit, aber bei diesem Namen bin ich hellhörig.«

Jetzt nickte Jochanan plötzlich. »Ich weiß, was du meinst. Ich habe mit Joel Griechisch gesprochen. Es ging zuerst um einen Zwischenfall in Avernus und dann habe ich um seine Meinung gebeten, was Reinigungsriten betrifft, wie oft man seine Hände reinigen sollte, wenn man von einer Reise kommt, und ich habe die Septuaginta, den griechischen Talmut zitiert, wo es heißt: *»Agnisate kardias himon – reinigt eure Herzen*, vielleicht hast du…«

Aitulf sprang auf und rief: »Das ist es! Natürlich! warum bin ich nicht schon längst selber daraufgekommen. Jetzt ist alles klar!«

Aitulf vergaß ganz, dass er zu Gast bei Jochanan war, und ging erregt auf und ab.

»Was ist klar?«, Jochanan starrte ihn mit zusammengezogenen Augenbrauen an.

»Agnes oder Agnis. Das Wort ist Griechisch und bedeutet so viel wie rein, gereinigt. Verstehst du? Die Weissagung! *Suche die Wesen mit den Rädern bei meinem Volk. Und du wirst Ruhe und Reinheit finden.* Ich hatte mich immer gewundert, warum Agnes in der Weissagung gar nicht genannt wurde. Aber sie war dennoch gemeint. In dem Wort Reinheit ist sie versteckt. Und das bedeutet, ich werde sie finden!

Ach, wie ich dieser kleinen, unscheinbaren, hässlichen Frau dankbar bin, die mir diese Weissagung zuteil werden ließ. Sie konnte es sich nicht selbst ausgedacht haben, weil sie gar nicht Griechisch spricht. Und sie konnte auch nicht wissen, dass es bei dem Propheten Hezekiel tatsächlich Wesen mit Rädern gibt. Wirklich, eine echte Weissagung Gottes! Und jetzt geht mir nach und nach auf, woher es kommt, dass Frauen manchmal sogar einem Mann helfen können und warum Eva aus der Rippe Adams geformt wurde.« Aitulf, der vor Aufregung ganz vergessen hatte, wo er war, blieb stehen und sah durch die beiden Männer mit weiten Augen hindurch, als seien sie unwirkliche Geister.

»Gott nahm Eva aus Adams Seite, um sie ihm zur Seite zu stellen, sie sollten Seite an Seite gehen… » Aitulf war nicht mehr zu bremsen. »Ich habe dieses Geheimnis damals schon bei Ansegud gespürt. Sie war eine Frau aus meiner Seite. Sie war Fleisch von meinem Fleisch und Bein von meinem Bein. Aber Gott hat sie mir genommen. Und doch war es gut, sie gekannt zu haben…« Er schwieg und schien in Gedanken zu sein, dann besann er sich und fuhr fort: »Und jetzt ist es mir wieder passiert, dass eine Frau mir an entscheidender Stelle hilft und mir zur Seite gestellt wird, auch wenn mir vor ihrem Aussehen ein wenig graute. »Agnes, agnis, rein. Ich werde Agnes finden. Endlich! Gleich muss ich fort…«

Während Aitulf in seiner Erregung und überstürzt von Jochanan Abschied nehmen wollte, geschah etwas Seltsames. Der kleine, vertrocknete Mann, der schweigsame Zwerg aus der Unterwelt, der mit wachen Augen den Dialog verfolgt hatte, war ebenfalls aufgesprungen und rief mit einer ungewöhnlich lauten Stimme: »Es ist zu Ende! Ich darf wieder sprechen. Es ist zu Ende. Oh, Adonai, ich habe verstanden. Preis sei dem Höchsten!«

Erstaunt drehten Jochanan und Aitulf sich um und blieben mit offenem Mund vor dem Alten stehen. »Warum redest du plötzlich?«, fragte Jochanan.

Joel wandte sich den Männern zu und sagte: »Seit Jahren habe ich über diese Stelle im Buch Bereschit gebrütet, warum Eva aus der Rippe Adams gemacht worden ist und nicht aus seinem Fuß, seinem Kopf, aus seinem kleinen Finger oder aus der Kniescheibe. Jetzt weiß ich es durch diesen Mann, der auch unseren Gott verehrt, wenn auch auf eigenartige und falsche Weise. Es ist die Bestimmung des Mannes, eine Frau an seiner Seite zu haben. Sie darf sich nicht erhöhen, deswegen wurde sie nicht aus seinem Kopf gemacht, aber er darf sie auch nicht unnötig erniedrigen, denn sie wurde auch nicht aus Adams Füßen geschaffen. Nein! Aus der Mitte heraus… Seite an Seite sollen sie gehen, Rippe an Rippe, Herz an Herz. O Wunder der Schöpfung! Ich werde es Sarah sagen müssen, dass die Zeiten vorbei sind, wo sie mich erniedrigte und mir mit ihren Worten ins Gesicht schlug. Wir müssen es lernen, Seite an Seite zu gehen. Allerdings darf ich ihr auch keinen Fußtritt mehr geben. Das wird hart werden, aber … »

Rabbi Joel hatte die Anwesenheit der anderen völlig vergessen und verließ vor sich hermurmelnd den Raum.

Verblüfft blieben die anderen beiden zurück und sahen geistesabwesend zu, wie eine Magd den Tisch abräumte.

So viele Erkenntnisse an einem Tag waren kaum zu bewältigen.

Schließlich verneigte sich Aitulf und sagte: »Ich werde jetzt auch gehen und deine Gastfreundschaft nicht vergessen. Besuche mich in Treveris, wenn du willst. Ich wohne in den Räumen neben der großen Basilika.«

Während sie den Innenhof überquerten, fiel Aitulf noch etwas ein: »Ach, da ist noch etwas, das du unbedingt wissen musst«, bemerkte er und blickte betreten zu Boden.

»Ich höre.«

»Leider wurde ich Zeuge eines kleinen Diebstahls. Rabbi Joel ließ, während du die Wachstafel geholt hast, ein Messer verschwinden.«

Jochanan lachte: »Oh, das ist nichts Neues. Das tut er jedes Mal. Ich weiß es, er weiß es und weiß vermutlich, dass ich es weiß. Aber wir sprechen nie darüber. Manchmal schenkt er mir ein Stück Pergament aus den Psalmen, das er mühsam abgeschrieben hat.

Die Versuchung ist einfach zu groß für ihn. Auch ein weiser Mann ist nicht fehlerfrei. Gott selbst weiß, wozu er die Messer braucht. Es müssen inzwischen vier Messer sein, die er in seinem Gürtel ständig bei sich trägt. Völlig ungewöhnlich für einen Rabbi. Gottes Wege sind bisweilen unergründlich.«

Als Aitulf schon auf dem Weg zum Hafen war, erinnerte er sich daran, dass er Jochanan fragen wollte, was diese Kapsel neben der Tür bedeutete, aber nun war es zu spät. Er wollte nicht mehr umdrehen. Während er sich dem Ufer der Mosella näherte und das Geräusch der Wellen wahrnahm, wie sie auf den schmalen Strand ausrollten, zogen die letzten Eindrücke an seinen inneren Augen vorbei, und er murmelte: »Seltsame Menschen, diese Juden.«

Dann kam ihm wieder in den Sinn, wie gemein Dido ihn betrogen hatte und dass er nun ohne die kostbare Reliquie dem Bischof unter die Augen treten musste. Wütend ballte er die Fäuste und flüsterte: »Warte nur, wenn ich dich erwische, du Weinsäufer und Dieb heiliger Dinge, ich werde dich auf der Stelle verfluchen!«

Als er den bescheidenen Hafen erreichte, merkte er, dass der Nachmittag allmählich zu Ende ging und ein frischer Wind vom anderen Flussufer herüberwehte, der wie ein großzügiger, unsichtbarer König die Blätter wie kleine Goldstücke über den Fluss warf, wo sie nach Norden trieben, nach Treveris.

Aitulf murmelte: »Man müsste so leicht wie ein Blatt sein, dann käme man noch schneller nach Treveris.«

Männer, Frauen, Kinder und Tiere standen unten auf der Flussaue und warteten vermutlich auf ein Boot. Zwei Fischer saßen auf ein paar Steinen und flickten Netze.

»Ich wünsche euch einen guten Tag, möge Gott euch segnen«, sagte Aitulf auf Fränkisch. Die Männer nickten und murmelten ebenfalls einen Gruß.

»Wisst ihr, ob heute noch ein Schiff vorbeikommt oder ein Lastkahn?«

»Ein Schiff?« Der junge, kräftige Mann, der neben Aitulf stand, fing an zu lachen. »Jetzt, um diese Zeit kommt keines mehr vorbei. Aber wir warten auf ein paar kleinere Boote. Ab und zu kommt eines den Strom herab…«

»So wie jetzt!«, rief ein anderer Mann und winkte dem Boot zu, das auch tatsächlich ans Ufer steuerte. Die Leute stürzten sich mit Geschrei darauf, sodass ein Mann in dem Boot sein Ruder nahm und es drohend emporhob.

»Wir können drei Leute mitnehmen, nicht mehr!«

Nach langem Hin und Her einigten sich die Wartenden und die Bootsfahrer auf vier Leute mit einem Schaf und zwei Hühnern. Das Geld musste im Voraus gezahlt werden.

Aitulf wartete weiter. Er war noch nicht an der Reihe. Missmutig ging er auf und ab und sah sehnsüchtig dem schwankenden Boot hinterher. Auch beim nächsten Boot schaffte er es noch nicht, mitzukommen.

Erst danach hatte er sich einen rechtmäßigen Platz erworben und stieg in einen Kahn, der nicht gerade Vertrauen erweckend aussah. Der Boden war jedenfalls mit Wasser gefüllt und es war nicht klar, ob es von draußen hereingeschwappt war oder ob der Boden, der aus alten Planken bestand, leck war.

»Nun, ich hoffe, bis Treveris wird es halten«, murmelte Aitulf und stieg ein.

»Was höre ich da, Fremder?«, brauste der Steuermann auf, der wohl der Eigentümer war, »du glaubst nicht, dass mein Boot hält?«

»Nun«, sagte Aitulf, »ich ... als ich das Wasser am Boden sah, hatte ich doch gewisse...«

Der Mann winkte ab. »Das Wasser hat nichts zu sagen, das haben wir schon seit zwei Jahren. Wir kriegen es nicht weg. Wenn wir es herausschöpfen, kommt es nach. Es liebt einfach dieses schöne Boot.«

»Ja, so wird es sein. Die Liebe ist manchmal nicht zu begreifen, aber vielleicht würden deine Planken auch ein paar Batzen frisches Harz zum Abdichten lieben«, meinte Aitulf und suchte auf einer der Querbalken einen Sitzplatz ohne die Füße im Wasser zu haben, denn er merkte, dass seine Stiefel allmählich feucht wurden.

»Neues Harz, neues Harz«, brummte der Seemann und stieß den Kahn vom Ufer ab. »Gib mir welches und ich werde es auf den Boden schmieren.«

Schon befanden sie sich auf der Mitte des Flusses und trieben mit der Strömung nach Norden. Die Sonne war inzwischen ganz verschwunden, nur noch ein blasser roter Schein deutete an, wo sie gerade untergegangen war.

Die Bäume und Büsche am Ufer verloren ihre leuchtenden Herbstfarben und verschmolzen zu einer braungrüngelben Masse. Über dem Fluss schwirrten und krächzten Kraniche, zogen ihre Kreise und sammelten sich für die Winterreise.

Als die kühle Luft vom Fluss an ihm vorbeiströmte,

zog Aitulf seinen festen Mantel enger um die Schultern und dachte an den Propheten Hezekiel, an Agnes, an den Messer stehlenden Rabbi, an die selbstverständliche Gastfreundschaft Jochanans, an den weinseligen Gauner Dido und an den verstopften Kamin.

So verging die Zeit wie im Flug und schon landeten sie in der Abenddämmerung am rechten Mosellaufer in Treveris.

Wenn es möglich ist, dachte Aitulf, als er mit raschen Schritten an der Ruine der Brückenthermen vorbeihastete, versuche ich heute Abend noch die Schriftrolle oder das Buch des Propheten Hezekiel zu lesen. Magnerich wird wissen, wo sich diese fast unbekannte Schrift befindet. Ja, die Propheten Jesaja, Daniel oder Jonah sind sicher sofort zur Hand, aber Hezekiel? Das wird schwieriger sein. Er taucht in den Lesungen so gut wie nie auf.

Wo würde sich Bischof Magnerich jetzt aufhalten? In seinen Wohnräumen, in der Nähe der großen Doppelbasilika? Vielleicht. Womöglich war er auch unterwegs. Er war nicht der Mann, der sich abends zurückzog und betete. Wenn jemand seine Hilfe brauchte, ging er persönlich zu ihm und schickte nicht irgendeinen Subdiakon oder den Archidiakon, so wie es andere Bischöfe taten. Es lag nicht unbedingt an seiner Frömmigkeit. Aitulf kannte ihn inzwischen gut genug, um zu wissen, dass die Neugier ihn auf die Straßen trieb. Außerdem wollte er sich stets ein eigenes Bild machen, wie etwa von diesem neuen Säulenheiligen Wulfilaich, der in der Diözese von sich reden machte. Es wäre Magnerich zuzutrauen, dass er persönlich den Einsiedler aufsuchte, um ihn kennen zu lernen.

In die Gassen senkte sich allmählich die Dunkelheit, und Aitulf beschleunigte seinen Schritt. Sobald wie möglich bog er nach links in die Nordstadt ab, die übersichtlicher als die Südstadt erschien. Zu viele Trümmer und Steinbrocken hatten das südliche Treveris zum Teil unpassierbar gemacht. Und es war gut vorstellbar, dass dort dunkle Gestalten und gefährliche Dämonen hausten, die sich ungehindert bewegen konnten, weil kein Heiligtum, keine geweihten Stätten und Kirchen oder Friedhöfe da waren, die sie abschreckten.

In einigen Häusern, an denen der Diakon vorbeikam, flackerten Öllampen auf oder es brannte ein Feuer in den Räumen, weil es hier und da noch etwas zu ordnen gab, aber im Allgemeinen gingen die Menschen mit der Dunkelheit schlafen. Nachts in einem beleuchteten Haus aufzubleiben war zu teuer.

Aber Aitulf benötigte unbedingt noch ein wenig Licht. Er musste das Buch des Hezekiel lesen. Es kam auf jeden Strich der Wasseruhr an. Wenn Agnes bei den Sachsen war, dann gingen sie bestimmt nicht höflich mit ihr um. Und wenn sie höflich mit ihr waren, wäre das kein gutes Zeichen. Das würde bedeuten, dass sie für irgendein dunkles, heidnisches Ritual bestimmt war.

Aitulf schüttelte sich bei diesen Gedanken und sagte laut: »Möge Gott ihr beistehen.«

Er hatte jetzt die große Palastaula hinter sich gelassen, den ehemaligen Thronsaal des Kaisers Konstantin, und näherte sich den lang gezogenen Basiliken, in denen die bischöfliche Wohnung untergebracht war. Ah! Im Zimmer des Bischofs brannte sogar noch Licht. Aitulf atmete erleichtert aus. Es dauerte einige Zeit, bis ein Sklave die Tür unten aufgemacht hatte. In der Hand hielt er ein Messer für alle Fälle. Aber als er Aitulf erkannte, verlor sich sein Misstrauen und ließ ihn nach oben gehen.

Aitulf klopfte an und sagte seinen Namen, dann hörte er, wie Magnerich von drinnen rief: »Geh in den Empfangsraum, ich komme gleich.«

Er hörte etwas rascheln und vermutete, dass Magnerich schon sein Nachtgewand angezogen hatte und jetzt einen weiten Mantel überstreifte.

Der Diakon betrat den angrenzenden Raum, der unabgeschlossen und dunkel dalag. Aber schon ging eine Tür auf und Magnerich erschien mit einer Öllampe in der Hand, begrüßte Aitulf und deutete auf eine Holzbank. Er selbst nahm auf seinem Stuhl mit hoher Lehne Platz.

»Nun, was führt dich zu so später Stunde zu mir, Aitulf? Es wird sicher etwas Wichtiges sein, sonst wärst du nicht um diese Zeit zu mir gekommen…«

»Ja, es ist wichtig«, bestätigte Aitulf, »wenn auch nicht unbedingt im Hinblick auf die Kirche, aber was Agnes' Verschwinden betrifft.«

»Unterschätze deine eignenen Angelegenheiten nicht. Immerhin droht Agnes der Kirche verloren zu gehen und ihrem Kloster, wenn du sie nicht findest.«

Ein leiser Luftzug strich durch das Zimmer, dessen Mauern wohl hier und da eine durchlässige Stelle aufwiesen, obwohl das Fenster geschlossen war und sogar dickes Glas enthielt. Der Schatten des Bischofs, der mit der hohen Stuhllehne verschmolz, zuckte im flackernden Lichtschein über die Wand und es sah aus, als wäre er von einem unsichtbaren Peitschenhieb getroffen worden.

»Ja, du hast Recht, Herr Bischof. Nun, ich war, wie du weißt, heute in Mettis und habe tatsächlich einen Rabbi getroffen, der mir wichtige Hinweise gab. Er war sehr gelehrt, obwohl er die seltsame Angewohnheit hat, Messer zu stehlen.«

»Er stiehlt Messer?«

»Ja, aber das schien seinen Gastgeber nicht zu stören. Jedenfalls kannte er die Wesen mit den Rädern. Sie tauchen im Propheten Hezekiel auf.«

»Ich muss gestehen, dass ich noch nicht alle biblischen Bücher gelesen habe.«

»Auch ich kannte den Propheten bisher nur dem Namen nach. Nun, deshalb bin ich hier. Wenn es … wenn es möglich ist, würde ich gerne noch in dieser Nacht, das

Buch des Propheten lesen, um herauszufinden, was es mit diesen seltsamen Wesen auf sich hat.«

Magnerich seufzte: »Ich muss dich enttäuschen, Aitulf, aber wir haben nicht die ganze Heilige Schrift vorrätig. Es fehlen: Canticum Canticorum, das Buch Ruth, die Makkabäerbücher, die Propheten Hezekiel, Naum, Abacuc, Osee aus dem Alten und aus dem Neuen Testament fehlen die Episteln Titus, Iakobus und Philemon.«

Aitulf schloss die Augen, und man sah ihm seine Enttäuschung an.

»Und wo finde ich Hezekiel?«, fragte er mit tonloser Stimme.

»Ich vermute, dass der Bischof von Colonia das Buch hat und wenn nicht, gibt es in Colonia eine jüdische Gemeinde, die die Thora besitzt. Du müsstest sie aufsuchen und dir die Stelle aus dem Hebräischen übersetzen lassen. Etwas anderes fällt mir dazu nicht ein.«

Aitulf, der den Kopf gesenkt hatte, hob ihn wieder und sagte: »Abermals muss ich mich also an Juden wenden! Aber nach Colonia zu reisen ist gar nicht so schlecht, denn früher oder später muss ich so oder so in diese Richtung, da Agnes wohl in der Nähe von Colonia gefangen gehalten wird. Wenn du mich für diese Reise entbehren kannst?«

»Nein, eigentlich kann ich dich nicht entbehren, Aitulf«, entgegnete sein Vorgesetzter scharf. »Es gibt viel zu tun und die Angelegenheit dieses seltsamen Säulenheiligen Wulfilaich, der Unruhe unter die Leute bringt, müsste angepackt werden… Aber, gut, ich denke, ich sollte dir die Genehmigung erteilen. Außerdem brauche ich einen Boten, der Bischof Leo aus Colonia einen Brief überbringt. Und wer könnte das besser als du?«

Aitulf, der zuerst bei der Antwort erschrocken gewesen war, atmete erleichtert aus und sagte: »Aber da ist etwas, das meine Zuverlässigkeit beim Transport wichtiger Dokumente in Frage stellt.«

»So?«

»Ein gewissenloser und gemeiner Schiffer hat das Stück Stoff von Henochs Tuch, das du mir zum Schutz mitgegeben hast, gestohlen, ohne dass ich es bemerkte.«

Magnerich fuhr wütend auf. »Gehst du so mit den Dingen um, die ich dir anvertraue? Wenn es so ist, muss ich mir überlegen, ob du… Aber erzähle zuerst, wie es passiert ist.«

Aitulf erzählte stockend von seiner Begegnung mit Dido, wie dessen Kopfschmerzen geheilt wurden und wie raffiniert der Kaufmann sich das Stück Stoff ergaunert hatte.

Der Bischof schwieg, als Aitulf seinen Bericht beendet hatte. Dann stand er auf und sagte: »Ich sehe, dass du mit guter Absicht gehandelt hast. Es sei dir verziehen und wir haben ja noch den größeren Teil des Heiligen Stoffes. Also, geh im Namen des Höchsten und versuche deine Tochter zu finden. Ich werde dir morgen die nötigen Unterlagen mitgeben und wenn du auf diesen Kaufmann Dido triffst, hoffe ich, dass du ihm das Tuch wieder abnimmst. Wir werden für dich beten.«

»Da kannst du sicher sein, Herr Bischof, dass ich nicht zögern werde, das Tuch an mich zu bringen, meine Franziska werde ich morgen früh schleifen und mein Messer…«

»Ich habe nicht gesagt, dass du ihn gleich umbringen sollst. Ein freier Kaufmann hat einen hohen Lebenswert und du könntest die Tötung nicht bezahlen…«

»Aber es wäre ja kein Mord, sondern nur eine Strafe, da er ein heiliges Tuch gestohlen hat.«

»Ich weiß, Aitulf. Trotzdem, versuche es zuerst auf andere Art. Wenn er nämlich tot ist, kann er dir nicht mehr sagen, wo er es versteckt hält. Und nun, gute Nacht.«

Magnerich nickte Aitulf zu und zog sich in sein Zimmer zurück.

*Terribila, pallida frigora rheni*

*Schrecklicher, von bleicher Kälte umgebener Rhein*

Der Dichter Silvanus, 1. Jahrhundert n. Chr.

*Pulcherrime rhene*

*Oh, du wunderschöner Rhein*

Der Dichter Decimus Magnus Ausonius, 4. Jahrhundert n. Chr.

## 11

»Das war doch ... Ja, das war gerade Avremar!«, rief Aitulf seinem Begleiter Jocundus zu, der mit ihm durch die holprigen Gassen Colonias ging.

Mit dem ersten Schiff war Aitulf am nächsten Morgen nach Colonia gefahren und hatte dort Jocundus kennen gelernt.

»Avremar? Wer ist Avremar«?

Aber Aitulf hatte keine Zeit zu antworten. Wenn es tatsächlich Avremar war, dann musste er ihn einholen und sprechen. Er rannte in die Richtung, in die Avremars Gestalt verschwunden war, wandte sich im Laufen um und rief Jocundus zu: »Wir treffen uns bei der Bischofsresidenz, wenn die Schatten doppelte Länge haben!« Er rempelte dabei ein paar Bettler an, die ihm entgegenkamen, und nahm die Verfolgung auf.

»Avremar!«, rief Aitulf so laut, dass ein paar Männer, die einen beladenen Karren vor sich her schoben, stehen blieben und sich umdrehten.

Avremar, der mit raschen Schritten weitergegangen und bei der Nennnung seines Namens zusammengezuckt war, blickte hinter sich, um den Mann zu sehen, der seinen Namen kannte. Aber Aitulfs kleine Gestalt ging im Gewühl der Straße unter.

»Avremar!«, dröhnte Aitulfs Bass. »Bleib doch stehen! Ich bin's, Aitulf!«

Aber Avremar hatte offensichtlich die letzten Sätze nicht mehr gehört, denn Aitulf hatte ihn aus dem Blick verloren. Der Diakon hetzte vorwärts. Er musste diesen Mann sprechen. Nur er konnte ihm einen entscheidenden Hinweis geben, wo Agens sich aufhielt, ob es ihr gut ging und ob sie überhaupt noch lebte. Avremar schien nach

Westen gelaufen zu sein. Vor Aitulf tauchten jetzt Reste einer alten Therme auf, die er geschwind umging. Wenn er nach Westen geht, überlegte Aitulf, dann will Avremar vermutlich das Westtor erreichen. Aber warum? Wollte er durch die Wälder zurück nach Treveris? Oder einfach soweit wie möglich das Gebiet der Sachsen hinter sich lassen, die östlich des Rhenus lebten? Wie dumm! Auf dem Fluss würde Avremar doch viel bequemer und schneller zurückfinden.

Oder wollte er seinen Verfolger nur verwirren und einen weiten Bogen nach Osten schlagen, um zum Hafen zu gelangen, der sich südlich der alten römischen Rhenusbrücke entlangzog?

Ein zerfallener Tempel tauchte auf, der wahrscheinlich dem Gott Jupiter oder Mars geweiht worden war, wie die Reste der alten Heiligtümer in Treveris. Allmählich bekam Aitulf Seitenstechen. Die kalte Luft und das ungewohnte schnelle Laufen machten ihm zu schaffen. Von Avremar keine Spur. Er blieb keuchend stehen und fragte einen Mann, der unterwegs war und dem seine Frau in einiger Entfernung folgte: »Sei gegrüßt. Hast du einen… einen Mann gesehen, der es sehr eilig hatte und hier vorbeigekommen ist?«

Der Mann zuckte hilflos die Schultern, als Zeichen, dass er kein Fränkisch verstand. Aitulf versuchte es mit dem Umgangsromanisch der ehemaligen Gallier, das er nur mühsam sprechen konnte: » Abes tu vider un peregrin?«

Jetzt verstand der Mann und zeigte nach Norden. Dann nickte er Aitulf zu und ging weiter, ohne sich darum zu kümmern, ob seine Frau ihm folgte oder nicht.

Aitulf dankte im Stillen Gott, der ihn mit vielen Sprachen gesegnet hatte, und überlegte laut: »Wie ich es vermutet habe. Er schlägt einen Bogen nach Osten. Dann kann ich jetzt genauso gut direkt nach Osten zum Hafen gehen und bin vielleicht vor ihm da.« Er drehte sich um und ging mit raschen Schritten in die entgegengesetzte Richtung.

Nach einiger Zeit stieß er auf einen noch gut erhaltenen gepflasterten Platz, der von umgefallenen Säulen gesäumt war und vermutete, dass es das ehemalige römische Forum sein müsste. Und wie in Treveris wurde auch hier Markt gehalten, das zeigten die Abfallhaufen und Knochen, die wild verstreut herumlagen und in denen Kinder und Hunde wühlten.

Jetzt konnte es nicht mehr weit zum Hafen sein. Wehte nicht sogar eine Brise vom Wasser herüber, die Schilf- und Fischgeruch mitführte? Er musste jetzt aufpassen und den armen Avremar nicht wieder so erschrecken, sonst würde er ihm zum zweiten Mal davonlaufen.

Als Aitulf das Hafengelände erreichte, bei dem er morgens aus dem Schiff gestiegen war, wählte er einen Platz aus, von dem aus er bequem alles überblicken konnte, ohne selbst gesehen zu werden.

Die Sonne schien nun wieder kräftiger, nachdem sie den ganzen Vormittag über sich versteckt gehalten hatte. Aitulf erinnerte sich an seine klammen Hände und an seine kalte Nase, als er nach der langen Fahrt hier ausgestiegen war. Das Laufen und rasche Gehen hatten ihn aber gründlich durchgewärmt.

Es hatte sich gut getroffen, dass er auf dem Schiff Jocundus kennen gelernt hatte. Er war ein Diakon aus Colonia, der ebenfalls den Rhenus flussabwärts fuhr; er hatte sich angeboten, Aitulf zum Bischof zu führen. Dort wollte Aitulf die Briefe abgeben, die Magnerich ihm anvertraut hatte. Vor allen Dingen hoffte er, das Buch des Propheten Hezekiel in Colonia zu finden, damit er endlich mehr von dem seltsamen Wesen mit den Rädern erfuhr.

*»Suche die Wesen mit den Rädern bei meinem Volk. Und du wirst Ruhe und Reinheit finden.«*

Allmählich bekam die Weissagung der hässlichen Nonne immer mehr Sinn. Er wusste, wo die Wesen mit den

Rädern zu finden waren, er hatte sie bei den Juden entdeckt und er wusste, dass er früher oder später die Reinheit, also Agnes finden würde. Die Ruhe war allerdings bei ihm noch nicht richtig eingekehrt. Und wie war das überhaupt bei Weissagungen? Wurden sie auf jeden Fall erfüllt, ganz gleich, ob man viel oder weniger dafür tat?

Dann könnte er auch hier sitzen bleiben und in aller Ruhe auf Agnes warten. Oder erfüllten sich Weissagungen nur, indem man alle Kräfte aufbot und alles daransetzte, damit die Weissagung sich erfüllte? War sie dann überhaupt noch eine echte Weissagung, wenn man sie sozusagen selbst verwirklichte?

Plötzlich spürte Aitulf eine Hand von hinten. Er zuckte zusammen und erkannte Jocundus.

»Dachte ich es mir doch, dass ich dich hier finden würde. Du hast also diesen … wie hieß er noch?«

»Avremar.«

»Diesen Avremar nicht gefunden?«

Aitulf schüttelte den Kopf. »Er war zu schell. Er schien irgendwie Angst zu haben, dass ihn jemand verfolgen würde. Vermutlich ist er von Sachsen entführt worden. Ich hätte nicht seinen Namen brüllen sollen. Das hat ihn verschreckt.«

»Wenn er von Sachsen gefangen genommen wurde und er wieder entkommen konnte«, meinte Jocundus, »dann steckt wahrscheinlich die Angst vor ihnen in seinen Knochen; vielleicht kennen sie auch seinen Namen.«

»Avremar ist nicht gerade der Hellste, sonst hätte er sich denken können, dass die Sachsen ihn nicht gerade hier verfolgen und laut seinen Namen brüllen würden… Aber ich habe gemerkt, dass er einen Bogen schlug und wahrscheinlich zum Hafen will, deshalb bin ich umgekehrt und erwarte ihn hier.«

»Und was willst du von diesem Mann?«

»Er ist zusammen mit meiner Tochter verschwunden und, ich nehme an, wie sie von Sachsen geraubt worden.

Er kann mir sicher mehr darüber sagen, wo sie ist. Vielleicht ist ihr ja auch die Flucht gelungen. Also: ich muss Avremar unbedingt sprechen.«

Aitulf ließ dabei immer wieder seine Blicke über das Hafengelände schweifen, und da Jocundus' Neugier zunächst befriedigt schien, blieb es zwischen ihnen still.

Ein paar Schritte weiter waren noch Reste einer halb runden Mauer zu erkennen. Vielleicht Spuren eines alten Turms. Jetzt dienten die Steine nicht mehr den Hafenleuten, sondern waren zu einem Wetterschutz geworden. Bettler hatten löchrige Tücher darüber gespannt, lagen in der Krümmung und schliefen oder hielten leere Schalen hin, deren Inhalt sie vorher in ihren Beutel geschüttet hatten. Denn wer warf schon ein Almosen in einen gefüllten Behälter? Tagsüber, wenn die Herbstsonne schien, konnte man es sicher dort aushalten, aber nachts, wenn der kalte, feuchte Wind vom Fluss herüberwehte, wurde es empfindlich kühl, und die löchrigen Lumpen waren wohl kaum dazu angetan, die Kälte abzuhalten.

»Da du nun schon da bist, Jocundus«, nahm Aitulf das Gespräch wieder auf, »möchte ich dir eine Frage stellen.«

»Nur zu.«

»Wie ist das mit den Weissagungen? Werden sie sich auf jeden Fall erfüllen, ganz gleich, ob derjenige, dem sie gilt, etwas dafür tut oder nicht? Oder muss man alles Menschenmögliche dafür anstellen?«

Jocundus, der ungefähr einen Kopf größer war als Aitulf, aber sonst eher dünn und nicht so stämmig gebaut schien, blickte Aitulf überrascht an: »Was sind das für tief schürfende Gedanken um diese Zeit, wo jeder vernünftige Diakon eigentlich etwas essen müsste? Hängt das vielleicht auch mit der Entführung deiner Tochter zusammen?«

»Ja. Einer seltsamen Nonne, die ich nach der Entführung meiner Tochter traf, wurde eine Prophezeiung zuteil, die wirklich erstaunlich ist und sich nach und nach erfüllt.«

»Wie lautet diese Weissagung?«

Aitulf blickte sich um, und als er sah, dass sie niemand belauschte, sagte er: *Suche die Wesen mit den Rädern bei meinem Volk. Und du wirst Ruhe und Reinheit finden.*«

»Hm«, brummte Jocundus. »Rätselhaft.«

»Ja, rätselhaft«, nickte Aitulf, »aber jetzt weit weniger als anfangs. Das Rätsel enthüllt sich immer mehr. Ich habe eine Spur zu den Wesen mit den Rädern gefunden. Sie werden beim Propheten Hezekiel erwähnt. Und deswegen bin ich unter anderem hier. In Treveris haben wir dieses Buch nicht. Ich hoffe, dass die Kirche in Colonia eine Abschrift davon hat.«

»Wie hast du herausgefunden, dass es diese Wesen gibt?«, fragte Jocundus weiter.

»Das war nicht einfach. Ich bin darauf gekommen, dass ich Juden aufsuchen musste, also fuhr ich nach Mettis, um einen Rabbi zu finden. Das gelang mir auch, allerdings einen, der Messer stiehlt. Aber das ist eine eigene Geschichte, und nun bin ich bis nach Colonia gekommen, um…«

Aitulf unterbrach sich, weil Jocundus lachte.

»Warum lachst du?«, fragte er leicht verwirrt.

»Weil du deine Frage nach der Erfüllung einer Weissagungen selbst beantwortet hast.«

»Wieso?«

»Nun, du tust hier etwas und da etwas, du denkst nach, du reist nach Mettis, dann nach Colonia, du besuchst einen Rabbi. Verstehst du? Du tust alles Mögliche, um deiner Weissagung zur Verwirklichung zu verhelfen. Und in deinem Fall sage ich: Bei einer Weissagung ist die Anstregung und Mühe, die man mit ihr hat, auf jeden Fall vorausgesetzt. Ihr Gelingen fällt einem nicht in den Schoß.«

Aitulf sinnierte eine Weile über die Worte Jocundus' und machte die Andeutung einer Verbeugung. »Oh, Jocundus, ich preise deine Weisheit.«

Sie verfielen in Schweigen, nur die Hafengeräusche drangen zu ihnen herauf: Laute Rufe der Sklaven, die Lastkähne ausluden, das Platschen der Wellen gegen die Hafenmauer und Krähen, die mit heiserem Gekrächze das Treiben auf dem großen Fluss mit ihren Kommentaren versahen.

»Eigentlich müsste Avremar doch schon längst aufgetaucht sein«, sagte Aitulf und seiner Stimme war die Befürchtung anzumerken, dass seine Überlegungen in die falsche Richtung gingen.

»Nun, es war nur eine Vermutung von dir, dass er einen Bogen nach Osten schlagen würde, um zum Hafen zu gelangen.«

Jocundus sprach Aitulfs Befürchtung offen aus.

»Du hast Recht«, nickte er. »Ich war mir erst so sicher, aber genauso gut könnte er auch einen Kreis schlagen, um dann das Südtor zu passieren und flussaufwärts in Richtung Confluentis zu gehen.«

Er hieb ärgerlich mit der rechten Faust in seine linke Hand. »Schon wieder entwischt. Avremar ist wie ein Karpfen, den man mit der Hand zu fangen glaubt und der dann noch wieder herausglitscht und ins Wasser springt.«

Jocundus stand auf. »Gut, dann gehen wir jetzt zur Bischofsresidenz, um herauszufinden, ob wir hier in Colonia tatsächlich die Schriftrolle des Propheten Hezekiel haben.«

Auch Aitulf stand auf, blickte aber beim Weitergehen immer wieder zurück, ob Avremar nicht vielleicht doch noch erscheinen würde. Aber er war nirgends zu sehen.

»Ich ärgere mich!«, sagte Aitulf nach einer Weile.

»Wegen dieses Mannes?«

»Nein, ich .... ich war ja in Mettis bei einem Rabbi und er hätte mir die Schriftrolle besorgen können.«

»Aber sie wäre in hebräischen Schriftzeichen geschrieben.«

»Ja, ja. Der Rabbi hätte es mir bestimmt übersetzt. Ich

dachte, es wäre einfacher für mich, die lateinische Übersetzung des Hieronymus zu lesen, und hatte nicht damit gerechnet, dass wir sie in Treveris gar nicht haben.«

Jocundus ließ Aitulf mit seinem Ärger allein und ging schweigend am Rhenushafen entlang nach Norden. In der nordöstlichen Ecke der Stadt befanden sich der Hügel mit der Basilika und die Wohnräume des Bischofs.

Aitulf blickte beim Gehen über den breiten Fluss zur östlichen Seite hinüber. Er sah eine lange Brücke, die sich über das Wasser spannte und auf der anderen Seite bei einem quadratischen Gebäudefeld, das von Türmen umrahmt wurde, endete.

»Was ist das auf der anderen Seite des Flusses«, fragte er.

»Das ist das *castellum divitia*. Ehemalige Räume für Soldaten, Pferde und Vieh. Die Gebäude sind gar nicht so schlimm zerstört, aber kaum jemand will darin wohnen. Es ist zu offen für sächsische Überfälle. Aber gelegentlich, wenn König Sigibert mit seinen Leuten nach Colonia kommt, werden die Gebäude von seinen Soldaten benutzt.«

Bald waren sie an der großen Basilika angekommen. Mit Zufriedenheit stellte Aitulf fest, dass sie an die von Treveris nicht heranreichte. Ein Sklave führte sie über flache Treppen in die Wohnungen des Bischofs und ließ sie in einem weiß gekalkten Gewölbe allein, das von zwei Bogenfensten mit grün gefärbtem Pergament erhellt wurde. Die Lichtstreifen fielen auf den schwarz-weiß gemusterten Steinboden. Dadurch bekam der Raum etwas Wässriges und man hatte unwillkürlich den Eindruck, als stünde man unterhalb eines grünen Meeres im Palast des Seekönigs.

Nach einer Weile wurde eine Tür von einem Sklaven geöffnet, Jocundus schritt voraus, und sie betraten einen großen quadratischen Raum.

Auch er war von diesem Grünschimmer, den das Pergament spendete, erhellt. Zusätzlich lief ein Band von buntem Mosaiksplit an den Wänden entlang, und zwei Truhen standen neben dem Fenster. In einer Nische, in der Holzbretter eingelassen waren, lagen nicht mehr wie früher nur Schriftrollen übereinander, sondern auch Codices, die neuartigen gebundenen Blättersammlungen.

An der Stirnwand des Raums stand ein prächtiger Stuhl mit hoher geschnitzter Lehne, auf dem Bischof Leo saß. Jocundus lief auf den Bischof zu, kniete nieder und berührte mit den Lippen den Ring an der rechten bischöflichen Hand, die Leo ihm gnädig entgegenstreckte.

Aitulf ahnte, dass man dieselbe Geste auch von ihm erwartete. Widerstrebend fügte er sich und dachte dabei an seinen eigenen Bischof, der zwar auch Amt und Würde zelebrieren konnte, wenn es darauf ankam, aber gegenüber seinen Diakonen nicht auf diese Formalitäten Wert legte. Und auch sein Vorgänger Bischof Nicetius, der von mönchischer Tradtion geprägt war, pflegte einen bescheideneren Umgang mit seinen eigenen Leuten.

»Ich sehe, Jocundus, du hast einen Gast mitgebracht.« Die Stimme Leos, die aus einem runden Mund ertönte, der vorzüglich zu dem Doppelkinn passte, das aus dem Mantel herausragte, klang leise und gedämpft, als fürchte sie, durch allzu große Lautstärke zu zerbrechen. Aitulf kam sie eine Spur zu huldvoll für einen Bischof vor, der sich so stolz in Szene setzen konnte. Jedenfalls sollte die leise Stimme den Eindruck von großer Vornehmheit erwecken, einer Vornehmheit, die es nicht nötig hatte, wegen belangloser Angelegenheiten laut zu werden.

Jocundus schien das alles nicht zu stören, er war es vermutlich gewöhnt, denn er antwortete sofort: »Ja, Herr Bischof, wir haben uns auf dem Schiff kennen gelernt. Das ist Aitulf, Diakon aus Treveris, der Briefe von Bischof Magnerich mitgebracht hat und der dich darüber hinaus in einer persönlichen Angelegenheit aufsuchen möchte.«

Während Jocundus redete, zog Aitulf die versiegelten Rollen unter seinem Mantel hervor, machte die Andeutung einer Verbeugung, hielt sie Leo hin und sagte: »Hier sind sie, Herr Bischof.«

Dieser ergriff sie und Aitulf merkte dabei, dass die scheinbar kleine Hand fest zupacken konnte. Mit einer nachlässigen Gebärde gab er die Rollen an Jocundus weiter, der sie auf den Tisch nebenan legte.

Das Doppelkinn fing an zu zittern und Aitulf hörte wieder die sanfte Stimme, die sich leutselig nach seinen persönlichen Angelegenheiten erkundigte. Aitulf sollte wohl spüren, dass es im Grunde eine große Auszeichnung war, dass er, der kleine, unbedeutende Diakon mit dem großen Leo überhaupt reden durfte. Dass ich in Wirklichkeit Subdiakon bin, dachte er, werde ich ihm am besten gar nicht sagen. Und so fing Aitulf an, in möglichst kurzen Sätzen von der Entführung seiner Tochter zu erzählen, von der Weissagung der Nonne und von seinem Wunsch, den Propheten Hezekiel lesen zu dürfen.

»Der Prophet Hezekiel«, sagte die demütige Stimme und ließ den Propheten dabei wie eine Frage in der Luft schweben.

»Ich selbst hatte noch nicht die Gelegenheit, ihn gründlich zu studieren, die täglichen Geschäfte einer so großen Stadt wie Colonia lassen es nicht zu, du verstehst.«

Aitulf nickte und dachte: Natürlich, die zahlreichen Festgelage bei denen Doppelkinne gezüchtet werden, würden meine Zeit auch sehr in Anspruch nehmen.

»Jocundus wird mit dir zur Bibliothek gehen, und ihr könnt selbst den Propheten suchen. Möge Gott euch bei eurer Suche helfen, der doch viel lieber selbst gesucht werden will, wie es schon der Prophet Amos sagt.«

Oho, dachte Aitulf, das klang geradezu geschliffen.

»Danke, Herr Bischof. Du bist zu gütig ich werde mir von dem Archidiakon den Schlüssel geben lassen«, hörte Aitulf Jocundus' Stimme. Mit einer großzügigen Geste seiner kleinen Hand wurden die beiden Männer entlassen.

»Ach, noch etwas, Jocundus.« Jocundus blieb stehen. »Du weißt, dass du morgen dringend nach Durnomagus reisen musst. Ich hatte dich eigentlich früher erwartet.« In der demütigen Stimme klang eine leichte Schärfe durch.

»Ja, ich weiß«, bestätigte Jocundus. »Ich werde mit dem nächsten Schiff oder Boot heute noch reisen.«

Die beiden Männer entfernten sich und ließen Bischof Leo mit seinem Doppelkinn allein.

»Ein wahrhaft vornehmer Herr«, spottete Aitulf.

Jocundus blickte ihn misstrauisch an. »Was hast du gegen ihn? Er ist ein fähiger Mann und hat schon viel getan für die Kirche in Colonia.«

Die beiden Männer verließen das grünlich leuchtende Gewölbe und kamen in einen Gang, der von Fackeln erhellt war und auch danach roch.

»Nun, das mag schon sein, dass er viel für seine Kirche getan hat, aber ich mag sein Doppelkinn nicht und seine herablassende Art.

Aber immerhin klang seine letzte Bemerkung sehr geistreich.«

»Die Redewendung kenne ich schon. Die bringt er bei jeder passenden Gelegenheit an. Aber… aber Bischöfe sind nun einmal vornehme Herren und das gehört eben dazu wie … wie …«

»… Wie das Pferd zum Fisch«, vollendete Aitulf den Satz und fuhr fort: »Mag sein, dass es dir nicht auffällt, aber die Bischöfe, die ich in Treveris kennen gelernt habe, waren oder sind aus anderem Holz geschnitzt. Bischof Nicetius, der unter den Heiligen weilt, war auch vornehm. Er stammte aus gallisch-römischem Adel, aber gegenüber seinen Diakonen war er einfach und bescheiden. Ich hatte den Eindruck, dass ich von ihm geachtet wurde. Und auch für die einfachen Leute hatte er etwas übrig und hörte ihnen zu oder verteidigte sie gegen allzu harte Maßnahmen irgendwelcher Fürsten. Sein Nachfolger, Bischof Magnerich, ist ihm darin ähnlich.

Dagegen ist Leo…«

»Entschuldige, Aitulf, hier könnte der Archidiakon sein. Ich werde den Schlüssel holen, damit wir in die Bibliothek kommen.«

Jocundus verschwand hinter einer Tür und kam gleich wieder zurück. In der Hand hielt er triumphierend einen großen Bronzeschlüssel, eine halbe Elle lang, der an dem einen Ende seltsam gebogen war. Es war mehr ein Entriegelungsinstrument als ein Schlüssel.

Sie durchschritten eine Halle, die zu einer Tür führte.

»Es kann sein«, nahm Jocundus den Faden wieder auf, »dass du besonders gute Exemplare von Bischöfen kennen gelernt hast, und der Vorgänger von Leo, Carentius, der vor zwei Jahren gestorben ist, soll wohl ein heiligmäßiger Mann gewesen sein, aber Leo versieht sein Amt durchaus gewissenhaft, was man nicht von allen Bischöfen behaupten kann. In Avernus, zum Beispiel, gab es einen, den man oft volltrunken wegtragen musste…«

»Sicher, es gibt noch schlechtere«, stimmte Aitulf zu, »und immerhin hat er dir den Zutritt zur Bibliothek gewährt.«

Sie waren angekommen. Die schwere Eichentür hatte an der linken Seite einen Knauf und darunter einen Schlitz. Ein Seil hing heraus, an dem man ziehen konnte, um den Riegel auf der Innenseite zu betätigen, wenn man den Raum verließ.

Das Ende des Schlüsselhakens war so geformt, dass es genau in eine Rille des Holzriegels passte, der auf der Innenseite der Tür war und den man nicht sehen konnte. Mit etwas Geschick drehte man den Schlüssel an dem ringförmigen Griff und hörte dann, wie der Riegel sich zurückschob. Jocundus öffnete, die Tür schwang nach außen und die beiden Männer betraten einen hohen Raum, in dem Regale standen, die entweder mit Buchrollen oder mit Codices gefüllt waren, in manchen Regalen waren sie auch gemischt. Aitulf verglich die Bibliothek mit der in

Treveris und kam zu dem befriedigenden Ergebnis, dass sie nicht wesentlich größer war.

Durch schmale Schächte fiel gedämpftes Licht herein wie breite Sonnenbänder, die den Raum mit Licht durchschnitten.

»Hier haben wir einige römische und griechische Autoren«, sagte Jocundus und seine Stimme klang seltsam klein und trocken.

Er ging nach rechts. »Und hier beginnen die biblischen Bücher...«

Er studierte die Regale und murmelte: »Nicht viele neue Abschriften, wie ich sehe...«

»Die fünf Bücher Mose sind hier!«, rief Aitulf, »aber wo sind die Königsbücher und Samuelis?«

»Es kann durchaus sein, dass wir nicht alles haben.«

»Fünf Abschriften der zehn Gebote«, sagte Aitulf.

»Die Psalmen habe ich inzwischen entdeckt«, rief Jocundus »und Ecclesiastis.« Er zog einen neueren Codex heraus und blätterte darin. »Hör mal. Eine meiner Lieblingsstellen: »Omnia tempus habent ... tempus adquierendi et tempus perdenti – alles hat seine Zeit ... eine Zeit zu suchen und eine Zeit zu verlieren...«

Aber Aitulf antwortete nicht, weil er das Regal der Propheten entdeckt hatte und schon die eine oder andere Rolle herausgezogen hatte und darin las.

»Isajas«, murmelte er, »Hieremias ...« Plötzlich schrie er auf: »Hezechiel! Ich hab ihn!«

Jocundus stellte die Rolle Ecclesiastes wieder in das Fach zurück und kam zu Aitulf. Der war in einen der Lichtstreifen getreten und hielt den schweren Codex in der Hand, während er darin blätterte.

»Es gibt Stehpulte hier, auf die Licht fällt. Dort können wir besser lesen.«

Er musste Aitulf förmlich zu den Pulten schieben, weil er nicht bereit war, seinen Blick von dem Text zu wenden. Wie man vorsichtig ein krankes Kind auf eine Strohmatte legt, so sorgsam legte Aitulf das Buch auf die erhöhte Ablage. Tatsächlich waren die Stehpulte so angeordnet, dass sie unterhalb der Lichtschächte standen, sodass während des Tages immer Licht darauf fiel. An der Decke hingen aber auch Öllampen für die Abendleser.

»Ich habe die Stelle!«, rief Aitulf aufgeregt und fing langsam und laut an zu lesen, wobei er mit dem Zeigefinger den Linien folgte:

»*Et vidi et ecce ventus turbinis veniebat ab aquilone ... Ich schaute, und siehe ein Sturmwind kam vom Norden und eine große Wolke, rings von Lichtglanz umgeben und loderndes Feuer, und aus seinem Inneren, aus der Mitte des Feuers, leuchtete es hervor wie Glanzerz. Mitten aus ihm heraus wurde etwas sichtbar, das vier lebenden Wesen glich. Und so war ihr Aussehen: sie hatten Menschengestalt. Vier Gesichter hatte ein jedes und ebenso vier Flügel. Ihre Füße waren gerade und ihre Fußsohlen wie die Sohle eines Kalbs...*«

Aitulf blickte auf: »Wahrhaftig, seltsame Engel sind das. Mischwesen aus Tier und Mensch.« Staunend las er weiter: »*Und sie hatten Menschenhände unter ihren Flügeln. Und ihre Gesichter bei jedem von den Vieren waren in die vier Richtungen gewandt .*«

»Nun ich würde solchen Wesen lieber nicht begegnen«, meinte Jocundus.

»*Und ein jedes ging gerade vor sich hin, wohin der Geist sie zu gehen trieb, dahin gingen sie. Sie wandten sich nicht beim Gehen.*«

»Sehr beweglich«, fügte Jocundus überflüssigerweise hinzu, aber Aitulf antwortete nicht, sondern sagte: »Ah, jetzt kommen endlich die Räder. Hör zu: ... *und ich betrachtete die Wesen und siehe, je ein Rad war auf dem Boden neben den Wesen, bei allen Vieren. Und das Aussehen der Räder war wie der Glanz des Chrysoliths...*«

Aitulf runzelte die Stirn. »Wie sieht Chrysolith aus?«

»Ich glaube, es ist ein Edelstein und hat ein grüngelbes Licht.«

»Grüngelb schimmernde Räder also, hm. Weiter: *Et aspectus earum et opera quasi sit rota in medio rotae – die Art ihrer Ausführung war so, als ob ein Rad sich mitten im anderen drehte…*«

Aitulf kratzte sich am Kopf. »Wie soll man sich denn das vorstellen?«

»Ich glaube gar nicht.«

»Wieso?«, fragte Aitulf.

»Es ist … es muss etwas Unvorstellbares bleiben. Wichtig ist, dass die Räder auf der Stelle und in jede Richtung fahren können.«

»Direkt unheimlich… Aber hör dir das an: *Und wenn die Wesen gingen, gingen auch die Räder neben ihnen und wenn die Wesen sich von der Erde erhoben, so erhoben sich auch die Räder. Wohin der Geist sie zu gehen antrieb, dorthin gingen sie, denn der Geist der Wesen war in den Rädern…*«

»Verstehst du das, Jocundus?«

»Nicht ganz, das gebe ich zu. Ich habe diese Stelle noch nie gelesen. Es sind wirklich seltsame Engel.«

Aitulf, der die ganze Zeit mit der Nasenspitze über den Buchstaben gehangen hatte – er reichte gerade über das Pult – legte den Kopf in die aufgestützte Hand. Das Licht über ihnen wurde allmählich schwächer. Der Nachmittag ging schon in den Abend über.

»Gut, ich habe es jetzt gelesen«, sagte er, »aber ich frage mich: Was hat das alles mit meiner Agnes zu tun?«

»Hm«, brummte Jocundus, »du hast Recht. Es ist fast so, als ob diese seltsamen Räderwesen einen eher ängstigen könnten.«

Aitulf ließ das Buch aufgeschlagen liegen, legte die Hände auf den Rücken und ging hin und her.

»… Du wirst Ruhe und Reinheit finden…«, murmelte er.

»Was murmelst du da?«, fragte Jocundus.

»Ich wiederhole nur die Weissagung, die behauptet, diese Wesen mit den Rädern würden Ruhe in die ganze Angelegenheit bringen. Aber davon spüre ich noch nichts.«

Er blieb stehen. »Was ist das?«

Jocundus lauschte. »Ich höre Schritte und Stimmen. Vielleicht ist jemand gekommen, der Leo besuchen will…« Er strich sich über sein rasiertes Kinn und sagte: »Mein Lehrer, der mich in das Lesen der Heiligen Schriften einführte, sagte mir immer: Bei dunklen Stellen sollte man gründlich lesen, wo dieser Text zum ersten Mal gehört wurde. Dann wird manches klarer…«

Aitulf, der seine Wanderung wieder aufgenommen hatte, blieb stehen. »Wo der Text ursprünglich gehört wurde? Nun, Hezekiel war ein Prophet in… Juda oder Israel und er wird ihn vermutlich in Jerusalem oder einer Stadt in seiner Heimat gehört haben…«

»Lass uns nachsehen, ob darüber etwas geschrieben steht.«

Sie traten beide wieder an das Pult und vertieften sich in den Anfang.

*»In facto est in tricesimo anno in quarto in quinta mensis … es geschah im dreißigsten Jahr, im vierten Monat am fünften Tag…«*

»Hezekiel nimmt es ja sehr genau«, sagte Jocundus.

Aitulf las weiter: »*… als ich unter den Verbannten am Fluss Kebar weilte, da öffnete sich der Himmel und ich sah göttliche Gesichte …*«

Aitulf blickte auf: »*Unter den Verbannten am Fluss Kebar…* aber wo soll das sein?«

»Hier steht es!«, rief Jocundus und las: *Da erging das Wort des Herrn an Hezechiel… im Lande der Chaldäer am Fluss Kebar.*«

»Im Land der Chaldäer«, wiederholte Aitulf, »also gar nicht in Israel. Ja, natürlich, das Land der Chaldäer ist nur ein anderer Name für Babylon. Die Verbannten in Babylon. Hezekiel lebte im Exil!«

Vor der Tür der Bibliothek hörten sie jetzt Schritte, und jemand öffnete die Tür.

»Wer kann das sein?« überlegte Jocundus laut und ging

in die Richtung der Geräusche. Aitulf blieb noch am Pult und brütete über dem Text. Da hörte er, wie Jocundus fragte: »Suchst du jemand hier?«

»Ja, ich suche einen Diakon aus Treveris. Der Bischof sagte mir, es sei so ein Diakon angekommen, der etwas in der Bibliothek nachschlagen wollte, und da ich auch aus Treveris komme und ...«

Aitulf horchte auf. Die Stimme kam ihm bekannt vor. Ja sie klang fast so als sei... Er lief zu den Männern, und rief überrascht: »Avremar! Wie kommst du hierher? Wir haben dich gesehen, aber dann bist du verschwunden!«

»Aitulf!«, rief Avremar und ergriff Aitulfs Unterarm mit der rechten Hand. »Dann warst du es, der meinen Namen gerufen hat. Und ich dachte, die Sachsen seien immer noch hinter mir her.«

»Wie kommt es, dass du hier bist?«

»Ich wollte ein paar Tage in Sicherheit verbringen und das große Sachsenfest abwarten, bevor ich mich auf die Rückreise begebe. Und da dachte ich mir, dass der bischöfliche Sitz genügend Sicherheit bietet. Bischof Leo sagte mir, dass ein Diakon aus Treveris hier sei und ich wollte ihn mir einmal anschauen... Und jetzt...« Er brach ab.

»Und wo ist Agnes?«, fragte Aitulf und in seiner Stimme schwang Angst mit.

»Agnes ist noch bei den Sachsen. Ich habe sie kurz gesehen. Sie wurde streng bewacht. Sechs schwer bewaffnete Männer umgaben sie ständig. Ich habe mir zwar überlegt, ob ich sie befreien könnte, aber bei meiner Befreiungsaktion wurde ich selbst verletzt und konnte mich gerade noch retten. Ich hätte mein Leben für Agnes gegeben ... aber ... da ... da ... dachte ich mir, wenn ich es schaffe zu fliehen, könnte ich Hilfe holen und...«

Aitulf hörte Avremar zu und hatte den Eindruck, dass irgendetwas nicht stimmte.

»Ich dachte, du wolltest dich hier verstecken?«

»Ja, das auch«, Avremars Augen gingen hin und her

wie zwei Mäuse, die von Katzen gejagt wurden. »Aber dann wollte ich sofort Hilfe holen... deshalb bin ich ja auch gleich zu der Bibliothek gegangen, als ich erfuhr, dass du... weil ich hoffte, dass hier Leute sind, die uns helfen können und...«

»Und was ist das für ein Fest, das du abwarten wolltest?« fragte Jocundus

»Ach, dieses Fest. Sie feiern ein Fest zu Ehren Wodans und bringen ihm Opfer dar, es gibt ein großes Gelage...«

»Ein Fest zu Ehren Wodans, das bedeutet, dass sie eine bestimmte Sorte Opfer brauchen, um ihn gnädig zu stimmen. Nicht nur Pferdeopfer. Auch Menschen...«, erklärte Jocundus.

Aitulf, der den Worten gespannt zugehört hatte, schnitt Jocundus das Wort ab und kam auf Avremar zu, der einen Schritt zurückwich. »Also deshalb wurde Agnes geraubt. Sie soll geopfert werden. Stimmt das?«

»Nun, davon weiß ich nichts. Kenn mich bei diesen sächsischen Festen nicht aus.«

Aitulf, der einen Kopf kleiner war, ergriff Avremars dreckbespritztes Obergewand und zog ihn wütend zu sich her.

»Du weißt es nicht? Das glaube ich dir nicht. Ich will nur eins wissen: Wann beginnt dieses Fest?«

»Keine Ahnung. Irgendwann eben.« Und weil Aitulf nicht losließ, sondern anfing, Avremar zu schütteln, beteuerte er: »Wirklich, ich habe versucht, unter ... unter Einsatz meines Lebens Agnes zu befreien, aber gegen sechs bewaffnete Männer kam ich nicht an. Du kannst Agnes selber fragen, wenn sie... wenn sie...«

»Ich will wissen, wann dieses Fest stattfindet!«

»Wie gesagt, ich weiß es nicht genau...«

»Wann?« Aitulfs Bassstimme brüllte das Wort heraus.

»Quäl mich nicht, es ist nicht...«

Aber Aitulf hatte schon seine Wurfaxt gezogen und hielt sie drohend in die Höhe.

»Wann?«

Avremar schloss die Augen und sagte: »In drei Tagen.«

Sofort ließ Aitulfs Hand den Stoff los, sodass Avremar nach hinten taumelte. Er steckte die Franziska wieder in den Gürtel und strich mit seiner rechten Hand über die Augen. »Also noch drei Tage Zeit. Ich muss sofort los.«

Er wandte sich wieder an Avremar, der seine Kleidung in Ordnung brachte und eine beleidigte Miene aufsetzte.

»Wo befindet sich der Ort, wo sie Agnes festhalten?«

»Wenn du mich weiter so behandelst«, entgegnete Avremar trotzig, »sag ich kein Wort mehr.«

»Gut, ich lasse dich in Ruhe. Wo ist sie?«

»Es gibt einen Fluss, der nördlich von Colonia auf der östlichen Seite in den Rhenus müdet. Wenn du diesem Fluss folgst, stößt du nach einiger Zeit auf das Dorf. Man kann es nicht verfehlen.«

»Dann muss ich sofort losgehen.«

»Aitulf, du kannst nicht einfach allein ein sächsisches Dorf aufsuchen«, gab Jocundus zu bedenken. »Es ist zu gefährlich. Du musst dich entweder als Sachse verkleiden oder als jemand anderes, als jemand, der unverfänglich und harmlos wirkt.«

Aitulf nickte. »Begleitest du mich, Jocundus?«

Jocundus schüttelte den Kopf. »Ich kann nicht. Ich muss weiter nach Durnomagus. Du hast es ja gehört. Der Bischof wird mir keine Ausflüchte gestatten, denn die Kirche dort hat viele Probleme, und ich werde dort dringend gebraucht.«

»Gut. Dann weiß ich, was ich zu tun habe. Er trat auf Jocundus zu, neigte den Kopf und sagte: »Soweit vielen Dank für deine Hilfe. Gerade habe ich eine Idee bekommen, wie ich unerkannt durch das Sachsengebiet gelangen kann.«

Ohne Avremar eines Blickes zu würdigen eilte er an ihm vorbei und verließ die Bibliothek.

*»Die Märtyrer schützen uns, die wir in unserem Körper leben, und nehmen uns in ihre Obhut, wenn wir ihn verlassen haben… Deshalb haben unsere Ahnen dafür Sorge getragen, unsere Körper den Gebeinen der Märtyrer zuzugesellen. Christus erleuchtet sie und seine Klarheit nimmt von uns die Finsternisse.«*

Maximus Turinus, 6. Jahrhundert, Übersetzung aus dem Lateinischen.

# 12

Währenddessen schleppten Agnes und Gna einen Bottich mit stinkendem, halb gegerbtem Leder zum Fluss. Die Häute hatten jetzt tagelang in der Brühe gelegen, die die beiden Mädchen aus Kot und Urin zusammengebraut hatten. Jetzt mussten die Stücke gewaschen werden, dann wurden die letzten Reste, die sich in dem Gemisch gelöst hatten, mit einem breiten Messer abgeschabt und das Leder für ein halbes Jahr in eine Flüssigkeit aus Wasser und Eichenrinde gelegt.

Obwohl die Mädchen die übel riechende Flüssigkeit ausgekippt hatten, war es noch vollgesogen und schwer davon. Während sie mühsam ihre Last weiterschleppten, wurden sie wie üblich bewacht. Und der Wächter machte seine Sache gut, denn je näher das Fest rückte, desto schärfer musste das zukünftige Menschenopfer bewacht werden.

Die Herbstluft war kälter geworden und nur noch vereinzelt hingen braune und gelbe Blätter an Eichen und Buchen. Auf dem Boden war das Laub zu einem dicken Teppich herangewachen und es raschelte, wenn die beiden Mädchen durch das Laub stapften.

Die Sonne war um diese Zeit – es war Nachmittag – immer noch hinter der dicken milchigen Wolkenschicht versteckt und ließ nur trübes Licht hindurch, das die Bäume und den Blätterboden in blassen Farben erscheinen ließ. Die Luft war feucht, besonders in der Nähe des Flusses, und legte sich auf die nackten Arme und roten Hände, sodass sie kalt und klamm wurden.

»Die Häute sind so … so schwer.« stöhnte Gna mit rotem Gesicht. »Wenigstens werden sie dann nicht vom Wasser weggeschwemmt, wenn wir sie waschen.«

»Hm«, nickte Agnes. Mehr brachte sie vor Anstrengung nicht heraus. Endlich waren sie am Fluss angelangt und warfen sich erschöpft ans Ufer.

Wie einfach wäre es, jetzt zu fliehen, dachte Agnes, als sie auf den schnell fließenden Fluss blickte. Wenn sie nicht solche Angst vor dem Wasser hätte, dann würde sie in die kalten Fluten springen, sich von der Strömung bis zum Rhenus treiben lassen... Aber, es war unnütz, darüber nachzudenken, denn wenn sie keine Angst vor dem Wasser gehabt hätte, dann wäre sie gar nicht erst geraubt worden, weil sie mit einem Boot oder einem Kahn auf der Mosella gefahren wäre.

»Worüber denkst du nach?«, fragte Gna, die beobachtet hatte, wie sich Agnes' Lippen stumm bewegten.

Agnes schloss die Augen. Sollte sie es sagen? Es blieb ihr wahrscheinlich nichts anderes übrig. Noch drei Tage hatte sie Zeit. Was nützte es, die Gedanken zu verschweigen? Außerdem musste sie ja sowieso Gna von ihrer Flucht überzeugen. Dann konnte sie auch gleich damit anfangen.

»Ich denke darüber nach, dass ich ... dass ich fliehen muss«, sagte Agnes und warf ein Stück Leder mit lautem Platschen auf den schmalen Kiesstreifen, sodass Wasser auf ihr Kleid spritzte.

Gna seufzte: »Du hast es also immer noch vor. Und ich dachte, du hättest dich an den Gedanken gewöhnt, dass dein Leben mit dem Opfer endet. Es ist ja ein Opfer für uns alle.«

Agnes richtete sich auf und bog ihren Rücken gerade.

»Aber, verstehst du nicht!«, rief sie aufgebracht. »Ich kenne Wodan nicht, ich liebe ihn nicht, ich hasse ihn und ... und was hätte es für einen Sinn, sich zu opfern für ... für diesen Menschenfresser!«

»Agnes!« Gna hielt ihrer fränkischen Freundin erschrocken den Mund zu. »Das darfst du nicht sagen!« Sie blickte nach oben, sah weiter entfernt auf einem Baum ein paar schwarze Krähen und flüsterte: »Siehst du die Vögel? Das sind Wodans Vögel, sie fliegen umher und können dich belauschen. Und was sie hören, bringen sie vor Wodan auch das, was du eben gesagt hast.«

Agnes kniete neben dem Leder und knetete und presste die braune Flüssigkeit heraus. Dann schlug sie wütend mit einem Knüppel, der an einer Seite abgeplattet war, auf die nasse Haut, so als wäre das Ochsenleder ihr persönlicher Feind. Sie hörte mit dem Schlagen auf und rief: »Aber, versteh doch, Gna, was für einen Sinn soll denn mein Opfer haben, wenn ich dazu gezwungen werde. Daran kann doch Wodan keinen Gefallen haben!«

»Das macht nichts aus. Wir opfern ihm eben das Kostbarste, was wir haben.« Sie senkte den Kopf. »Im Augenblick bist du so etwas Kostbares für mich und dadurch bringe ich Wodan ein großes Opfer, das er gerne annehmen wird.«

»Aber, aber …«, stammelte Agnes und ließ klares Wasser über das Leder laufen, »wenn ich für dich kostbar bin, wäre es dann nicht besser, wir würden zusammenbleiben? Wir könnten«, Agnes flüsterte, als sie weitersprach, »wir könnten doch zusammenbleiben und zusammen fliehen. Du könnest bei mir in Treveris wohnen und…«

»Agnes, das darfst du nicht einmal denken. Das geht nicht! Ich könnte niemals Wodan betrügen.«

»Vielleicht könnest du mir helfen, dass ich allein fliehen kann…«

Gna schüttelte traurig den Kopf. »Nein Agnes, das geht nicht.«

»Aber, du kannst dich doch unmöglich freuen, wenn ich in ein paar Tagen abgeschlachtet werde und tot an einem Baum hänge!«

»Nein, ich freue mich nicht daraüber. Und, glaub mir, ich werde sicher sehr traurig sein. Aber es ist nun mal immer so gewesen, dass nur durch solche Opfer unser Volk überleben kann und stark bleibt.«

»Gib mir das andere Lederstück«, sagte Agnes mit enttäuschter Stimme.

Gna reichte es ihr. »Erzähl mir doch ein bisschen von deinem Gott und lass uns nicht immer über Flucht sprechen, das macht mich ganz schwer und traurig.«

»Mich auch.«

Zunächst war es eine Zeit lang still zwischen ihnen, und Agnes fragte sich, was es für einen Sinn hatte, von ihrem Gott und ihrer Religion zu erzählen. Aber es würde immerhin die Zeit verkürzen.

»Ich kann meine Hände kaum noch bewegen. Sie sind steif, als ob sie aus Holz wären«, sagte sie. »Jetzt bist du dran mit dem Auswaschen und Spülen der Häute.«

»Gut«, nickte Gna und sprang auf das flache Kiesufer. Der Wächter, der die beiden Mädchen nicht aus den Augen ließ, hob seinen Bogen, als er sah, wie Agnes die Böschung hinaufkletterte, ließ ihn aber wieder sinken, als er sich vergewissert hatte, dass sich Agnes auf dem Rand niederließ.

»Also, erzähle mir von deinen Göttern«, forderte Gna ihre Freundin auf.

»Es sind eigentlich nur drei, die aber so dicht beisammen sind, dass man sie auch als einen Gott bezeichnen kann. Gott ist stark und lebt für immer und ewig und …«

»Das tut Wodan nicht«, unterbrach sie Gna. »Eines Tages in grauer Zukunft werden andere, stärkere Götter kommen.«

»Hm«, brummte Agnes, »seltsam.« Sie nahm ein Stück Holz, das neben ihr lag, und warf es ins Wasser, wo es herumwirbelte, an einem Stein hängen blieb und schließlich von der Strömung fortgerissen wurde.

»Nun erzähl weiter. Lass dich doch nicht immer wieder bitten«, forderte Gna sie auf, klatschte das mit Wasser vollgesogene Leder auf einen Stein und schlug mit dem Waschholz darauf, um die braune Flüssigkeit herauszupressen.

»Gott, das sagen die Geschichten in unseren Schriften, wurde Mensch und lebte unter uns.«

»Was? Hier bei uns in den Wäldern und am großen Fluss?«

»Nein, nein. Weit weg im Süden. Dort, wo die Juden herkommen.«

»Du meinst, er wurde zu einem Juden?«

»Ich weiß es nicht. Es kann sein. Seine Mutter war jedenfalls jüdisch.«

»Seltsam. Oder auch nicht. Unsere Götter nehmen auch öfters Menschen- oder Tiergestalt an und streifen unerkannt durch die Welt.«

»Unser Gott fing als kleines, neugeborenes Kind an.«

»Ein Kindgott«, wunderte sich Gna.

»Ja, und er wurde groß, erzählte von seinem Vatergott, tat Wunder. Aber die Menschen behandelten ihn schlecht, und er wurde an ein Holz gebunden, angenagelt und getötet.«

Gna richtete sich auf und strich sich die Haare aus ihrem schmalen Gesicht.

»Ach, jetzt weiß ich, von wem du erzählst…«

»Kennst du ihn?«

»Ja. Wir nennen ihn Baldr. Er ist mein Lieblingsgott. Er war der Sohn Wodans. Und es gab eine Prophezeiung, dass er sterben sollte. Daraufhin nahm Frigg, Wodans Frau, allen Geschöpfen den Eid ab, Baldr zu verschonen. Aber Loki, der Listige, entdeckte einen jungen Mistelzweig, der den Schwur nicht geleistet hatte, und befahl Hödr, dem blinden Bruder Baldrs, den Zweig zu werfen. So wurde Baldr getötet.«

»Hm«, sagte Agnes. »Es klingt ähnlich, aber doch wieder anders.«

»Und weiter«, drängte Gna, »er starb, wurde also begraben…«

»Ja, und am dritten Tag erstand er von den Toten.«

Es gab ein platschendes Geräusch, weil Gna das schwere Leder fallen gelassen hatte.

»Er wurde lebendig?«

»Ja, Gott hat ihn lebendig gemacht. Und dadurch geschah die Erlösung.«

»Aber… aber«, stammelte Gna. »Das kann nicht sein.«

»Warum nicht?«

Wir warten noch auf Baldrs Auferstehung, und das wird in ferner Zukunft sein. Und wenn er aufersteht, dann bedeutet das, dass Wodans Reich zu Ende geht, aber …«

Gna schwieg verwirrt. Dann sagte sie aufgebracht: »Du lügst.«

»Warum sollte ich lügen? Ich… ich kannte doch deinen Lieblingsgott gar nicht. Und als unser Gott starb, waren seine Freunde sehr verzweifelt. Erst als sie den Auferstandenen gesehen hatten, fassten sie wieder Mut. Und seitdem feiern wir Christen jedes Jahr seine Auferstehung im Frühjahr, wenn die Bäume Blätter und Blüten treiben.«

Gna schüttelte den Kopf. »Ich will davon nichts mehr wissen.«

»Aber du hast doch selbst gesagt, dass du mehr von unseren Göttern hören wolltest.«

»Ja, ja, das habe ich gesagt. Ich habe es nun gehört und damit ist es auch genug. Hilf mir lieber, die ausgewaschenen Teile in den Korb zu packen.«

Agnes kletterte hinunter, und gemeinsam wuchteten sie die beiden großen Lederteile nach oben. »Wir müssen sie noch auswringen«, sagte Gna. »Ich halte fest und du drehst.«

Es war anstrengend, aber schließlich schafften sie es. Schweigend gingen sie zum Dorf zurück und Agnes dachte: Ich habe Gna verärgert, weil es jetzt so aussieht, als ob Wodans Welt vergeht. Und ist es nicht so? Auf der anderen Seite des Rhenus liegen seine Heiligtümer zerstört in den Wäldern.

Aber wer weiß, wie lange es noch dauert auf dieser Seite des Rhenus?

Ich werde Gna in Ruhe lassen, aber heute Abend werde ich ihr klar machen, dass ich Wodan bei meiner Opferung verfluchen werde. Vielleicht hilft das.

Der Tag verlief ereignislos, wenn man von der immer größer werdenden Unruhe absah, die durch die Feier des Festes entstand. Frauen liefen hin und her, Feuer brannten in den Häusern, und es wurden Fische auf Vorrat geräuchert. Männer besserten beschädigte Bänke und Sitzplätze aus oder legten sich flach auf die Dächer, um undichte Stellen zu verschließen. Und in fast jedem Haus brauten die Frauen Bier, indem sie Gerstensaft ansetzten, hineinspuckten und ihn gären ließen.

Der Nachmittag ging allmählich in den Abend über. Am Horizont wurde die Abendsonne sichtbar, die sich bis dahin versteckt hatte. Die wenigen gelben Buchenblätter, die noch an den Bäumen hingen, leuchteten golden auf, wenn die Sonne sie traf. Doch dann wurde es schnell kalt. Der Himmel färbte sich rot und das Licht nahm ab.

Gna und Agnes, deren Hände durch das stundenlange Arbeiten in kaltem Wasser rau und rot geworden waren, saßen auf einem umgedrehten Holztrog und rieben die Haut mit Schweinefett ein.

Als es dunkel wurde flammten an verschiedenen Plätzen Feuer auf und Gesänge wurden angestimmt. Agnes zog sich in das Haus zurück, in dem auch ein Feuer brannte. Sie musste sich aufwärmen und wollte nicht draußen sitzen und den kalten Abendwind spüren. Kurz danach kam auch Gna dazu, brachte eine Schüssel mit Gemüse und Brotfladen mit.

»Agnes! Hier bist du! Ich habe dich gesucht.«

»Ich bin müde und wollte nicht mehr draußen sitzen. Was bedeuten die Gesänge, Gna?«

»Das sind Gesänge zu Ehren Wodans. Wir bitten, dass er freundlich auf uns herabschaut und die Opfer, die wir bringen werden, gnädig aufnimmt.«

»Also geht es um mich.«

Gna zuckte mit den Schultern. »Ja.«

Sie stellte die Schüssel auf den Boden neben das Feuer, Agnes zog unter ihrem Kleid einen Holzlöffel hervor und fing an zu essen. Zwischendurch fiel ihr ein, dass sie kein Gebet gesprochen hatte, aber nun war es zu spät. Auch ihre Morgen- und Abendgebete hatte sie sträflich vernachlässigt.

»Wenn wir uns jetzt unterhalten, gibt es dann auch diese Wodanvögel, die uns belauschen können?«, fragte Agnes.

»Etwas sicherer sind wir hier schon vor ihnen, aber Wodan kann jedes Tier gebrauchen, um sich unauffällig zu verstecken.«

»Ich werde dir jetzt etwas sagen, Gna!«

»Ich höre.«

»Es ist wirklich sinnlos, mich zu opfern. Ja, es wäre für euer Dorf sogar gefährlich, es zu tun.«

Gna blickte überrascht auf. »Warum?«

»Ich werde bei meiner Hinrichtung Wodan verfluchen und ihn laut beschimpfen.«

Gna zuckte zusammen und blickte sich scheu um. »Das darfst du nicht. Er wird wütend sein und dich und uns bestrafen.«

»Das ist mir jetzt gleichgültig. Ich muss sowieso sterben und werde meinen Gott anrufen und Wodan verfluchen, dessen Tage sowieso gezählt sind. Du siehst, es lohnt sich nicht, mich zu opfern. Besser wäre ein Pferd oder ein anderes Tier, das nicht sprechen kann. Und das kannst du ruhig deiner Mutter erzählen. Sie sollen es alle wissen. Es wäre allen geholfen, wenn ihr mich laufen ließet.«

Gnas Stimme klang ärgerlich, als sie sagte: »Schluss jetzt mit diesen Worten. Ich möchte nichts mehr davon hören.«

In Agnes kam Verzweiflung hoch und als sie sprach,

konnte sie nur mühsam die Tränen zurückhalten: »Aber Gna, wir sind doch Freunde geworden, du … du kannst doch nicht einfach so zusehen, wie sie mich umbringen vor deinen Augen! Warum kannst du mir nicht helfen zu fliehen? Ich will nicht sterben, jedenfalls nicht hier in Wodans Welt. Bitte, Gna, hilf mir, ich halte das nicht aus!« Weiter konnte Agnes nicht reden, weil sie von Tränen überwältigt wurde.

Gna legte nach einiger Zeit ihren Arm um Agnes' zuckende Schultern und sagte: »Ich kann dir dabei nicht helfen und … es ist nicht so schlimm wie du glaubst. Ich werde nach deinem Tod viele Opfer für Wodan bringen, damit es dir gut geht.«

Schließlich beruhigte sich Agnes weil sie merkte, dass es keinen Sinn hatte, weiter an Gnas Hilfe zu glauben. Sie musste allein einen Weg finden. So löffelten sie schweigend das Gemüse aus der Tonschüssel, während das Feuer vor ihnen langsam kleiner wurde und in sich zusammensank. Gna stand auf und legte zwei dicke Buchenäste dazu.

Draußen wurden die Gesänge lauter und rhythmischer.

»Was singen sie jetzt?«, fragte Agnes nach einer Weile

Gna lauschte. »Das ist das Pferdelied.«

»Was für ein Pferdelied?«

»Es ist ein Gesang, der zweimal vier Betonungen hat. Hörst du? Ra-ta-ta-tat. Ra-ta-ta-tat.«

Agnes nickte.

»Sie rufen mit diesem Lied das achtfüßige Pferd Wodans, das wir Sleipnir nennen. Deswegen diese acht Schläge.«

Agnes bekam eine Gänsehaut, als sie sich ein achtfüßiges Pferd vorstellte.

»Und warum rufen sie es?«

»Wenn Sleipnir kommt, sitzt meine Mutter auf und reitet mit ihm in das Traumland zu den Geistern.«

Agnes nickte: »Ja, ich habe sie auf dem Pferd sitzen sehen, als ich krank war und sie zu mir kam. Sieht jeder das Pferd, wenn es kommt?«

»Nein, nur die, die von dem Rhythmus umfallen und liegen bleiben. Ihre Seelenaugen erblicken dann das Tier.«

»Und deine Mutter… fällt sie auch um und bleibt liegen?«

»Natürlich. Sie hat lange gebraucht, um diese Kunst zu lernen.«

»Und … und wie sehen die Liegengebliebenen aus?«

»Wie sollen sie schon aussehen? Du hast doch neulich nachts meine Mutter gesehen, als sie unterwegs war. Sie liegen starr und steif da, man deckt sie mit einer Decke zu und irgendwann kommen sie wieder zu sich.«

»Gehen sie dann zu den Totengeistern?«

»Manche ja. Aber die Totengeister sind gefährlich. Wir begraben unsere Toten weit außerhalb unseres Dorfes. Ihre Macht ist unberechenbar. Nur die Priester, Propheten und die Heiler, die auf dem Rücken von Sleipnir zu ihnen kommen, können sie zähmen.«

»Wir haben keine Angst vor den Toten«, sagte Agnes. »Im Gegenteil. Viele von uns lassen sich gerade in der Nähe der toten Heiligen bestatten, um ihnen nahe zu sein. Denn unser Gott, der Auferstandene, hat die Schlüssel zum Totenreich. Die Toten können uns nichts anhaben, wenn wir getauft sind.«

»Ach, wirklich? Aber meine Mutter hat auch eine gewisse Macht, mit den Toten umzugehen. Nur einmal war sie knapp einer Verfolgung entkommen.« Gna schüttelte sich. »Dauernd reden wir über die Toten. Ich frage mich manchmal, wo ich aufwachen werde, wenn ich gestorben bin…«

»Wahrscheinlich in Wodans Reich«, sagte Agnes.

»Ja, das wird wohl so sein. Aber dann sehen wir uns nach dem Tod gar nicht mehr. Das wäre schade.«

Agnes nickte: »Ja. Vielleicht kann ich meinen Gott bitten, dass du in seinem Reich aufwachst. Das wäre lustig. Ich möchte jedenfalls nicht bei Wodan sein.«

»Meinst du, dass dein Gott auf dich hört, auf ein Mädchen, das keine Priesterin ist?«

»Ich kann ihm nichts befehlen, aber zu ihm beten und ihn bitten dürfen auch gewöhnliche Frauen. Und in unseren Heiligen Schriften steht, dass er einmal auf eine Frau gehört hat, die keine Kinder haben konnte. Meine Mutter hat sie mir einmal erzählt. Ich glaube, die Frau hieß Hanna.«

Agnes gähnte. »Ich werde müde. Dieser Tag war anstrengend für mich.« Wie dicht alles beieinander liegt, dachte sie. Eben noch war ich verzweifelt und kämpfte um mein Leben und jetzt bin ich nur müde, möchte schlafen und alles andere interessiert mich nicht mehr.

Sie leckte ihren Löffel ab, wischte ihn mit dem Saum ihres Kleides trocken, steckte ihn in den Gürtel und erhob sich.

»Ich lege mich auf mein Bett.«

»Ja, tu das. Gute Nacht.«

Als Agnes es sich auf ihrem Strohsack bequem gemacht und sich in die Decke eingehüllt hatte, war sie vom Arbeiten und Weinen so erschöpft, dass sie keinen klaren Gedanken mehr fassen konnte. Sie wollte zwar noch eines ihrer Abendgebete sprechen, kam aber nur bis »domine meus« und schlief ein.

Immer tiefer sank sie im Traum nach unten und ihr Traumsturz wurde schließlich gebremst, weil sie auf einem Waldboden aufgekommen war, der weich ihren Fall abfederte.

Sie steht auf. Der Boden ist voller Moos und weich wie Schafswolle. Sie blickt nach oben in große grüne Blätterkronen. In der Ferne hört sie regelmäßige Schläge: »Wum-wum-wum-wum.« Pause. Und wieder: »wum-wum-wum-wum.«

Agnes dreht sich um. Nichts zu sehen, kein Tier, kein Mensch. Oder doch? Sie meint, dass sich seitlich etwas bewegt, aber als sie genau hinsieht, ist alles ruhig und still.

Plötzlich hört sie ein Geschrei von oben. Sie blickt hinauf und sieht eine Schar Raben, die um einen Baum kreisen und sich darauf niederlassen. Dann schütteln sie sich, ihre Federn fallen ab, und Agnes sieht, dass aus den Raben dunkelbraune, nackte Zwerge geworden sind, die mit raschen Bewegungen den Baum hinunterklettern und sich dabei geschickt von Ast zu Ast hangeln. Es sind genau sieben.

Sie stehen auf dem Boden, stecken ihre bärtigen Köpfe zusammen und murmeln etwas. Dann öffnen sie ihren Kreis, fangen an zu kichern, nähern sich Agnes und klettern an ihr hoch.

Agnes bleibt wie gelähmt stehen und kann sich nicht wehren. Die nackten Zwerge hocken auf ihrer Schulter, flüstern ihr zärtliche Namen zu, berühren ihre Brust, schämen sich nicht, dass ihre erregte Männlichkeit zu sehen ist, einige heben Agnes' Rock und kitzeln sie zwischen den Beinen.

Währenddessen kommen die dumpfen Schläge immer näher.

Plötzlich bricht durch die Zweige ein Licht, und Agnes sieht ein weißes Pferd, das acht Beine hat. Auf dem Pferd sitzt Ava, Gnas Mutter, und wirft mit kleinen Blitzen nach den nackten Zwergen, die empört aufschreien, aber dann von Agnes ablassen.

Das Pferd öffnet das Maul, wiehert, dass die Bäume zittern und sagt: »Lasst die Finger von meiner Braut. Sie gehört mir.«

Jetzt fällt die Lähmung von Agnes ab, sie kann sich wieder bewegen und ruft: »Nein, ich gehöre dir nicht!«

Das Pferd bäumt sich auf und kommt auf Agnes zu. Es sieht seltsam aus, wie sich die acht Pferdebeine bewegen, ohne sich zu verheddern. Agnes sieht, dass Avas Mutter ein großes Seil in der rechten Hand trägt, und weiß, dass sie gefangen werden soll.

Da rennt sie los. Durch den Wald rennt sie, springt über

Büsche hinweg mit gewaltigen Sätzen, und das weiße Pferd galoppiert hinter ihr her.

Ich muss auf einen Baum klettern, denkt sie beim Laufen. Dort kann das Pferd mich nicht erreichen.

Doch die Buchenstämme sind zu glatt und sie rutscht immer wieder ab. Aber da vorne, da steht ein riesiger Apfelbaum mit ausladenden Ästen. Voller Äpfel hängt er.

Schnell eilt Agnes darauf zu und hört, wie der Baum sie anschreit: »Schüttel mich. Meine Äpfel sind reif.«

Auch das noch, denkt Agnes im Gehen. Sie dreht sich um. Sleipnir folgt ihr noch immer, aber der Abstand hat sich vergrößert. Das Mädchen bleibt keuchend stehen, schüttelt die Zweige und fühlt, wie die Früchte auf den Boden prasseln. Jetzt kommt Sleipnir näher. Da neigen sich die Äste zu Agnes hinunter, sodass sie leicht hinaufklettern kann, und schließen sich dicht um sie.

Sie sitzt wie in einer hohlen, grünen Hand und sieht die Reiterin näher kommen. Das Pferd wächst ins Riesenhafte, wendet langsam den Kopf hin und her und schnaubt durch die Nüstern. Aber um den Apfelbaum herum riecht es nach Äpfeln, und Agnes ist in Sicherheit.

»Hier ist sie nicht«, sagt Gnas Mutter. Und das Pferd trabt los, dass die Grasbüschel fliegen.

Die Zweige neigen sich wieder, Agnes klettert hinunter und rennt über die Wiese. Aber nach einer Weile hört sie wieder Pferdegetrappel. Sleipnir, denkt sie voller Schrecken, und läuft schneller. Da entdeckt sie einen Berg und oben steht ein großes Haus. Ohne zu überlegen rennt sie darauf zu. Der Berg ist steil, und das Haus stößt an die Wolken. Keuchend klettert sie nach oben, obwohl der Berg manchmal glatt wie Glas ist. Aber es geht besser, als sie dachte.

Als sie nach unten blickt, sieht sie Ava mit Sleipnir ganz klein in der Ebene. Noch haben sie sie nicht gesehen. Jetzt öffnet sich vor Agnes ein hohes, breites Tor. Sie geht staunend hindurch. Hier oben ist es kalt. Kein Mensch ist zu sehen. Agnes geht weiter. Über dem Himmel wird es weiß. Weiße Wolken wie Fäden schweben hin und her.

Sie befindet sich in einem Innenhof. Eine Tür ist offen. Agnes geht hindurch und sieht eine riesige Frau vor einem Webstuhl sitzen. Von dem Webstuhl gehen die Fäden aus nach oben durch das Dach in den Himmel und machen ihn weiß.

»Hast du mein Pferd gesehen, Kind?«, fragt die Riesin, ohne sich nach Agnes umzudrehen.

Agnes bleibt furchtsam an der Tür stehen. Ihr Herz klopft. »Ist das ... das achtfüßige Pferd dein Pferd?«

»Es gehört mir und meinem Mann Wodan.«

Agnes erschrickt. Sie ist genau da, wo sie nicht hinwollte: in Wodans Reich oder im Reich seiner Frau Frigg, die die Schicksalsfäden knüpft und den Himmel damit überzieht.

»Ich ... ich habe es unten gesehen, aber es kann nicht heraufkommen«, flüstert Agnes.

Da hebt die Frau ihren Kopf und lacht und Agnes sieht in ihrem Mund riesige weiße und viel zu viele Zähne.

»Was meinst du wohl, warum es acht Beine hat?«

Jetzt hört Agnes Pferdegetrappel wie von mehreren Pferden, aber sie weiß, es ist nur ein Pferd. Es kommt näher. Agnes geht in den Raum und hüpft leicht wie eine Feder in eine große Schüssel, die auf dem Tisch steht.

Aber schon steht Ava an der Tür, deutet mit dem Finger auf die Schüssel und ruft: »Da ist sie. Sie will sich nicht opfern lassen, und sie will Wodan verfluchen. Was machen wir mit ihr?«

Die Riesin hat ihren Kopf schon wieder über ihrer Webarbeit und sagt: »Sie muss für uns arbeiten und Schnee und Regen in die Wolken schütten.«

»Das macht kalte Hände«, lacht Ava.

»Sehr kalte Hände«, nickt Frigg, die Weberin.

»Aber ich will nicht für euch arbeiten!«, ruft Agnes und ihre Stimme hört sich seltsam laut und piepsig an. Die

Schüssel ist groß und glatt und Agnes rutscht an der Seite ab, als sie versucht, über den Rand zu klettern.

»Pack sie und nimm sie mit!«, murmelt Frigg und wirft einen Faden in den Himmel.

Da fängt Agnes an zu schreien, aber Ava packt sie an der Schulter und schüttelt sie hin und her. Hin und her.

Langsam wurde es dunkel um sie und Agnes merkte, dass Gna sie an der Schulter rüttelte.

»Heh, was ist los? Du schreist«, sagte Gna.

Agnes brauchte eine Weile, um sich zurechtzufinden. So klar und deutlich war der Traum gewesen.

»Wo ist deine Mutter?«, fragte sie.

»Drüben bei den Feuern. Wahrscheinlich ist sie in ihren heiligen Schlaf gefallen.«

»Gna, tust du mir einen Gefallen?«

»Ja. Was für einen?«

»Geh hinüber und weck deine Mutter auf.«

»Sie wird mich ausschimpfen.«

»Erfinde irgendetwas.«

»Warum soll ich meine Mutter wecken?«

»Sie erscheint in meinen Träumen.«

»Das tut sie bei mir auch manchmal. Und es ist ganz schön.«

»Aber in meinem Traum war es furchtbar.«

Seufzend stand Gna auf, hüllte sich in einen Stoff und trottete zum Ausgang, während Agnes auf ihr Strohlager zurück sank.

»Noch drei Tage. Dann töten sie mich. Ich muss spätestens am Tag nach morgen von hier verschwunden sein.«

*Drei Lobpreisungen muss man jeden Tag sprechen: Gepriesen sei, der mich nicht zum Heiden machte! Gepriesen sei, der mich nicht zur Frau machte! Gepriesen sei, der mich nicht zum Unwissenden machte.*

Rabbi Juda ben Elai, 1. Jahrhundert n. Chr. aus dem Griechischen.

## 13

»Noch drei Tage, dann wird Agnes zu Ehren Wodans geschlachtet und anschließend als Leiche in den Baum gehängt«, redete Aitulf halblaut vor sich hin und ballte seine Fäuste, während er noch am selben Abend durch die dämmrigen Gassen Colonias eilte. »Ich habe so einen Baum schon einmal gesehen. Er sieht furchtbar aus, derart missbraucht, eine Beleidigung des Schöpfers der Bäume!« Er stieß fast mit einer Frau zusammen, die ihr Kind auf dem Arm trug.

»Aber ich werde es nicht zulassen. Ich werde wie ein Sturmwind in dieses verfluchte Dorf rasen und drei Äxte gleichzeitig werfen. Dann können sie ihre eigenen Leute in den Baum hängen. Ich werde die besten Flüche, die ich kenne, den Leuten ins Gesicht schleudern, dass ihnen Hören und Sehen vergeht. Und bevor sie sich umdrehen, habe ich Agnes auf meinem Pferd und verschwinde im Wald! Oh, dieser feige Hund Avremar! Rettet lieber seine eigene Haut! Und hat sich erst vor kurzer Zeit noch aufgespielt wie ein verliebter Hahn. Alles leeres Gerede. Seine Liebe reicht nicht einmal so weit wie der Strahl seines eigenen Wassers! Aber Vorsicht, Aitulf, du musst aufpassen, ganz ruhig sein, du musst unauffällig bleiben und alles geschickt anstellen!«

Aitulf blieb plötzlich stehen. Er hatte in seiner Aufregung gar nicht darauf geachtet, wo er war. Der Rhenus war nicht mehr zu hören, also musste er irgendwo im Westen der Stadt sein. Und um ihn herum war es inzwischen dunkel geworden. Er hielt einen Mann an, der ein Fass vor sich herrollte.

»Sei gegrüßt. Ich suche den Juden Jaakov. Kannst du mir sagen, wo er wohnt?«

»Du meinst den Kaufmann Jakof?«

»Ja, das muss er sein.«

»Er wohnt nicht weit von hier. Ich komme ja eben von dort. Also, du gehst diese Straße zurück, bis zu einer Kreuzung, bei der ein verfallener Turm steht, dann nach rechts und schon siehst du ein seltsames, schiefes Haus, falls du überhaupt noch etwas siehst. Das Haus hat an der Tür eine kleine Zauberkapsel, aber sie tut dem aufrechten Mann nichts.«

»Ich bedanke mich.«

Und schon ging Aitulf mit großen Schritten weiter. Es stimmte genau, was der Mann mit dem Fass gesagt hatte. Zuerst der Turm, dann das windschiefe Haus. Aber inzwischen war es schon so dunkel geworden, dass der Diakon die Kapsel nicht mehr sehen konnte. Außerdem schien nur die dünne Sichel eines abnehmenden Mondes, der wenig Licht gab. Vorsichtig trat er neben die Tür und fühlte an dem hölzernen Türrahmen, bis er auf etwas Kaltes stieß. Diesmal schien die Kapsel aus Metall zu sein. Auf jeden Fall nahm sich Aitulf vor, Jaakov zu fragen, was es mit diesem seltsamen Gegenstand auf sich hatte.

Vorsichtig klopfte er gegen das Holz. Nichts rührte sich. »Gebe Gott, dass er da ist!«

Noch einmal klopfte er. Diesmal lauter. Dann presste er sein Ohr gegen das Holz. Da meinte er, Schritte zu hören, die näher kamen.

Ein leises Geräusch ließ Aitulf aufwärts blicken. Rechts oben über der Tür öffnete sich ein winziger Fensterladen, aus dem trübes Licht herausfiel, ein Kopf war zu sehen, und eine wohl bekannte Stimme fragte: »Wer ist da? Was willst du?«

»Ich bin's. Erkennst du mich nicht?«

»Wer ist ich?«

»Nun, Aitulf, der Diakon der Kirche aus Treveris, mit dem du unterwegs warst, dessen Tochter geraubt wurde…«

»Ah, Aitulf. Du bist es. Sei willkommen. Gleich komme ich und öffne die Tür!«

Aitulf hörte knarrendes Tappen, wahrscheinlich führte eine schmale Holztreppe zu dem winzigen Fensterladen, ein Riegel wurde zurückgezogen und die Tür öffnete sich nach draußen.

Im Schein einer Öllampe stand Jaakov mit seiner Lederkappe und einem bodenlangen Gewand, das in der Mitte gegürtet war, vor seinem abendlichen Gast.

»Komm herein, damit ich hinter dir gleich wieder zumachen kann.«

Aitulf trat über die Schwelle, wurde von einem Schwall Rauch empfangen, der nach heißem Öl und gebratenem Fisch roch, wartete, bis die Tür verriegelt war, und folgte Jaakov durch den schmalen, schwach erleuchteten Flur, der zu einer halb geöffneten Tür führte, aus der Licht drang.

Das Zimmer, das der Diakon betrat, war klein und voll gestellt mit Trinkgefäßen in allen Größen. Sie standen auf dem Fenstersims, waren auf einem Holzregal gestapelt oder hingen als Trinkhörner an der Wand. Ein breiter Tisch beherrschte den Raum, der mit Wachstafeln, Pergamentblättern und Rollen übersät war. Aitulf, der seine Augen über die vielen Trinkgefäße gleiten ließ, blieb stehen.

»Ach ja, du wunderst dich über die Trinkgefäße. Ich sammle sie. Manche stammen sogar aus Rom oder Byzanz. Nimm Platz, ich bin gerade dabei, herauszufinden, wo mein Geld bleibt.«

Mit diesen Worten zog er einen Klappstuhl aus Holz unter dem Tisch hervor, klappte ihn auf und deutete wortlos darauf. Aitulf nahm Platz und dachte, wie seltsam es doch sei, dass die Juden offensichtlich die Angewohnheit hatten, irgendwelche Gegenstände zu sammeln. Der Rabbi in Medio Messer und Jaakov Trinkbecher.

Jaakov setzte sich wieder an seinen Tisch und sagte: »Du bist also in Colonia und hast dich an meine Einladung erinnert.« Schon stand er wieder auf, wirkte seltsam ruhelos. »Entschuldige, ich habe schon gegessen, aber du sicher nicht. Ich kann dir ein Stück gebratene Forelle anbieten, dazu etwas Fladenbrot und verdünnten Wein...«

»Jetzt, wo du es sagst, verspüre ich tatsächlich Hunger.«

»Nun, dann komm mit in die Küche. Meine Frau ist leider nicht da. Aber das ist immer so. Wenn man sie braucht, ist sie nie da.«

Von irgendwoher schrie ein kleines Kind.

»Auch das noch«, seufzte der Jude. »Daniel hat Ohrenschmerzen. Er schläft ein, dann wacht er wieder auf und weint. Aber er wird sich beruhigen.«

Jaakov trat wieder in den Flur und öffnete eine andere Tür in den Raum, den er Küche nannte. Aitulf folgte ihm. Aus einem riesigen Kamin, in dem ein schwaches Feuer brannte, qualmte es heraus. Der Tisch war mit schmutzigen Holzbrettern übersät und zahlreichen Schüsseln. Jaakov nahm ein Brett, besah es sich im Schein des Feuers, wischte mit dem Ärmel darüber und tat mit den Händen Fisch und Brot darauf, dann nahm er eine kleine Amphore mit und trug alles in sein Zimmer.

»Becher sind ja genügend da«, lachte er.

»Lass dir Zeit mit dem Essen«, sagte er, »ich werde meine Tafeln und meine Rechnungen weiter durchsehen.«

Während Aitulf zwei Wachstafeln zur Seite schob, um seinen Teller abzustellen, und mit großem Appetit den Fisch verzehrte, brütete Jaakov über seinen Zahlen und murmelte vor sich hin.

Plötzlich ging die Tür zaghaft auf, und ein Junge in einem dunklen Hemd, das bis zu den Knien reichte, stand im Türrahmen mit tränenüberströmtem Gesicht und hielt eine Hand an sein Ohr.

»Du bist es schon wieder«, sagte Jaakov, stand auf und goss etwas Wein in einen Becher. »Trink das. Das hilft vielleicht, und möge der Höchste deine Schmerzen lindern.«

Der Junge kostete vorsichtig, und blickte den fremden Gast an. Dann verzog er sein Gesicht und schüttelte sich.

»Nun geh wieder ins Bett. Es wird sicher bald besser werden.« Der Junge drehte sich um und ging dahin zurück, wo er hergekommen war, wobei er die Tür offen ließ.

»Ah!«, rief Jaakov. »Jetzt habe ich den Fehler entdeckt. Florentius hat einen Weinschlauch doppelt eingetragen. Wahrscheinlich hat er in Gedanken die nackten Brüste von Frolaica gesehen und aus einem Schlauch zwei gemacht.«

Jaakov schob die Blätter und Rollen auf die andere Seite des Tisches, holte zwei Becher mit geradem Boden, füllte sie zur Hälfte mit Wein und zur Hälfte mit Wasser.

Aitulf wischte sich mit dem Handrücken über den fettigen Mund, rülpste und griff dankbar nach dem kühlen Getränk.

»Ja, ich wollte dich aufsuchen«, sagte er, als führte er die Unterhaltung von vorhin fort, »nicht nur, um zu sehen, wo du wohnst, sondern um dich um einen Gefallen zu bitten und...«

Jaakov hob die Hand: »Lass mich raten. Es geht um deine Tochter.«

Aitulf nickte. »Du hast Recht. Sie ist immer noch verschwunden, aber ich habe ein paar wertvolle Hinweise, wo ich sie finden kann.«

»Nun, das freut mich für dich.« Jaakov nahm einen kräftigen Zug.

»Und... wo ist sie?«

»Sie ist tatsächlich von Sachsen geraubt worden und befindet sich etwas nördlich von hier in einem sächsischen Dorf an dem nächsten Fluss, der nördlich von Colonia in den Rhenus fließt.«

»Und du willst also dorthin und sie befreien.«

Aitulf blickte Jaakov erstaunt an. »Ja. Woher weißt du das?«

Jaakov lachte. »Mein lieber Aitulf... Ich habe dich etwas kennen gelernt und weiß, dass du jemand bist, der aus Eifer schnell etwas tut, ohne viel darüber nachzudenken.«

Aitulf stellte unwillig seinen Tonbecher ab. »Ich bin eben nicht so ein Zauderer und Feigling wie Avremar, der lieber sein eigenes Leben retten wollte, als Agnes mitzunehmen.«

»Ach! Avremar ist also den Sachsen entkommen?«

»Richtig«, nickte Aitulf grimmig. »Ich habe ihn heute getroffen und ihm alles aus der Nase ziehen müssen und...«

»Avremar ist hier? In Colonia?«

»Ja.«

Jaakov stand abrupt auf. »Dann muss ich ihn sofort finden. Der Bursche hatte mein Kettenhemd an, das heißt, es gehörte nicht einmal mir. Und wenn ich es nicht zurückbekomme...«

»Aitulf stand ebenfalls auf. »Beruhige dich, Jaakov. Meinst du wirklich, die Sachsen hätten ihm das Kettenhemd gelassen?«

Jaakov setzte sich wieder und seufzte: »Das schöne Hemd.«

»So schön war es auch wieder nicht. Es war ziemlich verrostet und schon leicht beschädigt. Also, Avremar ist den Sachsen entkommen und wusste, wo Agnes ist.«

Jaakov, der sich offenbar nur schwer damit abfinden konnte, dass sein Kettenhemd endgültig verloren war, hob nach einer Weile den Kopf und sagte: »Und hat er gesagt, warum sie geraubt wurde?«

»O ja, das hat er. Das macht die ganze Sache dringend. In drei Tagen soll Agnes dem Gott Wodan geopfert werden.«

»Hm.« Jaakov schüttelte traurig den Kopf. »Ein furchtbares Schicksal.«

»Ja, das ist es«, sagte Aitulf und hieb mit der Faust auf

den Tisch, »aber ein Schicksal, das ich nicht hinnehmen werde.«

»Vorsichtig, du wirfst mir noch meinen Becher um.«

Einen Augenblick war es still. Dann fragte Jaakov: »Und... wie willst du das anstellen, diesen Befreiungsschlag?«

»Ganz einfach. Dazu brauche ich dich!«

Mit einem Ruck setzte sich Jaakov gerade hin und blickte Aitulf mit aufgerissenen Augen an. »Bist du verrückt? Ich bin ein Händler und kein Krieger, der mit Schwert und Axt umgehen kann. Schlag dir das aus dem Kopf. Außerdem habe ich wenig Mut in solchen Dingen. Mein Mut beschränkt sich auf riskante Geschäfte und auf das Zusammenleben mit meiner Frau. Möge der Allmächtige sie mit mehr Freundlichkeit segnen.«

Aitulf nahm einen Schluck aus dem Becher und stellte ihn langsam ab. Dann blickte er in das bärtige Gesicht Jaakovs, als wollte er darin verborgene Gedanken lesen.

»Du hast ganz Recht. Du bist und bleibst ein Händler. Und genau deswegen brauche ich dich.«

»Wie stellst du dir das vor?«

»Ganz einfach: Händler und Kaufleute genießen auch bei den Sachsen einen gewissen Schutz. Schließlich wollen sie auch Waren kaufen wie jeder andere Mensch auch. Zwei harmlose jüdische Händler, die durch das Sachsengebiet reisen, kommen zufällig in das Dorf, in dem Agnes gefangen gehalten wird...«

»Langsam, Aitulf. Du sprichst von zwei jüdischen Händlern. Ich sehe nur einen.«

»Der zweite Händler – bin ich.«

»Du?«

»Ich werde mich als Jude verkleiden und mich so verhalten...«

»Das ist zwar gar nicht so einfach, wie du denkst, aber es könnte gehen.« Jaakov griff nach dem Messer, das auf Aitulfs Holzbrett lag.

»Wir können gleich mit der Beschneidung beginnen!«

Der Diakon hob entsetzt seine Hände. »Nun, so genau werden die Sachsen nicht nachprüfen. Ich glaube nicht, dass ...«

»Schon gut, schon gut. Es war nur ein Scherz. Ich müsste dir ein paar hebräische Sätze beibringen... einen meiner Mäntel ...« Jaakov fuhr sich über die Stirn. »Aber nun tu ich schon so, als sei ich einverstanden. Nein, nein, das kommt nicht in Frage. Meine Frau wird schreien wie ein Huhn, dem man den Kopf umdreht...« Jaakov goss sich etwas Wein nach und trank gedankenverloren einen Schluck. »Auf der anderen Seite... wäre es nicht schlecht, ein paar Tage unterwegs zu sein. Besser als ...« Er ließ den Satz unvollendet.

»Ich bezahle dich natürlich...«, warf Aitulf schnell dazwischen.

»Das klingt nicht schlecht. Diese Argumente werden Deborah vielleicht überzeugen... Trotzdem, es ist und bleibt gefährlich. Und wir haben keine Gewissheit, dass wir heil wiederkommen.«

»Nein, die gibt es tatsächlich nicht«, bestätigte Aitulf. »Auf der anderen Seite... wenn du dein Leben für einen anderen einsetzt, wird Gott es dir lohnen. Und deine Frau wird wieder heiraten oder deine Geschäfte selbst fortführen...«

»Dann pass ich lieber auf, dass ich nicht sterbe und bleibe hier«, sagte Jaakov. »Wann willst du denn losgehen?«, fragte er.

»So bald wie möglich. Morgen früh, wenn es geht. Wir brauchen deinen Ochsen und einen Wagen. Du könntest unterwegs Geschäfte machen...«

Jaakov stand auf, legte die Hände auf dem Rücken zusammen und betrachtete einen Becher, der auf einem der Wandbretter stand.

»Es hat Vorteile und Nachteile«, murmelte er, »einerseits könnte ich Geschäfte machen, andererseits...«

Da kam Aitulf eine Idee. »Und denke an das Kettenhemd. Vielleicht finden wir es ja in dem Dorf!«

Von draußen hörten sie, wie jemand gegen die Tür klopfte.

»Ach, das wird Deborah sein. Sie war bei einem Trauerbesuch. Ich bin gleich wieder da.«

Aitulf blieb sitzen und trank einen Schluck aus dem Becher.

»Wie geht es meinem Söhnchen, meinem armen kranken Huhn?«, hörte er Deborahs laute Stimme.

»Es geht ihm gut, beruhige dich, ich habe ihm vorhin etwas Wein gegeben, als er wieder Schmerzen hatte und...«

»Du hast ihm Wein gegeben? O weh. Das wird er nicht überleben und wie sieht die Küche aus? Alles drunter und drüber. Kaum geht man kurz weg...«

»Kurz nennst du das? – Übrigens, mäßige dich, wir haben einen Gast.«

»Einen Gast, der uns alles wegisst? Auch das noch. Wo ist Daniel?«

»Er liegt in seinem Bett und schläft und wenn du weiter so herumschreist, wacht er auf...«

»Ich will wissen, ob er noch lebt, mein armes Schäfchen, mein Kätzchen!«

Jetzt hörte Aitulf ein Poltern und das Schreien eines Kindes.

»Er lebt, er lebt!«, rief die Mutter.

Aitulf dachte gerade daran, dass es vielleicht doch nicht so angenehm wäre, eine Frau zu haben, als Jaakov den Kopf durch die Tür steckte und sagte: »Ich habe es mir soeben überlegt, ich komme mit! Eine Eingebung des Höchsten.«

Die Nacht in Jaakovs Haus war unruhig. Daniel schrie, Deborah rannte durch die Zimmer und Jaakov war schon vor Sonnenuntergang auf, um den Karren zu beladen und den Ochsen fertig zu machen.

Aus seinen Ersparnissen hatte Aitulf am Abend schließlich der untröstlichen Ehefrau ein Geldstück gegeben, deren Gezeter plötzlich wie auf Befehl abbrach; auch war sie nun zugänglicher für die zusätzliche Reise Jaakovs. Dass sie über den Rhenus ziehen wollten, in das Gebiet der Sachsen, das verschwieg Jaakov vorsorglich.

Endlich hatten sie den Ochsen angeschirrt und wollten losfahren, da fiel Jaakov etwas ein. Er ging noch einmal ins Haus und kam mit einem Becher zurück, der mit einem Stück Stoff und einem Lederriemen verschlossen war.

»Beinahe hätte ich meine Würmer vergessen!«, rief er atemlos und kletterte auf den Wagen.

Aitulf fiel ein, dass Jaakov auch bei der anderen Fahrt diese eigenartigen Würmer dabeigehabt hatte, seine Waffe gegen die Sachsen. Aber damals waren sie ja nicht offen überfallen worden und er hatte die Würmer nicht gebraucht.

Aitulf musste unwillkürlich lächeln. »Ach, die Würmer. Ich erinnere mich, du hattest sie dabei, als wir unterwegs waren nach Antonaco. Aber wie sie gegen die Sachsen helfen sollen, hast du mir damals nicht verraten.«

»Ich weiß es ja selbst nicht, ob es wirkt. Warten wir es ab.«

Das war alles, was er zu den Würmern sagte, und Aitulf bekam nichts mehr aus ihm heraus.

Unterwegs, als sie durch die noch stille Stadt fuhren, besorgte sich Aitulf eine zusätzliche Wurfaxt und ein Messer, das er in den Felllappen versteckte, die um seine Waden gewickelt waren.

So gerüstet kamen sie im Morgengrauen an die Hafenanlage Colonias, von der aus sich die einzige Brücke in dieser Gegend über den Fluss spannte, die auf der anderen Seite in der Nähe des ehemaligen *castellum divitia* endete.

Zu dieser frühen Stunde spürte man besonders, dass der Herbst sich dem Winter näherte. Es war schon vorgekommen, dass im Monat November der erste Schnee fiel. Daher war Aitulf dankbar, dass sein jüdischer Begleiter ihm einen langen Mantel und eine Fellmütze besorgt hatte. Als sie das Osttor und die Wachen passiert hatten und bei der Brücke ankamen, fanden sie schon andere, die gerade hinübergingen. Man wusste nie so genau, ob es nicht sogar Sachsen waren, die Fränkisch sprachen, um nicht in der fränkischen Stadt Colonia aufzufallen.

Die beiden Männer stiegen von dem Karren, um dem Ochsen die leichte Steigung auf die Brücke zu erleichtern.

Laut rumpelte der Karren über die Holzbretter, die an einigen Stellen weggebrochen waren und dadurch den Eindruck vermittelten, dass die Brücke nicht mehr lange halten würde.

Aber um diese Zeit auf eine Fähre zu warten, die groß genug war, um den Wagen aufzunehmen, war ihnen zu unsicher und so holperten sie vorwärts und hofften, dass der Brückenboden nicht wegbrach.

Als sie bei dem *castellum* ankamen, sahen sie einige Gestalten durch den Nebel huschen, die sich wahrscheinlich ein Winterlager in den ehemaligen Stallungen zurechtmachten. War der Winter mild, konnten sie immerhin darauf hoffen, zu überleben.

Ein Pfad, der gerade breit genug für den Ochsenwagen war, führte am rechten Ufer nach Nordosten. Dorthin lenkten sie den Ochsen. Und da das Gelände flach war und kein Regen den Lehm in Schlamm verwandelt hatte, konnten die beiden Männer vorne auf der Bank sitzen, wo Jaakov die Zügel hielt.

Für alle Fälle hielt Aitulf seine Wurfaxt griffbereit und blickte ständig nach allen Seiten, um eine mögliche Gefahr rechtzeitig zu erkennen.

Immer noch stieg der Nebel vom Fluss herauf und hüllte das Wasser, die kahlen Erlen und Buchen, die das Ufer säumten, in eine grauweiße Masse. Das Quietschen der Räder und das Schnauben des Ochsen klangen seltsam laut in der morgendlichen Stille.

»Schade, dass du keinen Vollbart trägst«, sagte Jaakov, »dann würdest du noch jüdischer aussehen. Aber ich vermute, dass die Sachsen sowieso keine klaren Vorstellungen davon haben, wie Juden aussehen.«

Er streckte sich, gähnte und fügte hinzu. »Es ist herrlich, trotz dieser Nebelschwaden und der Kälte wieder unterwegs zu sein und das Haus mit Frau und Kind hinter sich zu lassen.«

»Hm«, meinte Aitulf, »wenn ich das so sehe, überkommt mich nicht gerade große Lust, eine Familie zu gründen.«

Jaakov klopfte ihm beruhigend auf die Schulter. »Das täuscht. Es ist nicht immer so … so bedrängend. Und auch Deborah hat bessere Tage. Manchmal ist sie sogar ganz zutraulich, wenn wir beieinander liegen. Und wäre sie eine Katze, würde sie schnurren. Aber sie will nicht zugeben, dass es ihr gefällt. Außerdem würde ich die Freiheit meines Händlerdaseins gar nicht genießen können, wenn ich nicht vorher in der Enge leben müsste.«

»Nun, das ist ein Gesichtspunkt, den ich so noch nicht bedacht habe«, gab Aitulf zu.

»Pass auf, ich werde dir ein paar hebräische Worte beibringen, die du sagen kannst, damit die Leute dich für einen Juden halten. Wenn du Leute begrüßt, dann sagst du einfach: »*Schalom lachäm* – Friede mit euch. Und wenn du einem einzelnen Menschen begegnest, sagst du: *Schalom lechá* – Friede mit dir.«

Aitulf wiederholte die Worte und prägte sie sich ein.

»Jetzt werde ich dir einen Satz sagen, den du immer wieder vor dich hinmurmeln kannst, um zu zeigen, dass du weder fränkisch noch Sächsisch verstehst. Am besten, du stellst dich dumm, was dir vermutlich nicht so schwer fallen wird.«

Bevor Aitulf wütend werden konnte, lachte Jaakov und fügte hinzu: »Nur kluge Leute können sich dumm stellen, dumme wissen gar nicht, dass sie dumm sind. Also, hör zu und sprich mir nach: *»Schäkär hachén wa häbäl ha jafí ischáh jirat ADONAI hi tithakál »*

Aitulf musste Wort für Wort wiederholen, bis er es auswenig kannte.

»Und was bedeutet das nun?«

»Es ist die Zusammenfassung meines gesamten Ehelebens, aufgebaut auf der Erfahrung tausender von Ehemännern vor mir.«

»Nun, lass hören, ich bin gespannt.«

»*Anmut ist trügerisch, Schönheit vergänglich, aber eine Frau, die dem Herrn Ehrfurcht zeigt, soll gelobt werden.*«

»Du meinst also mit anderen Worten, es kommt nicht darauf an, wie eine Frau aussieht?«

»Nun … nicht nur.«

»Aber an ihrer Schönheit und Anmut entzündet sich der Liebesfunken.«

»Mag sein, aber dieser Funken hält leider nicht allzu lange an. Jedenfalls hast du nun einen Satz, den du immer vor dich hinmurmeln kannst und der Hebräisch ist. Die Sachsen werden denken, dass du ein jüdischer Händler bist wie ich und perfekt Hebräisch sprichst.«

Allmählich lichtete sich der Nebel, und die beiden Männer auf dem Händlerkarren sahen den träge dahinfließenden Rhenus, der sich keine Ruhe gönnte und Tag und Nacht vorwärtsströmte. Manchmal hingen Büsche oder Zweige so tief herab, dass sich Jaakov und Aitulf ducken mussten, um nicht einen Zweig in die Augen zu bekommen. Das Gezwitscher der Vögel, die nicht nach Süden zogen, begleiteten ihren Weg, und vom Ufer, aus dem Schilf, hörte man gelegentlich einen Frosch quaken.

Eine Zeit lang fuhren sie schweigend dahin, bis Aitulf ein Gedanke kam. »Endlich kann ich dich etwas fragen, was ich schon die ganze Zeit fragen wollte.«

»Und das wäre?«

»Was für ein Zauber steckt eigentlich in der seltsamen Kapsel, die ihr Juden an die Türpfosten anbringt? In Mettis fiel mir das schon auf, aber ich hatte vergessen zu fragen.«

»Der Zauber der Erinnerung«, erwiderte Jaakov.

»Wie soll ich das verstehen?«

»Nun, in der kleinen Kapsel liegt ein eingerollter Pergamentstreifen, auf dem unser Glaubensbekenntnis steht. Immer wenn wir das Haus verlassen oder es betreten, erinnern wir uns daran, dass unser Gott ein einziger Gott ist und dass wir ihn lieben sollen mit ganzer Seele, mit ganzem Herzen und all unseren Kräften.«

»Ich meine mich zu erinnern«, sagte Aitulf, »dass in einem Evangelium Jesus auch dieses Bekenntnis zitiert.«

»Kein Wunder: Iäsus war Jude.«

Aitulf wiegte den Kopf hin und her. »Nun... äußerlich ja, aber er war auch Gottes Sohn und stand jenseits aller Völker und Rassen.«

»Das behauptest du. Wir Juden sehen das anders.«

»Ja, ein alter Streitpunkt.« Aitulf blickte über die Flussaue, die saftig und dunkelgrün zwischen den Zweigen hindurchschimmerte.

Das Quietschen der Räder wurde lauter, der Weg stieg ein wenig an. Nach einer Weile fragte Aitulf: »Kennst du dich in den Heiligen Schriften aus, Jaakov?«.

»Es kommt darauf an«, brummte er. »Ich bin kein Rabbi, aber ab und zu bekomme ich etwas mit, wenn aus den Schriften vorgelesen wird, oder wenn ich auf zwei Gelehrte stoße, die sich über einer Frage in die Haare bekommen. Du musst wissen: Wir Juden streiten für unser Leben gern. Es gehört geradezu zu unserem Lebensstil.

Willst du auf etwas Bestimmtes hinaus?«

»Ja. Du weißt ja, ich war in dem Kloster in Antonaco, um über das Verschwinden von Agnes zu sprechen.«

»Ja ich erinnere mich.«

»Und dort traf ich auf diese weissagende Nonne, von der du gehört hattest.«

»Ja, stimmt. Du kamst dann so spät zurück und es ergab sich keine Gelegenheit mehr, darüber zu reden... Sie wollte dir ja... wenn möglich eine Weissagung zukommen lassen, außerhalb des Klosters.«

»Richtig. Und das hat sie auch getan. Zuerst hielt ich sie für eine Hexe, weil sie so hässlich war und ohne Mühe aus dem Kloster gelangte, aber sie sagte mir, sie hätte einen Schlüssel für die Nebenpforte und müsste ab und zu das Kloster verlassen. Nun... jedenfalls, sie hatte tatsächlich eine Weissagung für mich. Sehr rätselhaft, aber das meiste habe ich inzwischen herausgefunden. Ich überspringe das alles. Es geht um einen Text bei dem Propheten Hezekiel...«

»Kenne ich nicht.«

»Einer der jüdischen Propheten. Ich glaube, ihr nennt ihn Jächzekel.«

»Ach ja.«

Dieser Prophet hatte eine Vision von seltsamen Wesen mit Flügeln und Rädern. Unter viel Mühe habe ich das alles herausgefunden, denn die Weissagung hieß: *Suche die Wesen mit den Rädern bei meinem Volk. Und du wirst Ruhe und Reinheit finden.«*

»Seltsam.«

»Ja, das fand ich auch. Ich habe in dem Buch des Propheten gelesen, und es war erstaunlich, was er alles beschrieb. Räder, die gleichzeitig in alle Himmelsrichtungen fahren konnten, blitzschnell, sehr beweglich. Und diese Wesen waren fast unheimlich: jedes von ihnen hatte vier Gesichter, Flügel und Menschengestalt, aber Füße wie ein Kalb. Nun bin ich nicht schlau geworden daraus.«

»Ich erinnere mich an diese Vision. Sie kam bei irgendeiner Lesung vor, und ein Rabbi weinte sogar, als sie vorgelesen wurde.«

»Wir haben herausgefunden«, sagte Aitulf, »dass der Prophet dieses Wesen in Babylon geschaut hat…«

»Jetzt fällt es mir wieder ein«, unterbrach Jaakov seinen Begleiter eifrig. »Soweit ich weiß, trugen die Wesen mit den Rädern die Schekinah, die Herrlichkeit Gottes, aus dem Tempel in Jerusalem durch die Wüste nach Babylon zu den Verbannten. Und dieser Rabbi war davon so gerührt, dass Gottes Heiligkeit den Tempel verließ und zu den armseligen Verbannten nach Babylon fuhr, getragen von den Cherubimwesen auf den Rädern. Er konnte es nicht begreifen, dass Gott seine ganze Heiligkeit und Macht für nichts erachtete und es ihn zu den sündigen Verbannten zog.«

Jaakov schwieg, während diese Szene vor seinem inneren Auge auftauchte. Und auch Aitulf sann den Worten nach. Allmählich fing er an, das Ganze zu begreifen. Wenn man die seltsamen Wesen nur als Transportwesen sah, dann… Plötzlich merkte er, dass dieses bizarre Bild der himmlischen Räderwesen gar nicht mehr so fremd war. Gott, der in seiner Herrlichkeit zu denen fuhr oder schwebte, die verbannt und weggeschleppt…

Mit einem Mal klatschte Aitulf in die Hände. »Ich hab's!«, rief er, »Ja, jetzt verstehe ich es. Es ist so einfach!«

Jaakov, der von dem Schrei zusammengezuckt war, blickte ratlos zu Aitulf hinüber, der aufgeregt lossprudelte: »Natürlich! Die Weissagung vergleicht Agnes' Verschwinden mit der Verbannung Israels. Und sie will nichts anderes sagen, als dass Gott mit den Verbannten, mit den Entführten ist, mit Agnes. Ganz gleich, wo sie sich befindet. Und ich soll Ruhe finden, weil Gott selbst sich um Agnes kümmert.«

Jaakov zog die Zügel, und der Ochse hielt.

»Was ist los?«, fragte Aitulf erstaunt. »Warum hältst du?«

»Wenn der Höchste selbst sich um deine Tochter kümmert und sie zurückführt, dann bedeutet das, dass wir wieder umkehren können.«

Verblüfft starrte Aitulf den Juden an. »Bist du verrückt?«

»Warum? Solch eine starke Weissagung einer Nonne sollte man ernst nehmen!«

»Willst du dich über mich lustig machen oder mich auf die Probe stellen?« Aitulf blickte forschend in das Gesicht seines Begleiters, sah diesmal aber keinen Spott darin.

»Damals bei den Juden war das auch so. Als die Zeit erfüllt war, nach siebzig Jahren, kam Kyros, der persische König, besiegte die Babylonier und schickte die Juden wieder nach Hause.«

»Aber ich möchte nicht siebzig Jahre warten! Außerdem… außerdem eine Weissagung bedeutet doch nicht, dass man die Hände in den Schoss legt. Ich habe mit viel Mühe nun alles enträtselt und verstanden, habe einen jüdischen Händler dazu bewegt, im Monat November durch sächsisches Gebiet zu fahren, habe ihn aus der Hand seiner treu sorgenden Frau gerissen, was ein mittelmäßiges Wunder ist…«

»Die Macht des Geldes«, ergänzte Jaakov.

»Und nun«, fuhr Aitulf ungerührt fort, »soll ich so kurz vor dem Ziel die Hände in den Schoß legen? Nein, das kann keiner erwarten. Gott hilft dem, der sich auf den Weg macht. Agnes ist vielleicht nur noch eine halbe Tagesreise von uns entfernt und ist furchtbar verzweifelt.«

»Du vergisst die Engel mit den Rädern.«

»Ja, ja, das mag alles stimmen und es tröstet mich, dass Agnes nicht von Gott verlassen ist, aber … jetzt müssen wir weiter. Gott hilft mit unseren Armen und Händen.«

Jaakov seufzte und zuckte die Schultern. »Wie du willst.« Er hob die Zügel und schnalzte mit der Zunge und der Ochse zog wieder an.

Sie sahen jetzt, dass der Rhenus einen Bogen nach Nordwesten schlug, aber der Weg machte den Bogen nicht mit, sondern ging geradewegs durch einen lichten Buchenwald.

»Ich hoffe, wir sehen den Fluss, der in den Rhenus mündet...«

»Nun, ganz gleich wie weit wir vom Rhenus entfernt sind, wir müssen auf diesen Nebenfluss stoßen, da er ja von Osten nach Westen fließt und wir von Süden nach Norden fahren. Das ist unausweichlich.«

»Ja. Du hast natürlich Recht.«

Aitulf wurde immer unruhiger je länger sie unterwegs waren. Vielleicht trafen sie schon nachmittags auf diesen Fluss und würden am frühen Abend das Dorf erreichen, in dem Agnes gefangen gehalten wurde. Aber was dann? Er hatte noch keinen genauen Plan überlegt, wie er Agnes befreien konnte. Er und Jaakov gegen ein ganzes Dorf? Aber wie? Agnes heimlich im Karren verstecken und dann wieder umkehren? Es musste ein kleines Wunder passieren oder ein rettender Einfall kommen.

Gerade wollte sich Aitulf mit Jaakov beraten, wie sie vorgehen sollten, da tauchten hinter den Bäumen drei, vier, nein fünf Gestalten auf, mit gezücktem Schwert und gespanntem Bogen und riefen etwas. Aitulf erschrak und griff ohne zu überlegen nach seiner Wurfaxt, die griffbereit neben ihm lag. Jaakov hielt an und raunte Aitulf zu: »Keine übereilten Handlungen. Lass mich machen.«

Die Männer kamen näher. Sie trugen lange Haare, die in Zöpfen geflochten oder am Hinterkopf verknotet waren. Ihre knielangen grob gewebten Hemden waren in der Mitte gegürtet wie bei den Franken.

»Hylt! Hwa iuh bist? – Halt! Wer bist du?«, fragte der, der am dichtesten stand und den Bogen gespannt hielt.

Zu Aitulfs großer Verwunderung fing Jaakov an, Sächsisch zu reden, während die Männer langsam näher kamen.

Ungefähr die Hälfte von der Unterhaltung verstand er und bekam mit, dass Jaakov ihnen erklärte, sie seien jüdische Händler, um den Sachsen Waren zu verkaufen. Er spürte einen Rippenstoß und hörte Jaakovs Stimme, die ihm zuraunte: »Sprich deinen hebräischen Satz und deine Begrüßungen.«

Aitulf legte los und fand es seltsam, dass er diesen kriegerischen Männern etwas von der Vergänglichkeit schöner Frauen erzählen sollte.

»Es genügt«, raunte Jaakov.

Plötzlich fingen die Sachsen an, laut zu lachen und kamen noch näher.

»Sie sagen, dass sie es gar nicht nötig hätten, mir etwas zu bezahlen, weil sie den Wagen ausrauben und uns umbringen könnten…«

Aitulf bekam einen Schreck. So dicht am Ziel und jetzt das! Das konnte doch nicht sein. Er spürte wieder einen Stoß und Jaakovs Stimme, die ihm zurief: »Die Würmer! Hol den Becher mit den Würmern, er ist direkt hinter dir in der Kiste!«

Als Aitulf nach hinten kroch, um die Würmer zu holen, hörte er, wie Jaakov auf die Sachsen einredete während seine Stimme dramatisch anschwoll. Endlich hatte er den verschlossenen Becher gefunden und reichte ihn Jaakov, der ihn triumphierend hochhielt.

Aitulf meinte zu verstehen, dass Jaakov jetzt von sächsischen Krieger redete, und er sah, wie er den Becher bedeutsam hin und her schwenkte. Die Sachsen lachten zwar wieder, aber diesmal klang das Lachen nicht mehr so laut und frech wie zuvor. Der Anführer ließ sogar seinen Bogen sinken und kam zögernd näher. Jaakov öffnete seinen Becher und reichte ihm dem Sachsen. Der nahm ihn vorsichtig in die Hand, spähte hinein, schlug voller Entsetzten die Hand vor den Mund und zeigte ihn seinen Kameraden.

»Jetzt wieder dein hebräischer Satz«, raunte Jaakov Aitulf zu. »Aber diesmal laut und mit schrecklicher Stimme.«

AItulf räusperte sich, holte tief Luft und begann: »*Schäkär hachén wa häbäl ...*«

Bei diesen Worten heulten die Sachsen auf, warfen den Becher weg und rannten davon, als wäre eine Legion fränkischer Krieger hinter ihnen her.

Jaakov stieg von dem Wagen, hob den Becher mit den Würmern auf und sammelte ein paar Tiere auf, die ihr Gefängnis verlassen hatten und über den Boden krochen. Dann tanzte er auf dem Weg hin und her, wobei er rief: »Es hat gewirkt. Es hat gewirkt! Oh, ihr Würmer, ich liebe euch!« Er nahm einen Wurm aus dem Becher, küsste ihn und warf ihn wieder zu den anderen. Dann tanzte er wieder und sang ein hebräisches Lied. Schließlich stieg er mit rotem Gesicht auf den Wagen und setzte sich.

Aitulf verstand überhaupt nichts mehr. Und als Jaakov sich wieder beruhigt hatte, sagte er. »Und jetzt erklär mir bitte die Sache mit den Würmern oder ich bringe dich mit meiner Axt um.«

»Bleib ganz ruhig, Aitulf! Natürlich sollst du es wissen. Du hast ja schließlich die Sachsen mit deinen Worten in die Flucht geschlagen!«

*»... we anochi tola-at, we loh isch.«*

*»...ich bin ein Wurm und kein Mensch.«*

Psalm 22, Hebräisch, 6. Jahrhundert v. Chr.

# 14

Während der Ochse gemächlich auf dem Weg weiterzog, der jetzt den Buchenwald verließ und sich wieder dem Rhenus näherte, erzählte Jaakov die Geschichte seiner wunderhaften Wurmwaffe. Da es kälter geworden war, hüllten sich die beiden Männer fest in ihre Mäntel ein.

»Ich weiß noch genau, wie ich darauf gekommen bin«, begann er, »es war aus Wut, weil mich die Sachsen auf einer meiner Reisen ausgeraubt hatten und ich hinterher tobte und sie am liebsten in Würmer verwandelt hätte. Als ich später bei der Pesachliturgie den zweiundzwanzigsten Psalm hörte, tauchte dort der Gedanke wieder auf. Dort hieß es: *Ich bin ein Wurm und kein Mensch.* Jedenfalls, der Beter dieses Psalms kam sich wie ein Wurm vor, so niedergedrückt war er. Aus Menschen werden Würmer, dachte ich und stellte mir vor, wie furchtbar es wäre, wenn mich jemand in einen Wurm verwandeln würde. Die bloße Vorstellung, sich in einen Wurm zu verwandeln, ist schrecklich. Damit, dachte ich, könnte man den Sachsen die Angst lehren. Und ich stellte mir vor, wie ich beim nächsten Zusammenstoß mit den Sachsen die Hand heben würde, um einen Wurmfluch auszusprechen, und dann zu sehen, wie diese Diebe und Räuber sich in Würmer verwandeln und vor mir auf dem Boden kriechen. Das wäre eine Genugtuung!«

Jaakov hielt inne und hing seinen Gedanken nach.

»Und dann?«, drängte Aitulf

»Ja nun, ich bin kein Magier und habe auch keinen Wurmfluch gefunden. Aber irgendwann fiel mir dann ein, dass man die Verwandlung vortäuschen und dadurch Angst erzeugen könnte.«

»Wie vortäuschen?«

»Ganz einfach: ich zeige den Sachsen Würmer und behaupte: Schaut her, durch einen starken Zauberspruch habe ich Sachsen in Würmer verwandelt und wenn ihr nicht augenblicklich verschwindet und mich in Ruhe lasst, verwandle ich euch ebenfalls in Würmer.«

»Schön und gut. Aber welcher Hohlkopf glaubt so etwas?«

»Genau darauf kommt es an. Ich musste meine Würmer so verkleiden, dass sie so aussahen, als seien sie vorher Sachsen gewesen.«

»Jetzt wird es langsam verrückt. Wie verkleidet man denn Würmer?«

»Ich umhüllte sie mit einem Stück Stoff, schlang in der Mitte einen Faden drumherum und steckte ein winziges Schwert aus Holz zwischen Faden und Stoff. Ich stattete also die Würmer mit Kleidung und Waffen aus.«

Jaakov holte den Becher, machte den Stoffüberzug weg und ließ Aitulf hineinblicken. Und er sah tatsächlich Würmer mit Stofffetzen umwickelt, die winzige Schwerter trugen, wobei einige sich der Stoffe schon entledigt hatten.

»Nun brauchte ich noch einen großen Magier, der gewaltige Zaubersprüche durch die Gegend schleudern konnte.«

»Und dieser Magier war wohl ich selbst, als ich meinen hebräischen Satz aufsagte.«

»Richtig. Als sie die Würmer sahen und du dann anfingst, deinen schrecklichen Zauberspruch aufzusagen, da wurden sie von Angst gepackt und liefen fort. Und sie werden sicherlich von unseren Zauberkräfte erzählen, sodass wir jetzt einigermaßen sicher sind.«

Aitulf konnte nicht anders, er musste laut lachen und hieb sich dabei auf die Oberschenkel. »Das ist das ... das Beste, was ich an Kriegsführung bisher kennen gelernt habe. Man sollte den Wurmtrick König Sigibert verraten für seine nächsten Auseinandersetzung mit den Sachsen. Und wie sie gerannt sind, diese Sachsen! Unglaublich! Jaakov, du bist der Größte!«

»Aber, wie gesagt, ich wusste ja nicht, ob es tatsächlich wirkt. Heute war die erste Probe.«

»Und es hat sehr gut gewirkt.«

»Ja, das weiß ich jetzt auch.«

»Weißt du, was mir einfällt?«

»Was denn?«

»Mit deinen Würmern könnten wir Agnes befreien. Wenn die Sachsen zu dem Dorf gehören und die Wurmgeschichte erzählen, fressen uns alle aus der Hand. Und wenn nicht, führen wir die Wurmverwandlung noch einmal vor.«

Mit einem Mal war Aitulf guter Laune. Er war sicher, dass die Befreiung klappen würde. Vielleicht saß Agnes heute Abend schon mit ihnen im Wagen. Und war sie dann nicht sogar durch den Ochsen mit dem Händlerkarren, also durch ein Wesen mit Rädern befreit worden? Der verkleidete Diakon hüllte sich noch enger in den alten, abgetragenen Ledermantel ohne Ärmel, dessen Pelz Haarausfall hatte, und er erinnerte sich genau an dieses Kleidungsstück, weil Jaakov es ja auf ihrer Reise nach Antonaco getragen hatte.

Ab und zu kamen ihnen Leute entgegen, die Lasten auf dem Rücken gebunden hatten und anscheinend nach Colonia zum Hafen wollten. Aber sonst war es ruhig, nur der breite Fluss ließ an einigen Stellen seine Stimme hören, wenn er über große Steine am Ufer strömte oder sich in einem Wirbel verfing.

Nach einer Weile hielt Jaakov den Ochsen an.

»Was ist los? Warum hältst du an?«, fragte Aitulf verwundert.

»Wir machen eine Pause und essen etwas. Außerdem ist mir kalt.

»Nein!«, rief Aitulf. »Lass uns weiterziehen. Ich kann es gar nicht abwarten, Agnes zu gehen und …«

»Ja, das kann ich mir denken. Und trotzdem mache ich eine Pause. Nachher wird es leicht bergauf gehen, wenn wir dem Nebenfluss folgen und Elieser braucht auch etwas zu essen und muss sich ausruhen.«

»Wer?«

»Elieser. So heißt mein Ochse.«

»Ein merkwürdiger Name.«

»Das ist ein traditioneller Name für Knechte. Es gibt überall Eliesergeschöpfe, deren Aufgabe es ist, anderen zu dienen. Wenn ich Elieser keine Pause gönne, geht er nachher umso langsamer. Wir kommen deshalb nicht schneller voran, wenn wir pausenlos weiterfahren.«

Aitulf seufzte. »Nun gut. Kalt wird mir auch allmählich und ich bin in deiner Hand.«

»Ja, das will ich meinen. Denn wenn du mir nicht gehorchst, werde ich dich in einen Wurm verwandeln!«

»Bitte nicht, großer Magier. Ich tue alles, was du sagst.«

»Gut, dann schenk uns etwas Wein ein. Ich habe auch noch etwas Sauermilch, steinharte Brotfladen und ein paar getrocknete Fische.«

»Das hört sich doch gut an.«

Aitulf kletterte nach hinten in den Wagen, schlug eine der seitlichen Lederplanen zur Seite, damit er Licht hatte, und holte die Sachen aus einer Kiste.

Währenddessen spannte Jaakov den Ochsen aus und führte ihn zur Flussaue, band ihn an einer Erle fest und kam zum Wagen zurück. Unter dem Arm hatte er ein paar dicke Äste, dünne Zweige, Rinde und trockenes Gras. Aitulf hatte inzwischen schon Brot, Fisch und Wein auf die Mitte der Sitzbank gelegt.

»Du willst ein Feuer machen?«, fragte Aitulf. Und als der andere nickte, stieg er herunter und half dem Juden, Holz und das trockene Brennmaterial zum Anzünden so zu schichten, dass die kleineren, leicht entflammbaren Stücke nach unten kamen und darüber die dicken Äste lagen. Dabei achteten sie darauf, immer etwas Zwischenraum zu lassen, damit die Flammen nicht erstickt wurden.

Aus dem Wagen holte Jaakov Feuerstein und Eisen,

zerbröselte einen trockenen Baumschwammm in einer Tonschale, träufelte ein paar Tropfen Öl darüber und schlug so lange Funken, bis das Gemisch anfing zu glühen. Dann blies er ein wenig, und bald züngelten gelbliche Flammen empor. Jetzt schob er die Schale ganz nach unten in das aufgeschichtete Feuerholz und wartete ab. Als das Feuer kräftig brannte, trugen die beiden Männer die schmale Holzbank mit dem Essen nach unten und wärmten sich die Hände an den knisternden Flammen. Ein jeder sprach seinen jeweiligen Tischsegen und beide fingen an zu essen.

Nach einer Weile stand Jaakov auf, suchte ein paar flache Steine und legte sie in das Feuer.

»Willst du Brotfladen backen?«, fragte Aitulf, der gerade an einem zähen Trockenfisch kaute.

»Nein, ich will Florentius' neue Erfindung genießen, den heißen Wein. Erinnerst du dich?«

Aitulf nickte kauend und brummte sein Einverständnis.

Während der Diakon seinen Fisch hinunterwürgte und mit einem Schluck Wasser nachspülte, das er sich aus dem Fluss holte, war er doch froh, dass sie eine Pause eingelegt hatten.

Bei dieser feuchtkalten Luft tat es gut, sich an einem Feuer zu wärmen mit der Aussicht, dass er bald Agnes treffen und sie mitnehmen würde. Und das durch die Hilfe der Würmer! Er blickte zu Jaakov hinüber, der gerade Wein in zwei Tonbecher goss, mit einem Stück Stoff die heißen Steine herauszog und die Becher daraufstellte.

Ein guter Mann, dachte der Diakon. Schade, dass er Jude ist und kein Christ. Aber vielleicht kann ich ihn dazu bringen, seinen alten, überholten Glauben aufzugeben. Man müsste ihm den wunderbaren, überlegenen christlichen Glauben nur einmal ausführlich erklären. Wahrscheinlich blieben viele Juden ihrer Religion treu, weil sich keiner die Mühe machte, ihnen den neuen Glauben genau darzustellen. Nun, sie hatten noch einen Weg vor sich, da war noch Zeit, darüber zu reden.

Inzwischen musste es Mittag sein und das Tageslicht würde nicht mehr stärker werden. Die Sonne versteckte sich noch immer hinter den Nebel- und Wolkenmassen.

»So, jetzt dürfte der Wein fertig sein«, sagte Jaakov und reichte Aitulf einen heißen Becher hinüber. »Vorsicht, er ist sehr heiß, nimm das Stück Stoff hier.«

Aitulf nahm den Becher in Empfang und schlürfte mit Wohlbehagen das neuartige Getränk. Wer weiß, vielleicht war es ja gar keine neue Erfindung, und die Römer kannten schon lange so einen heißen Wein, wie sie ja fast alles schon erfunden hatten, was es gab. Man konnte sich kaum vorstellen, dass es Dinge gab, die noch entdeckt werden konnten.

Die Römer hatten auch eine Art breiartige Masse erfunden, ähnlich wie Lehm, die durch Trocknen hart wurde. Diese Masse bestand aus Kalk, Sand und Wasser, mit deren Hilfe man die Steine zusammenkleben konnte. An der Luft wurde sie so hart, dass sie aussah wie Stein. Den Steinbrei nannten sie *arenatum* und …

»Nun, worüber denkst du nach, Aitulf, dass sich deine Stirne in so tiefe Falten legt?«

»Ich denke über die Römer nach und über ihre Erfindungen.«

»Ja, ein erstaunliches Volk, wobei ich nicht gut auf sie zu sprechen bin.«

»Warum?«

»Schließlich haben sie unseren Tempel in *Jeruschalajim* zerstört, uns aus unserem Land fortgejagt und viele von uns Juden verfolgt und getötet.«

»Nun, da ging es euch so wie uns Christen. Auch wir wurden bis zur Zeit Diocletians verfolgt. Und es gibt bei uns Bestrebungen, die Zeit nicht mehr nach der Regierung Diocletians zu berechnen, sondern nach der Geburt unseres Erlösers.«

»Das wäre wahrhaftig ein Sieg über den römischen Einfluss, der immer noch da ist, obwohl das alte Reich zerfällt und uns vielleicht alle in seinen Untergang reißt.«

»Das glaube ich nicht!« Aitulf schüttelte energisch den Kopf. »Der neue Glaube ist so stark, dass er auch das überleben wird. Und ich verstehe ehrlich gesagt nicht, warum ihr Juden nicht schon längst Christen geworden seid, wo doch Christus euer lang erwarteter Messias ist, den auch eure Heiligen Schriften verheißen.«

»Nun fängst du auch noch an. Bischof Leo hat uns Juden erst vor zehn Tagen zu sich bestellt, um in aller Ausführlichkeit zu beweisen, dass der jüdische Glaube überholt sei und dass alle Menschen eigentlich Christen werden müssten.«

»Ja, das denke ich auch«, nickte Aitulf heftig. »Es gibt so viele Beweise aus euren eigenen Schriften.«

»Für uns sind das keine Beweise.«

»Aber hör zu, was sagst du zu der Iesajastelle: *Fürwahr, er trug unsere Krankheit und lud auf sich unsere Schmerzen… Er ist um unserer Missetat willen verwundet und um unserer Sünde willen gestorben, die Strafe liegt auf ihm. Durch seine Wunden sind wir geheilt.* Das trifft so genau auf Christus und sein Leiden zu, dass man es gar nicht klarer fassen kann.«

»O nein, das überzeugt mich nicht«, sagte Jaakov. »Der Prophet redet von einem unbekannten Gottesknecht. Und im weitesten Sinn redet er wahrscheinlich von dem ganzen Volk, das er symbolisch an einem Menschen darstellt. So wie der Höchste sagte: Aus Ägypten habe ich meinen Sohn gerufen. Auch dort ist Israel gemeint. Die Leiden unseres Volkes sind so groß, die Wunden so schmerzhaft, dass es nicht mit rechten Dingen zugeht. Und deine Stelle aus Iesaja legt die Vermutung nahe, dass mein Volk für die Sünden der anderen büßt.«

Aitulf machte eine ärgerliche Bewegung mit der Hand. »Was für eine Überheblichkeit!«

»Wieso? Ihr glaubt, dass ein einzelner Jude die Sünden der Welt trug, und ich sage, ein ganzes Volk. Ist es nicht überheblicher zu sagen, ein Einzelner tat das?«

»Es wäre in der Tat überheblich, wenn er ein normaler Mensch gewesen wäre, aber er war der Sohn des Höchsten. In ihm war Gott selbst. Wer mich sieht, sieht den Vater, sagte er.«

»Das nenne ich die größte Überheblichkeit. Denn unser Glaubensbekenntnis lautet: *Gott, unser Herr, ist ein einiger, ein einziger Gott*. Ihr aber macht aus Christus einen zweiten Gott.«

Aitulf schwieg, denn er dachte an seine Vergangenheit. Er war, als er unter den Langobarden in Norditalia lebte, arianischer Christ gewesen und diesem Glauben zufolge wurde Christus zwar als Erlöser betrachtet, niemals jedoch als Gott.

Seit er katholisch geworden war, glaubte er an die Dreieinigkeit Gottes, der seine Einheit in dreifacher Gestalt zeigte.

Jaakov schlürfte laut seinen warmen Wein und sagte nur: »Die Unterschiede sind zu groß und nicht zu überbrücken, obwohl es viele Gemeinsamkeiten zwischen uns gibt.«

»Aber...«, fing Aitulf wieder an, »warum fürchten sich die Dämonen und Teufel, die es überall gibt, wenn man nur den Namen Jesus Christus ausspricht und ihnen sein Kreuz zeigt? Wenn er ein ganz normaler Jude gewesen wäre, dann... dann wäre das nicht möglich.«

Jaakov hob die Schultern und meinte nur: »Da siehst du, wie mächtig Juden sein können.« Dann sagte er: »Ich werde Elieser noch einen Eimer Wasser zu trinken geben und dann brechen wir auf. Vielleicht sehen wir deine Tochter noch heute Abend!«

Aitulf leerte den Becher, stand ebenfalls auf und pinkelte in das Feuer, um es zu löschen. Dann zerrte er die Glut auseinander und zertrat die dampfende Asche. Er blickte nach Westen und sah Jaakov, der inzwischen bei seinem Ochsen war und ihm einen Eimer Wasser vorsetzte. Er stand zwischen den Uferbäumen als Silhouette vor dem hellen bewegten Streifen des Rhenus.

»Eine harte Nuss, diese Juden«, murmelte Aitulf, »dickköpfig, als ob sie Köpfe aus Stein hätten, aber … sie haben gute Ideen. Das muss man ihnen lassen.«

Allmählich verflüchtigte sich der Nebel, und die Männer konnten die Sonnenscheibe hinter den Wolken als hellen Fleck erahnen.

»Heute muss sich der Sonnenwagen durch die Nebelfelder kämpfen«, meinte Aitulf nach einer Weile.

Jaakov blickte hoch und murmelte nur: »Sonnenwagen!«

»Was sagst du?«

»Ich sagte: *Sonnenwagen*. Wir Juden glauben nicht an einen Sonnenwagen, der den Sonnengott Helios über den Himmel zieht. Der Allmächtige duldet keine Götter neben sich. Sonne und Mond sind bewegliche Lampen, die er an das Gewölbe angebracht hat, nichts weiter. Dein Sonnenwagen ist heidnisch!«

»Ja, du hast Recht. Aber ich bin in diesem Glauben groß und erst später Christ geworden. Und ist es nicht schön, sich vorzustellen, wie die Sonne in einem Wagen sitzt und zu uns herunterblickt?«

»Nun, heute wird sie nicht viel von uns sehen.«

»Ich meine ja nur.«

»Entweder du glaubst an den einen Gott oder an den Sonnengott und an viele Götter.«

»Ich muss darüber nachdenken«, murmelte Aitulf, der zugeben musste, dass Jaakovs Gedanken eine gewisse Berechtigung hatten. »Es ist doch so…«, versuchte der Diakon sich zu rechtfertigen.

Aber er kam nicht dazu, seine tiefsinnigen Gedanken über Sonne und Mond zu verbreiten, denn Jaakov unterbrach ihn: »Da vorne ist der Nebenfluss.«

Der Fluss selbst war nicht zu erkennen, aber man konnte ihn vermuten hinter den Büschen und Bäumen, die ihn säumten.

Wie erwartet lief ein Weg am Fluss entlang nach Nordosten. Drei Baumstämme lagen zwar über dem Fluss, aber das war nur ein Weg für Fußgänger und nicht für einen Ochsenkarren.

So bogen sie also nach Nordosten ab, immer an dem Fluss entlang, der zwar nicht so groß wie der Rhenus war, aber doch so breit, dass man nicht hinüberspringen konnte.

»Lange wird es nicht mehr gehen, dann werden wir in dem Dorf ankommen«, sagte Jaakov, der den Ochsen antreiben musste, weil der Weg leicht anstieg.

»Lass uns aussteigen, dann hat es Elieser leichter.«

So stiegen sie ab und gingen schweigend neben dem Wagen her. Aitulf hatte seine Wurfaxt für alle Fälle gelockert und fühlte nach seinem Messer, das in den Wadenfellen steckte.

Der Flusslauf führte sie in einen Eichenwald und der Weg, auf dem der Wagen rollte, wurde weicher und feuchter.

»Hoffentlich bleiben wir nicht stecken. Das könnten wir gerade jetzt nicht brauchen«, sagte Jaakov und blickte sorgenvoll auf die tiefen Spuren, die die Räder auf dem Waldboden hinterlassen hatten.

Aber nach einer Weile hatten sie den kleinen Hügel erklommen, und es ging jetzt wieder leicht bergab.

Plötzlich fasste Aitulf nach Jaakovs Arm. »Dort unten ist es!«, raunte er ihm zu.

Auf einer weiten Waldlichtung neben dem Fluss war in der Ferne ein Palisadenzaun zu erkennen und grasbedeckte Dächer, aus denen schmale Rauchfahnen aufstiegen.

»Ja, das könnte es sein«, nickte Jaakov. »Wir müssen jetzt völlig unbekümmert auftreten. Denn wir sind harmlose Händler, die etwas verkaufen wollen, nichts weiter. Als Händler freuen wir uns, dass wir ein Dorf gesehen haben. Das bedeutet Geld.«

»Harmlose Händler ist gut«, lachte Aitulf, »Händler, die Sachsen in Würmer verwandeln, sind nicht gerade harmlos.«

»Du hast Recht. Wir sind gefährlich.«

Der Wagen quietschte, als er sich auf das Dorf zubewegte. Von weitem sahen die beiden Männer, dass viele Leute in das Dorf strömten und wieder heraus kamen. Man hörte Stimmen, Axtschläge, als würden Bäume gefällt, Kindergeschrei…

»Es hört sich an, als ob irgendetwas los ist«, meinte Jaakov.

»Ja, sie bereiten doch ein Fest für Wodan vor, auf dem Agnes als die größte Attraktion abgeschlachtet werden soll.«

Jemand hatte wohl das laute Quietschen gehört, und die Männer mit ihrem Ochsenkarren wurden jetzt von einigen bemerkt. Sofort verbreitete sich die Kunde, dass Händler angekommen waren, in Windeseile von Mund zu Mund.

Drei Männer ohne Waffen in den Händen kamen ihnen entgegen und redeten schon von weitem aufgeregt auf Aitulf und Jaakov ein.

»Was sagen sie?«, fragte der Diakon.

»Ganz genau kann ich sie nicht verstehen, aber es hört sich an, wie: Wir wollen Frieden und kommen in guter Absicht.«

»Ha!« Aitulf rieb sich die Hände. »Dann hat die Wurmgeschichte schon ihre Runde gemacht, sonst würden wir nicht so empfangen werden.«

»Mag sein.«

Die Männer mit ihren Bärten und den langen blonden Haaren hatten den Wagen jetzt erreicht und blieben stehen. Auf Aitulf, der als Franke dachte, nur Könige und

Einsiedler hätten schulterlange Haare, machte diese Haartracht einen erhabenen Eindruck.

Es schien zunächst um die übliche Begrüßung zu gehen. Aber gleich danach hörte Aitulf den besorgten Satz: »Hwæt gewill iuh?« Was vermutlich heißen sollte: »Was wollt ihr von uns?«

Jaakov raunte Aitulf zu: »Wir müssen sie zunächst beruhigen, damit sie uns in ihr Dorf hineinlassen, um Agnes zu suchen. Also, keine hitzigen Bewegungen!«

Jaakov fing mit beruhigender Stimme zu reden an, deutete auf Aitulf, machte ehrfürchtige Zeichen und redete weiter. Als er mit Reden aufhörte, nickten die drei Sachsen zustimmend mit dem Kopf und riefen mehrmals. »Eaca, eaca!«

Dann schnalzte Jaakov mit der Zunge und der Ochse setzte sich in Bewegung. Währenddessen sagte Jaakov leise zu Aitulf: »Also, sie wussten alles über meine Würmer und noch viel mehr, was ich selbst nicht weiß. Wahrscheinlich haben die anderen maßlos übertrieben, um ihre eigene Feigheit zu vertuschen. Ich habe ihnen gesagt, dass ich Waren verkaufen möchte, dass ihnen nichts passiert und dass du, der große Magier, unverwundbar bist und sobald du angegriffen wirst, sprichst du deinen Wurmfluch. Das musste ich tun, damit sie uns nicht hinterrücks ermorden.«

»Nun, das scheint ja alles gut zu gehen.«

»Ja. Preis sei dem Allerhöchsten«, sagte Jaakov und fuhr fort: »Ich lasse den Ochsen mit dem Wagen vor den Palisaden und wir gehen zuerst einmal so hinein und schauen uns um. Ich glaube, diese Kerle haben solch einen großen Respekt vor uns, dass sie von meinen Waren wahrscheinlich nichts antasten werden.«

»Sie haben nicht großen Respekt vor uns, mein lieber Jaakov, sondern vor mir, dem großen Magier, dem Wurmverwandler.«

»Natürlich, oh, ehrwürdiger Oberwurm, ich meine Oberwurmverwandler.«

Sie näherten sich dem Holztor in der Palisadenwand, aus dem Menschen herausquollen und hineinströmten, auch zwei Frauen waren darunter, die Mund und Nasen verhüllt hatten, als müssten sie dem Gestank entfliehen. Sie schienen es eilig zu haben und blickten weder nach links noch nach rechts.

Aitulf und Jaakov nickten dem Wächter zu und betraten einen ausgetretenen Lehmweg, der sich durch das Dorf schlängelte. Von diesem Hauptweg zweigten kleinere Trampelpfade ab, die zu den einzelnen flachen Grasdachhäusern führten.

Es war wie in einem Ameisenhaufen. Überall gingen Männer und Frauen hin und her mit Körben oder anderen Lasten. Aus den Häusern stieg der Geruch von gebratenem Fleisch den beiden Fremden in die Nasen, und ein Mann war gerade dabei, auf den aufgeweichten Lehmweg Kieselsteine und Holzabfall zu streuen, damit die Vorbeigehenden nicht zu tief in den Dreck einsanken.

Aitulf und Jaakov blieben stehen und sahen sich um. Sofort kam einer der Männer von der Begrüßungsgruppe auf sie zu, verneigte sich artig und fragte, ob sie sich nicht ausruhen wollten. Danach könnten sie gerne vor das Dorf gehen und ihre Waren verkaufen.

»Sehr gerne«, antwortete Jaakov auf Sächsisch.

»Dann folgt mir«, sagte der Mann mit den langen blonden Haaren, die er am Hinterkopf verknotet hatte, damit sie ihm nicht immer in die Stirn fielen.

»Ein angenehmes Gefühl, wenn man eine gewisse Macht hat und die Leute einen mit Respekt behandeln«, meinte Aitulf.

»Nun, eine Macht, die auf tönernen Beinen steht.«

»Auf tönernen Beinen?«

»Das ist eine Geschichte aus dem Buch Daniel. Dort wird ein Standbild beschrieben, das Beine aus Ton hat, ein Stein rollt dagegen und alles fällt zusammen. Es braucht eben nur ein Einziger hier in dem Dorf zu sein, der uns die Wurmgeschichte nicht glaubt und einen direkten Beweis haben will, und plötzlich sind wir Gefangene.«

Sie waren bei einem großen Haus angekommen, dessen Tür offen stand.

»Das ist unser Versammlungshaus«, erklärte der Sachse. »Im Augenblick haben die Leute alle noch zu tun. Aber hier ist es warm, es brennt ein Feuer und eine Frau wird euch Brotfladen von dem Gerstenbrei von gestern backen.«

Sie traten über die Schwelle und standen in einem quadratischen Holz- und Lehmbau, in dessen Mitte unter dem Abzugsloch ein Feuer brannte. Eine Frau kniete auf dem Boden und knetete einen Teig. Sie blickte kurz auf, sagte etwas und knetete weiter.

Während Aitulf und Jaakov sich eine Bank an das Feuer holten, zog die Frau mit einem abgebrochenen Speer drei heiße, flache Steine heraus und verteilte den Teig flach darüber. Dann stand sie auf, holte von einem Haken zwei Trinkhörner, füllte sie mit einer Flüssigkeit und reichte sie den Männern, wobei sie peinlich darauf bedacht war, sie nicht anzusehen.

Aitulf schnupperte daran. »Scheint eine Art Bier zu sein«, sagte er und probierte einen Schluck. »Nicht übel, obwohl es für meinen Geschmack ein bisschen saurer sein könnte.«

»Ich mag diese milden sächsischen Biere, die aus Hafersaft gemacht sind, lieber als unsere sauren«, sagte Jaakov und tat einen großen Zug.

Die Frau hatte inzwischen die Brotfladen gewendet und legte sie dann, als sie fertig gebacken waren auf ein Holzbrett, das sie den Männern reichte.

Wortlos nahm es Jaakov in Empfang. Bei Mägden oder Sklaven bedankte man sich nicht.

Es tat gut, die heißen Fladen zu essen und sich den Bauch zu füllen. Nachher würden sie versuchen, überlegte Aitulf, durch das Dorf zu gehen und mit einem der

Männer zu sprechen. Sie könnten ihn fragen, was hier los sei, und verächtlich über die Franken reden, die gerade gut genug seien, um den Göttern geopfert zu werden. Vielleicht erfuhren sie dann mehr über Agnes. Er selbst musste dabei aufpassen, dass er nicht Fränkisch redete, sondern seinen hebräischen Satz zitierte. Er war ja ein jüdischer Händler. Aber nein, Jaakov redete ja auch Fränkisch und Sächsisch.

Wie ging es dann weiter? Sollten sie Agnes heimlich mitnehmen oder einen Auftritt inszenieren?

Jaakov stand auf. »Hör zu«, sagte er zu Aitulf. »Ich seh mich ein bisschen bei den Männern um, vielleicht entdecke ich mein Kettenhemd.« Und bevor Aitulf etwas sagen konnte, war Jaakov schon verschwunden.

Aitulf aß zu Ende und nahm sich gerade vor, ebenfalls das Haus zu verlassen und sich umzusehen, als Jaakov zurückkam und sich traurig auf einen Hocker fallen ließ.

»Nichts«, sagte er. »Kein Kettenhemd weit und breit. Ich habe ein paar Männer gefragt, ob es einen gibt, der so ein Hemd trägt, aber sie schüttelten nur den Kopf. Das wird ein großes Loch in meine Kasse reißen und...«

Aitulf unterbrach ihn, und seine Stimme hatte einen ärgerlichen Ton. »Kettenhemd! Kettenhemd! Gleich stimmst du noch ein Trauerlied an. Wir sind in erster Linie wegen Agnes hier. Hast du sie nirgends gesehen oder ging es dir nur um dieses verrostete Hemd? Lass uns lieber gemeinsam durch das Dorf gehen und nach Agnes suchen. Vielleicht entdecken wir einen redseligen Sachsen, der uns von dem bevorstehenden Opfer erzählt. Ich kann es kaum erwarten, Agnes zu sehen.«

»Gut.« Jaakov nickte, erhob sich und wollte gerade mit Aitulf das Haus verlassen, da hörten sie draußen Lärm. Alles schrie durcheinander, Menschen liefen hin und her.

»Etwas ist passiert.«

Jaakov trat nach draußen in die feuchtkalte Luft und in die Abenddämmerung. Er hielt einen Mann an, der stehen blieb und sich gerade umsah.«Hwæt is geweorthon? – Was ist geschehen?«

»Die Jungfrau ist verschwunden!«

»Welche Jungfrau?«

»Die fränkische Jungfrau, die an Wodans Fest geopfert werden soll und mit ihr ist auch Gna verschwunden, die Tochter der Priesterin.«

»Seit wann sind sie verschwunden?«

»Das weiß man nicht genau. Man hat es nur jetzt entdeckt. Bei den vielen Menschn, die hier ein- und ausgehen, ist es vermutlich nicht aufgefallen. Bestimmt wird gleich ein Suchtrupp losgeschickt. Weit können sie nicht gekommen sein.« Der Mann rannte weiter.

Jaakov übersetzte hastig die Worte auf Fränkisch und Aitulf stand da, als hätte ihn jemand in Stein verwandelt. Schließlich kam er wieder zu sich und sagte aufgeregt: »Erinnerst du dich an die beiden Frauen, die Mund und Nase verhüllt hatten und durch den Eingang kamen?«

Jaakov nickte.

Aitulf fuhr aufgeregt fort: »Ich dachte, sie hätten sich wegen eines Gestanks verhüllt, aber jetzt dämmert es mir, sie wollten von den Wächtern nicht erkannt werden. Das waren sie. Ich bin mir ziemlich sicher.« Der Diakon fasste sich an den Kopf. »Warum habe ich sie nur nicht erkannt? Dann hätte wir sie in dem Wagen verstecken können und wären auf schnellstem Weg zurückgefahren!«

»Noch ist nicht alles verloren«, beruhigte ihn Jaakov. »Immerhin wissen wir jetzt, dass Agnes hier war. Wenn wir so bald wie möglich aufbrechen, wer weiß, vielleicht finden wir sie?

Sicher verstecken sie sich im Unterholz, beobachten die Wege und erkennen vielleicht meinen Wagen. Wir müssen laut Fränkisch reden, wenn wir zurückfahren.«

»Ja, das ist eine Möglichkeit.«

»Ob wir den Sachsen Bescheid sagen sollen«, fragte Jaakov.

Aitulf schüttelte den Kopf. »Nein, wir fahren einfach los. Vermutlich fällt das gar nicht auf. Und wenn doch, erfinden wir irgendeinen Grund.«

Jaakov, der immer an alles dachte, ging in das Haus zurück, besorgte sich eine Kienspanfackel, fragte die Sklavin näher über die Umstände aus und zündete das Holz an. Dann gingen sie unauffällig weiter, nickten den Wächtern zu, die sie schon kannten, passierten den Ausgang und fanden Elieser, der das Gras um sich herum abgefressen hatte und sie erwartungsvoll anblickte.

»Heute gibt es wahrscheinlich keine Nachtruhe für dich«, sagte Jaakov und tätschelte dem Ochsen den Hals. »Wir müssen weiter.«

Er band das Tier los, schlug das Leder des Wagens zur Seite und leuchtete in das Innere. Für einen kurzen Augenblick hatte er die Hoffnung gehabt, dass Agnes den Wagen erkannt und dass sie sich bereits darin versteckt hatte.

Aber zwischen den Fässern und Ballen war niemand zu sehen, und es lag auch noch alles so da, wie er es verlassen hatte. Er prüfte das Fass, fand es versiegelt vor und zuckte die Schultern. Es war ein Gedanke wert gewesen.

Beide Männer kletterten wieder auf die Bank, Jaakov steckte die Fackel in einen Halter über ihnen, dann gab er dem Tier das Zeichen und der Wagen ruckte an. Aber nach wenigen Schritten schon stiegen sie wieder ab, weil es leicht bergauf ging.

Ab und zu hielt Jaakov den Wagen an und sie blieben stehen und lauschten. Vor ihnen meinten sie Stimmen zu hören, Männerstimmen. Der Suchtrupp.

»Ich habe die Sklavin ausgefragt, ob die fränkische Jungfrau gefesselt gewesen war.«

»Und was sagte sie?«

»Sie war nicht eingesperrt, weil die Tochter der Priesterin sie mochte und mit ihr zusammen sein wollte. Agnes wohnte im Haus dieses Mädchens, musste arbeiten, wurde aber immer von Wächtern begleitet. Irgendwie muss Agnes die Priestertochter überredet haben, mit ihr zu fliehen, als sich im Dorf immer mehr Menschen versammelten und es unübersichtlicher wurde.«

Als sie auf der Kuppe des Hügels angekommen waren, stiegen sie wieder auf den Wagen und fuhren weiter, wobei sie sich bemühten, mühsam auf Fränkisch ein Gespräch in Gang zu halten und den Namen Agnes gelegentlich fallen zu lassen, in der Hoffnung, dass die Mädchen sich hinter den Bäumen versteckt hatten und ihnen zuhörten.

Allmählich senkte sich die Nacht herab, die Fackel über ihnen ging aus, und sie fuhren schweigsam und beklommen weiter.

Immer noch überzog eine dichte Wolkendecke den Himmel und die zunehmende Mondsichel dahinter war dünn und verbreitete wenig Licht, auch erhellte kein Sternenlicht ihren Weg, sodass es bald so finster wurde, dass sie nichts mehr sahen.

Schließlich hielt Jaakov an.

»Es war unüberlegt, in dieser Nacht weiterzufahren«, sagte er. »Elieser wird auch immer langsamer und es kann sein, wir bleiben irgendwo hängen oder verfahren uns. Ich glaube, wir müssen den Morgen abwarten.«

Aitulf, der dasselbe gedacht hatte, nickte unsichtbar und brummte seine Zustimmung.

»Ich werde allerdings ein paar Schritte vom Weg entfernt den Wagen abstellen, sonst stößt der Suchtrupp dauernd auf uns und stellt uns unangenehme Fragen...«

Jaakov stieg ab, tastete sich an den Baumstämmen entlang und führte den Ochsen mitsamt dem Karren ein paar Schritte in das Dickicht hinein, dann machte er das Tier los und band den Lederriemen des Zaumzeugs an einem Stamm fest.

»Es bleibt uns nichts anderes übrig als zu schlafen«, sagte Jaakov und gähnte.

»Ich weiß nicht, ob ich schlafen kann«, seufzte Aitulf, »Wenn ich mir vorstelle, dass die Mädchen durch den finstern Wald laufen, vielleicht nicht weit entfernt von uns, würde ich am liebsten den Wald durchstreifen.«

»Es hat keinen Sinn, dann verirrst du dich noch, und die Mädchen werden sich wohl auch irgendeinen Unterschlupf gesucht haben, um zu schlafen, wenn sie schlau sind.«

»Du hast vermutlich Recht«, stimmte Aitulf seinem Begleiter zu und kletterte wie er in den Wagen, suchte sich eine Decke und einen Platz zwischen zwei Kisten und hüllte sich ein. Ihm schien, als würde es zunehmend kälter werden, obwohl eine Wolkendecke normalerweise die geringe Tageswärme festhielt.

Jetzt, da sie nichts mehr sprachen, drangen die Geräusche der Nacht zu ihnen herein: Ein Rascheln im Laub, das Ächzen eines Astes im Wind und der Ruf einer Eule, die auf Futtersuche war.

*Wenn jemand meinen Namen wissen will: Rudufula heiße ich. Ich lebte vier Jahre und elf Monate und bin nun den Märtyrern beigesellt.*

Grabinschrift aus einer alten Begräbnisstätte aus dem 5. Jahrhundert in Köln, in der Nähe der Ursulakirche, Übersetzung aus dem Lateinischen.

## 15

Agnes und Gna hatten die langen Gewänder hochgerafft, die Enden am Gürtel befestigt und rannten durch den Wald. Die Dämmerung setzte ein, und die Mädchen wollten noch vor der Dunkelheit einen guten Vorsprung haben.

Aber schließlich rief Agnes keuchend: »Ich kann nicht mehr, Gna! Warte auf mich! Lass uns ein wenig ausruhen!«

Gna, die zwar leichter und dünner war als Agnes, aber umso zäher, hielt an und drehte sich um.

»Wir können gut eine Pause einlegen, Gna«, sagte Agnes während ihre Brust sich hob und senkte und sie sich auf einem umgestürzten Baumstamm niederließ. »Wer weiß, ob sie unser Verschwinden überhaupt schon bemerkt haben.«

»Du hast Recht. Bei dem Durcheinander. Oh, wie mein Herz raste als wir verhüllt an den Wachen vorbeigingen.«

»Ja mir ging es auch so. Sie waren gerade abgelenkt, weil ein Fuhrwerk ankam.«

»Siehst du, der Trank meiner Mutter, um sich unsichtbar zu machen, hat also doch gewirkt!«

»Was?« Agnes blickte Gna mit weit aufgerissenen Augen an. »Der rote Saft, den wir getrunken haben...?«

»Ich wollte es dir nicht sagen, weil du dich immer so anstellst bei Zaubersachen.«

»Nun, ich habe meine Hände und meinen Kleiderstoff sehr deutlich gesehen.«

»Natürlich, der Saft bewirkt ja auch nur, dass die anderen einen einfach übersehen.«

»Hm. Jetzt geht es mir schon wieder etwas besser. Vorhin war es mir richtig schlecht.«

»Du bist das schnelle Laufen nicht mehr gewöhnt.«

»Ich bin nicht so leicht wie du. Ach Gna, ich weiß gar nicht, ob es gut war, dass du mit mir geflohen bist.«

»Ich werde zusehen, dass du in Sicherheit bist und dann wieder umkehren. Ich sage, dass du mich gezwungen hattest mitzukommen.«

»Wie hätte ich dich denn zwingen können? Das werden sie dir nicht glauben.«

»Mir wird schon etwas einfallen.«

»Es war so gut, Gna, dass du die Idee hattest, nach Norden zu fliehen, statt nach Süden, wo uns alle suchen werden. Keiner kommt auf die Idee, uns hier zu suchen. Alle denken, wir gehen in Richtung Süden auf dem schnellsten Weg zurück nach Colonia, aber – falsch.« Agnes streckte eine Hand aus und legte den Arm um Gnas knochige Schulter.

»Ja. Wir sind eben schlau«, lächelte Gna. »Ich glaube ganz bestimmt, dass irgendwo am Ufer ein Boot versteckt ist, damit fahren wir über den großen Fluss.«

»Daran denke ich gar nicht, sonst wird es mir jetzt schon schlecht.«

Gna stand auf. »Los, komm, wir gehen weiter, wir brauchen ja nicht mehr zu laufen.«

Agnes rappelte sich auf und stopfte die Enden ihres langen Gewandes, das sich gelockert hatte, wieder in den Gürtel. Darunter trug sie wie auch ihre Freundin Männerhosen wegen der Kälte und unter dem langen Mantel zwei zusätzliche dicke Hemden. Jetzt, nach dem Laufen, war es ihr zwar warm, aber nachts würde es kalt werden.

Agnes zog die Hosen über die Knöchel und dachte: Soweit ist es schon gekommen, dass ich Männerkleidung trage, obwohl es doch Gott ein Gräuel ist, wie die Priester sagen. Ja, vor ein paar Tagen wäre ich sogar bereit gewesen, Männer zu verführen und sie während des Beischlafs zu ermorden!

Wenn es um das Leben geht, ist wahrscheinlich alles möglich. Aber es geht ja nicht nur um mein Leben hier, sondern auch um das Leben nach dem Tod. Ich will nicht in Wodans Reich aufwachen bei seiner Frau mit den großen Zähnen, die ihre weißen Schicksalsfäden über den Himmel zieht.

»Komm, Agnes, deine Lipppen bewegen sich wieder stumm. Du denkst zu viel nach!«, rief Gna und ging weiter. Agnes folgte ihr.

Da es hier keinen Weg gab, konnten sie nur an dem verwaschenen Sonnenfleck hinter den Wolken erkennen, dass sie nach Norden gingen, wenn sie ihn immer links von sich hielten.

Blätter, verborgene Wurzeln, Dornen und anderes Gestrüpp wucherte über dem Waldboden und Agnes war froh über die dicken Männerhosen aus Leinen.

»Weißt du, Gna, am besten, wir gehen ganz nach Westen, bis wir auf den großen Fluss stoßen, dann wird der Weg nicht so schwierig sein und wir sind aus diesem Wald heraus. Wer weiß, welche Dämonen und Geister hier hausen!«

»Ja, das ist ein guter Vorschlag. Außerdem wird es bald dunkel, und dann wissen wir sowieso nicht mehr weiter.«

Sie wandten sich nach Westen und stapften weiter in Richtung des Rhenus.

»Ich kann es immer noch nicht ganz begreifen«, fing Agnes nach einer Weile wieder an, »dass wir es geschafft haben und geflohen sind und dass du auch noch mitgekommen bist. Damit hatte ich nicht gerechnet.«

»Ja, gestern fiel mir ein: es wäre langweilig geworden, wenn ich wieder allein gewesen wäre. Meine Mutter, die zwar da ist, aber doch irgendwie abwesend, mein Vater, der sich wenig um mich kümmert und die anderen Mädchen, mit denen es keine Freude macht. Also habe ich mir gesagt, dass ich mit dir fliehen werde. Und ich werde endlich einmal die große Stadt Colonia sehen, von der ich so viel gehört habe.«

»Dein Vater wird dich totschlagen, wenn du zurückkommst.«

Gna lachte. »Ja, wenn ich morgen oder in zwei, drei Tagen zurückkehre, dann wird der ganze Zorn über mich ausgegossen werden, aber wenn ich warte, vielleicht einen Monat, und wenn ich eine schreckliche Geschichte erzähle, werden sie mich vor Freude küssen.«

»Kann schon sein.«

Man hörte das Rascheln der Schritte, und ab und zu störten sie ein Waldtier auf: einen Vogel oder ein unbekanntes leichtfüßiges Wesen, das fluchtartig das Weite suchte.

»Gna, ich kann die Sonne nicht mehr sehen. Es wird dunkel.«

»Ja, das merke ich auch. Und der Wald ist immer noch nicht zu Ende.«

»Solange noch eine Spur Helligkeit ist, gehen wir weiter.«

Schweigend stapften sie durch das Laub und wurden von herabhängenden Zweigen gestreift, sodass sie mit dem Arm vor den Augen langsamer weitergingen.

Aber dann senkte sich Dunkelheit herab, eine Dunkelheit die sie noch nie so schwarz erlebt hatten. Kein Mond und keine Sterne schienen. Es war, als hätte sie jemand ausgelöscht. Sonst waren sie immer in der Nähe von Häusern gewesen. Oder wenn sie unterwegs waren, dann gab es immer jemand, der ein Feuer machte oder eine Fackel trug. Aber jetzt war es so finster, dass die Dunkelheit zu einer greifbaren Masse wurde wie schwarze Körner, die jemand aus dem Himmel herabgeschüttet hatte. Die Mädchen blieben stehen.

»Es hat keinen Sinn. Wir müssen uns einen Platz zum Übernachten suchen, sonst verirren wir uns«, sagte Agnes mit zitternder Stimme.

»Aber wo?«

»Am besten auf einem Baum mit vielen Ästen.«

»Aber die sind alle so glatt.«

Der Verzweiflung nahe tasteten sie die Bäume ab, ob es einen Ast gab, den sie packen konnten. Schließlich fanden sie eine Eiche, deren Rinde rauer und rissiger war und den Schuhen mehr Halt bot. Ein tiefer Ast hing in greifbarer Nähe, sie zogen sich mit viel Mühe hinauf, wobei sich ihre langen Gewänder über den Hosen in den Ästen verhedderten. Kurz entschlossen streiften sie sie ab und nahmen sie als Decke mit.

Nach längerem Suchen und Tasten fanden sie drei Äste unten am Stamm, die dicht zusammenstanden, sodass sie sich leicht gekrümmt ausstrecken konnten.

»Gna?« fragte Agnes in der Dunkelheit.

»Ja. Was ist?«

Eine Sache verstehe ich nicht ganz und zwar mit Wiltun.«

Gna wartete.

»Ich… ich wollte nämlich Wiltun verführen, damit er mich entweiht und ich als reines Opfer nicht mehr in Frage komme. Wir waren allein in dem Haus und er hat mich umarmt, aber dann hörte er auf und sagte ein Wort, das ich nicht verstand: *Wæflog* oder so ähnlich. Was heißt das?«

Gna bewegte sich zwischen den Ästen.«*Wæflog* gibt es nicht. Vielleicht hat er schnell gesprochen und war undeutlich… *wæflog*… *wæflog* …« murmelte sie. »Seltsam… oder… », Gna richtete sich auf, »hat er vielleicht *we fleogan* gesagt?«

»Könnte sein. Ja.«

Gna überlegte eine Weile und sagte dann: »Agnes!«

»Ja?«

»Das Wort, das du verstanden hast, hieß *wir fliehen.* Wiltun wollte mit dir fliehen, er … er wollte, dass du seine Frau wirst!«

»Was? Aber warum?«

»Warum? Warum? Weil er dich eben liebt. Du stellst seltsame Fragen.«

»Du meinst, er wäre mit mir nach Antonaco oder Treveris geflohen?«

»Ja.«

Agnes schwieg und dachte lange darüber nach. Sie hatte Wiltun eigentlich nie ernst genommen. Aber er hatte wohl ernste Absichten gehabt. Er hätte womöglich sein Leben riskiert, um sie zu befreien.

Allmählich fiel die Müdigkeit auf die Mädchen, aber an einen richtigen Schlaf war nicht zu denken. Die beiden Flüchtlinge hielten sich umklammert, wärmten sich aneinander und ab und zu nickten sie ein, um nach kurzer Zeit wieder aufzuschrecken, weil ein Arm ins Leere fiel oder ein Nachtvogel an ihnen vorbeiflog.

Und dann: die unheimlichen Geräusche von Wesen, die man nicht sah. Wieder und wieder betete Agnes flüsternd das Vaterunser.

Die Zeit schien stillzustehen, die Knochen taten den Mädchen weh, und sie mussten zwischendurch die Lage wechseln, aufstehen und sich strecken, um dann wieder das harte gekrümmte Astbett aufzusuchen.

Irgendwann, nach der längsten Nacht ihres Lebens, wurde es auf ihren Gesichtern kalt und feucht und Gna sagte plötzlich ganz laut: »Es schneit!«

Agnes strich über die Äste und Zweige und fühlte kleine, feuchte Klumpen. Noch war der Schnee nicht zu sehen, aber schon bald nach Gnas Ausruf wurde die Dunkelheit allmählich schmutziggrau, dann hellgrau, bis im Osten ein trüber heller Fleck zu erkennen war und ein rosaroter Streifen darunter. Dann erkannten die Mädchen die Umrisse ihrer Umgebung: Bäume, auf deren dunkler Rinde ein weißer Überzug lag und das Laub unter ihnen, das mit heller Farbe überstäubt war.

»Endlich wird es Morgen«, stöhnte Agnes und ein weißer Nebel stieg aus ihrem Mund. »Als Erstes möchte ich wieder auf dem Waldboden stehen.«

Ihr rechter Arm war eingeschlafen und musste unter Schmerzen aufgeweckt werden. Wie gut tat es nach dieser Nacht, mit beiden Beinen auf festem Boden zu stehen und die Arme in die Luft zu strecken, ohne Angst zu haben, hinunterzufallen.

Agnes ging zitternd ein paar Schritte weiter und erleichterte sich. Es war ungewohnt, sich in diesen Männerhosen zu bewegen.

Als sie zurückkam, stand Gna auch auf dem weißbraunen Waldboden und gähnte. Sie umarmten sich und Agnes flüsterte: »Ich bin so froh, dass du da bist, Gna. Was würde ich ohne dich machen?«

»Wahrscheinlich alleine weitergehen…«

»Und mich verirren.«

Eine Weile blieben sie so stehen und wärmten sich gegenseitig.

»Ach, es wäre schön, wenn wir ein Feuer machen könnten«, seufzte Agnes.

»Aber das können wir doch!«, sagte Gna. »Die Männer suchen uns in einer ganz anderen Richtung, und ich habe Öl und Feuerzeug dabei. Wenn du unter den Bäumen mit dichten Ästen zuerst trockene kleine Zweige und Blätter suchst, dann bekomme ich schon ein Feuer in Gang.«

Es gelang zwar nicht auf Anhieb und Gna verletzte sich beim Feuerschlagen an den Fingerknöcheln, aber dann züngelten in dem trockenen Haufen von Zweigen und Blättern ein paar gelbliche Flammen. Zwei dickere Äste wurden darübergelegt und bald knisterte ein heißes Feuer neben der Eiche auf dem Boden.

Agnes stand mit leuchtenden Augen davor und wärmte ihre steif gewordenen Hände. Dann drehte sie sich um und ließ die Hitze über ihren Rücken strahlen.

»Allmählich werde ich wieder lebendig«, sagte sie.

Gna griff in einen Lederbeutel, der an ihrem Gürtel hing, und hielt Agnes eine Hand voll Gerstenkörner hin.

Dankbar nahm sie das Essen in die Hand, murmelte einen lateinischen Segen und fing an zu kauen.

»Wasser gibt es, wenn wir am Fluss sind…«

»Wir könnten etwas Schnee essen«, sagte Agens. »Das ist wie trinken.« Sie bückte sich, kratzte Schnee von den Ästen und Zweigen und stopfte ihn in den Mund.

»Die Schneewolken werden dünner«, sagte Gna und blickte nach oben, »und die Sonne ist jetzt viel klarer zu sehen. Wenn wir sie im Rücken haben, müssten wir eigentlich an den großen Fluss gelangen.«

»Mein Füße sind Eisklumpen«, jammerte Agnes, zog sich einen abgebrochenen Ast an die Feuerstelle, setzte sich darauf und hielt ihre mit Leder umwickelten Füße an die heiße Glut.

Gna tat es ihr nach.

Nachdem sie sich aufgewärmt hatten, zerrten sie das Feuer auseinander, warfen Schnee in die Glut und gingen mit der Sonne im Rücken in westliche Richtung.

Nach schier endlosem Gehen über verschneite Waldwege, durch Dornen und Gestrüpp, wurde der Wald lichter, und sie waren am Waldrand angekommen. Vor ihnen lag eine weiße Ebene, die durch die morgendlichen Sonnenstrahlen noch heller erschien, sodass die Mädchen geblendet die Augen zukneifen mussten.

Am Horizont erkannten sie ein braungraues, weiß bestäubtes Band: entlaubte Büsche und Bäume, die den Rhenus säumten.

»Jetzt dauert es nicht mehr lange und wir sind am Fluss«, sagte Agnes und hielt ihre Hand wie einen Schild über die blinzelnden Augen.

»Ja. Aber wir sind von allen Seiten zu sehen, wenn wir über die Wiesen und Felder gehen.«

»Aber wie können wir das verhindern?«

»Ich hätte einen Lederschlauch mit dem Trank meiner Mutter mitnehmen sollen…«

»Komm, wir gehen einfach los. Je früher, desto besser. Und am Fluss gibt es wieder Sträucher und Bäume, wo wir uns verstecken können.«

»Ja, du hast Recht«, nickte Gna und steuerte geradewegs über die verschneite Wiese auf den Fluss zu.

Kein Mensch war zu sehen. Da es Winter war, wurde kein Feld bestellt und kein Gras für das Vieh geschnitten. Und so kamen die Mädchen, ohne gesehen zu werden, am Ufer des Rhenus an, der in der Morgensonne glitzerte.

»Geschafft«, seufzte Agnes und lehnte sich gegen eine hohe Pappel die das Ufer säumte. »Und wie geht es jetzt weiter?«

»Da es weit und breit keine Brücke gibt, müssen wir nach einem Boot suchen. Ich gehe nach Süden und du nach Norden«, schlug Gna vor.

Es war gar nicht so einfach, an dem verschilften Ufer entlangzugehen, ohne zu stolpern oder in ein Wasserloch zu treten.

Plötzlich hörte Agnes Gnas hohe dünne Stimme: »Hier ist eins!«

Sie drehte um und ging vorsichtig den Weg zurück. Bei dieser Kälte hatte sie keine Lust, ihre Füße ganz nass zu machen. Feucht genug waren sie schon.

Versteckt zwischen hohem Schilf und Gräsern schaukelte ein mittelgroßes Boot, das Platz für etwa acht Leute bot. Sogar zwei Ruder lagen darin. Das Boot war zwar nicht neu, aber es schien noch in Ordnung zu sein.

»Wenn wir mit der Strömung fahren, müssen wir wahrscheinlich gar nicht rudern, sondern hauptsächlich steuern«, meinte Gna.

»Ich bin noch nie freiwillig in einem Boot gefahren«, sagte Agnes und schüttelte sich.

»Es ist die einzige Möglichkeit, um ans andere Ufer zu gelangen«, gab Gna zu bedenken.

»Lieber würde ich noch ein paar Meilen zu Fuß gehen, bis wir eine Brücke finden, als mit diesem Boot zu fahren.«

»Ich glaube nicht, dass bald eine Brücke kommen wird …«

»Nun gut. Aber wenn wir in das Boot steigen, werden unsere Füße nass.«

Gna zuckte die Schultern. »Das geht nicht anders. Wir werden auf der anderen Seite wieder ein Feuer machen und unser Schuhleder trocknen.«

Sie zögerte und fügte hinzu: »Los, setz du dich als Erste hinein, ich schiebe das Boot weiter und klettere dann über den Rand.«

Mit Todesverachtung watete Agnes durch das eiskalte Wasser und kletterte etwas ungeschickt über den Rand. Dann ließ sie sich zitternd in der Mitte auf einer Holzbank nieder.

»Und los geht's!« rief die kleine Sächsin, die den Strick, mit dem das Boot angebunden war, losgemacht hatte und sich mit voller Kraft gegen das Fahrzeug stemmte.

Tatsächlich bewegte es sich lautlos vorwärts. »Es geht!« Gna war begeistert. Noch ein paar Schritte, dann würde sie ebenfalls ins Boot klettern.

»Ich komme, Agnes!«

Instinktiv lehnte sich Agnes zur anderen Seite, damit das Boot nicht umkippte. Mit triefender Hose und Schuhen schwang sich Gna über den Rand und saß jetzt in Fahrtrichtung neben Agnes.

Das Boot wurde von der Strömung erfasst und trieb flussabwärts.

»So, jetzt müssen wir über den Fluss steuern!«, rief Gna aus.

Sie lehnte sich nach hinten und drehte das Steuerblatt nach links. Langsam trieben sie auf die Mitte des Flusses zu.

Agnes war es ganz recht, dass Gna das Steuern übernahm. Sie selbst war vollauf damit beschäftigt, ihre Angst zu zügeln. Unangenehm waren die nassen schweren Füße, die immer kälter wurden, als würden sie noch immer im Wasser stecken und…

»Hilfe!« schrie Agnes, sodass Gna zusammenzuckte. »In dem Boot ist Wasser, das ständig steigt!«

Tatsächlich musste irgendwo eine undichte Stelle sein. Durch das Gewicht der Mädchen und den stärkeren Tiefgang des Bootes hatte sie sich wahrscheinlich in dem morschen Holz rasch vergrößert.

Gna blickte nach unten und erkannte die Gefahr.

»Schnell! Schöpf das Wasser mit deinen Händen aus dem Boot. Ich werde mit dem Ruder paddeln. Vielleicht schaffen wir es dann gerade noch!«, rief sie Agnes zu. »Und versuche, das Loch zu finden!«

Mit weit aufgerissenen Augen blickte Agnes sich um. Das Ufer war fern, das Wasser tief. Schwimmen konnte sie nicht.

»Agnes!« Gna rüttelte ihre Freundin an der Schulter. »Du sollst schöpfen.«

Agnes bückte sich und schleuderte das Wasser, das sie mit beiden Händen erwischen konnte, über Bord, wieder und wieder. Bald hatte sie kein Gefühl mehr in ihren Händen.

»Gut so!«, hörte sie Gnas erschöpfte Stimme, die unaufhörlich das Ruder wie ein Paddel eintauchte, um schneller weiterzukommen. »Wir sind schon über die Mitte!«

Es war, als ob Agnes' Hände und Rücken getrennt von ihrem Körper arbeiteten und sie selbst sich dabei nur zuschaute. Sie hörte Gnas Keuchen, das Platschen des Ruders, spürte, wie der Kahn sich in einem Wirbel drehte, und sah ihre Arme und Hände, die unaufhörlich Wasser über Bord warfen.

Jetzt drehte sich das Boot schneller im Kreis, und Gna schrie, weil das Ruder sie mit voller Wucht getroffen hatte. Agnes hörte ein Platschen, aber sie konnte nichts sehen. Wie in einem Nebel schöpfte sie Wasser. Oder war es das Wasser, das ihre Hände nach unten und nach oben zwang? Und warum wurde das Wasser plötzlich warm?

Mit einem Mal hörte sie mit dem Schöpfen auf, weil sie merkte, dass sie allein im Boot saß. Sie schüttelte den Kopf, sah, dass sie bis zu den Knien im Wasser saß, und entdeckte hinter sich einen rotgelben Fleck im Fluss: Gnas Haare, die sich im Wasser verbreiteten wie eine Seeblume. Gebannt starrte sie darauf. Dann erschien Gnas Gesicht, rot vor Kälte. Sie schnappte nach Luft und rief gurgelnd: »Agnes!« Dann tauchte das Gesicht wieder unter. Hände kamen an die Oberfläche, als wären es gar nicht Gnas Hände, sondern rote Fische.

Allmählich schüttelte Agnes ihre Lähmung ab, als sie sah, wie ihre Freundin dabei war, zu ertrinken. Rasch ergriff sie ein Ruder und paddelte wie wild zu dem Haarschopf zurück. Das Boot schwankte bedenklich. Jetzt hatte sie eine von Gnas Haarsträhnen erwischt und ließ sie nicht mehr los.

Gnas Gesicht tauchte wieder auf. Es war blass und ihre Lippen sahen blaurot aus. Gna schnappte nach Luft wie ein Fisch, den man auf das Ufer geworfen hat. Langsam sank sie tiefer. Mit Schrecken merkte Agnes, dass Gnas Haarsträhne, die sie festhielt, allmählich ihren steifen Fingern entglitt, die keine Kraft mehr zum Zupacken hatten. Die kleine Sächsin versuchte mit verzweifelten Armbewegungen noch einmal über Wasser zu kommen, schlug noch ein letztes Mal die Augen auf und die Mädchen blickten sich an. Mit ihrem offenem Mund sah Gna aus, als würde sie über etwas Staunen. Ihre Lippen bewegten sich stumm. Aber dann kam der Strudel, der auch das Boot wieder erfasst hatte, und zog Gna erbarmungslos nach unten.

Für einen kurzen Augenblick wurde Agnes ganz ruhig und der Fluss erschien ihr wie eine große Mutter, die ihre Kinder zu sich ruft. Sie brauchte sich jetzt nur über den Rand des Bootes fallen zu lassen und alles wäre zu Ende.

Sie würde vielleicht Gna unten auf dem Grund finden und sie umarmen. Kein mühsames Laufen, keine Angst mehr. Keine Verfolger. Nur die große Ruhe des Flusses, die wunderbare Kälte, die alle Angst einfror.

Aber dann sah sie mitten auf dem Wasser ein seltsames Wesen, eine Gestalt aus Licht, heller als die Sonne, mit Flügeln, die den Körper bedeckten und sich nicht bewegten. Was sich bewegte, das waren glitzernde, grüngelbe Räder, dort, wo sonst die Füße sind, Räder, die sich gegenseitig durchdrangen. Gleichzeitig tönte ein Singen über das Wasser, das zart war und doch voller Kraft steckte. Dieses Wesen stand auf dem Wasser, als sei es fester Grund. Dann streckte das Wesen unter den Flügeln die Arme aus. Eine Welle von Licht und Wärme raste auf Agnes zu und umhüllte sie. Das Boot hörte plötzlich auf, sich zu drehen.

Als Agnes gebannt dem Wesen nachsah, das sich immer weiter entfernte, ruckte es plötzlich und das Boot saß im Schilf und im Schlamm fest. Ohne zu überlegen, kletterte sie zitternd über den Rand, merkte, dass das Wasser ihr bis zu den Knien reichte, zuckte zusammen von der nassen Kälte und watete durch das Schilf immer weiter und weiter.

Ihre Brust wurde von Weinkrämpfen geschüttelt, ihre Lippen formten unaufhörlich Gnas Namen. Der Boden hob sich, der Schlamm wurde fester, die Schilfhalme wichen zur Seite und mit einem Mal stand sie auf einer Schneewiese.

Auch jetzt hätte sie sich am liebsten fallen lassen und sich so gerne ihrer Müdigkeit und ihrer Trauer überlassen. Sie war kurz davor, es zu tun. Aber eine innere Kraft, von der sie nicht wusste, woher sie kam, trieb sie weiter, immer weiter. Es war, als ob ihre Beine den Befehl bekamen, nicht stehen zu bleiben. Und sie gehorchten.

Nach einiger Zeit entdeckte Agnes einen Pfad, der entlang dem Fluss nach Süden lief. Und das Gehen wurde leichter.

Noch konnte sie gar nicht richtig denken. Die Bilder von Gnas Untergang zogen an ihr vorbei und ihre Tränen liefen ununterbrochen über ihre Wangen.

Wie lange sie gegangen war, wusste sie nicht mehr. Sie merkte nur, dass die Mittagszeit vorbei sein musste. Ihre Augen erspähten im Dunst dunkle Striche und Punkte, die größer wurden, als sie näher kam, und zu Hausdächern wurden.

Allmählich erwachte Agnes aus ihrem seltsamen Traum, der sie wie in Trance vorwärtsgetrieben hatte. Doch jetzt hatte sie endlich wieder den Eindruck, dass sie diesen unermüdlichen Beinen den Befehl geben konnte, langsamer zu gehen und still zu stehen.

Auf einer sanft ansteigenden Anhöhe erblickte Agnes drei lang gestreckte Lehmhäuser mit Grasdächern, so ähnlich wie bei ihrer Tante in Kylldal, in der Nähe der Mosella.

»Nur noch bis dahin«, flüsterte sie, »und dann den Rest des Lebens schlafen und träumen, während in der Nähe ein Feuer knistert.« Das erschien ihr als das Paradies auf Erden.

Eben rannten aus dem Haus zwei Kinder, die, als sie Agnes kommen sahen, erschrocken stehen blieben, auf das Mädchen deuteten und schreiend wieder ins Haus rannten.

Wenigstens sind hier Menschen, dachte Agnes, und wahrscheinlich sogar Franken. Sie ging weiter, aber als sie über einen Stein stolperte, hatte sie keine Kraft mehr, sich zu fangen, sie torkelte wie eine Betrunkene und fiel auf den harten Boden. Während sie spürte, dass etwas Warmes über ihren Arm und ihr Gesicht rann, hörte sie aufgeregte Stimmen. Jemand fasste sie an und drehte sie auf den Rücken.

»Thaz ist magit – das ist ein Mädchen«, hörte sie eine erstaunte Männerstimme und es kamen ihr die Tränen, als sie die vertrauten fränkischen Worte hörte.

*»... per totam noctem laborantes nihil cepimus.«*

*»... die ganze Nacht haben wir gearbeitet und nichts gefangen.«*

Aus der Vulgata, Lukasevangelium Kapitel fünf, Vers fünf.

## 16

Aitulf schlief sehr unruhig in Jaakovs Händlerwagen, der, abseits von dem schmalen Pfad, im Dickicht stand und in dieser stern- und mondlosen Nacht unsichtbar war. Mehrmals schreckte der Diakon auf, weil er Tiere oder laute Stimmen gehört hatte.

Und was wäre, dachte er voller Schaudern, wenn ein Drache sich plötzlich durch den Wald schleppte und mit seinem fauligen Feueratem alles niederbrennen und mit seinen riesigen Füßen alles niedertrampeln würde?

Der Diakon dachte mit Grauen an eine Geschichte, die ihm einmal ein Priester aus Aquae erzählt hatte. Ein Mann hatte in einer Lehmgrube, die der Ziegelherstellung diente, einen Knochenabdruck gefunden, der so groß war wie zwei erwachsene Männer.

Was für ein riesiger Drache musste das gewesen sein, der dort vor langer Zeit gelebt hatte...? Und hier lagen sie nun in einem heidnischen Wald, in dem solche teuflischen Ungeheuer noch nicht durch die Macht Christi vertrieben worden waren!

Als sich Aitulf einmal aufrichtete, vorsichtig den Lederschutz zur Seite schob und sich wunderte, wie dunkel es war, hörte er sächsische Männerstimmen auf dem Weg neben dem Fluss. Durch den Wald, der die Stille noch verstärkte, klangen die Worte klar und deutlich zu ihm herüber Und er vermutete, dass der Suchtrupp zurückkam. Mehrere gelbrote Lichter tanzten dabei an den Baumstämmen vorbei: Fackeln, die den Weg erhellen sollten.

Die Männerstimmen klangen missmutig und ärgerlich und er hörte mehrmals die Worte »no funden«, was ihn wieder beruhigte.

Aitulf krabbelte zurück unter seinen warmen Mantel,

der ihm als Decke diente, und verfiel ins Grübeln. Wo mochten die Mädchen jetzt sein? Hatten sie sich irgendwo im Wald ein Versteck gesucht? Aber bei der Kälte?

Jaakov, der Händler, der neben ihm schlief, atmete tief und ruhig und schnarchte gelegentlich. Eine Gemütsruhe wie ein Ochse, dachte Aitulf neidisch. Er selbst wurde einfach nicht müde, sondern wurde von Gedanken gequält, die immer wiederkamen: Waren die Mädchen womöglich noch vor den Sachsen an der großen Rhenusbrücke bei Colonia angelangt und hatten sich bei Bischof Leo in Sicherheit gebracht?

Aitulf konnte es kaum abwarten, weiterzufahren. Aber gegen Morgen schlief er doch ein.

Er wurde von Jaakov geweckt, der vor dem Morgengrauen wach geworden war, weil die Kälte eine Öffnung in seinem Mantel gefunden und den Schlaf vertrieben hatte.

»Steh auf, Aitulf, du christlicher Heide, draußen liegt Schnee!«

Aitulf schreckte hoch, wischte sich über den Mund und krächzte mit belegter Stimme: »Ich bin kein Heide, merk dir das!«

»Für uns Juden sind alle Leute Heiden, die keine Juden sind.«

»Und für uns Christen sind alle Leute Heiden, die keine Christen sind.«

»Unsere Beschimpfungen heben sich also gegenseitig auf«, brummte Jaakov und schlug den seitlichen Lederschutz zur Seite.

»Kalt!«, rief Aitulf gereizt und hüllte sich sitzend in seinen noch warmen Mantel. Er blickte nach draußen, sah weiß bestäubte Eichen und Büsche und eine hellgraue Wolkendecke über ihnen.

Elieser, der Ochse, wandte seinen Kopf zu dem Wagen hin, wo er Geräusche gehört hatte. Vorwurfsvoll schnaubte das massige Tier seinen Besitzer an. Wahrscheinlich war es enttäuscht, dass man ihm keinen trockenen Unterschlupf gegeben hatte.

Jaakov kletterte aus dem Wagen. Der Ledervorhang fiel zurück und ließ den müden Diakon in der Dämmerung allein. Gleichzeitig hörte Aitulf Jaakovs Stimme von draußen: »Wir könnten ein kleines Feuer machen und zwei oder drei Fladenbrote backen. Mehl, Wasser und Salz sind da. Wir können aber auch kalte, aufgeweichte Gerstenkörner zu uns nehmen. Was ist dir lieber?«

»Eigentlich das Feuer und die Brote!«, rief Aitulf zurück, »aber sollten wir nicht lieber so schnell wie möglich weiterfahren, bevor uns doch noch ein paar Sachsen überfallen?«

»Du vergisst die Würmer!«

»Nicht alle Sachsen kennen deine seltsamen Würmer.«

»Ich habe jedenfalls keine Angst mehr vor diesen Burschen. Ich weiß nur nicht, ob sie die beiden Mädchen wieder eingefangen haben oder nicht.«

»Wenn du nicht so tief geschlafen und geschnarcht hättest, dann wüsstest du, dass die Suchtruppe ergebnislos zurückgekommen ist.«

Jaakov kam näher und schlug den Lederschutz zur Seite. Ein Schwall kalter Luft und helles Licht strömten in den Wagen. Erstaunt blickte er Aitulf an: »Du hast sie gehört?«

»Natürlich! Ich kann doch nicht schlafen, wenn ich weiß, dass meine Tochter hier irgendwo durch den Wald irrt.«

»Gut. Dann brauchen wir uns nicht zu beeilen. Das bedeutet, dass die Mädchen noch rechtzeitig die Brücke nach Colonia erreicht haben und jetzt in Sicherheit sind. Wenn du ein paar trockene Äste und kleines, brennbares Zeug findest, mache ich uns ein Feuer. Dazu musst du aber aufstehen.«

»Ja, ja, ich habe verstanden.«

Aitulf erhob sich ächzend, streckte sich und gähnte,

hüllte sich in seinen Mantel, kletterte aus dem Wagen und trat blinzelnd in die weiße Landschaft. Wenn es nicht so kalt wäre, könnte man es sogar schön nennen, dachte er und suchte unter den Schnee- und Laubhaufen nach trockenen Zweigen und dürrem Holz, das sie zum Feuermachen verwenden konnten. Mit eiskalten roten Händen kam er zurück und sah, dass Jaakov eine Stelle auf dem Boden freigefegt hatte, ein paar Steine waren darum herumgelegt und zwei, drei dicke Äste lagen daneben.

»Ah, du kommst gerade richtig«, sagte er erfreut und rieb sich die Hände.

Er verbreitet eine widerlich gute Stimmung, dachte Aitulf und warf das trockene Reisig auf den Boden.

Aber Jaakov schien die mürrische Art Aitulfs gar nicht zu bemerken. Er sammelte die trockenen, dünnen Zweige und Blätter ein, holte seine Feuerzutaten und beschäftigte sich mit Hingabe dieser Tätigkeit. Aitulf hörte ihn pusten, bis er erfreut ausrief: »Es brennt!«

Als die beiden Männer später bei dem prasselnden Feuer standen, schmolz Aitulfs schlechte Laune allmählich zusammen wie der Schnee, im Umkreis des Feuers, und sagte: »Ich hole die zwei flachen Steine von drinnen, damit sie heiß werden.«

»Und bring Mehl und Salz mit. Sie liegen in der Kiste gleich neben den Kochsteinen. Wasser haben wir genug um uns herum liegen.«

Es dauerte nicht lange, da verriet ein verführerischer Duft, dass Brot gebacken wurde.

Aitulf zog sein Messer, schälte das Brot von dem Stein und reichte es Jaakov, der es mit seinem Messer übernahm.

Eine Weile sagten sie nichts und aßen still schmatzend vor sich hin.

»Leider«, sagte Jaakov mampfend, »kann ich dir nur einen Becher Wein anbieten, Wasser gibt es heute nur in Form von Schnee.«

»Wenn ich es recht überlege, nehme ich dein Angebot an.«

Kaum hatten sie ihre Kehlen freigespült, hielt es Aitulf nicht länger aus und drängte zum Aufbruch. Bald holperten sie den schmalen, leicht abschüssigen Weg am Nebenfluss des Rhenus entlang und erreichten in kurzer Zeit die Mündung. Majestätisch lag der große Fluss im Morgenlicht, das das Wasser zum Glitzern brachte.

Wie von selbst bog Elieser, der den Weg zu kennen schien, nach links in Richtung Colonia. Je näher sie der Stadt kamen, desto aufgeregter wurde Aitulf. Er konnte nicht ruhig neben Jaakov sitzen bleiben, sondern rutschte dauernd hin und her.

»Schluss mit diesem Hin und Hergerutsche! Du machst mir Elieser auch noch nervös. Am besten, du steigst aus und gehst nebenher, das wird dich beruhigen.

»Eine gute Idee«, nickte Aitulf, sprang mit einem Satz auf den Weg und konnte sich gerade noch fangen, sonst wäre er hingefallen. Es tat gut, die Beine zu bewegen.

*»Suche die Wesen mit den Rädern bei meinem Volk. Und du wirst Ruhe und Reinheit finden »*, murmelte Aitulf vor sich hin. »Im Augenblick finde ich keine Ruhe. Aber die Weissagung hat sich bewahrheitet. Es sieht so aus, als hätten die Wesen mit den Rädern Agnes bei ihrer Flucht geholfen. Ich selbst bin bei dieser Geschichte wohl ganz und gar überflüssig. Es ist so, als ob man arbeitet und arbeitet und nichts kommt dabei heraus!«

»Was murmelst du da?«, fragte Jaakov.

»Ach, ich wundere mich nur, wie sich die Weissagung erfüllt. Gott selbst kümmert sich um alles. Unser Zutun ist dabei gar nicht nötig.«

»Das habe ich dir ja gleich gesagt. Wir hätten genauso gut in Colonia auf Agnes warten können.«

»Ja, du, aber ich nicht. Ich hätte nicht warten können.«

»Auf jeden Fall war die sächsische Wurmprobe erfolgreich. Das war die ganze Reise wert.«

»Mag sein. Ah, da vorne sehe ich im Dunst die Brücke.«

Jetzt erkannte man auch Fußgänger und zweirädrige Karren, die nach Colonia hineinfuhren oder von dort kamen. Jaakov stieg ebenfalls ab, um dem Ochsen die leichte Steigung zu erleichtern. Wieder ratterten die Bretter der alten Brücke, als sie hinüberfuhren.

Vor dem Osttor standen zwei gut bewaffnete Männer und hielten den Wagen an. »Halt! wer seid ihr und was wollt ihr in Colonia?«

»Wer wir sind?« Jaakov blickte den Frager stirnrunzelnd an. »Ich bin Jaakov, der Händler. Jeder Mensch in Colonia kennt mich!«

»Nun, ich bin neu hier. Und wer ist das?« Er deutete auf Aitulf.

»Das ist ein aufrechter Diakon aus Treveris, der mich ein Stück begleitet hat.« Ohne zu überlegen plapperte Aitulf seinen hebräischen Satz: »*Schäkär hachén wa häbäl ha jafí ischáh jirat ADONAI hi tithakál: – Anmut ist trügerisch, Schönheit vergänglich, aber eine Frau, die dem Herrn Ehrfurcht zeigt, soll gelobt werden.*«

Aitulf fühlte einen leichten Rippenstoß. »Nun ja, Diakone sollten Hebräisch beherrschen, um die Heiligen Schriften zu lesen. Aber er spricht auch Fränkisch.«

»Ja, natürlich spreche ich Fränkisch«, versicherte Aitulf.

Der andere Wächter lachte: »Lass sie ziehen. Ich kenne Jaakov. Es stimmt, er ist ein jüdischer Händler. Ich selbst habe vor einer Woche eine Amphore Bier bei ihm gekauft.«

Die beiden schritten durch das Tor. Elieser und der Wagen folgte.

»Hier brauchst du deinen Satz nicht zu sagen«, sagte Jaakov. »In Colonia bist du, wer du wirklich bist.«

»Ja, ja, ich weiß. Aber ich war mit den Gedanken woanders.«

»Ich kann mir schon denken, wo. Hör zu, ich werde zuerst nach Hause fahren, den Ochsen und den Wagen unterstellen und mein Eheweib begrüßen, die sicher entzückt sein wird, mich zu sehen. Dann begleite ich dich zum Bischof, um herauszufinden, ob Agnes heil angekommen ist. Es interessiert mich, was sie erlebt hat.«

Aitulf seufzte. »Aber beeil dich. Ich halte es kaum noch aus.«

»Du kannst schon zur Basilika und der Wohnung des Bischofs vorgehen und dir Colonia ein wenig ansehen. Ich komme so schnell wie möglich nach.«

Das war Aitulf ganz Recht. Er brauchte Bewegung und Ablenkung. Und so trennten sie sich kurz nach dem Osttor. Jaakov zog weiter geradeaus und Aitulf bog nach rechts ab, in Richtung Norden.

In der Stadt lag nicht so viel Schnee wie draußen vor den Toren, wo der Boden leicht gefroren war. Die Grasdächer waren zwar weiß bestäubt, aber um den Rauchabzug herum schon wieder braun. Über die Straßen, die aus Steinen und Lehm bestanden, liefen viele dunkle Fußspuren und die Abdrücke von Lasttieren.

Die Sonne drang jetzt immer mehr durch den Morgennebel hindurch und gewann an Kraft. Dort, wo ihre Strahlen hinfielen, schmolz der Schnee und weichte den Boden auf.

»Was soll ich mir denn hier ansehen«, brummte Aitulf und blickte in die entgegenkommenden Gesichter. Aber da vorne standen mehrere Leute herum. Irgendetwas war da wohl los. Aitulf ging schneller und hörte schon von weitem eine männliche Stimme im Tonfall eines Redners.

Als er näher kam und sich durch die Wartenden drängte, sah er einen Mann in einem einfachen langen Mantel mit Kapuze, der gerade rief: »Schon sind der Sommer und der Herbst vergangen, und die Kälte wird in den nächsten Monaten unser Gast sein. Aber fürchtet nicht die Kälte, die nur eure Körper angreifen kann, fürchtet vielmehr die

Kälte der Seele, die euch von innen angreift und euer Herz zerstört.«

Der Mönch hob seinen Arm und zog damit einen unsichtbaren Kreis um die Zuhörer. »Wir wissen nicht, wer von uns diesen Winter überlebt. Es kann sein, dass du oder du«, er deutete willkürlich auf einzelne Personen, »den Frühling nicht mehr sehen wirst.«

»Vielleicht auch du selbst!«, rief ein Mann dazwischen und lachte, versteckte sich aber hinter dem breiten Rücken eines Soldaten.

»O ja, du hast Recht, auch ich. Aber ...« er kostete das »*aber*« aus und machte eine lange Pause. »Aber im Gegensatz zu dir bin ich auf meinen Tod vorbereitet und werde...«

Aitulf verfolgte die Predigt nicht mehr weiter, die wahrscheinlich in der Aufforderung gipfeln würde, für ein Kloster Geld zu spenden, sondern blickte zu einer Frau hinüber, die ebenfalls den Worten des Mönchs lauschte.

Diese Frau, ungefähr so groß wie er selbst, schien aus adliger Familie zu stammen, denn sie senkte nicht sofort den Kopf, wie es einer Frau aus halbfreien Schichten anstand. Als Aitulfs Blick sie streifte, hielt sie seinen neugierigen Augen stand, und jetzt lächelte sie ihn sogar an. Wie kam sie dazu, ihn anzulächeln? Unglaublich. Als ob sie sich kannten. Oder täuschte er sich? Und was für ein ungewöhnliches Gesicht, dachte Aitulf, nicht auf die übliche Weise schön und doch von einer Schönheit, die ihn gefangen nahm. Ihre Haare, schwarz gelockt, waren kunstvoll nach römischer Art hoch gesteckt, aber an der Seite hatten sich die Locken schon gelöst. Die von von der Kälte rot gefärbten Ohren und die blasse Gesichtshaut ließen das dunkle Haar noch kräftiger erscheinen.

Wie gern würde ich mit den Fingern durch ihre Haare streifen, dachte Aitulf und blickte gedankenverloren durch die Menge. Oder ihre rosigen Ohrläppchen küssen, ihr Gesicht in die Hände nehmen und ihre Lippen suchen. Der Diakon merkte, welch seltsame Wege seine Gedanken einschlugen. Ohne dass er es wollte, kehrten seine Augen zurück und blieben wieder auf dem Gesicht der Frau ruhen, als seien sie hungrig nach Schönheit und würden dort eine reiche Weide finden.

Wieder lächelte sie und Aitulf konnte nicht anders und lächelte zurück. Fünfzehn Jahre frauenlose Zeit schmolzen zu ein paar bedeutunsglosen Augenblicken zusammen, und Aitulf spürte, wie sein Herz lauter und schneller klopfte.

Was ist das für eine Frau?, dachte er. Woher kennt sie mich? Ich habe sie noch nie gesehen und dennoch kommt sie mir vertraut vor und ich könnte tagelang ihr Gesicht betrachten.

Während Aitulf so dastand und von der Frau verzaubert wurde, vergaß er alles um sich herum: Agnes, ihre Entführung, die schlechte Nacht im Händlerwagen, die Kälte... Ja, selbst das Kostbarste, was er die Jahre über verborgen wie einen Schatz gehütet hatte: die Liebe zu Ansegud. Ihr Andenken verblasste angesichts dieser Frau.

»Ich muss sie unbedingt treffen«, murmelte er.

Jetzt kam der Mönch in Bewegung, ging beim Reden hin und her und verdeckte dadurch die fremde Frau. Aitulf bog seinen Oberkörper zur Seite, um das Gesicht ja nicht zu verlieren.

»Bereitet euch vor, um Gott zu begegnen!«, rief der Redner mit heiserer Stimme.

Aitulf spürte einen Stoß von hinten und drehte sich empört um.

»Kannst du nicht stillstehen«, sagte der Mann hinter ihm. »Man kann ja gar nicht in Ruhe zuhören!«

»Ja, ja, ist ja gut.«

Der Diakon wandte sich wieder nach vorne und erstarrte. Die Frau war verschwunden. Er blickte nach links, nach rechts... Nichts.

»Geht das schon wieder los?«, schnaubte der Mann hinter ihm. Aber Aitulf interessierte nicht, was dieser Mann sagte, er schob sich, so schnell es ging, aus der Menge und rannte um den Zuschauerkreis herum auf die andere Seite.

Sie muss doch noch da sein, dachte er voller Angst. Sie kann sich doch nicht in Luft auflösen. Aber als er dort ankam, wo sie gestanden hatte, war nichts von ihr zu sehen. Er rannte hinter der Menge, die immer größer wurde, hin und her, aber die Frau blieb verschwunden.

Vielleicht ging es ihr ja wie ihm. Vielleicht suchte sie ihn verzweifelt.

Aitulf hob seine Faust: »O dieser Strohkopf, dieser eingebildete verfluchte Mann, der mich abgelenkt hat! Durch diesen Abgesandten der Hölle habe ich sie aus den Augen verloren!

»Aitulf! Was machst du denn hier?« Der Diakon drehte sich verwirrt um und sah in Jaakovs Gesicht.

»Ich dachte, du bist schon längst bei Bischof Leo und nun finde ich dich auf halber Strecke hier!«

»Ja... ich habe diesem Mönch bei seiner Predigt zugehört... du ... du hast Recht, wir sollten jetzt zum Bischof gehen.«

Er ging weiter, blickte sich aber dauernd um.

»Was schaust du denn wie ein verrücktes Huhn hin und her? Der Bischof wird nicht durch die Straßen laufen. Du scheinst leicht verstört zu sein. Hat dich die Predigt so mitgenommen?«

Aitulf schloss die Augen für eine kurze Weile. Dann schien er einen Entschluss gefasst zu haben.

»Höre, Jaakov. Ich muss ... es ist mit mir etwas passiert, was ich ... kurz gesagt...«

Jaakov blieb stehen. »Was ist los? Hast du eine Erscheinung gehabt?«

Aitulf lachte gequält. »Ja, so kann man es auch nennen. Eine wahrhaft himmlische Erscheinung sage ich dir. Überirdisch … nicht zu begreifen. Vielleicht habe ich mir das alles eingebildet. Denn die Erscheinung ist plötzlich verschwunden. Das Gesicht dieser Frau…«

Jetzt fing Jaakov laut an zu lachen, sodass ein paar Leute verwundert stehen blieben.

»Ach, es ist nur eine Frau. Es hat dich also erwischt. Die Liebe hat dich eingefangen… «

Aitulf wandte sich ihm zornig zu und packte Jaakovs Mantelkragen.

»Hör auf, so respektlos von ihr zu reden, sonst schlage ich dich blutig, dass du den Rest deines Lebens daran denkst!«

»Oho!«, rief Jaakov und befreite sich aus dem Griff des Diakons. »So schnell wird aus einem Freund ein Feind. Und alles nur wegen einer ganz gewöhnlichen Frau!«

»Sie ist keine gewöhnliche Frau!«, sagte Aitulf aufgebracht und ging beleidigt weiter. »Sie ist … sie ist die Offenbarung der Weiblichkeit. Die Frau aller Frauen. Der Gipfel der Schönheit. Der Stern aller Sterne…«

Jaakov folgte Aitulf. »Wer ist sie denn?«

»Das eben weiß ich nicht. Ich habe sie aus den Augen verloren oder die überirdische Erscheinung hat sich in den Himmel zurückgezogen.«

»Das macht nichts«, sagte Jaakov und legte beruhigend den Arm um seinen Freund. »Ich, Jaakov, Händler aus Colonia, werde diese Frau, wenn es sie tatsächlich gibt, finden. Du wirst sehen. Wir sind übrigens an der Basilika angelangt. Lass uns nachher in Ruhe über die Frau aller Frauen reden und uns jetzt auf Agnes konzentrieren.«

Auf ihr Pochen an der Haustür der bischöflichen Wohnung, die sich wie ein Kücken an die große Mutter Basilika gedrängt hatte, ging schließlich die Tür auf und ein junger Mann trat auf die Schwelle, der die beiden Männer fragend anblickte.

»Ich bin Aitulf, Diakon aus Treveris, der Bischof kennt mich. Ich bitte um eine Unterredung und das ist…«

»Und das ist Jaakov, der Händler…« Jaakov neigte leicht den Kopf.

Der Mann nickte. »Wer kennt Jaakov nicht? Wartet hier, ich werde euch melden.« Er machte die Tür wieder zu und sie hörten, wie von innen der Riegel zugeschoben wurde.

»Man ist misstrauisch«, sagte Jaakov.

»Das ist normal. Schließlich könnten wir Betrüger sein oder Meuchelmörder…«

»Oder wir könnten den Bischof in einen Wurm verwandeln!«

Der Riegel wurde wieder zurückgeschoben und das Gesicht des Mannes erschien: »Entschuldige, wie war noch dein Name?«

»Ai-tulf, Diakon aus Treveris… Und ist … Jocundus da?«

»Aitulf – Treveris«, wiederholte der Mann und sagte: »Nein, noch nicht. Jocundus war in Durnomagus, aber er könnte heute eintreffen. Vielleicht ist er auch im Haus seiner Mutter zu finden.«

»Richtig. Das hatte ich vergessen.«

Die Tür wurde wieder verschlossen und sie hörten, wie der Mann von innen die Namen Aitulf und Treveris wiederholte.

»Ich wollte ihm eigentlich noch einen Gruß von Bischof Magnerich mitgeben, aber dann dachte ich: noch ein Name, das wäre zu viel.«

»Jaakov nickte. Ja, wir müssen Nachsicht üben, in seinem Gedächtnis scheint nicht viel Platz zu sein.« Jaakov rieb sich die Hände. Während sie so vor der Tür standen, kroch die nasse Kälte durch die Kleider.

»Solange wir hier warten«, sagte Jaakov, »kannst du mir ja deine überirdische Erscheinung beschreiben. Vielleicht kenne ich sie ja.«

»Ja. Das ist gut. Also, sie war ungefähr so groß wie ich…«

»Also eher klein.«

Aitulf überging den Spott und fuhr fort: »Lange dunkle Locken, die sie nach römischer Art hoch gesteckt hatte…«

»Also eher adlig … »

»Ja, unbedingt. Sie hatte eine Art, mich frei anzublicken…«

»Augen?«

»Wie zwei große Edelsteine, in denen ein stilles Licht glimmt und…«

»Augenfarbe?«

»Die Entfernung war zu groß. Ich schätze aber eher dunkel.«

»Hm, es gibt wahrscheinlich viele Frauen, auf die diese Beschreibung zutrifft. Irgendeine Besonderheit?«

»Ihr Lächeln war unbeschreiblich. Ich würde sie daran sofort erkennen und auch an ihrem Gesichtsschnitt.«

»Wie war denn das Gesicht geschnitten? Stirne breit – Kinn spitz? Oder eher: breites, entschlossenes Kinn mit kleiner Stirn? Oder: Ovales, rundes, eckiges Gesicht?«

Aitulf schloss die Augen, um das Gesicht der Unbekannten heraufzubeschwören. »Hmm, eher ein schmales Kinn, breites Gesicht… herzförmig. Die Nase nicht klein, eher groß und gerade. Die Ohren rot…«

»Nun, das kann wechseln.«

»Lippen: dünn oder voll? Breit oder kurz?«

»Was du alles wissen willst! Ich habe mehr den Gesamteindruck gesehen… und der war sehr… lieblich. Ich denke, ein voller, eher kleiner Mund. Ja, volle Lippen…«

Sie hörten, wie der Riegel zur Seite geschoben wurde und die Tür nach außen aufschwang. Der Pförtner stand vor ihnen und machte eine einladende Geste nach innen.

»Du bist willkommen«, er blickte Aitulf an.

»Und Jaakov nicht?«

»Oh, ich hatte vergessen zu fragen, ob er auch... Das werde ich gleich nachholen...« Er war im Begriff, die Tür wieder zu verschließen, aber Aitulf stellte den Fuß dazwischen und zog Jaakov mit in den Flur.

»Das ist nicht nötig. Er ist mein Begleiter. Und so, wie ich die Herren Bischöfe kenne, wäre Bischof Leo nicht begeistert, wenn du ihn nochmals fragst.«

»So? Meinst du. Aber er kann manchmal sehr zornig werden, wenn man Entscheidungen trifft, ohne ihn gefragt zu haben...«

Aitulf achtete nicht auf das Gerede, sondern ging mit Jaakov den Flur weiter, die Stufen empor in den Warteraum mit dem grünen Pergament am Fenstern. Durch den Schnee draußen war das Licht im Raum heller als bei Aitulfs erstem Besuch, und das wässrig Grünliche war daraus verschwunden. Es hatte einem Grün Platz gemacht, das an das milde Licht eines Sommerwaldes erinnerte, obwohl es kalt war und ihr Atem als feine Wolken aufstieg.

Beflissen eilte der Mann an ihnen vorbei, wahrscheinlich, um Jaakovs Ankunft anzumelden, aber die Tür öffnete sich schon und der Bischof erschien persönlich im Türrahmen. Sein langer, heller Mantel, dessen Saum mit Gold bestickt war, schleifte leicht über den Ziegelboden.

»Ah, zwei Besucher, ich hatte mit einem gerechnet«, sagte er in Richtung seines Pförtners.

Aitulf verbeugte sich artig und sagte: »Das ist mein Begleiter Jaakov, mit dem ich im Gebiet der Sachsen war und der mich beschützt hat.«

»Aha. Nun, er macht keinen kriegerischen Eindruck auf mich. Sein Name klingt eher jüdisch.«

»Er ist ein jüdischer Händler, und die Sachsen respektieren ihn.«

Bischof Leo schickte einen prüfenden Blick über die Gestalt Jaakovs und meinte zu Aitulf. »Wie ein Diakon siehst du nicht gerade aus mit dieser jüdischen Ledermütze und dem Mantel.«

Jetzt erst viel Aitulf ein, dass er seine Mütze noch auf dem Kopf hatte. Eilig nahm er sie ab.

»Ich musste mich als ein Händler verkleiden, um nicht…«

»Du musstest dich? Nun wie dem auch sei, kommt in meinen Raum. Was führt dich zum zweiten Mal zu mir?«, wandte er sich an Aitulf.

»Um es gleich zu sagen«, begann dieser, »ich hatte stark gehofft, dass meine Tochter in Begleitung eines sächsischen Mädchens vielleicht in Colonia eingetroffen ist und in der Basilika Schutz gesucht hat?« Aitulf ließ den Satz fragend ausklingen.

»Ach ja, diese Geschichte mit dem entführten Mädchen«, nickte der Bischof. »Leider muss ich dich enttäuschen. Sie ist hier nicht eingetroffen. Ich hatte gedacht, dass du sie selbst mitbringst…

Und ein sächsisches Mädchen, sagst du?«

In Aitulfs Stimme schlug die Enttäuschung durch, als er antwortete: »Als wir in dem Dorf ankamen, in dem sie Agnes festhielten, erfuhren wir, dass sie und ein sächsisches Mädchen geflohen seien und deshalb hatten wir gehofft, dass sie hier…« Aitulf verstummte.

Der Bischof zuckte mit den Schultern. »Nein, hier ist niemand eingetroffen. Und nun entschuldige mich, ich habe dringende Geschäfte zu erledigen.«

Leo hielt Aitulf huldvoll die Hand mit dem Ring hin, aber Aitulf, der diese Zeremonien nicht gewohnt war, ließ die Hand ungeküsst in der Luft hängen, murmelte einen Gruß und verließ mit Jaakov den Raum.

Als sie auf die Straße traten und sie die blendende Helle des Schneelichts empfing, sagte Jaakov wütend: »Er hat mich wie Luft behandelt. Als sei ich gar nicht vorhanden.«

»Nun, ja«, seufzte Aitulf, »Juden sind für solche würdigen Vertreter der Kirche ein lebendiger Vorwurf, denn wenn die Kirche die Wahrheit vertritt, dürfte es Juden eigentlich gar nicht geben. Sie hätten schon längst alle

Christen sein und einsehen müssen, dass der Messias, den wir verehren, derselbe ist, denn ihr verehrt.«

»Ja, ein alter Streit«, stimmte Jaakov zu, »bei dem wir nicht weiterkommen... aber fest steht jedenfalls, dass Agnes und ihre sächsische Freundin nicht hier angekommen sind.«

»Ja. Es könnte aber sein, dass sie ein Schiff gefunden haben und auf dem schnellsten Weg nach Antonaco fahren wollten...«

»Möglich.« Jaakov überlegte und fragte: »Bedeutet das, dass du nach Antonaco willst?«

»Ja.« Aitulf zögerte. »Aber vorher muss ich diese... diese Frau finden.«

»Das solltest du. Und ich weiß ja auch, wie sie aussieht: Etwa so klein wie du, Augen wie Edelsteine, dunkle Locken. Große, gerade Nase, voller Kussmund, schmales Kinn...«

Sie blieben stehen und Aitulf sagte: »Da Agnes ja mit großer Wahrscheinlichkeit in Sicherheit ist, habe ich Zeit, mich in der Stadt umzuschauen und zum Hafen zu gehen, um mich nach einem Schiff oder Boot zu erkundigen, und du könntest nach dieser Frau forschen. Ich verstehe immer noch nicht, warum sie mir zugelächelt hat... Irgendein Geheimnis ist mit ihr verbunden...«

»Gut«, stimmte Jaakov zu. »Falls du schnell ein Schiff findest und losfahren musst, schicke mir einen Boten, falls nicht, kannst du bei mir essen. Vielleicht habe ich schon erste Ergebnisse...«

Aber Aitulf schien an diesem Tag kein Glück mehr zu haben. Er streifte ruhelos durch die vom tauenden Schnee aufgeweichten Gassen Colonias, betrachtete alle Frauen, denen er begegnete, sodass einige schon stehen blieben und ihm nachblickten, aber dieses Gesicht, das ihn so beeindruckt hatte, war nicht darunter.

Als er zum Hafen kam, um sich nach Schiffen zu erkundigen, erfuhr er, dass nachmittags ein Schiff den Rhenus flussaufwärts fahren und auch in Antonaco halten würde. Er hatte also noch Zeit, um bei Jaakov eine Kleinigkeit zu essen, vielleicht Neues zu erfahren und dann zu hoffen, dass er Agnes bereits im Frauenkloster antreffen würde.

Er fand den jüdischen Händler im Gespräch mit einem Kunden, der in Jaakovs Lagerhaus stand, dicht neben seinem Wohnhaus, in dem auch der Ochse und der Reisewagen untergebracht waren. Es ging um eine der neuen, ungewürzten Weinsorten, die Jaakov seit neustem verkaufte.

»... aber ich sage dir doch, Rudolfus. Es dauert, bis sich dein Gaumen an den Geschmack gewöhnt hat. Du wirst sehen, nach einiger Zeit wirst du den allzu süßen Wein nicht mehr mögen ...«

Jaakov unterbrach das Gespräch. »Ah, Aitulf, geh schon nach nebenan in die Wohnung. Die Tür ist offen und meine Frau erwartet dich.«

Aitulf stieg die Stufen hinauf, trat durch den offenen Eingang in den dunklen Flur, in dem es nach frischem Fladenbrot, nach Lauch und Fenchel roch, und näherte sich der Küche.

Aus dem Inneren hörte er eine laute Frauenstimme: »Warum ist denn immer noch die Tür offen? Der Qualm zieht durchs ganze Haus!«

Aitulf öffnete die angelehnte Küchentür und steckte seinen Kopf hinein. »Ach du bist es, Aiwulf. Wie lange will Jaakov mit diesem Kunden noch reden?«

»Ich heiße Aitulf und denke, dass Jaakov gleich kommen wird.«

Tatsächlich hörten sie Geräusche am Eingang, die Tür wurde zugemacht, von innen verriegelt und Jaakov erschien ebenfalls im Türrahmen.

»Das bist du ja. Du könnest die Wasserkanne und die Schüsseln und Handtücher für euch holen«, sagte Deborah. »Ich habe schon mit Daniel gegessen.«

Als Jaakov mit den Waschsachen kam, standen bereits ein paar dampfende Schüsseln auf einem kleinen Tisch. Zuerst hielt Jaakov seinem Gast Wasser und Handtuch hin, um sich die Hände zu waschen, dann war Aitulf an der Reihe, den Gastgeber zu bedienen.

»An dieses Händewaschen werde ich mich wohl nie gewöhnen!«, sagte er.

Jaakov lächelte, sprach den jüdischen Tischsegen, dann tauchten sie die Brotfladen abwechselnd in die Schüssel mit dem gekochten Gemüse.

»Hast du etwas herausgefunden?«, fragte Aitulf gleich nach dem ersten Bissen.

»Nun, ich habe vier verschiedene Leute nach der Dame deines Herzens gefragt. Da sie adelig sein muss, können wir den Personenkreis eingrenzen…« Er machte eine nachdenkliche Pause.

»Nun… und ?« Aitulf beugte sich gespannt vor.

»Um es kurz zu machen: Keiner kennt sie. Keiner hat sie bisher gesehen… aber…«

»Aber?«

»Nun, vor kurzem soll eine gewisse Karolina angekommen sein. Ihr Bruder ist hier Diakon. Aber es ist zweifelhaft, ob sie es ist.«

Aitulf ließ enttäuscht sein Stück Brot sinken, sodass die Gemüsesoße auf den Boden tropfte.

»Ich kenne zwar eine Karolina«, meinte er, »aber die ist hässlich und sitzt in Antonaco…«

»Du meinst die mit der Weissagung?«

»Ja.«

»Das kann sie nicht sein… Entweder«, fuhr Jaakob fort, »ist sie eine Fremde, eine Durchreisende oder… ahm… bist du ganz sicher, dass du sie… ich meine… wirklich gesehen hast?«

Aitulf wurde rot und brauste auf: »Du denkst, ich habe es mir eingebildet …?«

Jaakov hob beruhigend die Hand. »Reg dich nicht auf.

Wenn du sie gesehen hast, und sie ist ein Wesen aus Fleisch und Blut, dann ist sie eben eine Fremde, die nicht hier wohnt. Es kann durchaus sein, dass sie gar nicht mehr in Colonia ist, vielleicht fährt sie weiter nach Norden, was unwahrscheinlich ist, oder mit dem nächsten Schiff nach Süden…«

Ruckartig stand Aitulf auf. »Dann werde ich schon etwas früher zum Hafen gehen.« Er holte aus seinem Beutel eine Münze und reichte sie Jaakov. »Für deine Mühe.«

Jaakov steckte sie ein, bedankte sich und stand ebenfalls auf. »Willst du wirklich schon gehen?«

»Ja, ich … ich muss zum Hafen. Ich halte es hier nicht mehr aus…«

Sie fassten sich an den Unterarmen, Jaakov wünschte seinem Freund eine gute Reise und geleitete ihn nach draußen.

Aitulf rannte mehr, als dass er ging. Aber er drehte sich noch einmal um und sah, dass Jaakov nicht mehr da stand. Während er davonhastete, murmelte er vor sich hin: »Mein Gott, lass mich diese Frau und Agnes finden.«

*Mi nitjechá keach li jonek schedé imi.*
*ämzaachá bechúz äschakcha gam lo jabusú li.*

*Ach, wärst du mir wie ein Bruder, an der Brust meiner Mutter genährt.*
*Träfe ich dich auf der Straße, ich küsste dich, ohne, dass es mir jemand verübelte.*

Hohes Lied der Liebe, Kapitel 8, aus dem Hebräischen, ca 500 v. Chr.

# 17

Karolina blieb vor der Haustür stehen und klopfte. Jemand öffnete. Sie trat in den Vorraum zum Innenhof und sprach einige Worte mit der Sklavin. Dann begrüßte sie ihre Mutter, die mit einem Händler redete, und ging in ein Zimmer, das sich an der Südwestseite des Atriums befand.

Zielstrebig trat sie zu dem Holzladen, der das Fenster verschloss, entriegelte ihn und stieß ihn nach draußen. Kälte und Sonnenlicht strömten ins Zimmer. Aber bevor der Raum auskühlte, der noch einen Rest Wärme von einer ausgeglühten Feuerschale barg, drückte sie einen soliden quadratischen Holzrahmen, der mit Schweinsblasenhaut bespannt war und an der Wand lehnte, in die Fensternische.

Ein Bett mit einer Strohmatratze stand in dem Raum, überzogen mit gelblichem Leinen und einer Schafswolldecke. Mehrere Truhen reihten sich an der Wand entlang, und ein niedriger quadratischer Tisch, um den geschnitzte Holzhocker standen, vervollständigte die Einrichtung.

Die Skalvin, die ihr vorhin die Tür geöffnet hatte, betrat jetzt den Raum, in der Hand zwei Gefäße mit Henkel. Sie ging zu einer Metallschale, auf einem dreibeinigen Gestell in einer Ecke, entfernte die Asche und legte neue, rot glühende Kohlen in das Becken. Dann ging sie und verschloss die Tür.

Es tut gut, im Haus der Mutter zu sein, dachte Karolina. Wie lange bin ich schon hier? Sie überlegte. Fast zwei Tage. Sie kommen mir wie Wochen vor.

Sie trat zu dem Kohlebecken und hielt ihre Hände über die stille, heiße Glut.

»Colonia!«, sagte sie. »Es ist so schön, durch deine Gassen zu gehen, ungehindert stehen zu bleiben, mit dem einen oder anderen zu plaudern, ohne das Gefühl zu haben, etwas Verbotenes zu tun.«

Sie legte sich mit dem Rücken auf das breite Bett und starrte gegen die Holzdecke, an der die Wintersonne helle Streifen malte.

Sie dachte daran, wie sie Aitulf heute Morgen betrachtet hatte. O ja, sie hatte sich damals seinen Namen gut gemerkt seit ihrem nächtlichen Treffen in Antonaco in der Nähe der Gräber.

Zuerst war sie überrascht gewesen, als sie ihn in der Menge um den predigenden Mönch erblickte. Aber dann sagte sie sich: Es ist ja nur zu verständlich, dass er hier in der Nähe der sächsischen Grenze ist und nach seiner Tochter sucht. Wahrscheinlich hat er sie noch nicht gefunden.

Als sie ihn in der Menge gesehen hatte, fing ihr Herz wieder an zu klopfen wie damals, bei ihrem Treffpunkt in Antonaco, als sie ihm von ihrer Weissagung erzählte und er dachte, sie sei eine Hexe, obwohl sie doch in einem Frauenkloster lebte. Aber ein entstelltes Gesicht bringt einen Mann wahrscheinlich auf solche Gedanken.

Es war gut, dass es im Kloster keine polierten Bronzespiegel gegeben hatte, sodass sie mit der Zeit vergaß, wie sie aussah. Nur abends, wenn sie im Dunkeln ihr Gesicht betastete, merkte sie, wie abstoßend sie auf andere wirken musste.

Und genau an diesem Abend hatte sie angefangen, Aitulf zu lieben. Sie wusste nicht genau warum. Zuerst war sie gerührt gewesen von seiner Geschichte und von seinem Eifer, die Tochter zu suchen, hatte die Sorge und Liebe in seinen Augen gesehen. Er war zwar klein, aber kräftig gebaut, etwas größer als sie und sein Gesicht sah so… so lebhaft aus.

Dieses kurze nächtliche Gespräch damals war ihr gerade durch das Erschrecken und durch das Verbotene so nahe gerückt, als wären sie schon lange miteinander vertraut gewesen. Die seltsamen äußeren Umstände hatten auf sie wie eine Verabredung mit dem Geliebten gewirkt, obwohl er sie mit Abscheu betrachtet haben musste.

Noch viele Tage und Nächte danach war der Eindruck ihres Zusammentreffenes in ihrem Gedächtnis haften geblieben. Und wenn sie abends nicht einschlafen konnte, dachte sie an sein Gesicht, an seine Stimme. Und sie erinnerte sich an ähnliche Begegnungen mit Männern vor ihrer Klosterzeit, als ihr Gesicht noch nicht verunstaltet war. Aber keiner dieser Männer hatte sie so nachhaltig beeindruckt wie Aitulf. Woran lag das? War es nur die Eintönigkeit des Klosters gewesen, die diese Begegnung so einzigartig werden ließ?

Und nun hatte sie ihn heute unverhofft wieder gesehen. Sie war zusammengezuckt, als sie ihn plötzlich erblickte und als seine Augen auf ihrem neuen Gesicht ruhten. Sie war stark genug, seinen Blick zu erwidern und zu lächeln.

Erst dann ging ihr auf, was sie getan hatte. War er nicht Vater einer Tochter, also verheiratet? Und selbst wenn er keine Frau mehr hatte, gehörte er nicht als Diakon zu den höheren Weihegraden, denen es verboten war, nach ihrer Weihe eine Frau zu nehmen? Sie würde ihn in unnötige Konflikte stürzen. Und dann… ihre seltsame Weissagung, die sie ihm damals gemacht hatte, obwohl doch allzu deutlich war, wie unsinnig sich das Ganze anhören musste. Sicher hatten die Worte ihn in Verwirrung gebracht. Ein Wesen mit Rädern, durch das er Ruhe und Reinheit finden sollte… Was hatte das mit seiner Tochter zu tun? Nichts.

Überhaupt war dieses Bild, das sie damals im Gebet vor sich sah, sicher ein Trugbild gewesen, ein Bild des Teufels, der die Gläubigen gerade dann heimsucht, wenn sie denken, sie seien Gott besonders nahe.

War sie nicht sogar ein wenig stolz gewesen, dass Gott

ausgerechnet sie mit dieser außergewöhnlichen Gabe gesegnet hatte? Und dann hatte sie es kaum abwarten können, ihn zu treffen und davon zu berichten. Bestimmt hatte ihn ihre Weissagung in die Irre geführt!

Armer Aitulf!

Vorhin, auf dem Platz mit dem predigenden Mönch, hatte sie gespürt, dass er sie nicht erkannte. Wie sollte er auch? Er hatte ein abstoßendes Gesicht in Erinnerung. Ein Gesicht, das geschwollen war und das ihre sonst so großen, ausdrucksvollen Augen in Schweinsaugen verwandelt hatte. Er hatte ihre Haare damals nicht gesehen, die unter dem Schleier steckten.

Also konnte er sie nicht erkannt haben. Sein Lächeln galt ihrem neuen Gesicht und den Augen, die ihm standgehalten hatten. Aber wieso lächelte er fremden Frauen zu, wenn eine Frau sowieso nicht für ihn in Betracht kam?

Ach, wie gern wäre sie auf ihn zugeeilt, um ihn zu umarmen und seine Hände und seinen Mund auf ihren Wangen zu spüren. Aber zum Glück war ihr die Sache mit seinem Diakonenamt eingefallen. Sie hätte ihn dadurch nur in Verlegenheit gebracht. Also hatte sie bei der ersten Gelegenheit, als der Diakon für einen Augenblick wegsah, das Weite gesucht und war die Gassen zurückgerannt, so gut wie es ihr langes Gewand zuließ.

Und nun lag sie hier und ließ aus ihrem Gedächtnis diese wenigen Bilder, die ihr von ihm geblieben waren, wieder aufsteigen.

Sie wusste, es hatte wenig Sinn, Aitulfs Gestalt heraufzubeschwören. Irgendwann müsste sie ihn gewaltsam vergessen und auch ihre seltsame und sinnlose Weissagung. Sie würde die Frau irgendeines Mannes werden, den sie kaum kannte. Denn seit der Zeit nach ihrem Klosteraufenthalt spürte sie schon wieder die Augen der Männer, vor denen sie im Kloster sicher gewesen war.

Neue Bewerber würden auf ihren Bruder Jocundus einstürmen und ihn um die Hand seiner Schwester bitten. Sie musste das alles mit ihm durchsprechen. In einer Hinsicht war es gut, dass ihr Vater nichts von ihrer Klosterzeit gewusst hatte und somit auch die Leute aus Colonia. Er war in dem Glauben gewesen, sie wohnte eine Zeit lang bei ihrer Schwester in Bonna. Nun, da er in der Zwischenzeit gestorben war, hatte der Bruder seine Stelle angetreten. Der Vater hätte ihr sicher nie erlaubt, ins Kloster zu gehen und er hätte sie mit beißendem Spott überschüttet, als es sich nach ihrem Unfall herausstellte, dass sie sich doch nicht als Nonne eignete. Ihr Vater hätte sich ganz bestimmt nicht so viel Mühe gegeben, einen griechischen Arzt aufzutreiben, der sich mit Hautkrankheiten auskannte und der es fertig gebracht hatte, die ursprüngliche Schönheit ihres Gesichtes wiederherzustellen. Sicher, es gab noch kleine Narben, wenn man genau hinsah, aber diese unsägliche Schwellung war endgültig zurückgegangen, sodass ihre großen Augen wieder zur Geltung kamen.

Jocundus würde sie bestimmt nicht zwingen, irgendeinen Mann zu nehmen, mit dem sie überhaupt nichts anfangen konnte, zum Beispiel einen alten, glatzköpfigen, der sie vielleicht als Zweitfrau erwerben wollte, um sein kaltes Bett zu wärmen. Und auch einen jungen Draufgänger würde Jocundus bei der Werbung nicht berücksichtigen, einen Mann, der sie nach ein paar Monaten vernachlässigte, wenn das erste Kind kam, um sich dann eine heimliche Geliebte zu nehmen.

Vielleicht gab es aber doch eine Möglichkeit, mit Aitulf wenigstens zu reden? Seine Stimme zu hören? Ein wenig seine Nähe zu suchen, so wie man sich neben einem Feuer aufhält, auch wenn einem das Haus, in dem des brennt, nicht gehört?

Karolina stand auf und ging zu dem Kohlebecken hinüber. Auf dem Bett zu liegen, ohne sich zuzudecken, dafür war es doch noch zu kalt. Und der feine Rauch brannte allmählich in den Augen. Schließlich gab es keinen Rauchabzug.

Ob Jocundus von Durnomagus schon zurück war? Und was ist, wenn... Karolina horchte auf. Schritte waren zu hören. Männliche Schritte.

Die Tür wurde stürmisch aufgerissen und Jocundus stand vor ihr.

»Jocundus!«, rief Karolina und eilte ihm entgegen, um die lange, hagere Gestalt zu umarmen. »Du bist also doch schon zurück. Ich wusste nicht, ob...«

»Ja, das Mädchen sagte mir, du seist eben nach Hause zurückgekehrt und ich selbst komme gerade vom Hafen...«

Karolina löste sich aus der Umarmung und dachte: Wie schön wäre es, wenn Aitulf mein Bruder wäre, dann könnte ich ihn wenigstens ab und zu umarmen.

Sie setzte sich auf das Bett und sagte: »Gerade habe ich an dich gedacht...«

»So?« Jocundus ließ sich neben ihr nieder.

»Ja, ich ... ich habe heute Morgen einen Mann getroffen und bin noch ganz verwirrt...«

Jocundus lachte. »Aha, es geht wieder los. Und ich darf die undankbare Rolle des Vermittlers spielen...«

Karolina seufzte: »Nein, es ist nicht so eine kleine Liebesaffäre. Der Mann, den ich liebe ... also wir haben uns nicht getroffen...«

»Was? Aber gerade hast du doch gesagt...?«

Karolina ballte die Fäuste. »Wir haben uns wortlos angeblickt und ich bin dann... weitergegangen.«

»Das ist doch gut, Karolina. Du hast sein Interesse geweckt, und er wird herausfinden, wer du bist. Seit du keine Novizin mehr bist, steht es dir frei, dich mit solchen Gedanken zu beschäftigen.«

»Aber es ist nicht so einfach. Er ist Diakon und du weißt, dass nach seiner Weihe es fast unmöglich ist...«

»Diakon? » Jocundus blickte seine Schwester an: »Eines verstehe ich nicht. Wenn du mit ihm nichts gesprochen hast, wie kannst du dann wissen, dass er ein Diakon ist?

Oder hat er sein liturgisches Gewand mit den purpurnen Streifen getragen?«

Karolina schüttelte den Kopf. »Nein, ich habe ihn in der Stadt gesehen. Es ist … alles so verwirrend. Ich bin ihm bereits einmal begegnet.

In Antonaco, im Kloster.«

»Das ist doch erst ein paar Wochen her!«

Jocundus stutzte und schüttelte lächelnd den Kopf. »Karolina, Karolina. Ich dachte immer, dass die Frauen in Klausur leben und keinen Kontakt mit Männern pflegen. Oder hast du ihn auf einer deiner heimlichen Ausflüge kennen gelernt… die dich letzten Endes um dein Noviziat gebracht haben?«

»Ja und nein. Er kam zunächst als Ratsuchender.«

»Zu dir? Es wird immer seltsamer.«

»Ich … ich weiß, es hört sich seltsam an. Es ist eine lange Geschichte. Du erinnerst dich vielleicht, dass Gott mich einmal mit der Gabe der Weissagung beschenkt hat…?«

»Ja, dieser Fall mit der Krankheit und dem Gemüse.«

»Nun, die Sache hatte sich herumgesprochen und der … der Diakon, der in einer Notlage war, hatte davon gehört und die Vorsteherin gebeten, mir seine Not vorzutragen. So haben wir uns kennen gelernt. Sozusagen unter Aufsicht.«

»Hm. Dann wird er wohl ziemlich abgeschreckt gewesen sein. Damals war doch dein Gesicht…«

»Ja, ich weiß.« Sie musste unwillkürlich lachen. »Man merkte ihm an, dass er zurückzuckte, als er mich sah… Nun, jedenfalls habe ich tatsächlich eine Weissagung für ihn empfangen, von der ich allerdings glaube, dass sie völlig sinnlos ist.«

»Und… und du hast ihn heute unvermutet wieder getroffen?«, forschte Jocundus weiter.

»Ja, so ist es. Wir haben uns angeblickt und ich glaube nicht, dass er mich erkannt hat. Dann erinnerte ich mich, dass er ja Diakon ist und dass es besser sei, wenn ich ihn in Ruhe lasse. Außerdem schämte ich mich, dass ich ihm meine unsinnige Weissagung aufgedrängt habe. Ich hatte ihn nämlich abends heimlich in der Nähe des Klosters getroffen, um sie ihm zu sagen... und er... er hielt mich für eine Hexe ... weil ich .. weil ich...« Karolina legte den Kopf an Jocundus' Schulter und fuhr weinend fort: »Und als ich ihn heute von weitem wieder sah, merkte ich, wie sehr ich ihn liebe, aber es ist alles sinnlos.«

Jocundus legte den Arm um die Schulter seiner Schwester und drückte sie zärtlich an sich. Dann musste er husten, denn der Qualm von dem Kohlebecken wurde stärker.

Karolina hob den Kopf. »Diese Zimmer sind unerträglich im Winter, man merkt, dass sie ursprünglich nur mit Fußbodenheizung bewohnbar waren. Lass uns in das Atrium hinübergehen, dort brennt ein größeres Feuer, und oben kann der Rauch wenigstens abziehen.«

»Ja, du hast Recht«, nickte Jocundus. »Ich denke, dass wir heute die Betten wie in jedem Winter aus den Zimmern holen und sie um das Feuer stellen. Es wird immer kälter.« Sie standen auf und gingen in den grasüberdachten ehemals römischen Innenhof, der im Winter regelmäßig zu einem fränkischen Wohnschlafraum verwandelt wurde. Die Zisterne in der Mitte hatte man zur Seite geräumt und an deren Stelle einen Feuerplatz eingerichtet, um den herum Holzhocker standen. Die Geschwister nahmen nebeneinander Platz und starrten in die Flammen.

»Seltsam«, sagte Jocundus nach einer Weile, »wie sich manche Dinge ähneln. Was du mir vorhin erzählt hast, gleicht verblüffend einer Geschichte, die ich selbst erlebt habe.«

Karolina wandte ihm überrascht ihr Gesicht zu und wischte mit dem Handrücken über die tränennasse Wange. »So? Erzähle!«

Jocundus nahm Karolinas Hand und sagte: »Ich habe nämlich auch einen Diakon kennen gelernt, der ebenfalls eine Weissagung von einer Nonne erhalten hat. Er muss verheiratet sein, seine Tochter, sagte er, sei von Sachsen geraubt worden und ... wie hieß doch noch diese Weissagung?«

Karolina starrte ihn an. »Was sagst du da? Seine Tochter sei von Sachsen geraubt worden? Aber das Gleiche sagte der Mann auch zu mir!«

»Ja«, fuhr Jocundus fort. »Wir ... wir haben uns auf dem Schiff kennen gelernt. Die Weissagung stand in Zusammenhang mit den Propheten Hezekiel und wir haben in der Bibliothek nach der richtigen Stelle gesucht. Mein Freund wollte daraufhin ein gewisses sächsisches Dorf aufsuchen, weil ein Mann ihm bestätigt hatte, seine Tochter sei dort... In der Weissagung ging es um Wesen mit Rädern und...«

Karolina sprang von ihrem Sitzplatz auf. »Aber das ist meine Weissagung! Wie heißt der Mann?«

»Er heißt Aitulf.«

*Preco diei iam sonat*
*noctis profunde pervigil*
*nocturna lux viantibus*
*a nocte noctem segregans.*

*Foraharo tages giu lutit*
*thera naht tiufin thurahuuachar*
*nohtlih lioht uuegontem*
*fona nahti naht suntaronti.*

*Schon ruft der Herold des Tages,*
*der Wächter der tiefen Nacht,*
*ein nächtliches Licht für den Wanderer,*
*der die Nacht in ihre Zeiten teilt.*

25. Gesang aus den Murbacher Hymnen,
Lateinisch und Altalemannisch, niedergeschrieben im 9. Jahrhundert,
aber aus älteren mündlichen Quellen stammend.

# 18

Mit einem Ruck wachte Agnes auf. Es war noch dunkel, nur die Glut in der Mitte des Raumes verbreitete einen matten, rötlichen Schein, ließ die dunkeln Wände erahnen und die Umrisse der anderen Schläfer, die auf den Bänken lagen, die atmeten und ab und zu schnarchten. Im Hintergrund grunzte ein Schwein. Und von der Decke, aus dem Grasdach, rieselte es unablässig herab: die Überreste vertrockneter Mücken und Heustaub.

Agnes schloss beruhigt die Augen. Sie war in Sicherheit, und Ava hatte sie nur im Traum verfolgt. Aber obwohl es nur eine Traumverfolgung war, spürte Agnes noch den Angstschweiß, der an ihrem Haaransatz klebte.

Ganz deutlich sah sie den breiten Fluss vor sich, aus dessen Fluten sich das achtfüßige Pferd erhoben hatte, auf dem Rücken eine Reiterin, die wie ein Hund das Wasser aus ihren offenen Haaren schüttelte und auf Agnes zuritt. Und während sie näher kam, schrie sie immer wieder den Satz: »Wo ist Gna? Was hast du mit Gna gemacht? Wo ist Gna? Was hast du mit Gna gemacht?«

Agnes versuchte zu laufen und sah vor sich eine weite Ebene. Ich wünschte, ich wäre ein See, dachte sie und spürte, wie es kühl in ihr wurde und sie nach allen Seiten zerfloss.

Es kam ihr vor, als liege sie breit und behäbig auf dem Boden, zu müde, um sich zu bewegen und über ihre dünne, bewegliche Haut strich der Wind und legte sie in Falten. In der Mitte des Sees, der sie selber war, fühlte sie sich als Mensch und konnte hören und denken.

Da erzitterte der Boden und sie hörte Avas Stimme seltsam verändert, als würde jemand unter Wasser sprechen:

»Hier ist sie nicht. Es liegt kein Boot hier und der See ist zu breit.«

Der Boden erzitterte wieder und sie wusste, dass Sleipnir sich wieder entfernte.

Mit großer Kraftanstrengung saugte sie den See in sich hinein und stand wieder auf zwei Beinen. Aber als sie weiterging, tauchte Ava plötzlich hinter einem Baum vor ihr auf und schrie sie an: »Wo ist Gna? Was hast du mit Gna gemacht?« Ihre Hand packte Agnes am Hals und schüttelte sie. Verbissen wehrte sich das Mädchen, bis sie mitten im Kampf erwachte und merkte, dass sie alles nur geträumt hatte.

Einen ganzen Tag und eine Nacht war sie nun bei den Leuten, die sie nach ihrem Sturz bei sich aufgenommen hatten. Und allmählich kam Agnes wieder zu Kräften. Wenn nur diese furchtbaren Träume nicht wären! Was konnte sie denn dafür, dass Gna freiwillig mitgegangen und durch das Loch im Boot und den Wasserstrudel ertrunken war?

Und warum hatte dieses seltsame Lichtwesen mit den Flügeln und den Rädern sie nicht beide gerettet?

Agnes blickte nach oben in das dunkle Gewirr der Balken und Grasschichten und es kam ihr vor, als wäre ihr Leben auch so ein dunkles unheimliches Gewirr, das zwar irgendwie zusammenhielt, aber schon beim ersten Sturm in sich zusammenfallen würde.

Sie musste die Leute, die sie aufgenommen hatten, verlassen und weiterziehen und in Colonia vielleicht den Bischof aufsuchen, ihm ihre Geschichte erzählen und nach Antonaco zurückgehen. Dort wäre sie in Sicherheit. Die Schwestern würden für sie beten, dass diese Träume aufhörten. Bis in das Kloster würde Ava sie nicht verfolgen, das wusste sie.

Ein anderer Schläfer regte sich. Agnes richtete sich auf und blickte in die Richtung des Geräuschs. Das war die

Großmutter, die da gähnend aufstand, auf nackten Beinen und unter viel Geächz zur Feuerstelle tappte und von dem aufgeschichteten Holz ein paar Scheite in die Glut legte.

Agnes schälte sich aus den Schafswolldecken, erhob sich ebenfalls, ging zu der alten Frau und sagte, sie wolle Wasser holen gehen. Die zittrige Hand der Alten strich über Agnes Kopf. Dann sagte die Frau: »Aber häng dir noch eine Decke um. Es wird sicher kalt sein.«

Agnes nickte gähnend, ging zu ihrem Schlafplatz, wickelte sich in eine der Decken und stieg in die dicken Rindlederstiefel, die sie seit dem vorigen Tag trug. Mit einem Lederband schnürte sie sich noch zwei Fellappen über die Waden, holte sich einen großen Krug und trat nach draußen.

»Huh!« sagte sie, »col.« und verbesserte sich gleich: »kalt.« Das Sächsische kam doch ab und zu wieder durch.

Über ihr schien ein blasses, fahles Licht. Der Nachthimmel war gerade dabei, sich in einen Morgenhimmel zu verwandeln. Es hatte in der Nacht nicht geschneit und der Schnee an den Wegen war nicht mehr so weiß wie am Tag zuvor und an einigen Stellen schon ganz verschwunden. Sie ging den schmalen Trampelpfad zum großen Fluss hinunter und schauderte, als sie daran dachte, dass ihre Freundin Gna darin versunken war und ihr Körper irgendwo auf dem Grund dahintrieb. Schnell tauchte sie den Krug ein und setzte das schwere Gefäß auf ihre linke Schulter.

Der Weg zurück kam ihr mit der Last länger und steiler vor. Sie betrat das Haus, setzte den vollen Krug vor der inzwischen laut prasselnden Feuerstelle ab und sah, dass die meisten aufgestanden waren und um den großen Topf herumstanden. Er hing an einer Kette, die über dem Feuer an einem Balken festgemacht war.

Die Alte füllte einen Becher mit Wasser und schüttete es in die Masse mit den gerösteten Gerstenkörnern. Es zischte und Wasserdampf stieg nach oben.

Als der Morgenbrei verteilt worden war und alle schweigend aßen, sagte Agnes: »Ich danke euch allen, dass ich mich bei euch ausruhen konnte und wieder zu Kräften kommen konnte, aber nachher werde ich weitergehen müssen nach Colonia.«

Die Esser nickten stumm. Sie hatten das wohl erwartet. Nur die Großmutter sagte laut und nuschelnd, weil ihre Vorderzähne fehlten: »Aber vorher werde ich noch deine Haare kämmen!«

Wann waren das letzte Mal ihre Haare gekämmt worden? Sie wusste es nicht mehr. Sie wusste nur, dass Gna es getan hatte.

Geduldig saß sie auf ihrer Schlafbank und verzog das Gesicht, wenn es ziepte und zog, aber die Alte kannte kein Erbarmen mit dem Knochenkamm. Endlich hatte sie die verfilzten und von Schweiß verklebten Haare soweit hergerichtet, dass man Zöpfe flechten konnte.

Agnes dankte der Frau, umarmte sie, verneigte sich vor dem Mann, der sie gefunden hatte und der zum Abschied seine rechte Hand hob, ein Kreuzeszeichen schlug und den Segen sprach: »Der heligo Krist unta sancte Martin de fruma hiuto alla hera heim gasunta. – Der heilige Christus und der heilige Martin mögen dafür sorgen, dass heute alle gesund nach Hause zurückkehren.«

Man hatte Agnes noch eine zusätzliche Decke mitgegeben, die sie sich um den Oberkörper gewickelt und mit einer einfachen Bronzefibel an der Schulter befestigt hatte.

Sie trug eine Fellmütze, aus der die hellen Zöpfe hervorquollen, und um den Hals hatte sie sich ein breites Stück Stoff geschlungen.

Schon nach den ersten hundert Schritten merkte sie, dass der vom Schnee aufgeweichte Boden ihre Schuhlappen feucht machte und das nasse Leder ihre Füße kalt werden ließ. Aber es half nichts. Außerdem war es nicht mehr so weit nach Colonia und verirren konnte sie sich nicht, solange sie immer am Fluss entlangging. Gegen Mittag würde sie dort ankommen.

Das Einzige, wovor sie sich fürchtete, waren Männer, die unterwegs waren und die eine einsame Frau, die unter keinem männlichen Schutz reiste, als leichte Beute betrachteten. Aber in ihrem Gürtel steckte ein Dolch ohne Hülle, auf dessen Griff ihre rechte Hand lag, jederzeit bereit, ihn zu ziehen und zuzustoßen.

Seit ihrer Gefangenschaft war sie zu allem bereit.

Der Himmel, der am Morgen noch bedeckt gewesen war, hatte aufgeklart, und zwischen den Wolkenfetzen kam ab und zu die Sonne durch, und ihr Licht legte sich auf den träge dahinfließenden Strom, der aus der Entfernung durch die grünen Büsche und blattlosen Bäume, die sich darin spiegelten, eine braungrüne Farbe bekam, als sei die Erde an dieser Stelle flüssig geworden und sei unterwegs, um sich in erdlose Gegenden zu ergießen und sie auszufüllen.

Da hörte das Mädchen tiefe Männerstimmen, verborgen hinter einem Hügel. Ohne zu überlegen, rannte Agnes hinter den breiten Stamm einer Eiche und verbarg sich. Keinen Augenblick zu früh, denn schon sah sie drei Männer den Weg heraufkommen, die sich lautstark unterhielten. Sie sahen nicht gerade Vertrauen erweckend aus. Nach ihrem Äußeren zu urteilen, schienen sie fränkische Krieger zu sein. Sie trugen Schwerter an der Seite, und ihre Haare waren unterhalb des Kinns abgeschnitten. Über ihrem Mantel hatten sie sich breite Lederbänder um die Brust geschnallt. Aber als sie näher kamen, hörte Agnes sie Sächsisch reden. Sie verstand nicht alles, weil sie durcheinander redeten und sich gegenseitig ins Wort fielen. Schließlich hörte sie, wie einer laut rief: »Ich sage euch doch, der Mann konnte Menschen in Würmer verwandeln. Ich habe es selbst gesehen. Eben noch stand mein Freund neben mir und dann – eine Flamme, ein

Donnergebrüll, und vor meinen Füßen kroch ein Wurm vorbei. Es waren zwei Juden. Ihr Gott muss starke Zauberkräfte haben. Sie kamen zu unserem Fest zu der Zeit als die beiden Mädchen verschwanden. Wer weiß, ob sie nicht selbst…«

Zwei Juden, die Menschen in Würmer verwandeln? dachte Agnes. Ich kenne nur einen Juden: Jaakov, aber der machte mir nicht den Eindruck, dass er solche Zauberkräfte besaß.

Vorsichtig kam sie hinter dem Baum hervor, ging weiter, und lauschte nach verdächtigen Geräuschen. Immer wieder reckte sie den Hals, ob sie schon etwas von Colonia sah, aber noch waren keine Mauer und kein Turm zu sehen.

Jetzt machte der Rhenus eine Biegung nach rechts und als Agnes ihr folgte und auf einen Hügel stieg, sah sie endlich die ersten Zeichen der Stadt: Etwas Gebogenes, wahrscheinlich das Nordtor, und dahinter einen Turm und weiter den Fluss hinab, im Mittagsdunst, sah sie die Römerbrücke, die den breiten Fluss überspannte. Erleichtert seufzte sie auf und merkte, wie ihre Beine von ganz allein in einen schnelleren Rhythmus fielen. Der unregelmäßige Pfad wurde breiter und weniger kurvig, ab und zu lugten alte Pflastersteine zwischen dem Dreck hervor. Menschen kamen ihr entgegen, die ihr jetzt durch die Stadtnähe nicht mehr so gefährlich erschienen. Agnes spürte die neugierigen Blicke und tat so, als merkte sie es nicht. Jetzt kam das Nordtor in Sicht…

Zwei Männer in abgewetzter Lederkleidung standen davor und untersuchten ein Fuhrwerk, das das Tor gerade passieren wollte.

Unauffällig zwängte sich Agnes mit klopfendem Herzen an den Wächtern vorbei und eilte die Gasse hinunter, wobei sie fast über den Dreck und die Schneereste gestolpert wäre.

Wo befand sich die Basilika? Das war jetzt ihr Ziel. Dort

würde sie Schutz finden. Vielleicht war ja ihr Vater dort gewesen und hatte sie gesucht? Ob sie sich gleich beim Bischof melden sollte?

Halt – dort, dieses große Ziegeldach, das musste die Basilika sein. Agnes rannte fast, erreichte den Eingang, der offen war und betrat die große Halle. Es roch nach Weihrauch und nach Schweiß, dieser typsiche Geruch aller Gotteshäuser, den sie so lange entbehrt hatte.

Tief atmete sie ein und aus, und mit dem Geruch strömte ein wenig Sicherheit in ihr Inneres.

Es wurde keine Messe gefeiert, aber Leute standen in kleinen Gruppen herum und unterhielten sich.

Agnes nahm ihren ganzen Mut zusammen und sprach zwei Frauen an, die gerade zum Ausgang strebten. »Seid gegrüßt. Wo … wo finde ich die Wohnung des Bischofs?«

Die beiden Frauen blieben verblüfft stehen und musterten Agnes verwundert.

»Du musst die Basilika verlassen und in diese Richtung um das Gebäude herumgehen, dann stößt du auf ein Haus. Dort wohnt der Bischof. Aber es ist nicht sicher, ob er Bettler einlässt. Besser wäre es, wenn du das Haus der Diakone aufsuchst, das…«

Aber Agnes hörte schon nicht mehr zu, sondern war nach draußen getreten und ging mit großen Schritten auf die bischöfliche Tür zu.

Eine Bettlerin! Soweit war sie schon gekommen! Eine Bettlerin, wo sie doch die Tochter eines Diakons war und Novizin eines Frauenklosters werden wollte!

Sie klopfte laut und heftig, bis sie hinter der Tür Schritte hörte und das Geräusch des Riegels, der zurückgeschoben wurde.

Ein Mann mit strengem Gesicht öffnete und blickte stirnrunzelnd auf das Mädchen. Bevor er jedoch etwas sagen konnte, fing Agnes schon selbst an: »Seid gegrüßt. Ich muss dringend den Bischof sprechen und…«

»Für Bettler ist der Bischof nicht zu sprechen. Du

kannst ein Haus weiter gehen, dort wirst du etwas zu essen bekommen und…«

Agnes richtete sich auf und unterbrach den Mann mit zornigen Worten: »Ich bin keine Bettlerin. Ich bin die Tochter eines Diakons und eine Novizin und verlange, vor den Bischof geführt zu werden.«

Der Mann verzog seinen Mund zu einer verächtlichen Grimasse. »Du die Tochter eines Diakons und eine Novizin?«

»Ja, das bin ich. Ich bin von Sachsen geraubt worden und durch Gottes Hilfe geflohen. Vielleicht war mein Vater Aitulf schon hier. Wir stammen aus Treveris und wenn du mich nicht sofort meldest, werde ich es Bischof Magnerich sagen, wenn ich ihn das nächste Mal treffe!«

Die Bestimmtheit in Agnes' Stimme ließ den Mann aufhorchen, aber er wollte seine Überlegenheit nicht so schnell aufgeben, sondern erwiderte herablassend: »Gut, ich bin heute mal großzügig und werde dich melden. Warte hier und wenn ich nicht mehr komme, dann will dich der Bischof nicht sehen. Du verstehst!«

Er schlug die Tür wieder in den Rahmen und schloss von innen ab.

Es dauerte gar nicht lange, da ging die Tür wieder auf, der Mann wies wortlos mit mürrischem Gesicht die breiten Stufen nach oben und sagte: »Geradeaus. Und warte in dem Raum, bis der Bischof dich empfängt.«

Oh, welche Wohltat war es, in einem Gotteshaus zu sein, dessen Tür hinter ihr zugeschlossen wurde. Keiner konnte sie hier überfallen.

Wie verzaubert stand sie in dem kühlen Raum. Seit langer Zeit wieder in einem richtigen Steinhaus. Sie bückte sich und fuhr mit den Händen über die rauen, rötlichen Ziegelsteine, die im Fischgrätmuster verlegt waren. Dann trat sie zu dem Fenster mit der Pergamentbespannung. Und während sie das Gesicht gegen den kühlen glatten Holzrahmen legte, liefen ihr Tränen über die Wangen. Es waren Tränen der Erleichterung und der Freude, endlich wieder in einem gottgeweihten Haus zu sein.

Sie horchte. Was war das? Irgendwoher drang Gesang an ihr Ohr. Männerstimmen. Agnes richtete sich auf und lauschte. Natürlich, das waren die Gebete, die zur Sext gesungen wurden.

Agnes wiederholte halblaut die alten Verse und merkte, dass diese Worte aus dem achtzehnten Psalm stammten und sich anhörten, als seien sie nur für sie aufgeschrieben worden: »… Deus firmamentum meum et refugium meum et liberator meus. Circumdederunt me dolores mortis et torrentes iniquitatis conturbaverunt me. Cum tribularar invicavi Dominum et ad Deum meum clamavi. Et exaudivit vocem meam. –

Herr, du mein Hort, meine Burg und mein Befreier! Es umgaben mich des Todes Fluten, Wogen des Unheils erschreckten mich. In meiner Bedrängnis rief ich zu dem Herrn, zu meinem Gott erhob ich mein Rufen… Und er hörte meine Stimme.«

Langsam verebbten die Stimmen, aber Agnes stand mit geschlossenen Augen mitten im Raum, und es kam ihr vor, als hätte ihr jemand einen Mantel aus Gold umgehängt und eine Krone aufgesetzt.

Da hörte sie ein Räuspern, und eine hohe Männerstimme, in der ein leicht gekränkter Unterton mitschwang: »Du wolltest mich sprechen? Ich hoffe sehr, dass es ein wichtiges Anliegen ist, das du vorbringst, besonders vertrauenserweckend siehst du ja nicht gerade aus.«

Agnes öffnete die Augen und sah einen Mann mit einem hellen Umhang, makellos sauber, und darüber ein rosiges Gesicht, das in ein Doppelkinn überging. Das Gefühl, einen goldenen Mantel und eine unsichtbare Krone zu tragen, verschwand.

Als sie an sich herunterblickte, sah sie für einen Augenblick, wie sie auf Bischof Leo wirken musste: um die aufgeweichten Lederstiefel herum bildeten sich hellbraune

Pfützen. Die Decke hing schief und formlos herunter, der Saum ihres Kleides war mit Dreckspritzern verziert und die Zöpfe hatten sich beinahe aufgelöst. Die Fellmütze passte sicherlich auch nicht hierher. Sie sah aus wie eine eklige, stinkende Bettlerin. Sie hatte sich noch nie so stark nach sauberen Kleidern gesehnt wie jetzt, und eine leichte Schamröte überzog ihr Gesicht. Es fiel ihr nichts Besseres ein, als auf die Knie zu fallen und zu stammeln: »Verzeih, Herr Bischof, aber ich... ich habe Schreckliches durchgemacht. Ich bin keine Bettlerin, sondern die Tochter eines Diakons und war auf dem Weg, in Antonaco eine Novizin zu werden, als mich Sachsen raubten und mich wegschleppten, ich sollte...«

»Ja, ja ich weiß. Dein Vater... ähm Awulf... oder so ähnlich war hier und hat nach dir gefragt. Du kannst aufstehen. Im Übrigen ist es mir schleierhaft, warum er als Diakon eine Tochter haben kann.«

»Er ist Subdiakon der Kirche in Treveris. Außerdem bin ich seine Pflegetochter, meine Eltern sind gestorben.«

»Ich sagte schon, du kannst jetzt aufstehen. So ... aha. Den Subdiakon hat er mir verschwiegen.«

Agnes erhob sich von den Knien. »Du... sagst, er war hier und hat nach mir gefragt?«

»Ja, er war gestern mit einem Juden hier. Er wusste, dass du geflohen bist, und vermutete dich hier.«

»Und ... und wo ist er jetzt?«

»Das weiß ich nicht. Vermutlich musste er nach Treveris zurück. Schließlich hat er noch andere Pflichten, als nach verschwundenen Frauen zu suchen. Vielleicht hält er sich aber auch in der Nähe des Frauenklosters auf.«

Er blickte in sein offenes Zimmer zurück und Agnes merkte, dass er sie gerne losgeworden wäre. Aber nun war sie hier und ließ sich nicht so schnell abfertigen. Sie brauchte irgendeinen Menschen, der ihr half, ihre Reise fortzusetzen. Alleine hatte sie nicht mehr die Kraft dazu.

»Herr Bischof, bevor du mich entlässt, möchte ich dich bitten…«

»So, du bittest mich um etwas?«

Sie spürte seinen abweisenden Ton, redete aber dennoch weiter: »Ich brauche jemanden, der mit mir weiterreist, ich habe … ich schaffe es alleine nicht mehr…«

»Nun, ich komme dafür wohl kaum in Frage«, sagte Leo und verzog seinen Mund zu einem säuerlichen Grinsen. Er überlegte.

»Melde dich im Haus der Diakone bei einem gewissen Jocundus. Vielleicht hat er eine … Idee, wie es mit dir weitergeht, weil er deinen Vater kennt. Und nun…«

»Und wo ist dieses Haus?«

»Wenn du aus meiner Tür trittst und dich nach rechts begibst, stößt du auf ein Gebäude mit unverputzter Ziegelwand. Du klopfst an die Tür und verlangst nach Jocundus. Schildere ihm deinen Fall. Man wird dir auch etwas zu essen geben und…«

»Ich bin keine Bettlerin«, unterbrach Agnes wütend den Bischof und schämte sich sogleich ihre Unhöflichkeit.

»Ja, ja, ich weiß«, sagte Leo spöttisch, »die Tochter eines Diakons … ahm, eines Subdiakons und angehende Novizin, natürlich. Wie gesagt, wende dich an das Haus der Diakone. Und nun, sei gegrüßt, der Herr sei mit dir.«

Leo nickte ihr zu, verschwand in seinem Zimmer und schloss die Tür.

Wie auf Verabredung trat der Mann, der die Türen öffnete und schloss, aber seine Ohren lieber offen ließ, in die Vorhalle und brachte Agnes nach draußen mit der Bemerkung: »Ich habe es dir ja gesagt, dass du besser gleich zum Haus der Diakone hättest gehen sollen.«

Agnes nickte stumm und wandte sich nach rechts. Sie fand alles so, wie der Bischof es ihr beschrieben hatte, und klopfte an die Tür. Aber als sie nach Jocundus fragte, schüttelte die ältere Frau, die geöffnet hatte, nur den Kopf und sagte. »Er ist im Augenblick nicht da, sondern im Haus seiner Mutter.«

Agnes schloss die Augen. Allmählich wurde ihr alles zu viel. Sie kam sich vor, als würde man sie wie ein unerwünschtes Kind von einem Verwandten zum anderen reichen.

»Und wo ist dieses Haus?«

»Das kann ich dir nicht erklären. Ich würde es kaum selbst finden.«

»Dann muss ich jemand nach dem Weg fragen«, murmelte Agnes müde und wollte sich schon umdrehen.

»Wo kommst du denn her?«

»Ich komme gerade vom Bischof, der mich hierher schickte und …«

»Von Bischof Leo?«

»Ich weiß nicht, wie er heißt. Er ist dick und hat ein Doppelkinn.«

»Ja, ja, das ist er. Nun, wenn du vom Bischof kommst, dann bleib doch hier und warte auf Jocundus. Er wird sicher bald zurück sein.«

»Meinst du?«

»Aber ja. Komm herein, du siehst müde aus, du kannst dich ein wenig ausruhen und mir deine Geschichte erzählen. Im Augenblick haben wir sowieso nicht viele Gäste.«

Agnes nickte. Sie hätte ohnehin kaum noch die Kraft gehabt, durch die Gassen zu eilen und das Haus zu suchen, in dem Jocundus' Mutter wohnen sollte. Durch einen schmalen Flur gelangten die beiden Frauen in einen großen überdachten Raum. Man hatte in einer römischen Ruine ein fränkisches Holz- und Lehmhaus gebaut mit einem großen Wohn- und Schlafraum, der in der Mitte eine Feuerstelle hatte und einen Rauchabzug am Dach. Ein paar Tücher, die an den Balken befestigt waren, trennten die Frauen von den Männern.

Viele Gäste waren tatsächlich nicht da. Zwei alte Männer saßen auf einer Bank und spielten ein Mühlespiel mit

Kieselsteinen, die gefärbt waren. Das Spielfeld hatten sie auf den Lehmboden geritzt.

Sie blickten nur kurz auf und vertieften sich wieder in ihr Spiel.

Die Frau wies auf eine Bank in der Nähe des Feuers hin, wo Agnes geschützt vor den Blicken der Männer liegen konnte.

»Vor allem solltest du deine Stiefel ausziehen«, sagte die Frau, »sie sind feucht und völlig durchgeweicht. Deine Füße müssen eiskalt sein.

»Ja, das sind sie«, nickte Agnes und sie spürte, dass das Weinen ganz dicht zwischen Herz und Hals saß und jederzeit ausbrechen konnte. Jetzt, wo sich jemand um sie kümmerte.

»Ich habe hier etwas warme Ziegenmilch, die wird dir gut tun.« Agnes nickte stumm und versuchte, ihr zitterndes Kinn unter Kontrolle zu bringen.

Endlich waren Agnes' Füße trocken eingepackt, der Becher Milch wärmte ihren Bauch und das Feuer brannte und knisterte.

»So, jetzt bin ich gespannt, was du mir erzählen wirst«, sagte die alte Frau und man merkte, dass es nicht nur reine Nächstenliebe war, die sie dazu trieb, sich um Agnes zu kümmern, sondern auch eine große Portion Neugier.

Agnes erzählte alles von Anfang an und es tat gut, all ihre Erlebnisse in Worte zu kleiden. Als sie gerade bei der Stelle war, als Gna ertrank und sie selbst wie durch ein Wunder aus dem Strudel geriet und an das Ufer trieb, hörte sie, wie jemand draußen klopfte. Rasch erhob sich Agnes' aufmerksame Zuhörerin und eilte zur Tür.

Eine Männerstimme war zu hören und die aufgeregte Stimme der Alten, die ihn mit schnellen Worten über die neue Besucherin in Kenntnis setzte.

Dann trat ein großer, dünner Mann in den mit Stoffen abgeteilten Raum, ging auf Agnes zu und sagte: »Ich bin

Jocundus, und du musst also Agnes sein, ich kenne deinen Vater Aitulf.«

Agnes wollte die Decke zur Seite streifen und sich erheben, aber Jocundus, drückte sie sanft auf ihr Lager zurück. »Bleib ruhig liegen, du hast ja einiges durchgemacht.«

Agnes sank zurück und schloss die Augen. Jetzt erst merkte sie, dass das lange Erzählen sie auch angestrengt hatte.

»Weißt du, wo mein Vater ist?«

»Ich weiß es nicht, weil ich gestern selber von einer Reise zurückgekommen bin und gerade zu Hause bei meiner Schwester war. Soweit ich weiß, wollte er mit einem Begleiter in das Sachsengebiet, um dich zu suchen...«

»Ja. Aus irgendeinem Grund wusste er, dass ich geflohen bin. Er war gestern bei Bischof Leo und hat nach mir gefragt. Wir haben uns verpasst. Der Bischof meinte, mein Vater sei wahrscheinlich nach Treveris zurückgegangen oder nach Antonaco, weil er dachte, ich würde vermutlich das Kloster aufsuchen. Und das will ich auch.«

Jocundus überlegte: »Am liebsten möchte ich dich mitnehmen in mein Elternhaus. Meine Schwester ist da. Dort hast du mehr Ruhe und Pflege.«

»Nun«, sagte die Alte spitz. »Hier ist sie auch in guten Händen. Du siehst doch, Jocundus, sie ist noch müde und außerdem möchte ich noch den Schluss ihrer Geschichte hören.«

Agnes richtete sich auf. »Ich will so schnell wie möglich nach Antonaco reisen, zur Not mit dem Schiff, dann kann ich vielleicht noch meinen Vater treffen, aber ....« sie stockte, »aber ich möchte nicht allein dorthin und suche jemanden, der mich begleitet...«

»Ja, ja, immer muss alles sofort geschehen«, sagte die alte Frau und schüttelte den Kopf. »Aber so schnell geht es nicht. Du brauchst neue Kleider und vielleicht etwas Wasser auf die Haut und vor allem andere Schuhe. Die,

die du jetzt hast, müssen erst trocknen und eingefettet werden….«

Jocundus nickte. »Du hast Recht, aber ich verstehe auch Agnes' Eile. Sie möchte zu ihrem Vater.« Er wandte sich an das Mädchen: »Ich werde dich zu mir nach Hause mitnehmen, dort werden wir dich waschen und neu einkleiden und … nun, ich denke, meine Schwester würde dich gerne begleiten. Sie kennt das Frauenkloster in Antonaco und sogar deinen … Vater flüchtig.«

Agnes war inzwischen aufgestanden und runzelte die Stirn. »Meinen Vater?«

»Das wird dir Karolina alles viel besser erklären. Kannst du gehen?«

»Ja, ich habe mich genügend ausgeruht.«

Sie zog die noch feuchten Schuhe an, stand auf und sagte: »Ich bin bereit!«

Sie gingen zur Tür.

»Aber das Ende der Geschichte!«, rief die Alte.

Agnes drehte sich um. »Das weiß ich doch selber noch nicht.«

»Ich denke«, meinte Jocundus, indem er sich zu der Frau umwandte, dass es noch einige Überraschungen geben wird, zumindest für ihren Vater. Ich halte dich auf dem Laufenden.«

*ως επιστευσας γενηθητω σοι*

*Hos episteusas genetheto soi.*

*Dir geschehe, wie du geglaubt hast.*

Neues Testament, Matthäus, Kapitel 8, Vers 13, griechisch.

## 19

Ungefähr zur selben Zeit und nur sechshundert Fuß entfernt, lief Aitulf in Colonia über das Holzbrett, das den mittelgroßen Handelskahn mit dem Steg verband. Gerade noch rechtzeitig, denn sobald Aitulf die Planken betrat, wurde das Brett eingeholt und das Schiff legte ab. Die Ruder tauchten klatschend in die Wellen und stemmten sich gegen die Strömung. Das Holz ächzte unter dem Druck des Wassers. Langsam ging es flussaufwärts in Richtung Antonaco und Confluentis.

Das Nachmittagslicht hatte seine Stärke eingebüßt und schien mild und kühl auf den großen Fluss. Nach dem Tauwetter erahnte man an Gesicht und Händen schon den nahenden Frost, und die mitreisenden Männer auf dem Schiff, die sich nicht warm arbeiten konnten, hüllten sich fröstelnd in ihre Mäntel oder gingen unter Deck.

Aitulf hatte das vorige Schiff verpasst und einen ganzen Tag in Colonia verbracht und auf das Nächste gewartet. Inzwischen hatte er die Zeit genutzt und die Stadt durchstreift, in der Hoffnung, der Frau zu begegnen, die ihn mit ihrem Lächeln verzaubert hatte. Sie blieb verschwunden.

Hätte er gewusst, dass Agnes heute in Colonia angekommen war, wäre er wohl nicht so schnell auf dieses Schiff gestiegen.

Er sah sich um und merkte, dass es sich um einen Weintransport handelte. Als er sich umwandte, um den Kapitän zu suchen und sein Fahrgeld zu zahlen, dachte er, dass ihm das Schiff irgendwie bekannt vorkam. Da entdeckte er auch schon die unverwechselbare Gestalt des diebischen Weinhändlers Dido hinter einem der großen mit Seilen festgezurrten Fässer.

Wenigstens finde ich mein heiliges Tuch wieder, wenn ich schon Agnes und diese Frau verpasse, dachte er und rieb sich die Hände. Aber ich muss schlau vorgehen, denn Dido wird freundlich und zuvorkommend sein und natürlich alles abstreiten.

Er ging um das Fass herum und rief mit seiner Bassstimme: »Nanu, ist das nicht der berühmte Weinhändler Dido?«

Der Dicke, der ihm den Rücken zugekehrt hatte und im Gespräch war, drehte sich überrascht herum, erkannte Aitulf, und man sah, dass zuerst ein kleiner Schrecken über sein Gesicht zuckte, der sofort von einem strahlenden Lächeln verdeckt wurde: »Ah, der Diakon, der Wunderheiler und Wohltäter, der meine Kopfschmerzen in himmlisches Entzücken verwandelt hat. Ich grüße dich, mein Freund!« Und Dido verneigte sich und wandte sich anschließend an die Männer, die neben ihm standen. »Dieser Mann hat eine kostbare, sehr wunderkräftige Reliquie, das Tuch des Heiligen Henoch, das...«

»... das mir leider abhanden gekommen ist«, ergänzte Aitulf und machte ein trauriges Gesicht.

Didos Augenbrauen fuhren in die Höhe, und seine Augen weiteten sich. »Was für ein Verlust, mein Freund! Der Fluch der Hölle über den Dieb!«

»Welchen Dieb?«, fragte Aitulf mit gespieltem Erstaunen.

»Nun, hast du nicht gerade gesagt, dass...«

»Ich habe nur gesagt, dass es abhanden gekommen ist, ich kann es doch auch einfach so verloren haben.«

»Natürlich! Einfach so verloren... Immer denke ich an das Schlimmste! Ich bin ein schlechter Mensch.«

Die Männer lachten und blickten sich viel sagend an.

»Nun, wohin führt dich dein Weg? Immer noch auf der Suche nach deiner Tochter?«, fragte Dido in gespielter Anteilnahme.

»Ja, ich suche sie noch immer, aber es besteht Hoffnung, dass ich sie in Antonaco treffe. Sie konnte sich befreien und wird zum Kloster unterwegs sein…«

»Dem Himmel sei Dank! Hör zu, Herr Diakon, auch für diesmal brauchst du nichts zu bezahlen. Ich nehme dich umsonst mit«, sagte Dido großzügig und fühlte die wohlwollenden Blicke der anderen auf sich ruhen. »Es gibt genügend zahlende Gäste an Bord. Sie sitzen verdeckt hinter dem ersten Fass an der Längswand.« Damit schien für Dido das Gespräch beendet zu sein und er wandte sich wieder seinen Gesprächspartnern zu.

»Ich bedanke mich.« Aitulf nickte leicht und beugte sich nach rechts, um einen Blick auf die anderen Mitreisenden zu werfen. Der eine Reisende mit dem langen Bart und den Locken, die sich von seiner Mütze herunterringelten, kam ihm bekannt vor. Das war doch … ja das war Rabbi Joel aus Mettis, der Mann mit der Schwäche für Tischmesser.

»Ich bin von Dieben umgeben«, murmelte Aitulf und setzte sich auf einen freien, windgeschützten Platz. »Man müsste die Diebe aufeinander hetzen, man müsste …«

Er stockte. Gerade stieg in ihm ein wunderbarer Gedanke auf, wie ein weißer Vogel, der unvermittelt aus dem Wasser, taucht.

»Ich bin der Einzige hier«, flüsterte er vor sich hin, »der weiß, dass der Rabbi unter seinem Mantel vier oder fünf Messer stecken hat… Ja… so könnte ich es schaffen. Mit ein wenig Angst und Glauben an die verborgenen Kräfte in mir…«

Aitulf blieb noch eine Zeit lang auf der Bank sitzen, starrte auf die Wasseroberfläche, die von den Ruderblättern geteilt wurde, und überdachte seinen Plan. Unter sich hörte er das Knarren, wenn die langen Holzstangen der Ruder an ihren Auflagen scheuerten. Dann schien er einen Entschluss gefasst zu haben. Er stand auf und ging wie zufällig zu der Gruppe um Dido hinüber. Sie sahen auf und unterbrachen ihr Gespräch, aber Aitulf winkte mit der Hand und sagte nur: »Lasst euch nicht stören, ich gehe nur etwas auf und ab.«

Dann tat er so, als fiele ihm etwas ein und er wandte sich an Dido: »Übrigens, ich bin froh, dass ich dich getroffen habe…«

Dido blickte ihn mit einem Ausdruck an, als zweifelte er ein wenig an den Worten.

»Ja, du hast mich auf eine gute Idee gebracht. Denn ich bin immer davon ausgegangen, dass ich mein Tuch verloren habe, aber es könnte genauso gut ein Dieb dahinter stecken. In dem Fall gibt es eine Lösung. Ich weiß, was ich zu tun habe…«

Er wollte schon weitergehen, aber einer der Männer rief: »Was willst du tun? Wie willst du den Dieb fassen?«

Aitulf drehte sich um und tat so, als müsste er erst nachdenken und schien nachzudenken. »Nun, ich weiß nicht, ob ich den Dieb fassen werde, aber ich werde ihn seiner gerechten Strafe zuführen.«

»Wie willst du das tun, wenn du gar nicht weißt, wer es ist?« gab ein anderer zu bedenken. Das Interesse der Gruppe war nun geweckt und Dido musste wohl oder übel alles mit anhören.

»Oh, da gibt es Mittel und Wege«, sagte Aitulf geheimnisvoll, blickte sich um und raunte den Männern zu: »Ich kenne ein paar sehr wirksame Flüche, die den Dieb sein Leben lang quälen würden, wenn er das Tuch nicht dem rechtmäßigen Besitzer zurückgibt.«

Die Männer sahen sich an. »Was denn?«

»Nun, ich kenne einen Fluch, der deinen ganzen Körper mit Geschwüren bedeckt und einen anderen, den ich in Italia kennen gelernt habe. Er verwandelt die Haare eines Mannes in tausend Messer!«

»In Messer?«, wiederholte Dido.

Aitulf nickte. »Ja, du hast richtig gehört. Der Mann, dem der Fluch gilt, spürt plötzlich, wie überall an seinem Körper kleine Messer wachsen…«

»Auf der anderen Seite ist das auch ganz gut!«, rief Dido und lachte eine Spur zu laut. »Er braucht nur die Messer vorsichtig abzuschneiden und hat eine neue Messersammlung.« Die andern lachten mit.

»Das hat er zweifellos«, nickte Aitulf, »aber...«, er senkte wieder die Stimme, »die Messer wachsen nach, die Menschen um ihn herum halten ihn für einen Teufel und werden ihn töten.«

»Hm«, meinte einer, dessen Ohren leicht verstümmelt waren, »von so einem Fluch habe ich noch nie gehört. Weißt du denn, ob das wirklich geht?«

Aitulf dachte: Es entwickelt sich gut. Laut sagte er: »Du hast Recht, ich habe es noch nicht ausprobiert. Und nicht bei jedem funktioniert der gleich. Wenn du den Fluch aussprichst, musst du gebeichtet haben, und der Diebstahl muss besonders abscheulich sein. Aber...«, Aitulf strich sich nachdenklich über das Kinn, »aber ich könnte es hier einmal ausprobieren, vielleicht etwas abgewandelt.«

»Du willst das bei uns ausprobieren?« Didos Gesicht drückte Entsetzen aus.

»Nein, nein, nicht bei euch«, beruhigte ihn Aitulf, »aber dort drüben, bei den Gästen... ich werde den Fluch abwandeln und ... nehmen wir mal den Mann mit dem langen Bart. Er sieht aus wie ein Rabbi.«

Dido nickte: »Ja, das stimmt, er ist ein Rabbi aus Mettis.«

»Gut. Normalerweise trägt ein Rabbi unter seinem Obergewand an seinem Gürtel vier oder fünf Schreibgeräte, Holzgriffel für Wachstafeln oder Federkiele. Das weiß doch jeder, oder?«

Die andern nickten. »Natürlich, das weiß jeder«, bestätigten sie, obwohl sie es heute zum ersten Mal gehört hatten. Auch für Aitulf war diese erfundene Erkenntnis neu, aber er brauchte sie, als Vorbereitung für seine Vorführung.

»Nun, passt auf. Ich werde den Fluch etwas abwandeln und befehlen, dass die vier oder fünf Schreibwerkzeuge des Rabbi sich in … Messer verwandeln. Ich will nicht gleich seine Haare verunstalten. Nachher kann ich den Fluch vielleicht nicht mehr aufheben. Also, ein Rabbi, der vier oder fünf Messer mit sich herumträgt, wäre doch ziemlich ungewöhnlich.«

»Ja, natürlich.«

»Gut. Es geht los.«

Aitulf stellte sich aufrecht hin und hoffte nur, dass keiner der Anwesenden Gotisch beherrschte, denn er wollte seinen Fluch in einer unverständlichen Sprache sagen. Er schloss die Augen. Die Männer waren ganz still geworden. Dann öffnete Aitulf wieder die Augen, blickte starr zu den Gästen auf der anderen Seite hinüber, hob die Arme und begann: »Thiuthjaith thans wrikandans izwis… segnet, die euch verfluchen.«

Er machte eine Pause und fuhr mit dumpfer Stimme auf Gotisch fort: »Herr, hilf mir, mein Tuch wieder zu finden, und segne Rabbi Joel.«

Dann tat er so, als erwachte er aus einer tiefen Versenkung.

»Ohhh«, seufzte er, »ich habe gefühlt, wie eine starke Kraft von mir ausging. Einer von euch müsste jetzt zu diesem Rabbi hinübergehen und nachschauen, was aus seinem Schreibgerät geworden ist.«

»Das werde ich selbst tun«, sagte Dido, der misstrauisch alles beobachtet hatte, und ging hinüber. Die andern folgten ihm, wobei Aitulf darauf achtete, dass Joel ihn nicht bemerkte.

Dido blieb vor dem Rabbi stehen, der ihn fragend anblickte.

»Ich grüße euch alle. Ich hatte ganz vergessen euch zu fragen, ob ihr gefährliche Waffen bei euch tragt….«

»Waffen?«, fragten die Angesprochenen. »Warum willst du das wissen?«

»Ich bin vor kurzem angegriffen worden und deshalb achte ich auf Sicherheit. »Nun!«, sagte ein Mann und stand auf, »ich trage immer ein Messer dabei und eine Wurfaxt und sehe nicht ein, was daran falsch sein soll.«

»Beruhige dich, mein Freund«, beschwichtigte ihn Dido, »ich will es ja nur wissen.« Dann sah er den Rabbi an. »Und wie ist es bei dir? Welche Waffen trägst du?«

Man sah, dass sich Joel unwohl fühlte. In seiner Not rief er: »Hat schon einmal jemand gehört, dass sich ein Rabbi mit Waffen umgibt?«

Die anderen murmelten: »Nein.« Jemand fügte hinzu: »Lass den Rabbi in Ruhe, er ist harmlos.«

»Und was hast du dann in deinem Gürtel unter deinem Obergewand stecken?«, fuhr Dido fort, »wahrscheinlich Schreibgeräte aller Art, was?«

Joel nickte eifrig und ging auf den Vorschlag ein: »Ja, ja, du hast Recht, ich trage stets Schreibgeräte mit mir herum. Das sind meine Waffen.« Er hob die Hand und sagte bedeutungsvoll: »Die Waffen des Geistes.«

Dido beugte sich zu ihm herunter, schlug mit einem geübten Griff den langen Mantel zur Seite und schrie auf. Am Gürtel des Rabbi steckten fünf Messer ohne Hülle.

Taumelnd trat Dido zurück und sagte fassungslos: »Wo kommen diese Messer her?«

Der Rabbi war durch den raschen Griff nach seinem Mantel zurückgezuckt und war verblüfft, dass jemand sein Geheimnis so schonungslos in die Öffentlichkeit gezerrt hatte.

In die Stille hinein sagte einer der Männer, die voher bei Dido gestanden waren: »Wo die Messer herkommen? Das fragst du noch? Die Schreibgriffel sind verzaubert worden!«

Jetzt fasste sich Joel wieder und stimmte erleichtert und mit jammervollem Ton ein: »Ja, ganz recht. Jemand muss sie verzaubert haben. Oh, meine schönen Griffel und Wachstafeln sind zu Messern geworden!«

Dido drehte sich mit bleichem Gesicht um. »Wo ist Aitulf?«

Aitulf war veschwunden.

»Sicher ist er nach hinten gegangen und nimmt jetzt seine Beschwörung vor, nachdem er gemerkt hat, dass der Fluch wirkt.«

Ohne zu zögern lief Dido mit schwankendem Gang auf die Falltür zu, die nach unten führte, während gleichzeitig von vorne ein Mann rief: »Bonna! Bonna ist in Sicht! Alles aussteigen, wer nach Bonna will!«

In irrsinniger Eile kletterte Dido die Leiter hinunter, es war ein Wunder, dass er nicht stolperte. Dann eilte er an dem Rudermeister vorbei, der den Ruderern gerade zurief: »Und jetzt... die rechten Ruder leicht bewegen...«. Dido rannte auf eine Nische zu, in der eine Truhe stand, holte einen einfachen Schlüssel heraus, öffnete mit zitternden Händen das Schloss, wühlte in seinen Sachen, ließ den Deckel fallen und stieg wieder nach oben.

Während das Schiff langsamer wurde und beidrehte, hastete Dido zu der Gruppe Männer, die am Heck stand und den Diakon umringte, der mit erhobenen Händen dastand.

»Halt!« schrie er. »Aufhören!« Er tastete nach seinen Haaren, um zu sehen, ob schon die ersten Messer wuchsen. »Ein Wunder ist geschehen! Ein Wunder!«, rief er mit sich überschlagender Stimme.

Die Männer drehten sich erstaunt um und Aitulf ließ die Arme sinken, wobei er ein leichtes Grinsen nicht ganz unterdrücken konnte.

»Was ist denn? Was brüllst du so?«, rief einer der Männer. »Wir waren gerade mitten in der Beschwörung.«

»Keuchend blieb der Weinhändler stehen und wischte sich mit dem Handrücken über die Stirn. »Ein... ein Wunder ist passiert«, stammelte er atemlos.

»Ein Wunder?«

»Ja!« Didos Gesicht war von der Anstrengung ganz rot geworden. »Als ich ... als ich nach unten ging, um nach dem Rechten zu sehen, stieß mein Fuß gegen einen ... einen Nagel, ich bückte mich und was glaubt ihr lag zwischen zwei Planken?« Er wartete gar nicht erst die Antwort ab, sondern hielt stattdessen etwas hoch. »Das verlorene Tuch! Der Diakon muss es bei seiner letzten Reise auf diesem Schiff verloren haben.« Er gab es Aitulf mit den Worten: »Sieh her, ob es das richtige ist.«

Aitulf nahm es in die Hand, tat erstaunt, küsste es und nickte. »Ja, das ist es! Dem heiligen Henoch sei Dank!« Das Tuch ging von Hand zu Hand und wurde ehrfürchtig bestaunt.

Plötzlich tat es einen Ruck, sodass die Männer sich festhalten mussten. Das Tau, das ans Ufer geworfen worden war, wurde an einem Pflock vertäut.

Nur wenige Leute stiegen in Bonna ein, und die Fahrt wurde fortgesetzt. Das Blau des Himmels verblasste allmählich und wurde schließlich grau. Der Wind frischte auf und blies seine feuchtkalte Luft über das Wasser und durch die Gewänder der Reisenden auf dem Schiff. Aitulf stand etwas abseits, und von den anderen Mitreisenden traute sich keiner in seine Nähe. Die Demonstration seiner Macht wirkte noch nach, und man wollte es sich mit ihm nicht verderben. Die Häuser von Rigomagus zogen vorbei, man sah die Abendfeuer am Hafen aufglimmen.

Aitulf war es ganz recht, dass er abseits saß, so konnte er in Ruhe seinen Gedanken nachhängen. Ein wenig sonnte er sich in dem Gefühl, das verlorene Tuch wieder gefunden zu haben und es seinem Bischof zurückbringen zu können. Aber dann wanderten seine Gedanken zu dem Gesicht der Frau, die ihm am Tag zuvor zugelächelt hatte, als ob sie ihn kannte. Warum vergaß er ihr Gesicht nicht? Warum verfolgte es ihn? Er hatte doch in seinem Leben, auch nach dem Tod Anseguds, viele schöne Frauen gesehen. Aber sie hatten ihn kalt gelassen. Gut, Frolaica, die Köchin, war ganz angenehm gewesen, zutraulich war sie, etwas frech, hatte eine gewisse Wärme und Lebensfreude verbreitet, und man konnte sich vorstellen, in ihren Armen einzuschlafen, wieder aufzuwachen und noch ganz andere Dinge mit ihr anzustellen.

Aber diese Frau auf dem Marktplatz … Was war so besonders an ihr? Ob sie gebildet war? Wahrscheinlich. Ihre Kleidung und ihr fester Blick ließen darauf schließen. Wie mit einem Mann könnte man also mit ihr sprechen, so wie es mit Ansegud möglich war, als sie lesen gelernt hatte und wissbegierig alles aufsog, was Aitulf ihr erzählte. Und was sie für Fragen stellte! Manchmal unangenehme Fragen, auf die Aitulf keine Antwort wusste und über die er nie nachgedacht hatte.

War diese unbekannte Frau in Colonia vielleicht eine Frau von Anseguds Art? Aber wie sollte er das innerhalb eines Augenblicks erkannt haben? Oder passierte zwischen ihnen mehr, als bisher bekannt war? Gab es Geister, die zwischen Mann und Frau verborgenes Wissen hin und hertrugen? Wie wäre es sonst erklärbar, dass man manchmal den Eindruck hatte, einen Menschen schon lange zu kennen, obwohl man ihn doch gerade erst getroffen hatte?

Er musste unbedingt herausfinden, wer diese Frau war. Er würde Jaakov einen Brief schreiben und ihn bitten weiterzuforschen. Jetzt ging das leider nicht, er musste nach Antonaco, um Agnes zu finden. Und wenn sie nicht da war? Was dann? Er konnte nicht so lange von Treveris fernbleiben, sonst würde Bischof Magnerich ungnädig werden. Seine Geduld war sowieso schon zu lange auf die Probe gestellt worden.

Fest stand jedenfalls, dass Agnes geflohen und nicht dem Gott Wodan geopfert worden war: Sie war der unmittelbaren Gefahr entkommen. Und falls sie noch nicht in Antonaco eingetroffen war, dann würde sie bald dort sein und einen Boten zu ihm schicken. Darum würde er die Äbtissin mit den Eulenaugen bitten. Er konnte nur hoffen, dass ihr unterwegs nichts zugestoßen war.

»Antonaco! Antonaco!«, rief der Mann von vorne. Aitulf stand auf und schlenderte zur Mitte des Schiffes. Er fühlte unter seinem Mantel nach dem Stück des heiligen Tuches und musste lächeln, als er daran dachte, wie er diesen Dido hereingelegt hatte.

Wie gut, dass er den Weg zu dem Frauenkloster schon kannte und nicht erst alle möglichen Leute fragen musste.

Inzwischen war es richtig dunkel geworden und der Pfad am Waldrand war kaum zu erkennen. Der Diakon musste aufpassen, um nicht in einem Loch zu straucheln oder über Baumwurzeln zu stolpern. Zum Glück war der Himmel frei. Dadurch wurde es zwar empfindlich kalt, aber im Licht der Sterne konnte man immerhin ein wenig nach vorne sehen. Hoffentlich würde man überhaupt öffnen, wenn er um diese Zeit ankam?

Jetzt hörte er den Bach rauschen und wusste, dass er sich in unmittelbarer Nähe der umgebauten römischen Villa befand.

Er sah die schwarze Masse einiger Dächer gegen den Sternenhimmel und erkannte die gezackte Palisadenwand, die in der Zwischenzeit weiter gewachsen war und das Anwesen umgab wie eine Mauer aus stummen Soldaten.

Wo war nur das Tor? Aitulf tastete sich an den halbrunden Hölzern entlang, bis er die glatte Oberfläche des Tores fühlte. Da jetzt eine zusätzliche Wand entstanden war, hatten die Frauen auch ein zweites Tor gebraucht. War ein Türklopfer angebracht? Wohl nicht. Aber da fühlte er ein Seil, wahrscheinlich führte es zu einer Metallscheibe, die im Inneren angestoßen wurde, wenn man daran zog.

Aitulf zog kräftig und hörte tatsächlich weit entfernt ein kleines dumpfes Geräusch. Nichts rührte sich. Noch zweimal zog er daran und wartete. Er trat neben das Tor und versuchte, zwischen den Ritzen hindurchzuspähen.

Da, jetzt sah er einen schwachen Lichtschein. Also mussten sie seine Ankunft bemerkt haben. Das Licht kam näher und mit ihm zwei Gestalten. Schnell trat er wieder vor das Tor. Schritte erklangen auf dem aufgeschütteten Steinweg, die jetzt verstummten.

»Wer ist da?« Die Stimme gehörte einer Frau und eine Spur Ängstlichkeit mischte sich in den forschen Ton. Aitulf meinte, die Stimme der Äbtissin zu erkennen.

»Ich bin es, der Diakon Aitulf aus Treveris. Der Vater von Agnes, die zu euch kommen wollte, aber von Sachsen geraubt worden war.«

Die Stimme der Äbtissin klang erleichtert, als sie sagte: »Ja, ich kenne dich. Was willst du um diese Zeit?«

Mein Gott, dachte Aitulf, wenn sie schon so fragt, dann besteht wenig Hoffnung. Laut fragte er: »Meine Tochter ist nicht inzwischen hier angekommen?«

»Nein. Sie ist nicht da.«

Aitulf, der fast mit dieser Antwort gerechnet hatte, fuhr fort: »Ich ... habe herausgefunden, dass sie geflohen ist und rechne damit, dass sie in den nächsten Tagen hier eintreffen wird.«

Auf der anderen Seite des Tores war es still. Dann sagte Paulina, die Äbtissin: »Es wird allmählich kalt, und ich möchte in das Haus zurück... Kann ich sonst noch etwas für dich tun?«

Aitulf zögerte, aber dann sagte er doch: »Ich wäre dankbar für ein Nachtlager, wenn das möglich ist. Es kann durchaus sein, dass Agnes morgen kommt, ich würde sie gerne sehen und mit ihr sprechen...«

»Normalerweise übernachten keine Männer hier. Dafür sind wir nicht eingerichtet... Wenn wir später ein neues Kloster gebaut haben, wird es einen Gastflügel geben, der abgetrennt ist, aber jetzt...« Sie ließ den Satz unvollendet.

»Mir reicht ein einfaches Strohlager in irgendeinem kleinen Raum... ich stelle keine Ansprüche.«

Die Äbstissin überlegte und Aitulf hörte sie seufzen.

»Gut. Aber nur für eine Nacht. Wenn du länger bleiben willst, musst du dir in Antonaco etwas suchen.«

Der schwere Riegel wurde zurückgeschoben, und das

Tor schwang nach außen auf, Aitulf schlüpfte durch die schmale Öffnung und half, den Riegel wieder zurückzuschieben. Dann folgte er Paulina und der anderen Frau, die er als Pförtnerin wieder erkannte, in das Kloster.

Es gab für ihn noch ein paar trockene Fladenbrote und einen geräucherten Fisch. Das Zimmer, das er zugewiesen bekam, war eine Art Abstellraum, in dem alte Fässer standen und leere Kisten.

Die alte Pförtnerin brachte ihm einen muffig riechenden Strohsack, ein paar Decken und warf alles in eine freie Ecke.

»Und nun, gute Nacht«, sagte Paulina würdevoll. »Ich möchte dich bitten, die Tür von innen zu verriegeln.« Damit drehte sie sich um und wollte gehen. Aber Aitulf fiel noch etwas ein.

»Da ist noch etwas, Frau Äbtissin…«

Sie blieb stehen und wandte sich ihm zu.

»Ist es wohl möglich, morgen mit der Nonne Karolina zu sprechen?«

»Karolina ist nicht mehr hier«, sagte sie kurz angebunden. »Sie … sie hat ihr Noviziat nicht bestanden.«

Obwohl Aitulf gerne mehr darüber erfahren hätte, merkte er, dass er wohl nichts mehr von ihr erwarten könnte, und so sagte er nur: »Möge der Herr deinen Schlaf segnen.«

Als er sich für die Nacht zurechtgelegt und sich in die Decken gehüllt hatte, fiel ihm ein, dass er ja die Tür verriegeln sollte, aber dann hatte er keine Lust mehr aufzustehen. Was sollte ihm schon in einem Frauenkloster passieren?

Er sprach sein Abendgebet und spürte, wie die Müdigkeit ihn umarmte wie einen alten Freund. Dann versank er in einen tiefen Schlaf.

Mitten in der Nacht erwachte er, weil er den Eindruck hatte, dass jemand im Raum stand und atmete. Er richtete sich halb auf und fragte: »Ist hier jemand?«

Er hörte, wie ein Mensch erschrocken die Luft einzog und den Atem anhielt.

»Nun«, sagte Aitulf halblaut zu sich, aber doch so, dass es verständlich war, »ich hab mich wohl getäuscht und werde weiterschlafen.« Damit drehte er sich geräuschvoll auf die andere Seite und fing an, nach einiger Zeit leise zu schnarchen, wobei er gleichzeitig hellwach war, die Muskeln anspannte und die Augen offen hielt. Und richtig hörte er zwischen seinen eigenen künstlichen Schnarchtönen den Atem der anderen Person wieder. Und diesmal kam das Geräusch von nackten Fußsohlen dazu, die über den Boden schlichen und näher kamen. Er spürte die leichte Berührung einer Hand, die zaghaft über die Decke strich, in die er sich eingehüllt hatte. Wer mochte das sein? Eine der Nonnen? Aber was wollte sie von ihm? Sicher keine Unterhaltung, sonst hätte sie sich gemeldet. Oder war noch ein Mann im Kloster? Ein Dieb vielleicht, der jetzt vorsichtig nach seinem Hals tastete, um dann plötzlich zuzudrücken? Aber soweit wollte es Aitulf nicht kommen lassen.

Mit einer blitzschnellen Bewegung griff er nach dem Arm des Unbekannten und hielt ihn mit eisernem Griff fest. Sofort hörte er einen kleinen erstickten Schrei und die Stimme einer Frau auf Fränkisch: »Au! Du tust mir weh! Lass mich los!«

Aitulf ließ los und richtete sich auf.

»Wer bist du und was machst du hier?«, fragte er.

»Nicht so laut«, flüsterte die Stimme.

»Nun? Ich erwarte eine Antwort!«

»Ich bin eine der Schwestern und wenn du mich verrätst, kratz ich dir die Augen aus.«

»Das ist eine schwere Drohung«, sagte Aitulf spöttisch, »meine Augen brauche ich noch, zumindest dafür, um dich zu sehen.«

»Du brauchst mich nicht zu sehen.«

»Schade. Du hast immer noch nicht auf meine Frage geantwortet.«

Die Frau schwieg. Dann sagte sie: »Ich … ich war neugierig, wer unser nächtlicher Gast war. Das ist alles.«

»Und hattest du keine Angst vor mir?«

»Die Äbtissin schien dich zu kennen, sonst hätte sie dich nicht hier übernachten lassen. Außerdem bist du selbst schuld an meinem Besuch. Du hättest den Riegel zuschieben können.«

»Ach, hier scheinen die Wände ja Ohren zu haben…«

»Ja das haben sie. Und trotzdem weiß ich nicht, wer du bist.«

»Ich bin Aitulf aus Treveris und der Vater von Agnes, die von auf dem Weg hierher von den Sachsen geraubt wurde.«

»Ach der. Und? Hast du sie gefunden?«

»Nein, aber ich habe die Hoffnung, dass sie bald kommen wird. Sie ist nämlich geflohen…«

»Hast du eine Frau, Aitulf?«

»Nein. Warum? Ach so, weil ich eine Tochter habe. Sie ist meine Pflegetochter.«

»Aha.«

»Und wie heißt du?«, fragte der Diakon

»Das verrate ich nicht.«

»Auch gut. Aber jetzt, da du alles weißt, kannst du ja wieder in dein Bett gehen.«

»Ja, das könnte ich«, sagte sie und blieb sitzen, wobei ihre Schulter wie unbeabsichtigt seine Schulter streifte.

»Ich glaube, du bist noch aus einem anderen Grund hier.«

»Ja, das ist möglich.«

»Und kannst du ihn mir nennen?«

Es folgte eine längere Pause und Aitulf spürte, wie die Frau neben ihm hin- und hergerissen war. Schließlich holte sie tief Luft und flüsterte: »Ich … ich habe noch nie einen Mann geküsst. Ich meine richtig geküsst, nicht bloß so eine flüchtige Umarmung…«

Aitulf dachte, wie gut es war, dass er nicht sehen musste, wie die Nonne errötete. Und wurde nicht auch sein Gesicht durch diese ehrliche Feststelltung mit einer Wärmeflut übergossen?

Die Stimme fuhr mit einem leisen Beben fort: »Erst jetzt, im Kloster, fiel mir das richtig auf, als ich mich mit den anderen Schwestern unterhielt und sie davon erzählten. Und da… und da fand ich es schade, dass ich es nie ausprobiert habe. Aber… aber was sollte ich tun? Es gibt ja keine Männer hier. Und wir dürfen das Kloster nicht verlassen. Und als heute Nacht sich ein Besuch ankündigte, habe ich genau aufgepasst, wer … wer kam. Und es war ein Mann. Und… und… da dachte ich, das ist doch eine Gelegenheit…« Sie stockte und Aitulf merkte, dass das Mädchen am ganzen Leib zitterte. Er nahm eine der Decken und legte sie der mutigen Nonne um die Schulter.

»Aber«, fuhr sie fort, »wenn es nicht geht, dann lassen wir es lieber. Ich muss verrückt sein, dass ich mich nachts in dieses Zimmer geschlichen habe.«

Aitulf war von so viel Unschuld gerührt, dass ihm fast die Tränen kamen. Was für ein seltsames Kloster war das nur! Eine Köchin, die philosophische Reden führte, eine Nonne, die unbedingt geküsst werden wollte und eine andere, die weissagen konnte, nachts heimlich das Kloster verließ und jetzt ganz gegangen war!

»Nun, dann werde ich lieber gehen…« sagte die Nonne und Aitulf spürte, wie sie die Decke von den Schultern nahm und aufstehen wollte.

Wortlos legte er seine Hand um ihre Schulter, beugte sich vor und flüsterte ihr ins Ohr: »Aber bevor du gehst, möchte ich dich gerne küssen.« Sie nickte und Aitulf spürte wieder das Zittern.

»Es ist nicht schlimm«, flüsterte er und strich ihr über Stirn und Wangen. Eine Träne tropfte auf seinen Finger. Er fuhr über ihre Nase, die leicht gebogen war. Dann näherte er sich ihrem Kopf und küsste sie auf den Mund. Ihre Lippen waren kühl und vor Angst aufeinander gepresst. Als seine Hand ihren Hals streichelte, spürte er den schnellen Puls ihres Blutes.

Er löste sich von ihr und sagte: »Du brauchst die Lippen nicht so zusammenzupressen. Es ist schön, damit zu spielen.«

Wieder küsste er sie und merkte, dass die Lippen jetzt weicher und wärmer waren und seinen Kuss erwiderten. Ihre Arme legten sich um seinen Nacken.

Mit einem Mal erinnerte sich Aitulf an seinen ersten Kuss und daran, wie Ansegud ihm damals ganz ernsthaft das Küssen beigebracht hatte und wie neu alles für ihn gewesen war.

Ganz von selbst öffneten sich nun die Lippen der Nonne und er spürte jetzt ihren warmen Atem, der noch ein wenig nach geräuchertem Fisch roch.

Lange hielt er sie im Arm und immer wieder küsste sie ihn, so als ob sie für den Rest ihres Lebens einen Vorrat an Küssen anlegen wollte.

Für einen kurzen Augenblick überlegte Aitulf, ob er es beim Küssen belassen oder noch zärtlicher werden sollte und womöglich ganz... Wie lange war es her, dass er mit einer Frau geschlafen hatte? Fünfzehn lange Jahre! Gut, zwischendurch hatte es mal eine Gelegenheit gegeben auf einer seiner Reisen, in einem einsamen Haus. Aber das war auch mindestens fünf Jahre her. Er merkte, wie ausgehungert er nach körperlicher Liebe war. Aber nur ganz kurz tauchte diese Möglichkeit auf, dann verwarf er sie wieder. Das Mädchen würde darüber erschrecken.

Plötzlich riss sie sich gewaltsam los und sagte ganz erschöpft: »Jetzt ist es genug. Ich danke dir.« Sie stand auf und ließ die Decke auf den Boden gleiten.

Da fiel Aitulf etwas ein.

»Bevor du gehst, möchte ich dich noch etwas fragen«, sagte er leise.

»Ja?«

»Was ist mit Karolina passiert?«

»Karolina? Ach ja, die mit dem hässlichen Gesicht… Die Äbtissin hat herausgefunden, dass sie einen Schlüssel zur Hintertür hatte und oft nachts das Kloster verließ. Da war der Palisadenzaun noch nicht vollständig gebaut. Die Sache hätte noch mal eingerenkt werden können, wenn sie Reue gezeigt hätte, aber das tat sie nicht. Und so musste sie gehen.«

»Und wo lebt sie jetzt?«

»Ich glaube, ihre Mutter und ihr Bruder leben in Colonia. Und eine Schwester in Bonna. Dorthin ist sie wohl gegangen.«

»Seltsam. Ich komme gerade von Colonia. Dann hätte ich sie sogar treffen können.«

»So, jetzt muss ich aber gehen.« Sie tastete nach der Tür, drehte sich aber nochmal um und umarmte Aitulf, der aufgestanden war. »Vielen Dank«, sagte sie. »Es … es war sehr schön.«

Leise öffnete sie die Tür, blickte vorsichtig nach allen Seiten und huschte den Gang entlang.

Aitulf machte die Tür zu, zog den Riegel vor und wickelte sich wieder in seine Decken. Bald hatte er beim Küssen nicht mehr an Ansegud gedacht, sondern an die Frau in Colonia. Er versuchte einzuschlafen, aber der Kuss brannte noch auf seinen Lippen. Auf der anderen Seite hatte ihm diese unbekannte Nonne, die sich heute zu ihm geschlichen hatte, auch gut getan. Sie hätte eine zärtliche Ehefrau abgegeben. Und wer weiß, was mit dieser Fremden aus Colonia wurde? War es nicht besser, den Käse zu essen, als auf den Hirschbraten zu warten?

Er würde morgen die Äbtissin bitten, dass er bei der Laudes dabei sein durfte. Das konnte sie ihm schlecht ausschlagen. Dann würde er einen Blick auf die Nonne erhaschen. Sie schien nicht groß zu sein, und ihre Nase hatte eine leichte Biegung.

*Fana demo kamahhot sint alle uuagi,*
*defana skeffe forrent plomum*
*den cheol laufit sniumo.*

*Von Ihm (Gott) sind alle Meere und Flüsse (alles Bewegte) gekommen,*
*auf denen Schiffe getragen werden,*
*wenn ihr Kiel in Eile dahinläuft.*

Aus den Murbacher Hymnen, Altalemannisch, niedergeschrieben im 9. Jahrhundert, aber aus älteren mündlichen Quellen stammend.

# 20

Agnes stand am Hafen, blickte über das trübe Wasser des Rhenus und wartete auf Jocundus, der sich mit einem der Männer unterhielt. Es war gut, dass sie die abgetragene Decke aus dem Diakonenhaus mitgenommen hatte, denn allmählich wurde es wieder kälter.

Da kam auch schon Jocundus und sagte zu ihr: »Wir haben Pech. Vor kurzer Zeit ist das Handelsschiff des Weinhändlers Dido in Richtung Confluentis abgefahren, und heute wird kein großes mehr erwartet. Es fahren allerdings kleinere Boote und Kähne stromaufwärts Richtung Antonaco, wenn du willst, kann ich…«

Aber Agnes unterbrach ihn energisch. »Nein. Auf keinen Fall steige ich in eines der kleinen Boote. Dann warte ich lieber noch einen Tag oder zwei. Ich habe meine sächsische Freundin durch so ein Boot verloren. Sie ist vor meinen Augen im Rhenus ertrunken und ich beinahe auch.«

Jocundus wandte sich der Straße zu und fragte beim Gehen: »Eine sächsische Freundin?«

»Ja, in dem Dorf, wo man mich gefangen hielt, gab es ein Mädchen, etwas jünger als ich, die froh war, eine Freundin gefunden zu haben. Wir sind gemeinsam geflohen. Und als wir den Fluss mit einem beschädigten Boot überquert haben, da …«, sie stockte, weil ihr die Tränen kamen. Jocundus sagte nicht viel dazu und ging schweigend weiter, dann meinte er: »Es gibt natürlich auch die Möglichkeit, zu Fuß zu gehen, aber zwei Tage musst du dafür mindestens rechnen.«

»Ich fahre nur mit einem großen Schiff, auf dem genügend Platz ist und wenn wir zu Fuß gehen, wer weiß, ob wir dann nicht wieder von Sachsen überfallen werden.«

Sie kamen an den Trümmern der alten Thermen vorbei. »Was ist das?«, fragte Agnes.

»Das sind die Reste der römischen Badeanlagen.«

»Ja, das kenne ich. In Treveris, wo ich herkomme, haben wir sogar zwei ehemalige Thermen, eine, in der Nähe der Brücke und die andere an der Ostmauer. Die ist noch besser erhalten und wurde für den Comes zu einer Wohnung umgebaut.«

Schließlich erreichten sie Jocundus' Zuhause. Als er klopfte, öffnete Karolina die Tür und hob erstaunt die Augenbrauen, als sie die etwas zerlumpte Frauengestalt neben ihrem Bruder entdeckte. Jocundus lachte und sagte gleich: »Keine Angst, ich habe nicht vor, Bettler nach Hause zu bringen, die lasse ich normalerweise im Haus der Diakone, aber dieses Mädchen wird dich interessieren. Das ist Agnes, die Tochter Aitulfs, die von den Sachsen…«

Sobald Karolina hörte, dass dieses dreckige, müde wirkende Mädchen Agnes war, ließ sie ihren Bruder gar nicht mehr ausreden, sondern eilte auf Agnes zu und umarmte sie. »Sei willkommen bei uns, Agnes!«, rief sie erfreut. »Ich habe schon so viel von dir gehört!« Damit nahm sie das Mädchen an die Hand und führte sie ins Haus.

»Ich glaube, Agnes, wir müssen dich etwas … verändern, damit deine ursprüngliche Gestalt sichtbar wird.«

Agnes schüttelte verwundert den Kopf. »Überall, wo ich hinkomme, scheint man mich zu kennen.«

»Ich muss dir nachher mehr erzählen«, lachte Karolina. »Du wirst dich wundern, wo ich noch vor ein paar Wochen war.« Sie drehte sich zu ihrem Bruder um und hob schnell die Hand: »Dass du ihr ja nichts verrätst. Ich will es ihr selber sagen!«

»Schon gut, Karolina, ich bin so stumm wie eine Forelle.«

Sie betraten den Innenhof, das Atrium, das zu einem fränkischen Wohnraum umgestaltet worden war. Da das fränkische Dach über keine raffinierten Oberfenster verfügte und die angrenzenden Zimmer geschlossen waren, fiel nur von oben, durch den Rauchabzug, ein Streifen Tageslicht in den etwas düster wirkenden Raum. Dafür brannten an den Wänden Fackeln und in der Mitte loderte ein Feuer.

Karolina blieb stehen. »Was hältst du davon, Agnes, wenn wir dich in eine Wanne mit warmem Wasser setzen und den Staub der Gefangenschaft abspülen? Es gibt immerhin eine Wanne, die noch einigermaßen dicht ist. Und solange die Vorbereitungen dauern, trinken wir etwas zusammen und plaudern ein wenig beim Feuer.«

Agnes nickte. Sie fühlte sich in Karolinas Gegenwart wohl und war gespannt, was sie ihr alles erzählen wollte und woher sie ihren Vater kannte. Hatte Jocundus nicht auch gesagt, dass sie von dem Frauenkloster in Antonaco wusste?

Nachdem Karolina ihre Befehle erteilt hatte, brachte ein Mädchen auf einem Tablett warme Ziegenmilch und ein paar Fladenbrote mit Käse. Agnes aß und trank mit großem Appetit. Dabei beoabachtete sie Karolina, die sie um etwa zehn oder fünfzehn Winter älter schätze. Schön sah sie aus, mit den vollen Lippen, der kräftigen, geraden Nase und den großen Augen. Nur ihre Haut war nicht glatt, sondern von winzigen Narben übersät. Aber das tat dem Gesamteindruck keinen Abbruch.

Es war schön, dass ein großes Feuer brannte und dass Agnes ihre feuchten Schuhe wieder abstreifen konnte, um ihre kalten Füße zu wärmen.

»Ich habe jetzt schon so oft meine Erlebnisse erzählt«, sagte sie zu Karolina und nahm einen Schluck von der lauwarmen Ziegenmlich, »jetzt könntest du einmal anfangen von dir zu erzählen. Du hast mich neugierig gemacht.«

»Nun gut. Du sollst es hören. Bis vor einigen Wochen gehörte ich noch zu einem Frauenkloster und zwar war es das neu gegründete in… Antonaco.«

Agnes starrte Karolina an und vergaß zu kauen. »Antonaco? Aber das ist das Kloster, zu dem ich unterwegs war!«

»Ich weiß, deine Ankunft war uns Schwestern ja gemeldet worden und wir haben uns auf dich gefreut, besonders deine Cousine.«

»Aber… aber du bist jetzt nicht mehr dort?«

»Nein.« Karolina seufzte. »Ich weiß nicht, ob es gut ist oder nicht, dass ich nicht mehr dort bin. Denn ich hatte es mir so sehr gewünscht, Nonne zu werden, obwohl mein Vater dagegen war. Meine Mutter, mein Bruder und meine Schwester mussten es heimlich anstellen, damit er nichts merkte. Er dachte, und alle anderen in Colonia auch, dass ich bei meiner Schwester in Bonna lebte. In der Zwischenzeit ist er gestorben. Aber dann… kamen einige Dinge zusammen, die mir Schwierigkeiten machten.«

»Was war das?«

»Das Erste war: Ich wurde krank, sobald ich das neue Gewand angezogen hatte. Ja, nicht so krank, dass ich bettlägerig war, nein, mein Gesicht wurde mit vielen Blasen und Pickeln bedeckt, und meine Augen schwollen zu… ich muss wirklich abstoßend ausgesehen haben.«

»Ach, daher deine… deine…«

»Ja, die Narben sind die Spuren, die zurückgeblieben sind. Aber das war nicht das Schlimmste, obwohl meine Haut furchtbar juckte. Es gab ja keine Spiegel, und so sah ich mein Gesicht nicht oft. Nur von den Augen der anderen las ich ab, wie mein Gesicht auf sie wirken musste.«

»Es gab noch Schlimmeres?«

Karolina lachte und legte Agnes beruhigend die Hand auf die Schulter. »Keine Angst. Das hatte nur mit mir zu tun. Das Kloster selbst ist nicht so schlimm. Ich merkte im Laufe der Wochen und Monate, dass ich mir vorkam wie ein Vogel im Käfig. Sicher, ich hatte mich freiwillig gemeldet, aber … ich vermisste das gewohnte Leben: den Schilfgeruch am Hafen, den Augenblick, wenn neue Leute in

Colonia ankamen, das laute, unbekümmerte Leben im Haus meiner Eltern, das Geschrei der Händler…

Das alles vermisste ich sehr, obwohl ich auch das klösterliche Leben genoss, das gemeinsame Singen mit den Schwestern, unsere kleinen überschaubaren Aufgaben. Die Zeiten zum Beten, das regelmäßige Leben… Aber ich hungerte danach, nach draußen gehen zu können, mich in eine Sommerwiese fallen zu lassen, an den Blumen zu riechen… Nun, ich dachte, dass sich das alles mit der Zeit legen würde. Aber es wurde immer stärker. Da beschloss ich, mir einen Schlüssel von der Hintertür zu besorgen, um wenigstens nachts das Kloster zu verlassen und durch den Wald zu gehen.«

»Und du hast tatsächlich…?«

»Frag mich nicht, wie ich es angestellt habe! Ach, es macht jetzt auch nichts mehr aus. Ich habe den Schlüssel gestohlen!«

Agnes trank einen großen Schluck von der Milch und betrachtete die Frau neben sich mit anderen Augen. So etwas wäre ihr nie in den Sinn gekommen.

»Nun, das hat tatsächlich geholfen. Ich wurde ruhiger. Genau genommen bin ich gar nicht so oft unterwegs gewesen. Es war… es war einfach nur die Möglichkeit, das Kloster zu verlassen, wenn ich es wollte. Das hat schon genügt, und ich konnte wieder freier atmen.

Dann hörten wir, dass etwas mit dir passiert war, und dann kam dein Vater, um mit unserer Äbtissin zu reden. Und da haben wir uns getroffen.«

»Die Äbtissin hatte dich dabei? Dich, eine Novizin?«

Karolina senkte den Kopf. »Normalerweise wäre das nicht möglich gewesen, aber dein Vater … Aitulf«, sie stockte, bevor sie den Namen aussprach, »er hatte Paulina darum gebeten, weil ich … nun weil ich eine Gabe hatte, oder, weil die anderen meinten, ich hätte eine Gabe.«

»Was für eine Gabe?«

»Zu weissagen.«

Agnes blickte Karolina mit großen Augen an.

»Nun, so gewaltig war das nicht. Ich habe einmal während der Gebetszeit ein Bild gesehen, das einen kranken Mann betraf, und es stellte sich heraus, dass mein Vorschlag geholfen hat. Jedenfalls sprach es sich herum. Dein Vater hatte davon gehört und die Äbtissin gebeten, ich solle dazukommen, ob ich nicht eine Weissagung hätte, die ihm helfen könnte, dich zu finden.«

Karolina machte eine Pause.

»Und? Hast du eine… eine Vision gehabt?«

Karolina hielt den Tonbecher abwartend in der Hand. »Ja und Nein. Mir war so, als ob ich im Geist ein seltsames Wesen sah, und ein ebenso seltsamer Satz wurde mir eingegeben. Ich hielt das Ganze für eine Weissagung und wollte sie deinem Vater unbedingt mitteilen.«

»Du hattest sofort, während eures ersten Gesprächs, diese Vision?«

»Nein, nein. Ich … nun ich habe mich mit deinem Vater heimlich nachts getroffen, ohne dass die Äbtissin davon wusste. Ich hatte ja meinen Schlüssel.«

Agnes schüttelte verwundert den Kopf über so viel Mut.

»Karolina! Nun sag es doch endlich. Wie hieß denn nun die Weissagung?«

»Ach weißt du. Ich habe eher den Eindruck, dass es Unsinn war und ich mich nur wichtig machen wollte. Es lohnt sich nicht …«

»Karolina!« Auf Agnes' Stirn entstand eine steile Falte. »Ich möchte die Weissagung hören, schließlich betrifft sie ja mich.«

»Gut. Also Folgendes sah ich bei der Komplet vor meinem inneren Auge: ein eigenartiges Wesen mit vier oder sechs Flügel und sehr beweglichen Rädern an den Beinen. Und ein Satz kam mir dazu in den Sinn: *»Suche das Wesen mit den Rädern bei meinem Volk und du wirst Ruhe und Reinheit finden. »*

Agnes schreckte zurück und flüsterte: »Das Wesen mit den Rädern!«

»Was ist damit?«, fragte Karolina verwundert und nippte an ihrem Becher.

»Als wir flohen, ich und… Gna und mit einem beschädigten Boot über den Rhenus setzten, wäre ich beinahe ertrunken, aber plötzlich sah ich über dem Wasser ein Lichtwesen, das mehr als zwei Flügel hatte und an seinen Füßen bewegliche Räder. Es hat … es hat mich gerettet und ans Ufer gebracht.«

Der Tonbecher mit Ziegenmilch entglitt Karolinas Hand und zerplatzte auf dem Steinboden.

»Dann war es doch … keine Einbildung…«

»Nein. Es war keine Einbildung. Deine Weissagung war eine echte Weissagung, Karolina.«

Karolina schwieg und sagte dann: »Jocundus erzählte mir, dass so ein Wesen bei dem Propheten Hezekiel beschrieben wird. Aber da dachte ich noch: nun gut, ein seltsamer Zufall. Vielleicht hatte ich früher einmal davon gehört und es wieder vergessen. Und jetzt behauptest du, dass du es wirklich gesehen hast! Und hast du Ruhe und Reinheit gefunden?«

»Das musst du meinen Vater fragen, schließlich galt die Weissagung ihm.«

»Ja, ich würde ihn gerne wieder treffen.«

Agnes ergriff Karolinas Hand. »Dann lass uns gemeinsam nach Antonaco fahren. Wahrscheinlich ist mein Vater dort und wartet auf mich. Was meinst du, wie überrascht er sein wird, dich auch zu treffen!«

Karolina lächelte. »Ja, das denke ich auch. Er wird sehr überrascht sein. Aber wir können nicht allein fahren, das wäre zu gefährlich. Ich werde Jocundus bitten, uns einen männlichen Schutz mitzugeben.« Sie stand auf und klatschte in die Hände. Die Magd erschien, und Karolina wies sie an, die Scherben wegzutragen und die Milch aufzuwischen.

Agnes beugte sich zu ihr hinüber und flüsterte: »Das Befehlen scheint dir wohl zu gefallen.«

»O ja, ich genieße es geradezu nach meiner Zeit als Novizin. Es hat gedauert, bis ich ohne Zähneknirschen im Kloster gehorsam wurde. Und jetzt bin ich dabei, mich wieder umzustellen.«

Sie wandte sich an die Magd: »Wie weit ist es mit dem Badewasser?«

»Es wird gerade in das Becken gefüllt.«

»Gut, Ingohild, ich überlasse dir jetzt Agnes, reinige sie gründlich und zieh ihr trockene Sachen an!«

Und zu Agnes gewandt, sagte sie: »Wir treffen uns nach dem Waschen wieder hier zum Essen. Dann bist du mit Erzählen an der Reihe!«

»Gerne. Wir könnten doch beim Essen die Komplet beten. Ich habe das gemeinsame Gebet sehr vermisst.«

»Ja, das ist gut.«

»Halt, etwas hast du noch vergessen«, sagte Agnes.

»Was denn?«

»Ich komme gleich!«, rief Agnes der Magd hinterher und zu Karolina sagte sie: »Warum hast du dann das Kloster verlassen?«

Karolina setzte sich. »Ich habe es nicht freiwillig verlassen. Ich … ich musste gehen.«

»Aber warum?«

»Meine heimlichen Ausflüge sind entdeckt worden.«

»Und wie?«

»Leider auf schmerzliche Weise. Auf einer meiner Wanderungen wurde ich überfallen und konnte mich mit letzter Not zum Kloster flüchten. Ich war verletzt. Und so kam alles heraus. Nachdem meine Wunden notdürftig behandelt wurden, hatte ich ein längeres Gespräch mit Paulina, unserer Äbtissin. Sie hörte sich alles an und sagte, wenn ich ihr versprechen könne, nie mehr heimlich das Kloster zu verlassen und von Herzen zu bereuen, könnte ich mein Noviziat fortsetzen.«

Karolina schwieg und sagte dann: »Nun, ich … habe lange überlegt und kam zu dem Schluss, dass ich es ihr nicht versprechen konnte. Darufhin musste ich gehen und suchte als Erstes meine Schwester auf, die ja mit ihrer Familie in Bonna wohnt. Mein Bruder kam und besorgte mir einen guten griechischen Arzt, der nicht nur meine Wunden versorgte, sondern sich auch meines Gesichtes annahm. Die Wunden heilten sehr schnell, schon nach ein paar Wochen und seit ein paar Tagen wohne ich nun wieder hier, bei meiner Mutter in Colonia. So, nun kennst du die ganze Geschichte.«

Agnes stand auf und sagte, während sie zu dem Zimmer mit der offenen Tür ging: »Dann kennt dich mein Vater nur als eine Nonne mit …«

»… mit einem Hexengesicht«, ergänzte Karolina.

»Oh, das ist noch ein Grund, dass wir gemeinsam nach Antonaco reisen. Ich möchte das Gesicht meines Vaters sehen, wenn du sagst, dass du die hässliche Nonne mit der Weissagung bist!«

Nachdem Agnes in neuem Glanz erstrahlte, musste sie beim Essen zum zweiten Mal an diesem Tag ihre Erlebnisse erzählten, wobei sie ihre Verführungsversuche verschwieg. Das brauchte niemand zu wissen.

Vor dem Schlafengehen wurden die Betten aus den Zimmern geholt und um das Feuer gestellt, auch die Betten der Mägde und Sklavinnen.

Agnes fühlte sich nach langer Zeit wieder wohl in ihrer Haut. Nicht nur, dass sie gebadet hatte und neue Kleider trug. Karolinas Gegenwart und ihre herzliche Art hatten ihr gut getan, mindestens so gut wie ein Feuer in einer kalten Nacht.

Aber mit dem Schlafen hatte Agnes ihre Schwierigkeiten, denn sobald sie in den Schlaf glitt, wurde sie wieder von Gnas Mutter verfolgt. Es war, als hätte diese Frau nur darauf gelauert, die Tür zu öffnen, die in das Traumland führte, das einzige Land, in dem sie Agnes treffen konnte.

Wieder und wieder rannte Agnes vor dem achtfüßigen Pferd und den Fragen nach Gna davon und schreckte aus dem Schlaf hoch.

»Was ist los?«, flüsterte Karolina, die neben ihr lag.

»Ich träume nachts furchtbare Dinge. Ich erzähl es dir morgen, aber du kannst etwas für mich tun.«

»Was denn?«

»Bete den einundneunzigsten Psalm für mich und halte meine Hand!«, flüsterte Agnes.

»Aber ich kann ihn nicht auswendig.«

»Ich werde dir ein paar Verse beibringen. Pass auf: »Scuto circumdabit te veritas eius, non timebis a timore nocturno – ein schützender Schild ist seine Treue, du musst nicht fürchten das nächtliche Grauen…«

»Scuto circumdabit…«, wiederholte Karolina flüsternd.

»Quoniam angelis suis mandabit de te ut custodiant te in omnibus viis tuis – weil er seinen Engeln geboten hat, dich zu behüten auf allen deinen Wegen.«

»Quoniam angelis…«

Wieder und wieder flüsterte Karolina diese Worte, die sich wie Zauberformeln gegen böse Geister anhörten, und hielt dabei Agnes' Hand. Allmählich wurde die Träumerin ruhiger und ihr Atem ging langsam und regelmäßig. Vorsichtig legte Karolina Agnes' Hand auf ihre Seite zurück und dachte: Ich komme mir vor wie eine Mutter, die ihr Kind in den Schlaf singt.

Bald war sie selbst eingeschlafen.

Am anderen Morgen war Jocundus schon früh auf den Beinen, um den Hafen aufzusuchen und herauszufinden, ob und wann ein größeres Schiff den Rhenus hinauffuhr in Richtung Confluentis. Die Nacht war sehr kalt gewesen und Neuschnee lag auf den Grasdächern der Häuser und auf den Gassen. Auch als die Sonne die Wolken durchbrach, schmolz er nicht. Dazu war die Luft zu kalt. Jocundus band sich ein Tuch um Hals und Mund und fragte nach möglichen Schiffen bei den Händlern, die zitternd und in dicke Fellmäntel gehüllt vor einem Feuer standen.

Aber es würde nur ein Schiff kommen, das bis Novaesium fahren, umdrehen und nachmittags wieder in Colonia halten wollte, zur Weiterfahrt nach Confluentis.

Nachmittags, als die Schatten die dreifache Länge hatten, standen Karolina und Agnes mit einem kleinen älteren Mann, Karolinas Onkel Frotbert, der Bruder ihrer Mutter, am Hafen und warteten. Beide Frauen hatten ein Stoffbündel geschnürt, das sie unter dem Arm trugen, und sich die dicksten Mäntel, die Karolinas Mutter anzubieten hatte, mitgenommen.

Auch sie hatten sich Haare, Hals und Mund mit einem Tuch verhüllt, sodass nur noch die Augen zu sehen waren. Die Füße wurden allmählich kalt, und es nützte nicht viel, hin und her zugehen. Frotbert fluchte leise, dass er sich bereit erklärt hatte, mit seiner Nichte und ihrer neuen Freundin bei dieser Kälte bis nach Antonaco zu reisen.

Der Schatten wuchs auf die zehnfache Länge, und noch immer kam kein Schiff. Einer der Hafenleute vermutete, dass es aufgehalten worden war und wahrscheinlich die Nacht in Novaesium Station machen würde.

Schließlich drehten die zwei Frauen mit ihrem männlichen Schutz um und gingen zurück in das warme Haus.

Am folgenden Morgen würden sie es nochmals versuchen.

Diesmal legten sich die Frauen heiße Ziegelsteine unter die Decken, um sich warm zu halten, und Karolina fragte Agnes: »Was träumst du denn immer, das dir solche Angst macht?«

»Ach!«, seufzte Agnes, »es ist immer ein ähnlicher Traum. Du weißt ja, dass meine sächsische Freundin Gna im Rhenus ertrunken ist. Seitdem verfolgt mich ihre Mutter im Schlaf. Sie ist eine Art Priesterin und Heilerin und hat die Fähigkleit, im Schlaf ihren Körper zu verlassen und sich in die Träume anderer einzumischen. Irgendwie kann ich es ja verstehen, dass sie zornig ist über den Verlust ihrer Tochter. Jede Nacht reitet sie auf dem achtfüßigen Pferd Sleipnir, dem Traumpferd, und will von mir wissen, wo ihre Tochter ist. Und jede Nacht versuche ich, ihr zu entkommen. Aber gestern, nachdem du für mich gebetet und meine Hand gehalten hast, kam sie nicht mehr.«

»Das kann ich wieder tun«, tröstete Karolina sie.

Und so flüsterte Agnes in dieser Nacht wieder Verse aus dem einundneunzigsten Psalm, aber sie spürte, während sie Karolinas Hand hielt, dass sie unruhig blieb und schließlich erwachte.

»Was ist los?«

»Sie … sie hat Verstärkung geholt. Zwei Männer in langen Gewändern begleiten sie. Mein Gott, hört denn das nie auf?«

Karolina hielt wieder ihre Hand und betete alles, was ihr in den Sinn kam: ein Vaterunser, das Glaubensbekenntnis, Psalmen… So lange, bis sie selbst dabei einschlief.

Ganz früh gingen sie im Schneetreiben mit dem mürrischen Onkel zum Hafen. Und diesmals legte tatsächlich ein großes, geräumiges Schiff an, das Holz und Holzkohle geladen hatte. Erleichtert stiegen die drei ein und fuhren endlich los.

Allerdings war die Fahrt nicht besonders bequem. Da es stark schneite, drängten sich die meisten unter Deck, wo eigentlich der Laderaum und der Platz für die Ruderer war. Einige saßen auf den gestapelten Holzbrettern, andere gingen wieder nach oben, denn der Kapitän hatte auf Deck in einem großen ausgedienten Bronzekessel, dem die Henkel fehlten, ein Feuer anzünden lassen, an dem man sich wärmen konnte.

Agnes wurde übel und musste wieder nach oben in die eisige Luft. Sie stellte sich stumm mit blassem Gesicht neben das Feuer, die Kapuze tief in die Stirn gezogen, um sich so gut es ging vor dem Schnee zu schützen. Wenn es ihr nicht so schlecht gegangen wäre, hätte sie vielleicht den Anblick genossen: ein offenes Feuer, in das Schneeflocken hineinwirbelten, und die weiß bestäubten Bäume am Flussufer.

Karolina stellte sich nach einer Weile dazu und rieb ihre kalten Hände im Feuer. Dann sagte sie: »Ich habe mit meinem Bruder über deine Träume geredet, Agnes.«

Agnes hob den Kopf, sagte aber nichts, und Karolina fuhr fort: »Er meinte, diese Träume werden so lange weitergehen, bis du dich entschließt, dich nicht mehr verfolgen zu lassen.«

»Wie soll ich das machen? Wenn man träumt, träumt man.«

»Jocundus, der sich mit Träumen auskennt, behauptet, dass man sie beeinflussen kann.«

»Wie denn?«

»Du musst dir vorher immer wieder vornehmen, im Traum deine Hände zu betrachten.«

»Meine Hände zu betrachten?«

»Ja, das wird dir nicht auf Anhieb gelingen, weil du im Traum nicht immer weißt, dass du träumst.«

»Aber warum die Hände?«

»Ich weiß es nicht, aber wer das schafft, kann den Traum verändern.«

»Und wie soll ich ihn verändern?«

»Du musst stehen bleiben und diese Frau erwarten und mit ihr reden.«

»Was soll ich ihr sagen?«

»Das wirst du dann schon selbst wissen.«

»Seltsam«, murmelte Agnes und sagte laut: »Hoffentlich kommen wir bald an, sonst muss ich wieder meinen Magen entleeren, in dem kaum noch etwas ist.«

Es kam ihr wie eine Ewigkeit vor, aber schließlich war diese Fahrt zu Ende und sie stiegen in Antonaco aus.

Karolinas Onkel, der eigentlich zum Schutz für die Frauen da war, kam kaum hinterher, so eilig hatten es die beiden, zum Kloster zu gelangen. Auf dem verschneiten Weg und mit den Wurzeln, die am Waldrand versteckt unterm Schnee lagen, wurde ihr Schwung allerdings gebremst.

Endlich hörte Karolina das bekannte Rauschen des Bachs und das Klappern der Mühle, die tagsüber angestellt war und dem Kloster das Mehl malte.

Heftig atmend standen sie vor der hohen Palisadenwand und schüttelten den Schnee aus den dicken Pelzmänteln und Kapuzen. Karolina zog an der Schnur und nach einer Weile hörten sie Schritte und die alte Pförtnerin rief: »Wer ist da?«

»Zwei Frauen, die die Äbtissin sprechen wollen.«

»Welche Frauen?«

»Schwester Agnes, die von den Sachsen geraubt worden war und ihre Freundin.«

Sie hörten einen erstaunten Ausruf und ein Ächzen, als der Riegel zurückgeschoben wurde. Alle drei drängten sich herein.

»Aber da ist ja noch ein Mann!«, rief die Alte erschrocken.

»Es ist nur mein Onkel. Er hat uns begleitet.«

»Es ist nur mein Onkel«, wiederholte Frotbert mürrisch den Satz.

Die Pförtnerin betrachtete die beiden Frauen kritisch und sagte: »Welche ist es denn nun?«, Karolina konnte ein Lächeln nicht unterdrücken, weil die Alte sie mit ihrem neuen Gesicht nicht erkannte.

»Ich bin Agnes.«

»Nun, kommt herein. Die Äbtissin wird sich freuen, euch zu sehen.«

»Und ist mein Vater Aitulf auch da?«, fragte Agnes zaghaft, aber das hörte die Pförtnerin nicht mehr und öffnete die Tür, um die Gäste in die Vorhalle zu bitten.

Es dauerte nicht lange, da erschien Paulina. Agnes stellte sich vor und die Äbtissin tat etwas, was sie sonst nicht tat, sie nahm Agnes in den Arm. Karolina schien sie gar nicht zu beachten.

»Und wer ist der Mann?«, fragte sie.

»Das ist nur mein Onkel, der uns begleitet«, erwiderte Karolina.

Frotbert blickte noch eine Spur mürrischer drein und schwor sich, nie mehr in die Nähe eines Frauenklosters zu gehen.

Beim Klang von Karolinas Stimme stutzte Paulina, trat näher und blickte mit ihren Eulenaugen der ehemaligen Nonne genauer ins Gesicht. »Karolina«, sagte sie überrascht. »Fast hätte ich dich nicht erkannt. Der Herr hat sich deines Gesichtes erbarmt…«

»… und ein griechischer Arzt«, fügte Karolina lächelnd hinzu.

»Entschuldige, Frau Äbtsissin«, begann Agnes zaghaft, »aber ist es wohl möglich, meinen Vater Aitulf zu sehen? Er ist sicher hier und hat auf uns… gewartet, nehme ich an.«

»Ja«, nickte Paulina und bat ihre Gäste in einen wärmeren Raum, der Feuer im Kamin hatte, »er hat tatsächlich auf euch gewartet, aber er konnte nicht länger hier bleiben und ist heute früh nach Treveris aufgebrochen…«

»O nein!« rief Agnes enttäuscht. »Nicht schon wieder. Ich habe ihn schon in Colonia verpasst.«

»Wenn ich gewusst hätte, dass du heute kommen würdest… nun, man kann es nicht ändern. Aber er hat mir aufs Herz gelegt, dass ich sofort einen Boten nach Treveris schicken soll, sobald Agnes da ist.«

*»Eines Tages aber ließ der Bischof mich weiter hinweg bescheiden und sandte indessen Arbeiter mit Brechstangen, Hämmern und Äxten aus. Die stürzten meine Säule um, auf der ich zu stehen pflegte... Ich weinte bitterlich; seitdem bescheide ich mich, mit den Brüdern zu wohnen, wie ich jetzt wohne.«*

Aus den Erinnerungen des Säulenheiligen Wulflilaich,
nach Gregor von Tours, um 570 n. Chr., aus dem Lateinischen.

# 21

»Jaakov, Wein-, Leder- und Tuchhändler, sowie Magier und Sachsenvernichter an den angesehenen und christlichsten Herrn Diakon Aitulf in Treveris, nahe der Basilika in Treveris.

Möge dir Weisheit und innerer Reichtum beschieden sein, Reichtum, den kein Wurm zernagen und keine Fäulnis erreichen kann.

Ich hoffe sehr, dass dich mein Brief in guter Gesundheit erreicht und du wohlauf bist. Außerdem hoffe ich, dass deine Tochter inzwischen entweder in Antonaco weilt oder bei dir in Treveris gut angekommen ist.

Gern denke ich an unsere gemeinsamen Erlebnisse zurück, wie wir in geradezu meisterhafter Weise unseren Ruhm im feindlichen Reich der Sachsen vermehrt und ausgebaut haben.

Da dich vielleicht die eine oder andere Neuigkeit aus Colonia interessieren könnte, schreibe ich dir, was sich inzwischen zugetragen hat. Auch nehme ich an, dass Nachrichten von einer bestimmten weiblichen Person auf ein offnes Ohr bei dir stoßen könnten, die ich dir nicht länger vorenthalten will.

Zunächst Folgendes: das Wetter hat sich bei uns verschlechtert oder wenn man es vom Standpunkt des Winters sieht, verbessert. Es ist sehr kalt geworden und hat kräftig geschneit, was sich nicht so günstig auf die Schifffahrt und den Handel auswirkt. Da aber der Winter mir ohnehin ein eher ruhiges Geschäftsleben abverlangt, kann es mir gleichgültig sein.

Mein Sohn befindet sich wieder wohlauf und hält uns mit seiner lauten Stimme wach.

Und nun zu den Neuigkeiten, eine bestimmte weibliche Person betreffend. Wie ich dir bereits sagte, ist eine Frau mit Namen Karolina, die vormals in Colonia sesshaft war und zwischenzeitlich Colonia verlassen hatte, kurz bevor du sie sahst, zurückgekehrt. Ihr Bruder Jocundus ist Diakon in der Basilika unter der Herrschaft von Bischof Leo, dem Doppelkinnbesitzer. Ihr Vater ist seit ein paar Monaten tot, und ihre Mutter bewohnt ein einigermaßen gut ausgestattetes Haus. Nach deinen Angaben, was das Äußere angeht, könnte die besagte Person die Frau sein, die du gesehen hast.

Warum sie von ihrer Schwester, bei der sie eine Zeit lang wohnte, nun zurückgekehrt ist, habe ich nicht genau in Erfahrung bringen können.

Es gibt Leute, die behaupten, dass Karolina gar nicht bei ihrer Schwester gewohnt hat, sondern einen heimlichen Liebhaber hatte, von dem ihr Vater nichts wissen durfte und dass dieser besagte Mann sie verlassen habe. Andere behaupten, sie sei schwanger gewesen und hätte bei ihrer Schwester heimlich ihr Kind entbunden. Aber – wie gesagt, das sind alles Gerüchte. Fest steht jedoch, dass der Diakon Jocundus, ihr Bruder, nun alle Hände voll zu tun hat, die Bewerber, die um Karolinas Hand anhalten, abzuwehren oder genauer: in Augenschein zu nehmen.

Du siehst, diese bestimmte weibliche Person scheint in der Männerwelt sehr begehrt zu sein. Wenn du also weiterhin Interesse hast, musst du dich an diesen Bruder wenden. Hast du ihn nicht sogar mir gegenüber einmal erwähnt? Er wird einen Kollegen sicher bevorzugen gegenüber einem ihm gänzlich unbekannten Mann. Aber – wer weiß? Er hat ja keine Ahnung, dass du hinter seiner Schwester her bist, Verzeihung: dass du sie in stiller, selbstloser Liebe verehrst.

Weiter wurde mir berichtet, dass eine etwas heruntergekommene fremde Frau in dem Elternhaus des Diakons Jocundus aufgenommen wurde. Eine heimliche Liebschaft des eifrigen Diakons? Wer weiß?

Die beste Neuigkeit aber scheint mir zu sein, obwohl es sicher unnötig ist, dir das zu schreiben, dass nämlich Agnes vor kurzem in Colonia eingetroffen sein muss. Eine fremde Frau wollte unbedingt den Bischof sprechen, was an sich schon ungewöhnlich ist. Jemand will herausgefunden haben, dass sie von jenseits des Rhenus kam. Ich nehme also stark an, dass es deine Tochter war. Aber da ihr euch inzwischen sicherlich gefunden habt, scheint das keine große Neuigkeit zu sein.

So schließe ich also diesen Brief.

Grüße sendet dir auch meine mir in tiefer Liebe zugeneigte Frau und Leidensgefährtin, die mir ihre Liebe oft in wunderlicher Verstellung zeigt. Auch grüßt dich mein Kollege Florentius.

Möge der Allmächtige dich segnen. Schalom alechá, Friede sei mit dir. Gehab dich wohl.«

Aitulf ließ den Brief sinken. Und schloss die Augen. »Gut. Agnes scheint in Colonia angekommen zu sein«, sagte er halblaut zu sich selbst.

Er lehnte sich, wärend er las, gegen die Steinwand eines der Unterrichtszimmer in der bischöflichen Residenz in Treveris, nun ging er auf und ab und ließ seine Gedanken laufen: »Wahrscheinlich haben Agnes und ich uns nur knapp verpasst. Und... Karolina – die Schwester von Jocundus? Warum hat er mir nicht gesagt, dass er eine Schwester hat? Seltsam, dass beide Frauen den gleichen Namen tragen... die eine Karolina, eine ehmalige fromme Nonne mit abstoßendem Gesicht und schöner Stimme und die andere Karolina, mit anmutigem Äußeren, eine... lebensfrohe Dame... und beide halten sich vermutlich in Colonia auf und beide haben Verwandtschaft in Bonna...«

Aitulf blieb stehen und starrte gedankenverloren auf die Wand. Sie war aus rötlichem Sandstein mit unregelmäßiger Oberfläche. Von unten hörte er die Stimmen der Priester, die gerade mehr oder weniger erfolgreich den

Unterricht beendet hatten und sich nun entfernten. Mit dem Finger fuhr er an den Steinfugen entlang, die sich unter seinen Fingerkuppen erstaunlich glatt anfühlten.

Ihm wurde kalt, daher stand er auf und ging wieder auf und ab.

Während der letzten Tage hatte er versucht, Karolina zu vergessen, weil es ja doch keinen Sinn hatte. Was sollte so eine Schönheit mit einem Subdiakon anfangen? Und jetzt, nach Jaakovs Brief, wusste er auch den Grund, warum sie ihm auf dem Platz zugelächelt hatte. Sie war eine von diesen Frauen, die Männer eben zulächeln und ihre Zuneigung leichtfertig versprühen. Wahrscheinlich stimmten die Gerüchte mit dem Liebhaber und dem Kind. Das Lächeln, das sie ihm in Colonia geschenkt hatte, hatte nicht ihm persönlich gegolten, sondern ihm als Mann, weil er ihr zufällig gegenüberstand.

Warum hatte er sich nur so viele Gedanken gemacht?

Nun gut, er wusste jetzt Bescheid und würde sich diese Gefühle aus der Brust reißen müssen.

Aber diese junge Nonne, die ihn geküsst hatte, war bezaubernd gewesen. Am nächsten Morgen hatte er beim Morgengebet besonders genau die Schwestern beobachtet, die danach zu ihrer Arbeit gegangen waren. Eine war darunter, die vorsichtig unter ihrer Kapuze hervorgelugt hatte und, als sie seinen Blick spürte, errötet war. Ihre Nase war klein und wies eine leichte Biegung auf. Sicher war sie das gewesen… Ein kleines unscheinbares Mädchen… Aber auch diese Liebe war sinnlos. Was sollte er tun? Nach Antonaco reisen und sagen: »Ich möchte die kleine Nonne mit der gebogenen Nase zur Frau nehmen?«

Sie wollte wahrscheinlich gar keinen Mann und hatte eben nur das Küssen kennen lernen wollen. Mehr nicht.

»Ach es ist ein Elend mit den Frauen!«, seufzte Aitulf, »lernt man eine wunderbare Frau kennen, dann stirbt sie, lernt man sehr viel später wieder eine andere kennen, dann stellt sich heraus, dass sie zu viele Männer mag, und wird man gar geküsst, stellt sich heraus, dass man nur als Mann benutzt wurde!«

»Schlechte Nachrichten?« Aitulf, der immer noch die geöffnete Briefrolle in der Hand hielt, blickte auf und sah in das Gesicht seines Bischofs.

»Nun ... Ja und nein. Ich habe Nachricht, dass meine Tochter höchstwahrscheinlich in Colonia angekommen ist. Und ich hoffe, dass morgen oder übermorgen ein Bote kommt, der mir die Bestätigung gibt und... nun das andere ist eine... eine persönliche Sache...«

»Eine Frau vermutlich?«

Aitulf sah Magnerich überrascht an. »Woher weißt du das?«

»Nun, ich kenne dich nun schon über fünfzehn Jahre, Aitulf. Und deine Weigerung gestern, dich zum Diakon weihen zu lassen, obwohl du längst überfällig bist, kann eigentlich nur mit einer Frau zusammenhängen, die man gerne heiraten möchte, etwas, das man nach der Weihe nicht mehr kann.«

»Du hast Recht. Und nun erfahre ich in diesem Brief, dass ... dass diese Frau nicht die Richtige für mich ist.«

»Warum?«

»Es gibt Gerüchte, nach denen...«

Magnerich runzelte die Stirn. »Du gibst etwas auf Gerüchte, Aitulf?«

»Normalerweise nicht, aber ... aber es scheint zu den anderen Dingen zu passen.«

»Ich an deiner Stelle würde den Gerüchten solange nicht glauben, bis ich die Frau direkt gefragt habe.«

»Das ist nicht so einfach, Herr Bischof. Sie wohnt in Colonia. Wie soll ich sie fragen?«

»Das nächste Mal, wenn du sie siehst. Oder du schreibst ihr einen Brief.«

»Bis ich sie sehe, das kann lange dauern, und bis dahin hat sie längst einen Mann gefunden. Sie kann sich jetzt schon nicht vor Verehrern retten. Und ein Brief? Ich kenne sie ja kaum.«

Magnerich schwieg. »Ein schwieriger Fall. Denn ich kann dich gerade jetzt nicht entbehren.«

»Das ist mir schon klar. Ich war viel zu lange unterwegs.«

»Besonders dringend brauche ich deine Sprachkenntnisse.«

»Welche Sprachkenntnisse?«

»Du sprichst Gotisch und der seltsame Säulenheilige Wulfilaich, der heute angekommen ist und mit dem ich dringend sprechen muss, stammt aus dem Gebiet der Langobarden.«

»Kann er nicht Fränkisch oder Latein sprechen?«

»Das schon. Es reicht zur Verständigung und für den alltäglichen Gebrauch, aber wenn es um schwierigere Fragen geht, dann braucht er doch einen Übersetzer.«

Aitulf wurde allmählich neugierig. »Wo hat er denn seine Säule? Wo genau ist sein Wirkungsbereich?«

»Die Säule steht bei einer Ruine in der Nähe von Eposium.«

»Ach ja, ich erinnere mich. Das liegt ja … über vier Tagereisen von hier entfernt!«

»Ja, aber es gehört eben noch zu meinem Bistum.« Magnerich lachte. »Hör zu, was ich mir ausgedacht habe: Während Wulfilaich hier bei uns ist, werde ich Männer hinschicken, die seine Säule zerstören, sodass er zwangsläufig eine Hütte auf dem Boden bauen muss. Was nützt uns ein Heiliger, wenn er unerreichbar auf einer Säule hockt und nur an sein eigenes Heil denkt? Die Leute brauchen ihn. Sie sollen mit ihren Leiden zu ihm kommen und er soll für sie beten, damit auch in jener Gegend bekannt wird, dass Gott hilft und sein Sohn die Herrschaft in Franken angetreten hat.«

»Das wird ihn hart treffen.«

»Ja, und genau dazu brauche ich deine Sprachkenntnisse. Du sollst ihm begreiflich machen, dass ein Christ seine Gaben anderen mitteilen muss. Das ist Gottes Wille für ihn.«

»Nun, ich werde sehen, was sich machen lässt. Wann brauchst du mich?«

»Nach Sonnenuntergang in meinem persönlichen Zimmer.«

»Ich werde kommen.«

»Übrigens scheinen sich die Einsiedler zu vermehren. Nachdem Henoch, der ehemalige Tuchhändler Arbeo gestorben ist, höre ich jetzt, dass ein anderer, ganz in der Nähe, die Leute durch seine Wunder in Bann schlägt.«

Aitulf nahm seine Notizen vom Unterricht, die er auf eine Pergamentrolle geschrieben hatte, und seinen Brief an sich, verneigte sich vor dem Bischoff und wandte sich zum Gehen.

»Ich werde dich und diese Frau auf jeden Fall in meine Gebete einschließen«, sagte Magnerich. »Der heilige Martin hat ein Herz für solche menschlichen Angelegenheiten. Und wenn es sein muss, dann heirate bald, Aitulf, damit ich dich endlich zum Diakon weihen kann.«

Die Sonne ging sehr früh unter, es war nicht mehr lange hin bis zur Wintersonnenwende, bis zu dem Fest der Geburt Christi, das sich immer mehr durchzusetzen begann und den ursprünglichen Festtag im Ianuarius ablöste.

Kaum hatte Aitulf mit einem anderen Kollegen die Vorräte im Haus der Diakone überprüft und ärgerlich feststellen müssen, dass ein Sack Gerstenmehl fehlte, sah er, dass es draußen dämmrig wurde, und er erinnerte sich an seinen Auftrag, mit Magnerich den Säulenheiligen Wulfilaich zu treffen.

Über den Brief Jaakovs hatte er während dieses Tages oft nachdenken müssen und war zu dem Schluss gekommen, dass er die kurze Begegnung mit Karolina in Colonia völlig falsch eingeschätzt hatte. Er hatte Feuer gefangen, wo das Feuer gar nicht für ihn bestimmt war. Wenn er wirklich wollte, könnte er zwar einen Brief an Jocundus schreiben und ihm seine Lage erklären. Aber – wenn das Lächeln nur unbestimmt gewesen war, hatte Jocundus' Schwester ihn bestimmt schon längst vergessen. Er könnte sich natürlich als einer der vielen Bewerber vorstellen. Nein, das wollte er nicht. Er käme sich dann vor wie auf dem Markt, wo man um besondere Waren feilschte. Wahrscheinlich könnte er mit den anderen gar nicht konkurrieren und außerdem: Karolina war wahrscheinlich eine Frau, die es gewohnt war, mit Männern zu spielen, und das war nichts für ihn, besonders bei seinem Beruf.

Diese Erkenntnis war hart, denn er hatte während der letzten Tage seinen Träumereien nachgehangen und sich vorgestellt, wie schön es wäre, mit dieser Frau zusammenzusein.

Außerdem hätte er gerne die andere Karolina getroffen, auch wenn sie hässlich war. Aber ihre Weissagung hatte sich immerhin bewahrheitet und ihre Anteilnahme war echt gewesen. Dafür hätte er ihr gerne gedankt. Und kam es wirklich so sehr auf das Gesicht an? Wie hieß doch gleich wieder der Spruch, den er bei Jaakov auswendig gelernt hatte?

*Schäkär hachén wa… wa häbäl ha jafí ischáh jirat…. jirat… jirat… ADONAI hi tithakál* – Anmut ist trügerisch, Schönheit vergänglich, aber eine Frau, die dem Herrn Ehrfurcht zeigt, soll gelobt werden.

»Da haben wir's«, murmelte Aitulf und verließ das Diakonenhaus, »woher will ich denn wissen, ob ein schönes Gesicht eine schöne Seele verbirgt?« Hatte nicht die hässliche Karolina ein goldenes Herz und aufrichtige Anteilnahme gezeigt? »Es ist immer das Gleiche, ich lasse mich zu sehr von äußerer Schönheit blenden.« Er schüttelte den Kopf. »Und dann will Magnerich auch noch für mich und die schöne Unbekannte beten. Was soll denn der Heilige Martin da tun können? Will er Karolina auf den Schwingen des Windes nach Treveris bringen? Da hätte er viel zu tun. Eher esse ich ein Stück meiner Schuhsohle, als dass Karolina sich mit mir in Treveris trifft!«

Mit solchen und ähnlichen bitteren Gedanken ging er durch die verschneiten Gassen Treveris', die jetzt, in der einsetzenden Dämmerung und durch den Schnee, der das schwache Licht des blassgrauen Himmels aufnahm, seltsam verschommen und wie unter einem Schleier dalagen.

Er musste nicht weit gehen, das Haus der Diakone lag ganz in der Nähe der großen Doppelbasilika und die Residenz des Bischofs war an das Gotteshaus angebaut. Wie Bischof Nicetius, so lebte auch Magnerich eher bescheiden in einem kleinen Raum, denn die anderen Räume waren zu Lehrzwecken umgebaut worden. Und es war sicher eine geschickte Überlegung, das Gespräch mit Wulfilaich in diese mönchisch anmutende Zelle zu verlegen, um zu zeigen, dass der Bischof nicht mit Geld und Gut protzte, sondern ein genügsames Leben führte.

Auf Aitulfs Klopfen öffnete einer der Sklaven die Tür und sagte: »Der Einsiedler ist schon da.«

Aitulf nickte, stieg die Steintreppen nach oben, ging den Flur entlang, der von Fackeln erhellt war, und klopfte an der Tür des Bischofs.

Magnerich öffnete und bat Aitulf herein. Er kannte das Zimmer. Schon Nicetius hatte darin gewohnt. Ein Bett stand an der Wand, ein Stuhl mit Lehne, ein paar Hocker, ein Tisch, eine Truhe und ein paar Bretter, durch Steine abgeteilt, in denen Rollen und Codices lagen.

In der Nähe der dunklen Fensteröffnung stand Wulfilaich mit gesenktem Kopf, hob ihn aber, als Aitulf ihm auf Gotisch einen guten Abend wünschte: »Gote antanachtja, Wulfilaich.«

Man merkte die Anwesenheit des Einsiedlers hauptsächlich daran, dass ein übler Geruch das Zimmer erfüllte. Wahrscheinlich hatte sich der Säulenheilige monatelang nicht gewaschen.

Wulfilaich erwiderte den Gruß mit einer spröden, brüchigen Stimme. Er trug einen Mantel, der aus einem großen Tuch bestand, das eine Öffnung für den Kopf hatte. Darüber hatte er ein Fell drapiert. Der breite Gürtel hielt beides zusammen. Die ganze Gestalt sah aber trotz der weiten Kleidung klapprig und dürr aus. Ein ungepflegter Bart hing bis auf die Brust herab, und die Haare waren verfilzt und verklebt und umrahmten als dicke Strähnen das hohle Gesicht.

Aitulf hatte in seinem Leben schon einige Einsiedler gesehen und das, was ihn bei diesen Männern am meisten bedrückte, war die geringe Sorgfalt, die sie ihren Haaren gönnten. Für einen Franken war sein Haar eine Zierde, und es war nicht von ungefähr, dass die meisten Männer einen Holz- oder Knochenkamm im Gürtel stecken hatten.

»Wulfilaich will sich nicht setzen«, erklärte Magnerich. »Und so bleibe ich ebenfalls stehen. Er sagt, er sei das Stehen gewöhnt.«

Aitulf spürte ein Jucken an seinem Hals. Wahrscheinlich hatte der Heilige ein paar unheilige Flöhe mitgebracht. Oder waren sie durch den Kontakt mit einem Heiligen zu heiligen Flöhen geworden?

»Ich war gerade dabei, Wulfilaich zu erklären, warum wir es nicht gut heißen, dass er jahrelang auf seiner Säule sitzt und von dort zu den Leuten predigt und Wunder wirkt. Ich weiß aber nicht, ob er alles verstanden hat. Vielleicht könntest du es mit deinen Worten auf Gotisch ausdrücken? Es geht mir darum, dass ein Heiliger sich nicht über die Leute erheben sollte, sondern wie ein Bruder unter Brüdern lebt, so wie unser Herr Christus als Zimmermann unter den Armen gelebt hat, ohne dass seine Heiligkeit darunter gelitten hatte. Außerdem ist unser Klima nicht geeignet für eine solche Lebensart. Die ersten Säulenheiligen lebten immerhin in Syrien, wo es wärmer ist. Was nützen den Leuten die Einsiedler, wenn sie nach kurzer Zeit unter dem rauen Klima sterben?«

Wulfilaich hob den Kopf, als Aitulf mit ihm sprach, und lauschte den weichen, gotischen Lauten. Der Diakon versuchte, mit seiner Stimme ruhige und sanfte Töne anzuschlagen. Er wollte den Gast nicht vor den Kopf stoßen, sondern ihn für die Kirche in Treveris gewinnen. Diese Einsiedler waren für die Christen, die gerade erst ihre frühere Religion aufgegeben hatten, wichtige Bindeglieder, weil sie eine magische Ausstrahlung und Macht hatten und gleichzeitig Christen waren. Ihre Heiligkeit und die Wunder, die sie wirkten, redeten eine viel deutlichere Sprache als alle Argumente oder die Machtansprüche der katholischen, merowingischen Könige.

Als Aitulf seine lange Rede beendet hatte, sprach nun Wulfilaich und Aitulf übersetzte: »Verehrter Bischof, es freut mich, hier in der Heiligen Stadt Treveris zu sein, wo sich die Gräber vieler Heiliger, darunter die Ruhestätte des Eucharius' und des Valerius' befinden. Es tut gut, die Luft zu atmen, in der der christliche Glaube schon viele hundert Jahre lebt.

Aber dort, wo ich lebe, in der Gegend von Eposium, gibt es so viele Menschen, die den alten, machthungrigen Göttern dienen und vor ihnen zittern. Sie brauchen einen Heiligen, der hoch über ihnen steht und zu dem sie aufblicken können. Mit meiner Hilfe haben sie das Steinbild der Göttin gestürzt, das nicht einmal zwanzig starke Männer von der Stelle bewegen konnten. Nachdem ich zu Gott gefleht hatte, bewirkte er in seiner großen Gnade, dass zwei gewöhnliche Männer ausreichten, um es zu stürzen. Mein Wohnort ist die Säule, weil ich spüre: Je weniger ich für mich brauche, desto größer ist die Kraft meines Gebetes. Deshalb bitte ich dich: lass mich auf meiner Säule stehen, solange es der Herr gewährt.«

Bischof Magnerich schwieg. Er war beeindruckt von Wulfilaich und versuchte ihm durch Aitulf klar zu machen, wie wichtig sein Dienst sei, dass es aber auf Dauer nicht gut ginge, wenn er diese absonderliche Form des Glaubens pflegte.

»Die Macht des Gebets ist nicht von deiner Säule abhängig«, sagte er mehrmals und fügte zum Schluss hinzu: »Ich werde dich persönlich nach Eposium begleiten, wenn du zurückgehst.«

Inzwischen war es dunkel geworden, sodass Magnerich eine Öllampe entzünden musste, damit sie überhaupt etwas sehen konnten. Gerade, als er noch etwas sagen wollte, klopfte es an der Tür.

Magnerich öffnete und der Sklave von vorhin sagte: »Ein Bote wartet unten. Er will Aitulf sprechen. Er sagt, er komme aus Antonaco und habe Nachrichten von seiner Tochter.«

Aitulf blickte den Bischof fragend an.

»Geh nur, ich denke, für heute haben wir Wulfilaich das Nötigste gesagt. Ich werde morgen früh mit ihm die Messe feiern und ihm jetzt sein Bett zeigen. Du bist entlassen.«

Aitulfs Herz klopfte, als er dem Mann, der eine Öllampe trug, nach unten folgte. Endlich würde er Gewissheit haben, ob seine Tochter wirklich angekommen war und wie es ihr ging.

Vor der Tür stand ein untersetzter, älterer Mann, gehüllt in einen dicken Mantel. In seinem fränkischen Hängebart funkelten Eiskristalle. Neben ihm stand eine kleinere Gestalt, die jünger zu sein schien. Beide trugen Pelzmützen. Der Jüngere hatte vor der Kälte auch noch seinen Hals und Mund durch ein Tuch geschützt.

»Ich wünsche einen guten Abend«, sagte der Fremde. Und Aitulf hatte den Eindruck, dass in seiner Stimme ein mürrischer Unterton mitschwang. »Ich bin Frotbert aus Colonia. Mein Begleiter und ich kommen von Antonaco. Die Äbtissin Paulina schickt uns, um dir zu sagen, dass deine Tochter wohlbehalten eingetroffen ist und unter der Fürsorge des Klosters steht. Dein Besuch ist jederzeit erwünscht und willkommen.«

Aitulf atmete spürbar erleichtert aus.

»Danke, Frotbert. Das ist eine gute Nachricht, Sicher weißt du noch mehr von Agnes. Wollt ihr beiden nicht hereinkommen? Draußen ist es kalt.«

»Gerne«, nickte Frotbert, »und um es gleich zu sagen, wir brauchen auch ein Nachtquartier. Wenn du so freundlich bist...«

Aitulf trat zurück und ließ die beiden in den Vorraum treten, der von einer Fackel erhellt war.

»Natürlich sollt ihr einen Platz zum Schlafen haben.« Aitulf wandte sich an den Türsteher. »Mach doch drüben, im Diakonenhaus, zwei Schlafplätze fertig und...«

»Mit Verlaub, Herr Aitulf«, sagte der Mann. »Es ist ziemlich voll, und es wird sehr eng...«

»Aber in meinem Zimmer habe ich noch Platz für zwei«, sagte Aitulf, »ich selbst werde dann in der Halle schlafen.«

Aitulf war zwei Jahre zuvor in den Genuss eines eigenen Zimmers gekommen, da er durch seine Sprachkenntnisse, öfters Schriftstücke übersetzen musste und dazu Ruhe brauchte.

Frotbert und sein Begleiter tuschelten miteinander, und der Letztere redete mehrmals nachdrücklich auf den Älteren ein, weil er sich offensichtlich gegen etwas wehrte. Schließlich schien er nachzugeben.

»Entschuldige, Aitulf«, begann Frotbert, »wir haben uns gerade ... ähm... verständigt.« Man merkte, dass er für das kleine Streitgespräch das passende Wort gesucht hatte. »Wenn es so knapp mit dem Platz ist, wie wir eben gehört haben, dann möchten wir keine Umstände machen. Ich selbst werde in der Halle schlafen und mein Begleiter könnte mit dir in deiner Kammer übernachten, wenn es dir nichts ausmacht. Dann musst du nicht dein Bett räumen. Außerdem schnarche ich etwas und das könnte deinen Schlaf vertreiben.«

Der Jüngere flüsterte wieder etwas und Frotbert fügte

hinzu: »Mein Begleiter ist sehr schüchtern und würde nachts kein Auge zudrücken, wenn er mit so vielen im selben Raum schläft.«

Aitulf überlegte, hatte aber nichts gegen den Vorschlag einzuwenden, außer dass Frotberts Schnarchen dann die anderen weckte, aber es schien, dass der Alte nicht mehr davon abzubringen war. Nur seltsam, dass der jüngere Begleiter diesen Frotbert offensichtlich dazu überredet hatte. Vielleicht war er doch mehr als ein Begleiter? Und diese seltsame Schüchternheit? Das war ihm noch nie begegnet. Normalerweise schlief man doch viel lieber mit anderen im Zimmer, weil es viel sicherer war! Außer als Mann in einem Frauenkloster oder wenn man ein Amt bekleidete und Ruhe zum Arbeiten brauchte. Nun, er würde nachher der Sache auf den Grund gehen.

»Nun gut«, sagte Aitulf, »machen wir es so, wie du gesagt hast: eine Strohmatte in den allgemeinen Raum und eine zusätzliche in mein Zimmer.« Er stockte, blickte zu Frotbert hinüber und fragte mit einem Lächeln in der Stimme: »Wie heißt eigentlich dein schüchterner Begleiter?«

Frotbert räusperte sich und sagte: »Er heißt… er heißt Karolus.«

»Gut, dann sollten wir gleich hinübergehen. Es wird in dem Versammlungsraum noch ein Feuer brennen und vielleicht kann ich getrockneten Schinken und etwas Brot auftreiben. Auf jeden Fall einen Becher Wein. Wir haben hier«, wandte er sich an Frotbert, »eine ganz neue Art des Weingenusses entdeckt, der sich besonders für kalte Abende eignet: Heißer Wein.«

»Nun, das hört sich gut an«, sagte Frotbert und seine Stimme klang nicht mehr ganz so mürrisch.

Als sie zum Nachtquartier hinübergingen und durch den weichen Schnee stapften, dachte Aitulf abermals darüber nach, wie seltsam es sei, dass ausgerechnet dieser scheue Karolus mit ihm im Zimmer schlafen wolle, aber nun gut, er mochte seine Gründe haben, vielleicht störte ihn tatsächlich der große Raum.

Die Versammlungshalle, in die sie traten, war wirklich sehr voll. Um das Feuer herum herrschte ein reges Gesumme und überall auf dem Boden waren Strohmatten verteilt. Was der Sklave vorhin gesagt hatte, stimmte nicht ganz. Man hätte gut und gerne noch zwei Matten unterbringen können, aber nun war es so ausgemacht, und Aitulf hatte keine Lust, alles noch einmal umzustoßen.

Die unterschiedlichsten Leute saßen um das Feuer herum: Zerlumpte Gestalten, zwei, drei Frauen, die mit Kindern da waren, eines wurde gerade gestillt, eine Gruppe alter Männer, die sich besonders laut unterhielten, und auf den Matten lagen welche, die versuchten zu schlafen.

Der Sklave holte aus einem Raum zwei Matten, legte die eine auf einen freien Platz und zog die andere hinter sich her, öffnete die Tür zu einem Zimmer und legte sie hinein. Dann kam er zurück, gab Aitulf die Öllampe und ging nach draußen.

Einige erkannten Aitulf und machten auf den Bänken vor dem Feuer für ihn und seine beiden Gäste Platz.

»Ihr könnt eure Mäntel und Hüte ausziehen«, meinte Aitulf. »Ich werde in der Küche noch etwas zu essen holen.« Eigentlich hätte er den Sklaven fragen können, aber der war schon verschwunden.

Aitulf ging zu einem anderen Zimmer, suchte nach dem Schlüssel und schloss auf. Er fand einen halb leeren Krug mit Wein und in einem anderen Tonkrug Brotreste und Schinken, der in ein feuchtes Tuch gewickelt war. Auf einer Liste, die an einem Nagel hing, machte er ein paar Zeichen, tat alles auf ein Brett, dazu noch drei Tonbecher und ging mit seiner Last zum Feuer hinüber.

»Nanu«, wunderte er sich, »wo ist denn Karolus?«

Frotbert hob bedauernd die Schultern. »Karolus hat sich schon schlafen gelegt. Es geht ihm nicht gut, er ist müde nach der langen Reise und lässt sich entschuldigen.

Besonders dankbar ist er, dass es möglich war, abseits der vielen Leute eine Ecke zum Schlafen zu haben.«

»Nun gut. Ein seltsamer Bursche jedenfalls. Er scheint nicht viel Kraft in seinen Knochen zu haben. Ich habe noch keinen Mann getroffen, der einen Schluck Wein ausschlagen würde.«

»Ich, ehrlich gesagt, auch nicht. Aber ich habe mich überreden lassen, ihn mitzunehmen. Er ist zum ersten Mal in Treveris. Nun, Pech für ihn, dann müssen wir den Wein ohne ihn trinken.«

»Also, hör zu, Frotbert«, sagte Aitulf eifrig. »Du füllst den gewürzten Wein in den Becher und stellst ihn auf diesen heißen Stein. Nach einiger Zeit ist der Wein heiß und schmeckt wie mildes, flüssiges Feuer.«

Frotbert machte es genau so, wie Aitulf es ihm gesagt hatte, dann lehnte sich Aitulf zurück und sagte: »Und nun erzähle von Agnes und alles, was du von ihrer Entführung weißt!«

*Minna dultic ist,*
*frumasam ist,*
*nist apulgic*
*ni zaplait sih,*
*ni habet achust,*
*nist ghiri*
*ni sohhit, daz ira ist,*
*ni bismerot,*
*ni denchit ubiles,*
*ni frauuuit sih ubar unreht,*
*frauuuit sih garmeino mit uuaarnissu.*

*Die Liebe ist geduldig,*
*sie ist gütig,*
*sie ist nicht neidisch,*
*sie bläht sich nicht auf,*
*sie kennt kein Laster,*
*sie ist nicht habgierig,*
*sie sucht nicht das Ihre,*
*sie lässt sich nicht erbittern,*
*sie denkt nichts Böses,*
*sie freut sich nicht über Unrecht,*
*sie freut sich mit der Wahrheit.*

Aus dem Brief des Paulus an die Korinther, 13. Kapitel, fränkisch, althochdeutsch.

## 22

Es war spät, als Aitulf sich in sein Zimmer zurückzog. Die anderen heimatlosen Leute, die die Nacht unter dem Schutz der Kirche verbrachten, hatten sich inzwischen zur Ruhe begeben. Aber das bedeutete nicht, dass alles ruhig war. Im Gegenteil, die Geräusche der Schläfer hörten sich an, als sei eine Armee von seltsamen Tieren unterwegs, die sich in einer fremdartigen Grunzsprache unterhielten. Ab und zu schrie ein Kind im Schlaf.

»Ich nehme an, dass Karolus schon tief schläft«, sagte sich Aitulf, nahm die Öllampe die der Sklave dagelassen hatte, zündete den Docht an den glimmenden Holzscheiten an, stieg über die Schläfer und öffnete die Tür. »Das Licht wird ihn schon nicht stören. Denn ich habe keine Lust, in der Dunkelheit über ihn zu stolpern.«

Im Zimmer des Diakons war es kühler als im großen Raum, da dort kein Feuer gebrannt hatte. Es roch nach Schweiß und ein wenig nach Lavendel.

Wo kommt nur dieser Geruch her? überlegte Aitulf und gähnte. Es gab Leute, die die Pflanzen im Herbst sammelten und trockneten, um auch im Winter in den Genuss dieses angenehmen Geruchs zu kommen.

Aitulf hielt die Lampe hoch, um besser sehen zu können.

Karolus hatte seine Matte direkt neben das einzige Bett gelegt, obwohl das nicht nötig gewesen wäre, denn ein paar Schritte weiter war noch genügend Raum vorhanden. Da hätte sogar Frotbert noch Platz gehabt. Warum schlief der eigentlich im anderen Raum? Ach ja, er schnarchte und wollte ihm das ersparen. Aitulf lehnte leise die Tür an. Verriegeln war nicht nötig.

»Gut, dass ich die Lampe dabei habe«, murmelte er,

»sonst würde ich in der Dunkelheit in Karolus' Bauch treten.«

Er stellte die Lampe auf den Tisch neben das Bett, merkte sich die Stelle, wo der junge Mann lag, blies das Licht aus, stieg über den Schläfer hinweg und kroch unter die klamme, noch kalte Decke.

»Hm«, brummte er, »ich hätte mir einen heißen Stein vom Feuer mitnehmen sollen, aber jetzt stehe ich nicht mehr auf.«

Leise sprach er seine Abendgebete und schloss mit den Versen von Psalm 121: »Ecce non dormitabit neque dormiet qui custodiet Israhel – Siehe, es schläft noch schlummert nicht, der Israel behütet.«

»Amen«, sagte jemand.

Aitulf, der schon fast eingedämmert war, schreckte auf. Hatte da nicht gerade jemand *Amen* gesagt? Eine helle, klare Stimme? Ob das Karolus gewesen war?

»Hast du eben *Amen* gesagt, Karolus?«

»Ja, das habe ich.«

Nicht nur der Hüter Israels schlief nicht, sondern auch dieser wortkarge, junge Mann, der bis jetzt immer nur geflüstert hatte... Und diese Stimme kam Aitulf irgendwie bekannt vor. Wo hatte er diese angenehme Stimme schon einmal gehört? Sie passte eigentlich gar nicht zu einem Mann. Vor ein paar Wochen, als er ...«

»Nun, weißt du jetzt, wer ich bin?«

Aitulf schluckte und flüsterte erschrocken: »Karolina!«

Er hörte neben sich ein leises Lachen. »Ja, Karolina, die ehemalige Nonne...«

»Karolina!«, flüsterte Aitulf aufgeregt. »Bist du verrückt geworden? Es geht nicht, dass du hier in meinem Zimmer übernachtest! Wenn das bekannt wird! Eine Frau, die direkt neben mir schläft!«

»Immerhin nicht mit dir. Das ist ein großer Unterschied!«

»Aber das kann niemand beweisen! Und jetzt geht mir

allmählich auf, warum alles so seltsam war: das Geflüster und dein Gesicht halb versteckt zwischen Mütze und Tuch, der Vorschlag, dass Frotbert im großen Raum schläft und du mit mir hier und dann der Name Karolus… Was hast du dir nur dabei gedacht?«

»Ich habe mir gedacht, dass du mich nach all den Erlebnissen gerne sprechen würdest und dass diese Kammer der einzige Raum ist, wo wir uns ungestört unterhalten können, ohne dass uns jemand sieht.«

»Ich hatte mir tatsächlich gewünscht, dich zu sehen, aber warum diese Verkleidung? Ich wollte dir nämlich sagen, dass… deine Weisssagung sich erfüllte, dass sie also echt war. Was du gesehen hast, wird sogar beschrieben im Buch …«

»… des Propheten Hezekiel.«

»Du wusstest das?«

»Nein, damals noch nicht, aber Jocundus hat es mir gesagt.«

»Jocundus? Du kennst Jocundus?« Aitulfs Müdigkeit war mit einem Schlag verflogen und er fuhr fort:« Dann müsstest du die andere Karolina auch kennen, denn sie ist die Schwester von Jocundus.«

»Die andere Karolina?«

»Ja, ich… ich habe sie zufällig in Colonia gesehen und dann war sie verschwunden. Aber ein Freund von mir, der in Colonia lebt und dem ich die Beschreibung gegeben habe, sagte, Jocundus habe eine Schwester, die Karolina heißt, auf die meine Beschreibung passt.«

»Ja, jetzt verstehe ich.« Aitulf hörte ein leises Lachen. »Ich habe… die… diese andere Karolina tatsächlich auch dort getroffen.«

Sie schwieg und fragte dann neugierig: »Du hast also verzweifelt nach Jocundus' Schwester gesucht, die zufällig auch Karolina heißt?«

»Nun, nicht gerade verzweifelt gesucht. Aber – ist das nicht seltsam, dass du und sie, dass ihr beide Karolina heißt? Jedenfalls, ich... habe sie... oder besser gesagt: mir...« Aitulf wurde etwas ärgerlich, als er weitersprach: »Du bringst mich ganz durcheinander! Mir fiel sie auf, und ich habe mich nach ihr erkundigt. Das war alles.«

»Und was hast du herausgefunden?«

»Wieso? Ich denke, du kennst sie auch?«

»Nun ja, flüchtig, sie war sehr schweigsam und man weiß ja nie, welche Geheimnisse manche Frauen mit sich herumtragen.«

»Da hast du ganz Recht, Karolina.« Aitulf merkte, wie gut es tat, mit jemandem über die Dinge zu sprechen, die ihn beschäftigten – mit jemandem, der sich auskannte. Er fuhrt fort: »Es gibt Gerüchte, die besagen, dass sie eine Zeit lang zu ihrer Schwester zog, weil sie einen heimlichen Liebhaber hatte oder noch schlimmer: weil sie schwanger war und dort ihr Kind zur Welt bringen wollte.«

»Ha! Ich habe es geahnt. Eine durchtriebene Person!«

»Pst! Nicht so laut! Und dass sie eine durchtriebene Person ist, kann man nicht sagen!«

»Du nimmst sie in Schutz?« Die Stimme aus dem Dunkel klang empört.

»Du weißt nicht, welche Leiden sie ausgestanden hat.«

»Ach, solche Frauen kenne ich, leichtfertige Wesen, die den Männern schöne Augen machen und dann nicht mit den Folgen rechnen.«

»Sie hat aber tatsächlich schöne Augen.«

»So? Hat sie das? Liebst du sie etwa?«

Aitulf schwieg. Die Unterhaltung ging ihm etwas zu weit. Es war zwar gut, dass er sich mit Karolina über diese Dinge unterhalten konnte, aber...

»Höre, Karolina. Wir sind verrückt. Wir liegen hier nebeneinander und du solltest schon längst im großen Schlafraum schlafen.«

»Oder du.«

»Oder ich. Und das werde ich auch tun.« Er schälte sich

aus seinen Decken und kletterte vorsichtig über Karolina hinüber.

»Aitulf!«

»Ja? Was ist denn nun schon wieder?«

»Du hast meine Frage nicht beantwortet. Liebst du diese Karolina, die Schwester von Jocundus?«

Aitulf schwieg. Vielleicht könnte er diese eigenartige Unterhaltung beenden, wenn er ganz direkt die Wahrheit sagte?

»Wenn du es genau wissen willst: ja, ich liebe sie. Ich habe sie zwar nur kurz gesehen, aber das reichte schon aus...«

»Das ist schön. Die Liebe freut sich mit der Wahrheit«, sagte Karolina.

»Was?«

»Ein Ausspruch des Paulus.«

»So«, sagte Aitulf, »jetzt gehe ich aber endgültig in den anderen Schlafraum.«

»Worauf willst du denn schlafen? Dein Bett ist doch hier?«

»Ich werde eine leere Bank nehmen und meine Decken darauf ausbreiten.«

»Aber ist es denn nicht schön, dass wir uns hier ungestört unterhalten können? Das wäre sonst nicht möglich. Jeder würde gleich das Schlimmste vermuten.«

»So? Was denn?«

»Nun, dass wir ein Verhältnis haben.«

Sie wird immer unverschämter, dachte Aitulf, und sagte in ärgerlichem Tonfall: » Dass wir ein Verhältnis haben, darauf würde niemand kommen, wenn er erst dein Gesicht ...« Zu spät fiel ihm ein, dass er sie damit verletzt hatte. Wie erstarrt blieb er in der Dunkelheit stehen.

»Entschuldige Karolina, aber ... das ist mir so aus dem Mund gefallen.«

»Das macht nichts.«

Täuschte er sich? Oder klang ihre Stimme, als ob sie mit

Mühe ein Lachen unterdrückte? Wahrscheinlich eher ein Weinen.

»Übrigens, Aitulf«, hörte er wieder die sanfte Stimme. »Was wirst du sagen, wenn dich die anderen fragen, warum du dein Zimmer verlassen hast?«

»Ich sage ... nun... dass du geschnarcht hast.«

»Aber was machst du, wenn ich morgens aus deinem Zimmer komme, mit offenen Haaren und nachlässig gekleidet?«

»Das wirst du bleiben lassen«, brauste er auf.

»Pst!«, raunte Karolina. »Nicht so laut!«

»Du wirst dich morgen früh wieder in deinen Mantel hüllen«, flüsterte er, »deine Haare unter die seltsame Mütze stecken und möglichst schnell den Raum verlassen!«

»Und wenn ich es nicht mache? Wenn meine Mütze zufällig herunterrutscht und meine Haare freigeben und ich erschrocken mit heller Stimme irgendetwas rufe?«

Aitulf ballte die Fäuste. »Wage es nicht, sonst könnte ich mich vergessen und dich verprügeln!«

»Nun gut, Aitulf, ich werde mich bemühen, dass nichts auffällt, aber nur, wenn du noch ein bisschen bei mir bleibst. Komm, leg dich wieder ins Bett. Es ist viel zu kalt hier ohne Decken. Ich weiß noch ein paar Neuigkeiten von Agnes, die dir Frotbert sicher nicht erzählt hat.«

Wieder stieg Aitulf über die liegende Gestalt und hüllte sich in seine Decken.

»Was für Neuigkeiten?« brummte er und wusste nicht, ob er ärgerlich oder neugierig sein wollte.

»Agnes hat mir anvertraut, dass sie das Wesen mit den Rädern gesehen hat!«

»Was?«

»Siehst du, ich wusste, dass es dich interessiert.«

»Wo hat sie es gesehen?«

»Als sie mit ihrer sächsischen Freundin den Rhenus mit einem beschädigten Boot überquert hat.«

»Ja, davon hat Frotbert erzählt.«

»Mitten auf dem Wasser, als sie mit dem Tode kämpfte, sah sie plötzlich ein Licht und darin einen riesigen Engel mit vielen Flügeln, der an seinen Füßen Räder hatte, die sich schnell drehten. Genau die gleiche Gestalt, die ich während meines Gebetes gesehen habe.«

»Unglaublich!«

»Jocundus sagte mir…«

»Ihr habt darüber gesprochen?«

»Ja, ich habe ihn gefragt, was er davon hielt und er meinte, es sei ein Cherub gewesen. Und das ist ungewöhnlich, denn ein Cherub ist ein Engel der Anbetung und hält sich in der Nähe Gottes auf. Er ist kein Schutzengel und übernimmt normalerweise keine Rettungen.«

Aitulf schwieg. Allmählich fand er Gefallen daran, mit Karolina zu plaudern. Es war so ein … leichtfüßiges Gespräch wie ein Spiel. Durch die Dunkelheit konnte er zum Glück ihr hässliches Gesicht nicht sehen, nur ihre angenehme Stimme hören. Und so fing er an, selbst zu erzählen: »Du kannst dir nicht vorstellen, Karolina, wie wir den Sachsen das Fürchten gelehrt haben.«

»Wer ist wir?«

»Jaakov, ein jüdischer Händler, und ich. Wir haben aus sicherer Quelle erfahren, dass Agnes in einem bestimmten sächsischen Dorf sein musste und so zogen wir los.« Aitulf erzählte ihr die Geschichte von den Würmern.

Karolina musste so lachen, dass Aitulf sie zur Ruhe mahnen musste. Es kam ihm so vor, als seien sie Kinder, die nachts ihre Geheimnisse ausplauderten, während die Erwachsenen in einem anderen Raum schliefen. Man konnte sich an Karolinas Gesellschaft gewöhnen.

Nach seiner Wurmgeschichte wurde es ruhig, bis Karolina leise sagte: »Am besten an deiner Wurmgeschichte hat mir dieser hebräische Satz gefallen. Wie hieß er doch gleich?«

Aitulf räusperte sich: »Schäkär hachén …«

»Nein, nein, die Übersetzung!«

»Anmut ist trügerisch und Schönheit vergänglich, aber... aber eine Frau, die dem Herrn Ehrfurcht erweist, soll gelobt werden.«

»Ich liebe diesen Satz«, sagte sie, und ihre Stimme wurde dunkel dabei.

Aitulf, der die Rührung in ihrer Stimme hörte, merkte jetzt erst, wie genau diese Worte zu Karolinas Schicksal passten.

»Manchmal dauert es bei mir etwas länger ... aber ich verstehe jetzt auch, warum du diesen Spruch liebst. Weißt du, Jaakov hat eine etwas... herbe Frau, bei der man nicht gleich die Anmut spürt. Deshalb hat er wohl auch diesen Satz aus der Heiligen Schrift so gern.«

Es blieb ein paar Augenblicke still, dann sagte Karolina: »Aitulf... ich bin froh, dass wir Zeit haben, miteinander zu reden.«

Sie tastete mit ihrer Hand nach seiner Hand und drückte sie leicht, aber zog sie dann wieder zurück.

Aitulf wusste nicht, wie er reagieren sollte. Er war diese unmittelbare Nähe zu Frauen nicht mehr gewöhnt. Irgendetwas Schönes müsste er jetzt wohl sagen.

»Zu manchen Zeiten«, flüsterte er schnell, »wäre es ein Segen, blind zu sein.«

»Ja, ich weiß«, hörte er Karolinas Stimme, »wie abstoßend ich ausges... ähm... aussehen muss.«

»Du kannst ja nichts dafür.« Er atmete tief ein und aus. »Ach, es ist alles so verwirrend. Hier liege ich und unterhalte mich mit dir, und es ist ja durchaus angenehm, und gleichzeitig muss ich an die ... an die andere Karolina denken.«

Weil Karolina nichts dazu sagte, fuhr er fort: »Ich kenne sie ja kaum und ich weiß nicht einmal, ob sie sich für mich überhaupt interessiert...«

»Sie hat dich angelächelt«, warf Karolina ein.

»Woher weißt du das?«, fragte er erstaunt.

Karolina zögerte kurz und sagte: »Du hast es, meine ich, vorhin erwähnt.«

»Hab ich das? Ja, es stimmt, sie hat mich angelächelt, aber – vielleicht lächelt sie jeden Mann an?«

»Ich glaube nicht.«

»Wenn ich nur mit ihr sprechen könnte, um Gewissheit zu haben! Mit dir ist es so … so einfach, sich zu unterhalten. Fast so gut wie mit einem Mann. Ich könnte die ganze Nacht mit dir reden.«

»Ich auch. Aber … was wirst du jetzt mit dieser anderen Karolina unternehmen? Wirst du Jocundus einen Brief schreiben?«

Aitulf schwieg und überlegte, dann antwortete er zögernd: »Ich weiß es nicht. Nach dem, was Jaakov gehört hat, scheint sie ein Menge Bewerber zu haben.«

»Also Jaakov ist der Bekannte, der dich mit Nachrichten versorgt?«

»Er hat mir nur einen Brief geschrieben. Jedenfalls hat sie viele Verehrer, und ich habe keine Lust, mich auf eine Bewerbungsliste setzen zu lassen.«

»Wenn dir diese andere Karolina so viel bedeutet, dann solltest du das aber tun. Vielleicht wartet sie auf einen Brief von dir.«

»Meinst du?«

»Ja, das meine ich.«

Karolina richtete sich auf.

»Sag mal, Aitulf«, fing sie an. »Nehmen wir einmal an, diese Karolina, die du liebst, wird eines Tages durch einen Unfall oder durch eine Krankheit im Gesicht so verunstaltet wie ich. Würdest du sie trotzdem weiter lieben?«

Aitulf überlegte: »Kann sein. Vielleicht wenn wir uns gut verstehen?«

Er gähnte. Die Anspannung mit einer Frau im selben Zimmer zu liegen, ließ allmählich nach. Es war merkwürdig, aber man gewöhnte sich an die ungewöhnlichsten Umstände! Und die Müdigkeit, die durch das Gespräch überdeckt worden war, übermannte ihn nun wieder. Es war ja eigentlich alles gesagt.

Wieder gähnte Aitulf herzhaft und stöhnte: »Ich bin müde wie ein Zugochse nach einer langen Fahrt. Dieser heiße Wein hat es in sich.«

»Aitulf?«

»Ja? Was ist denn nun noch?«

»Ich habe noch eine Überraschung für dich!«

»Für mich?«

»Ja. Mein Gesicht ist geheilt und ich habe wieder ein normales Aussehen.«

»Wirklich?«

»Ja, nach meinem letzten heimlichen Ausgang wurde ich überfallen und verletzte mich. Ein griechischer Arzt, der mir half, hat sich auch meines Gesichtes angenommen. Willst du es sehen?«

Aitulf überlegte. Er war totmüde und wollte schlafen.

»Ach, lass uns jetzt schlafen und morgen früh...«

»Du müsstest nur die Lampe drüben am Feuer anzünden.«

Aitulf spürte, dass er wohl nicht darum herumkam, wieder Licht zu machen.

Dass Frauen auch so eitel sein müssen, dachte er. Mitten in der Nacht will sie, dass ich ihr Gesicht betrachte. Das Klosterleben scheint bei ihr nicht viel bewirkt zu haben. Gut, ich werde Licht holen, sie ansehen und überrascht sein, werde ihr neues Gesicht loben und dann endlich schlafen können.

Aitulf arbeitete sich wieder aus seinen warmen Decken heraus und stieg zum vierten Mal über Karolina hinweg.

Er tastete nach dem Tisch, auf dem er die Lampe abgestellt hatte, schüttelte sie leicht und hörte, dass noch etwas Öl darin war. Dann schlich er vorsichtig zur Tür und drückte sie nach außen. Als er den großen Raum betrat, sah er noch einen rötlichen Schein von der Glut, die gerade noch so viel Licht gab, dass er schemenhaft die Schläfer auf dem Boden erkennen konnte. Vorsichtig stieg er über die Gestalten, die laut und leise atmeten, röchelten und schnarchten. Er kniete sich nieder, sodass der Docht die Glut erreichte. Die Flamme flackerte auf und Aitulf ging leise zurück.

Verrückt, dachte er, jetzt liege ich schon wieder mit einer Nonne im selben Zimmer. Jahrelang habe ich nichts mit Frauen zu tun und dann gleich zweimal hintereinander. Er zog an dem Türgriff, glitt in den Raum, und diesmal schob er von innen den Riegel vor. Zur Sicherheit.

Karolina hatte sich im Hintergrund aufgesetzt und ihre Haare hochgesteckt, soviel konnte Aitulf im trüben Schein der Lampe erkennen. Sie saß nur da und sagte kein Wort, wo sie vorher doch so gesprächig gewesen war. Irgendetwas hatte sich im Raum verändert, aber Aitulf konnte nicht genau sagen, was es war.

Er ging zu dem kleinen Tisch neben dem Bett und stellte die Lampe wieder ab.

»Du musst dich etwas bücken, damit du mich sehen kannst«, flüsterte Karolina und ihre Stimme klang aufgeregt und atemlos.

Aitulf kniete sich nieder und kam sich komisch dabei vor, nachts vor einer Frau zu knien. Aber was tat man nicht alles, um endlich schlafen zu können.

Dann drehte Karolina ihr Gesicht zum Licht und Aitulf rief erschrocken: »Karolina!« und war hellwach.

»Pst! Nicht so laut! Ich weiß, dass ich Karolina heiße.«

»Ich… ich meinte die andere Karolina!«

Er starrte sie an, als sei sie eine Erscheinung, und dann war es ihm, als ob jemand eine Decke von seinen Augen nahm. Auf einmal wusste er, warum ihm diese schöne Frau in Colonia zugelächelt hatte. Sie hatte ihn erkannt. Aber er sie nicht. Es gab überhaupt keine andere Karolina. Es gab nur eine Einzige.

»Karolina! Du … du hast mich ganz schön reingelegt!«

»Vorhin hast du gesagt«, flüsterte Karolina, ohne auf

seine Feststellung einzugehen, »dass du Karolina, die Schwester Jocundus', liebst. Stimmt das immer noch?«

Aitulf schluckte und spürte, wie seine Augen brannten. »Ja, es stimmt noch immer.«

Er konnte es nicht fassen. Sie war nicht von zu Hause fortgegangen, weil sie ein Kind erwartete oder einen Liebhaber traf, sondern weil sie gegen den Willen ihres Vaters ins Kloster gehen wollte.

Langsam streckte er eine Hand aus und tastete nach ihrem Gesicht, weil ihm alles so unwirklich vorkam. Aber er fühlte wirkliche, feste Haut, fühlte noch die leichten Unebenheiten der Narben und die warmen Lippen.

»Karolina«, flüsterte er und küsste sie. Aber es war ein ganz anderer Kuss, als der, den er der kleinen Nonne vor zwei Tagen gegeben hatte. Das war ein mitleidiger Kuss gewesen. Und dieser Kuss kam ganz von innen.

Er spürte, wie Karolina zitterte, und löste sich von ihr. Er griff nach seinen Decken, legte sie noch zusätzlich auf die anderen und deckte sie beide zu. Dann ließen sie sich auf die Matratze gleiten, umarmten sich und versuchten sich zu wärmen.

»Und du?«, fragte er. »Liebst du mich auch?«

»Spürst du das nicht? Ich habe dich angefangen zu lieben, als wir uns damals nachts am Friedhof trafen, aber ich ... ich dachte, du ... du hättest eine Frau, und selbst, wenn du keine gehabt hättest, als Diakon wäre es nicht möglich gewesen, eine Frau zu nehmen. Ich versuchte, die Liebe zu dir zu vergessen, aber sie kam wieder. Als wir uns kurz in Colonia sahen und ich sie wieder spürte, bin ich schnell davongerannt. Und erst, als ich mit Agnes zusammen in Antonaco ankam und ich mehr über dich erfahren wollte, stellte es sich heraus, dass du Subdiakon bist und doch eine Frau lieben darfst.«

»Ja, ich habe mich bisher immer vor den höheren Weihen gedrückt.«

»Aitulf... Aitulf, es ist so schön, dich zu umarmen. Ich

hätte vor einer Woche nicht gedacht, dass es je dazu kommen könnte…«

Sie küssten sich wieder und Karolina spürte seine Erregung.

»Lass uns damit noch etwas warten«, sagte sie.« Es geht alles so schnell.«

Aitulf setzte sich auf und betrachtete wieder ihr Gesicht. »Unglaublich, wie sich dein Gesicht verändert hat.«

»Ja, die obere Hälfte war ständig geschwollen, sodass meine Augen ganz klein aussahen, wie Schweinsaugen…« Sie lachte. »Weißt du, wen ich ganz besonders ins Herz geschlossen habe?«

»Nun?«

»Agnes. Wir haben uns schon so viel erzählt, und als sie sagte, sie habe das Wesen mit den Rädern tatsächlich für einen kurzen Augenblick gesehen, fiel mir mein Becher aus der Hand, weil ich dachte, meine Weissagung sei nur so eine Einbildung von mir gewesen.«

»Dass du mich heute so getäuscht hast!«, flüsterte Aitulf, aber es lag kein Ärger in der Stimme. »Eine Frechheit! Zur Strafe sollte ich dich heiraten. Und dann werde ich eine Prophetin zur Frau haben.«

»Nein, ich bin keine Prophetin«, widersprach Karolina. »Propheten haben richtige Berufungserlebnisse.«

»Nun, dann bist du eben eine… eine Wahrsagerin.«

»Nein. Das klingt mir zu heidnisch.«

»Dann eben eine … Seherin.«

»Nein, nein, das hört sich zu großartig an.«

»Ich weiß, was du bist! Du bist eine Weissagerin!«

Karolina lachte. »Das Wort gibt es doch gar nicht.«

»Doch. Seit heute.«

Aitulf beugte sich zu Karolina hinüber und küsste sie. Plötzlich schreckte er hoch.

»Was ist denn?«

Mir fällt etwas ganz Schreckliches ein!«

»Was?«

»Ich muss ein Stück meiner Schuhsohle essen!«

Irgendwann kletterte Aitulf wieder zurück in sein Bett und nickte kurz ein, aber bald schon dämmerte der Morgen hervor. Sein kurzer Schlaf war begleitet von leichten, schwerelosen Träumen, in denen er in einem Segelschiff über das glatte Meer fuhr.

Er stand auf, bevor Karolina aufstehen konnte, und flüsterte ihr zu: »Ich sage den anderen, dass du krank bist, und bringe dir etwas zu essen und dann musst du wieder deine Verkleidung anziehen.«

Im großen Raum waren schon die meisten aufgestanden und ein Kessel hing über dem neu aufgeschichteten Feuer, aus dem es dampfte.

Eine Frau stand daneben, rührte in dem Topf und schöpfte von dem Gerstenbrei in bereitgestellte Schalen.

Frotbert war ebenfalls schon aufgestanden und begrüßte Aitulf überschwänglich.

»Nun, hast du gut geschlafen?«

Ach ja, dieser Mann wusste natürlich alles.

»Ja, gegen Morgen bin ich eingenickt.«

»Aha«, lachte Frotbert und zwinkerte mit den Augen.

»Nicht das, was du denkst!«, sagte Aitulf empört. »Wir haben uns die ganze Zeit unterhalten.«

»Ja, ja, natürlich. Ich verstehe.« Aitulf gab es auf, sich zu verteidigen und sagte so laut, dass es die anderen hören konnten. »Der junge Mann in meinem Zimmer ist krank, ich werde ihm eine Schale bringen und ihn dann hinausgeleiten. Er muss dringend nach Hause.«

Als Aitulf mit zwei Schalen wieder in seinem Zimmer erschien, war Karolina gerade dabei, sich zurechtzumachen und ihre Haare zu flechten, damit sie sie unter die Fellmütze stecken konnte. Von draußen drang Helligkeit durch die Ritzen des Holzladens und tauchte den Raum in mildes Licht.

Der Diakon blieb stehen und sah Karolina zu. Es war alles noch so neu. »Etwas seltsam ist diese ganze Geschichte mit Agnes doch«, sagte er, als führte er eine begonnene Unterhaltung weiter.

»Wie meinst du das?«

»Diese ganze Suche nach Agnes, der Aufwand, die Weissagung... Es wäre gar nicht nötig gewesen, denn Agnes ist ja ohne meine Hilfe zurückgekommen.«

»Hm«. Agnes hielt gerade das Ende eines Lederband mit den Lippen fest. Dann nahm sie es, band es um die Spitzen eines Zopfes und sagte:

»Etwas Gutes hatte die Suche und die Weissagung auf jeden Fall.«

»So?«

»Ja, mein lieber Aitulf. Immerhin haben wir uns dadurch näher kennen gelernt.«

»Das stimmt.«

»Und wie geht es jetzt überhaupt weiter?«, fragte sie.

»Ganz einfach«, antwortete Aitulf, der die Schalen mit dem Gerstenbrei immer noch in der Hand hielt. »Dein Onkel und du, ihr werdet das Haus verlassen, so wie ihr gekommen seid und nach Colonia zurückfahren. Ich werde mit meinem Bischof alles besprechen und dann nachkommen. Vorher möchte ich natürlich in Antonaco halten und Agnes sehen. Wo sollen wir das Hochzeitsfest feiern?«

»Habe ich das richtig verstanden? Du willst mich also zu deiner Frau machen?«

»Ja, das habe ich vor.«

»So einfach geht das nicht.«

»Warum?«

»Wir in Colonia pflegen übrigens einen kleinen, wichtigen Brauch.«

»Was für einen Brauch?«

»Der Mann muss den Vater oder den Bruder der Frau um Erlaubnis fragen. Wenn er einverstanden ist, muss auch die Frau selbst gefragt werden, ob sie den Mann überhaupt will. Es kann zwar passieren, dass der Vormund der Frau darauf gar nicht erst ihre Meinung abwartet, aber es gebietet zumindest die Höflichkeit, dass sie gefragt wird.«

Aitulf senkte kurz den Blick und sagte lächelnd: »Diesen Brauch gibt es nicht nur in Colonia. Kann man es denn nicht auch umgekehrt machen, dass zuerst die Frau gefragt wird?«

»Das wäre ungewöhnlich, denn mein Bruder könnte anders entscheiden.«

»Nun – mit deinem Bruder werde ich schon fertig werden.«

Aitulf räusperte sich. »Karolina, ich frage dich hiermit: Willst du mich, den Subdiakon Aitulf, zum Mann nehmen?«

»Ja, wenn du vorher den Gerstenbrei auf den Tisch stellst.«

Aitulf stellte die Schalen auf den Tisch. Dann nahm er seine zukünftige Frau in die Arme und küsste sie.

Gegen Mittag fand Aitulf Gelegenheit, Bischof Magnerich in seinem Zimmer aufzusuchen.

Als er eintrat, lag immer noch der erdige Geruch des Einsiedlers Wulfilaich im Raum. Magnerich wies mit der Hand auf einen der hölzernen Klappstühle.

Nach den üblichen Begrüßungen und Wünschen sagte Magnerich: »Du willst mir sicherlich von deiner Tochter berichten.«

»Das auch und außerdem von der Macht des Heiligen Martin.«

»So?«

»Zunächst: meine Tochter ist wohlauf, ist im Kloster gut angekommen und wird dort versorgt. Es ist eine lange Geschichte, die ich dir bei Gelegenheit erzählen werde. Und das zweite: Du wirst es nicht für möglich halten, aber die Frau, die ich liebe, ist tatsächlich gestern hier gewesen. Es scheint, als ob der Heilige Martin dein Gebet sofort erhört hat.«

»Ach!«, entfuhr es dem Bischof. »Was für eine Wendung der Dinge! Und haben die Gerüchte gestimmt, die dich gestern bedrückt haben?«

Aitulf schüttelte den Kopf. »Nichts davon entsprach der Wahrheit. Reine Erfindungen.«

»Wie kam denn die Frau so plötzlich hierher? Sie ist doch nicht durch die Luft geflogen?«

»Sie kam mit dem Boten aus Antonaco, aber als Mann verkleidet. Und ich bitte dich, es dabei zu belassen. Jedenfalls möchte ich, wenn du es noch immer willst, meiner Weihe zum Diakon nichts mehr in den Weg stellen.«

Magnerich hob verwundert die Augenbrauen.

»Allerdings erst nach der Hochzeit«, sagte Aitulf und grinste.

*Lügt nicht! Lasst keinen Gegensatz zwischen außen und innen entstehen. Tut nichts, was ihr gar nicht tun wolltet, denn Gott sieht alles. Alles, was jetzt verborgen ist, wird offenbar werden. Und alles, was jetzt verhüllt ist, wird enthüllt werden.*

Worte Jesu nach dem apokryphen Thomasevangelium,
1. Jahrhundert n. Chr., aus dem Griechischen.

# 23

Der Monat Februarius zeigte sich von seiner schlechtesten Seite. Es war weder Winter noch Frühling. Die Wege und Straßen lagen in ihrer feuchten, weichen Erbärmlichkeit da und waren von tiefen Radspuren zerfurcht und von unzähligen Fußabdrücken zermatscht.

Noch gab es wenig Pflanzen, die die Grautöne der entlaubten Wälder und blattlosen Hecken belebten, nur dicke, klebrige Knospen an den Bäumen kündeten von einer wärmeren Jahreszeit.

Agnes, die nach ihrer Entführung und Rückkehr gedacht hatte, dass das Schwierigste überstanden war, sah sich getäuscht. Denn sie musste mit Entsetzen feststellen, dass sie schwanger war.

Zuerst dachte sie, das sie sich etwas einbildete, denn es konnte gar nicht sein. Sie war sich nicht bewusst, mit einem Mann geschlafen zu haben. Aber die Zeichen des Lebens sprachen dagegen. Sie glaubte zuerst an ein Wunder, sie dachte an Maria und lebte einige Tage in einem inneren Hochgefühl, aber dann kamen ihr wieder Zweifel. In ihrer Not schrieb sie einen Brief an ihre neue Mutter Karolina, die mit Aitulf inzwischen in Treveris lebte und die sich unverzüglich auf den Weg machte, um ihre Pflegetochter zu besuchen und ihr zu raten, was sie tun sollte.

Einer der Priester aus Treveris, der seinen Bruder in Rigomagus besuchen wollte und auch in dieselbe Richtung reisen musste, erklärte sich bereit, Karolina bis Antonaco zu begleiten.

Und so kam Karolina dreckbespritzt an einem Nachmittag im Kloster an.

Die Vertrautheit des Ortes, der beides ausstrahlte – Gefangenschaft und starke Zusammengehörigkeit – löste bei ihr Befremden aus. Dass sie hier einmal gerne gelebt hatte, konnte sie sich jetzt in ihrer neuen Freiheit nicht mehr vorstellen. Aber sie wusste noch genau, welche Anziehungskraft dieser Ort einmal auf sie ausgeübt hatte, als sie nach Plänen für ihr Leben suchte.

Paulina, die von dem Besuch informiert war, empfing sie. Es kam gelegentlich vor, dass die Novizinnen Besuch bekamen, obwohl es nicht gern gesehen wurde.

Die Äbtissin wusste noch nichts von der Schwangerschaft ihrer Novizin, denn die langen Gewänder verbargen manches. Und sie hatte sich auch noch nicht dazu durchringen können, die ausgehenden Briefe ihrer Schützlinge vorher zu lesen, wie es manche Äbtissinnen taten. Natürlich aus reiner Sorge, um das Wohl ihrer Schwestern.

Die beiden Frauen, die junge und die alte, saßen zusammen im Gästezimmer und Paulina sagte: »Du siehst zufrieden aus, Karolina. Das andere Leben scheint dir gut zu bekommen.«

»Ja, das tut es, und ich bin froh, dass du mich damals nicht überredet hast zu bleiben. Du hättet die Überzeugungskraft dazu gehabt.«

»Dann wäre ich eine schlechte Menschenkennerin gewesen«, entgegnete Paulina lächelnd, »denn es war nur zu deutlich, dass du ein Mädchen warst, das das Stutzen der Flügel nicht für längere Zeit überlebt hätte.«

»Frau Äbtissin, du bist wirklich weise und deshalb möchte ich dich bitten, Agnes heute nicht nur durch das Besuchsgitter zu sprechen, sondern sie in diesem Zimmer zu sehen.«

Das Lächeln auf Paulinas Gesicht verschwand, und sie sagte streng: »Das ist gegen die Regel. Es ist nicht gut, eine Novizin mit zu viel Besuch zu verwöhnen oder einzelne den anderen vorzuziehen. Letzten Endes hilft es ihr nicht, wenn sie oft Besuch bekommt.«

Agnes seufzte: »Ich weiß. Aber Agnes' Leben verlief

während der letzten Monate auch nicht in regelmäßigen Bahnen und ich … habe sie doch erst so kurz als meine neue Tochter geschenkt bekommen und schon wieder verloren. Manchen schadet vielleicht zu viel Besuch, bei anderen kann zu wenig Nähe auch schaden.«

»Dann wäre sie für ein solches Leben nicht geeignet. Es steht ihr frei, so lange sie ihr Versprechen noch nicht abgelegt hat, uns wieder zu verlassen.«

Karolina blickte zu Boden, dann sagte sie nach einer Weile: »Ich hatte eigentlich vor, sie häufiger zu besuchen, aber wenn du es wünschst, werde ich von meinen Besuchen Abstand nehmen. Nur dieses eine Mal bitte ich darum, Agnes richtig besuchen zu dürfen.«

Paulina schüttelte den Kopf: »Karolina, du hast einen starken Willen, das muss man dir lassen.« Sie überlegte, dann sagte sie: »Gut, ich werde also eine Ausnahme machen. Aber ich will davon nicht viel Aufhebens machen. Und Agnes soll es für sich behalten.«

Karolina nahm Paulinas Hand und küsste sie. »Danke.«

Die Äbtissin stand auf. »Warte hier. Ich werde sie rufen.«

Nach einer Weile öffnete sich die Tür, die vom Schwesterntrakt zum Gästezimmer führte. Agnes trat zögernd in den Raum, rannte dann auf Karolina zu und umarmte sie wortlos.

Karolina nahm Agnes' Gesicht in die Hände und fragte: »Wie geht es dir?«

»Gut und schlecht«, lächelte sie mit Tränen in den Augen. »Jetzt geht es mir gut und morgens meistens schlecht.«

»Und hast du noch deine bösen Träume?«

Agnes schüttelte den Kopf. »Nein. Aber es hat lange gedauert, bis ich mich im Traum zu Gnas Mutter umdrehen konnte, um mit ihr zu sprechen. Ich habe ihr alles erklärt und mich unter den Schutz Christi gestellt. Und seitdem kamen die Träume nur noch ganz selten und nicht mehr so stark.«

Karolina bekreuzigte sich. »Deo gratias.«

»Deo gratias«, wiederholte Karolina.

»Haben die Wände hier Ohren?«, fragte Karolina.

»Ich weiß nicht.«

»Lass uns flüstern.«

Karolina löste sich aus der Umarmung, ging zu der Stelle, wo man ein kleines hölzernes Quadrat in der Wand sah, und öffnete das Türchen, hinter dem sich das Holzgitter befand. Sie blickte hindurch, aber es war niemand dahinter zu sehen.

Karolina richtete sich wieder auf und sagte: »Ich habe mich bei einigen Frauen genau erkundigt, welche anderen Zeichen es noch gibt, wenn eine Frau schwanger ist. Zuerst müssen wir sicher sein, dass du es auch tatsächlich bist. Es soll Fälle gegeben haben, wo alles nach einer Schwangerschaft aussah, aber kein Kind unterwegs war.«

Agnes senkte den Kopf. »Ich fürchte, bei mir ist es nicht so.«

»Dann hebe deine Gewänder hoch, ich möchte es selber fühlen.«

»Ich soll ...?«

»Ja.«

Mit leicht gerötetem Gesicht hob Agnes ihre drei Hemdkleider hoch bis zu den Brüsten. Karolina strich über ihren leicht gewölbten Bauch und betrachtete genau ihre Brustwarzen, dann ließ sie die Stoffe wieder fallen.

»Eine leichte Wölbung ist zu sehen und deine Brustwarzen sind groß und dunkel. Sind deine Brüste auch leicht gewachsen? Und sind sie bei Berührung etwas empfindlicher geworden?«

Agnes nickte.

»Und hast du deine monatliche Blutung?«

»Nein. Schon die ganze Zeit nicht mehr. Ich hatte zuerst nicht darauf geachtet. Erst später fiel es mir auf.«

»Nun gut. Dann steht es also fest.«

Karolina zögerte, dann sagte sie: »Auch bei mir scheint eine Schwangerschaft vorzuliegen, jedenfalls spüre ich es an meinen Brüsten.«

Agnes umarmte sie und sagte: »Auch du wirst Mutter!«

»Ja, gebe es Gott, dass alles gut verläuft. Aber nun zu dir. Komm, setzten wir uns.«

Als sie Platz genommen hatten, fragte Karolina: »Und du kannst dich nicht erinnern, dass irgendein Mann dir nahe gekommen ist?«

»Nun, ganz so stimmt es nicht. Ich habe...«, Agnes' Stimme sank herab zu einem Flüstern. »Das habe ich noch niemand erzählt. Als es feststand, dass ich Wodan als Jungfrau geopfert werden sollte, kam ich in meiner Bedrängnis auf einen Gedanken, wie ich das verhindern könnte. Ich dachte mir: Wenn ich nun keine Jungfrau mehr wäre, dann käme ich als Opfer nicht mehr in Frage. Also habe ich versucht«, sie schlug die Augen nieder, »einen... einen Mann zu verführen.«

»Agnes! Das hast du wirklich getan?« Karolina musste unwillkürlich lächeln.

»Es ist ... es war so, dass ich plötzlich wusste, wie ich es anstellen sollte, ohne dass es mir jemand gesagt hätte. Ich wusste, welche Bewegungen und Gesten dazugehörten. Ich... habe eine große Macht gespürt und war verzweifelt.«

»Natürlich.«

»Aber es wurde nichts daraus.«

»Wer war denn der Glückliche, der dein Opfer werden sollte?«

»Er hieß Wiltun. Schon bei meiner Entführung war er dabei gewesen und war eigentlich immer freundlich zu mir. Gna sagte, dass er mich mochte. Jedenfalls sorgte ich dafür, dass wir allein in einem Haus waren. Wir küssten uns, aber dann hörte er plötzlich auf.«

»Wahrscheinlich gibt es Strafen für diejenigen Männer, die ein Opfer für Wodan entweihen.«

»Ja, die gibt es. Aber Wiltun musste ja annehmen, dass ich das alles nicht wusste und dass ich schweigen würde. Und trotzdem beendete er unser Spiel und ging.«

»Ihr habt euch also nur geküsst?«

»Ja.«

»Hm.« Karolina dachte nach. Schließlich hob sie den Kopf und sagte: »Denk noch einmal genau darüber nach, über jede Einzelheit, vielleicht fällt dir ja doch noch etwas ein, das du nicht verstanden hast.«

Agnes überlegte, dann sagte sie zögernd: »Ich hatte bei meiner Verführung die ganze Zeit das Gefühl, dass er etwas ganz anderes im Sinn hatte.«

»Wie meinst du das?«

»Er redete schnell auf mich ein und sagte, dass er mit mir fliehen wollte. Dabei hob er drei Finger in die Luft. In drei Tagen sollte die Flucht passieren, denn in vier Tagen sollte das Opfer stattfinden. Aber das mit der Flucht habe ich erst viel später verstanden, als ich mit Gna unterwegs war und sie mir das Wort für *fliehen* übersetzte.«

»Das ist ungewöhnlich. Er wollte mit dir fliehen und sein Leben aufs Spiel setzen und sogar den Zorn Wodans auf sich ziehen? Warum? Nur weil er dich liebte? Vielleicht war er gar kein richtiger Anhänger Wodans mehr? Er wollte also gar kein schnelles Liebesabenteuer, sondern mit dir leben! Deswegen hat er sich so schnell verabschiedet.«

»Ja, wie gesagt, er war von all den Männern der allernetteste.«

»Und fiel dir sonst noch etwas an ihm auf, verhielt er sich irgendwie seltsam?«

Agnes musste lachen und hielt sich die Hand vor den Mund. »Er kannte nur ein fränkisches Wort, das er ab und zu wiederholte: »Mera, mera…«

»Und?«

»Und kurz bevor ich ihn in die Falle locken wollte, strich er sich über den Bauch, rollte mit den Augen und sagte: *Mehr, mehr.* Es sah so aus, als ob er mich aufessen wollte.«

Plötzlich fasste Karolina Agnes' Hand und flüsterte erregt: »Vielleicht war er gar nicht so dumm, wie du denkst. Und wenn er nun gar nicht seinen Bauch meinte, sondern deinen?«

Agnes blicke ihre Stiefmutter an, öffnete den Mund, machte ihn wieder zu und sagte: »Du denkst, dass er meinen Bauch meinte und annahm, dass ich …«

»Ja, dass du schwanger sein könnest. Er wollte dich zur Frau nehmen. Und wenn er ahnte, dass du schwanger warst, dann…«

»Wenn überhaupt, dann kann ich nur von ihm schwanger sein. Aber wir waren nie zusammen!«

»Wie war es, als du krank warst und halb betäubt in der Hütte lagst?«

Agnes schüttelte den Kopf. »Nein. Das hätte ich gespürt. Außerdem wurde ich streng bewacht.«

Sie versank in Nachdenken und sagte nach einer Weile: »Aber als ich geraubt wurde, da war ich eine Zeit lang ohnmächtig. Und als ich zu mir kam, saß ich gefesselt auf einem Pferd. Agnes schwieg einen Augenblick und fuhr dann fort:

»Da fällt mir ein, dass ich zwischen den Beinen ganz wund war und blutete. Ich … ich dachte es hinge mit dem ungewohnten Reiten zusammen.«

Karolina atmete spürbar aus. »Die Sache ist klar. Der gute Wiltun hat die Gelegenheit ergriffen und das nette fränkische Mädchen, das er wegführte und bewachen sollte, während ihrer Ohnmacht geschwängert. Ihm ging es wohl zunächst nur darum, seine Lust zu stillen. Aber dann hat er offenbar gemerkt, dass mehr im Spiel ist als bloße Gier nach einer Frau, und er hat sich Hoffnungen gemacht, dass du schwanger bist, und sich sogar durchgerungen, mit dir zu fliehen, wahrscheinlich auf fränkisches

Gebiet. Für diesen Sachsen ein unglaubliches Vorhaben. Er wollte mit dir eine Familie gründen, Agnes.«

Agnes saß da wie betäubt und sagte nichts, dann hielt sie die Hände vor ihr Gesicht und fing an zu weinen. »Wenn ich es nur damals begriffen hätte, dann hätte Gna nicht zu sterben brauchen, statt dessen habe ich mich über ihn lustig gemacht.«

Karolina legte ihren Arm um Agnes' Schultern und wiegte sie hin und her.

»Was sollen wir jetzt bloß tun?«

»Wir müssen es der Äbtissin sagen.«

»Nein! Dann wirft sie mich hinaus. Eine Nonne, die schwanger ist... Können wir nicht eine kleine Lüge erfinden?«

Karolina lächelte: »Ach, Agnes, ein Kind ist auf Dauer nicht zu verheimlichen, und ständig mit dieser Lüge zu leben, das könntest du nicht ertragen. Es waren eben ungewöhnliche Umstände. Du bist vergewaltigt worden ohne dein Wissen. Das muss Paulina berücksichtigen.«

Karolina nahm Agnes' verweintes Gesicht in ihre Hände und küsste sie auf die nassen Augen.

»Agnes, sieh mich an!«

Agnes schniefte und wischte sich mit dem Handrücken die Tränen von den Wangen.

»Du bist Novizin und hast dein endgültiges Versprechen noch nicht gegeben. Du hast jetzt eine Vorstellung davon, wie das Leben hier ist. Wie siehst du deine Zukunft unter diesen neuen Bedingungen? Kannst du dir ein Leben in diesem Kloster vorstellen? Dein Kind könnte ich bei uns aufziehen, es würde mit meinem – so Gott will – aufwachsen. Aber natürlich kann nur Paulina darüber entscheiden, ob das geht. Oder denkst du daran, doch eine Familie zu gründen und das Kloster zu verlassen? Du bist noch jung und nachdem nun sicher ist, dass du fruchtbar bist und Kinder haben kannst, wird es viele Männer geben, die dich zur Frau nehmen würden.«

Agnes schloss die Augen. »Ich weiß es nicht. Ich brauche Zeit und werde Gott um Rat bitten.«

Karolina nahm Agnes in den Arm und so blieben sie eine Zeit lang sitzen.

Als Paulina eintrat, um das Ende der Besuchszeit anzukündigen, hob sie erstaunt ihre Eulenaugen, als sie Agnes' tränenverschmiertes Gesicht sah. Agnes stand sofort auf, verneigte sich und verließ wortlos den Raum.

Auch Karolina war aufgestanden, blickte die Äbtsissin an und sagte: »Es gibt eine… Schwierigkeit, über die ich mit dir sprechen muss.«

»Nun, das ist nicht zu übersehen. Ich nehme an, sie will ihr Noviziat beenden?«

»Nein, es ist nicht so, wie du denkst. Das Ganze ist viel verwickelter. Wir sollten uns noch einmal hinsetzen, es ist eine längere Geschichte.«

Schonend brachte Karolina der Äbtissin die Wahrheit bei und war erstaunt, wie gefasst sie es aufnahm.

Nach einer Weile des Schweigens sagte sie: »Es ist nicht möglich, dass Agnes' Kind hier zur Welt kommt. Ich muss auf das Ansehen des Klosters achten. Die Menschen draußen werden nur hören: Eine unserer Schwestern bekommt ein Kind. Niemand wird sich für die ganze Wahrheit interessieren. Und auch Bischof Leo aus Colonia, zu dessen Bistum dieses Kloster gehört, wird niemals zulassen, dass wir eine schwangere Novizin behalten. Das weiß ich jetzt schon. Er ist ein Mann der strikten Ordnungen. Ich sehe nur eine Möglichkeit: Agnes muss diesen Ort verlassen. Nicht gleich heute, aber innerhalb zweier Wochen, und sie muss von ihrer Schwangerschaft schweigen, wenn sie will, dass dieses Kloster seinen guten Ruf behält. Immerhin hatten wir vor noch nicht allzu langer Zeit schon einmal eine Schwester, die auffiel, weil sie seltsame, nächtliche Ausflüge liebte.«

Karolina senkte den Kopf und die Äbtissin fuhr fort:

»Zwei solcher Skandale können wir nicht verkraften. Keine Familie würde ihre Tochter in ein Kloster schicken, in dem die Novizinnen Gelegenheit dazu haben, schwanger zu werden. Ich hoffe, wir verstehen uns.«

Paulina stand auf und Karolina tat es ihr nach. Sie äußerte Verständnis für deren Entscheidung und sagte: »Grüße bitte Agnes von mir und sage ihr, dass in zehn Tagen jemand aus Treveris kommen wird, um sie abzuholen. Christus benedicat te.«

Der rasche, eindeutige Entschluss Paulinas half Agnes in ihrer eigenen Unsicherheit. Nun brauchte sie sich nicht selbst zu entscheiden und fügte sich nach der ersten Trauer in ihr Schicksal. Und wer weiß, dachte sie, vielleicht gibt es später doch noch eine Möglichkeit, in einen Orden einzutreten, wenn das Kind erst geboren ist.

Es war Agnes' letzte Nacht in Antonaco. Draußen trocknete der Schlamm und die Lehmpfützen auf den Straßen verschwanden. Die ersten Zugvögel kehrten heim und auf dem Waldboden durchbrach ein grüner Flaum den braunen Blätterteppich.

Agnes hatte es bis jetzt geschafft, ihre Schwangerschaft geheim zu halten, und das war nicht einfach gewesen, wenn man in dem großen Schlafsaal das Leben mit den anderen Schwestern teilen musste. Die Schwestern wussten nur, dass Agnes gehen würde, weil sie ihren Weg nicht mehr in einem Orden sah, und bedauerten es. Denn Agnes konnte gut erzählen und hatte abends, nachdem Paulina ihren Kontrollgang beendet hatte, oft von ihrer Gefangenschaft bei den Sachsen berichtet, manches etwas zugespitzt, anderes klug verschwiegen.

Und jetzt, in dieser letzten Nacht, bedrängten sie die Frauen: »Agnes, erzähl uns noch einmal von den Sachsen!«

Agnes lächelte in der Dunkelheit und sagte: »Aber ich habe euch doch alles schon erzählt.«

»Das macht nichts.«

»Eine von euch könnte doch auch einmal etwas erzählen, zum Beispiel von König Sigibert, wie er die schöne westgotische Prinzessin Brunichilde von Hispania zur Frau nahm und wie sein Bruder Brunichildes Schwester tötete und seine eigene Magd heiratete…«

»Ach, das kennen wir doch schon alle.«

Agnes überlegte. Abschlagen wollte sie die Bitte nicht. Es war der letzte Abend. Plötzlich hatte sie eine Eingebung. »Diesmal erzähle ich euch etwas ganz anderes.« Sie setzte sich auf ihrer Strohmatte auf, wickelte sich in ihre Decken ein und fing an: »Es geschah einmal vor langer Zeit, da lebte ein Mädchen mit ihrer Familie in einem Dorf, weit weg irgendwo in den Wäldern. Sie hieß Beatrix.«

Agnes hörte, wie die andern sich fester in ihre Decken einhüllten und es sich bequem machten.

»Eines Tages ging Beatrix zu dem Brunnen, der am Dorfrand war, um Wasser zu holen. Es war ein einfaches, tiefes Loch, über das man Bretter gelegt hatte. Sie räumte die Bretter zur Seite, nahm den Eimer, dessen Seil an einem Baum befestigt war, und wollte ihn hinunterlassen, aber es hatte tagelang geregnet, und der Boden war feucht und rutschig. So glitt sie aus und fiel in den tiefen Brunnen.«

Agnes hörte, wie ihre Mitschwestern aufstöhnten.

»Aber wie groß war ihr Erstaunen«, fuhr Agnes fort, »als sie sich auf einer weiten Wiese voller Blumen wieder fand. Bienen summten, Vögel zwischerten und die Sonne schien warm auf sie herab. Als sie weiterging, sah sie große Bäume, und bei einem der Bäume hörte sie Stimmen. Sie sah nach oben. Da saßen kleine Männer zwischen den Zweigen mit großen Bärten, braun gebrannt. Als sie das Mädchen sahen, kletterten sie flink hinunter.«

»Waren sie nackt, die Männer?«, fragte eine der Schwestern, und die anderen kicherten.

»Nein, sie hatten… hatten rote und grüne Hemden an, umringten Beatrix, verneigten sich, und jeder wollte sie zu seiner Frau haben. Als das Mädchen noch überlegte, was es tun sollte, hörte es Pferdegetrappel, und wie sie aufschaute, sah sie ein großes, graues Pferd mit acht Beinen, das in Windeseile daherkam. Auf seinem Rücken saß ein wilder Mann mit roten Haaren, der auf der Schulter einen Raben trug und brüllte: *Sie gehört mir !*«

Die Zuhörerinnen waren ganz still geworden und lauschten Agnes' Worten.

»Der rote Mann schleuderte Blitze gegen die kleinen Männer. Da bekam das Mädchen Angst und rannte los, so schnell es konnte. Aber das Pferd mit den acht Beinen galoppierte hinterher.

Wieder kam das Mädchen auf die Wiese und sah schon von weitem einen Apfelbaum stehen: *Schüttel mich!,* rief der Baum, *meine Äpfel sind schon ganz reif!*

Oh, was sollte Beatrix bloß tun? Hinter ihr her kam das Pferd, und vor ihr war dieser Apfelbaum.«

»Schüttel mich!«, rief eine der Schwestern leise, »meine Äpfel sind schon ganz reif!«

»Ja, schüttel mich«, raunten die andern, »meine Äpfel sind schon ganz reif.«

»Da wusste Beatrix«, sagte Agnes und schluckte, »da... wusste sie, was sie tun sollte. Sie schüttelte den Baum mit aller Macht und die Äpfel prasselten nur so herunter, aber das Pferd kam immer näher. Plötzlich neigten sich die leeren Zweige des Baumes herab, sodass Beatrix hinaufsteigen konnte, und schon saß sie hoch oben, zwischen den Blättern versteckt.

Jetzt hörte sie, wie das Pferd ganz nahe war und schnaubte.

*Wo ist sie?,* brüllte der Mann.

*Ich kann nichts riechen,* sagte das Pferd, *es riecht hier alles nach Äpfeln.* So trabte das Pferd weiter, und Beatrix atmete erleichtert auf. Die Zweige neigten sich wieder und das Mädchen sprang auf die Wiese und hüpfte umher. Dann ging es weiter.

Und wie es so ging, hörte es nach einiger Zeit wieder das Getrappel des Pferdes hinter sich. Erschrocken drehte es sich um. Tatsächlich, da kam das Tier so schnell daher, dass die Grasbüschel flogen.

Wo soll ich mich nur verstecken? dachte es verzweifelt. Da sah es ein Haus, hoch oben auf einem Berg. Schnell rannte es darauf zu. Aber der Berg war aus Glas. Und immer, wenn es hochklettern wollte, rutschte es ab.«

Die Schwestern stöhnten auf.

»Beatrix weinte und weinte, bis ihre Füße ganz nass waren von ihren Tränen, und wieder versuchte sie zu klettern. Und diesmal klappte es. Mit den tränennassen Füßen konnte sie jetzt ganz leicht hinaufklettern.

Hier bin ich vor dem Pferd sicher, sagte sie sich und gelangte auf eine Hochfläche. Direkt vor ihr stand das Haus, das sie von unten gesehen hatte. Sie ging durch einen breiten Torbogen und fand überall leere Zimmer vor. Bis auf eines, da saß eine riesige Frau mit weißen Haaren und langen Zähnen.

Huh, wie erschrak sie da!«

»Huh!«, raunten die Schwestern.

»Die Frau mit den weißen Haaren und den großen Zähnen sah das Mädchen gar nicht an, sondern sagte nur: *Hast du mein Pferd gesehen?*

*Es springt über Wiese und Stein*
*und fängt kleine Mädchen ein!*

Da erschrak Beatrix noch mehr.

*Wenn du schon da bist*, sagte die Frau, *kannst du mir auch helfen, die Decken auszuschütteln, denn dann schneit es auf der Erde.*

Und das tat sie auch. Ach, was für ein Staub in den Decken war! Der ganze Himmel staubte ein und der weiße Schnee fiel auf die Erde.

Nicht lange, da hörte das Mädchen Pferdegetrappel.

Oh, jetzt muss ich mich wieder verstecken, dachte sie, aber wo?

*Schau auf deine Hände!*, rief die Frau mit den weißen Haaren.

Da blickte das Mädchen auf seine Hände und bekam plötzlich Kraft und Mut. Es drehte sich um, und als das Pferd mit seinem rothaarigen Reiter durch das Tor trabte, ging es zu ihm hin und schrie: *Was willst du von mir? Ich gehöre dir nicht und ich werde dir nie gehören!*

*Dann gib mir wenigstens das Kind, das du eines Tages bekommen wirst.*

*Auch das bekommst du nicht! Zurück! In nomine Christi!*

Da wieherte das Pferd mit hoher Stimme, wurde kleiner und kleiner, bis es so groß war wie ein Wurm. Und Beatrix ging vorbei und schritt unter dem Tor hindurch. Da blieb sie stehen, denn es funkelte und leuchtete überall. Unter dem Tor regnete es reines Gold, auch Beatrix' Kleider und Haare verwandelten sich in Gold. Und…«

Agnes zögerte und überlegte, wie sie weitererzählen sollte. Einen Augenblick war es still. Dann hörte sie eine Stimme aus dem Dunkel: »… und Beatrix ging immer weiter und mit einem Mal stand sie neben dem Brunnen bei ihrem Dorf und ihre Verfolgung war zu Ende.«

»Und als ihr Kind geboren wurde«, sagte eine andere Stimme.

»Und als ihr Kind geboren wurde«, fuhr Agnes fort, »da war es ein Mädchen, das hatte rötlich goldene Haare. Und sie nannte es Gna.«

Ende

# Anhang

*Alte und neue geographische Namen:*

Adquintum – in der Nähe der heutigen Ortschaft Quint, oberhalb Triers an der Mosel
Antonaco – Andernach am Rhein
Aquae – Baden Baden
Avernus – Clermont–Ferrand
Basilia – Basel
Bonna – Bonn
Castellum diritia – Köln-Deutz
Colonia – Köln
Confluentis – Koblenz
Durnomagus – Dormagen
Eposium – das spätere Ivois und die heutige Stadt Carignan bei Sedan
Kylldal – mögliche fränkische Siedlung in der Nähe des Kyllflusses bei Quint
Mettis – Metz
Mosella – Mosel
Novaesium – Neuss
Rhenus – Rhein
Rigomagus – Remagen
Septimanien – Gebiet um die Rhonemündung
Treveris – Trier
Tullum – Toul

*Aussprecheregeln:*

Fränkisch und Altsächsisch
æ = ä
h vor Vokalen wird ch ausgesprochen, z.B. ih, eh, ah: ich, ech, ach usw.
uu = w
th = th wie im Englischen
z = stimmhaftes s
sch = sk
sc = sch
ch = Rachenlaut wie im Schweizerischen

Danken möchte ich Dr. Lukas Clemens vom Rheinischen Landesmuseum in Trier für seine Bereitschaft, das Manuskript historisch zu prüfen.